dtv

Der Zarenhof in Sankt Petersburg um 1900: Höfische Pracht, Vergnügungssucht und Maßlosigkeit wuchern hier ebenso üppig wie Liebe, Lügen, Feigheit und Verrat. Der junge Fürst Felix Jussupow, Spross einer der mächtigsten Adelsfamilien Russlands, ist der Liebling der Petersburger Gesellschaft. Man bewundert seinen Charme und seine Extravaganzen bis auf eine: seine Liebe zu Männern. Immerhin ist er mit einer der schönsten Frauen seiner Zeit verheiratet: Irina Alexandrowna Romanowa, einer Nichte des Zaren Nikolaus II. Trotz der innigen Liebe zu seiner Frau hält der junge Fürst an der erotischen Beziehung zu seinem Jugendfreund Dmitrij fest. Der Zar ist entsetzt. Er verlangt von ihm, seine homosexuelle Neigung von dem Wunderheiler Rasputin behandeln zu lassen. Zwischen Felix und dem charismatischen Rasputin bahnt sich schon bald eine Tragödie mit unabsehbaren Folgen an … Ein fesselnder historischer Roman über die letzten Jahre der Romanow-Dynastie.

Asta Scheib, geboren am 27. Juli 1939 in Bergneustadt/Rheinland, arbeitete als Redakteurin bei verschiedenen Zeitschriften. In den Achtzigerjahren veröffentlichte sie ihre ersten Romane und gehört heute zu den bekanntesten deutschen Schriftstellerinnen. Sie lebt mit ihrer Familie in München.

Asta Scheib

Frost und Sonne

Roman

Deutscher Taschenbuch Verlag

Ungekürzte Ausgabe
November 2009
Deutscher Taschenbuch Verlag GmbH & Co. KG,
München
www.dtv.de

Umschlagkonzept: Balk & Brumshagen
Umschlagbild: ›Bildnis der Fürstin Maria Tenischewa‹
(1896) von Ilja Repin
Satz: Dörlemann Satz, Lemförde
Druck und Bindung: Druckerei C. H. Beck, Nördlingen
Gedruckt auf säurefreiem, chlorfrei gebleichtem Papier
Printed in Germany · ISBN 978-3-423-21183-3

Irgendwem Geschichten erzählen, der sie als Geschichten hört, der dich nicht kennt, der keine Literatur erwartet. Schön wäre ein Leben als wandernder Geschichtenerzähler. Jemand sagt ein Wort, und du erzählst die Geschichte. Du hörst nie auf, bei Tag und Nacht, du wirst blind, du verlierst den Gebrauch der Glieder. Aber es bleibt dir dein Mund zu Diensten, und du erzählst, was dir durch den Kopf geht. Du besitzt nichts, nur eine unendliche und immer noch wachsende Zahl von Geschichten.

ELIAS CANETTI *(1905–1994)*

Wer über einen Schutzgeist verfügte, wurde unverwundbar für Kugeln und Pfeile, und wenn eine Kugel oder ein Pfeil ihn berührte, dann blutete seine Wunde nicht; das Blut rann in seinen Magen, er spuckte es aus und befand sich so wohl wie nie zuvor …

MIRCEA ELIADE *(1907–1986)*

KAPITEL I

»Bei allen Heiligen, Sinaida, dein Sohn ist vollkommen! Schön wie ein Engel!«

Xenia Alexandrowna kniete sich hinunter zu Felix. Ihr Duft nach Rosenöl machte ihn schwindlig. Er sah die Knöpfe des hellgrauen engen Straßenkostüms und die Falten, die sich quer über der Brust hinzogen. Vielleicht würde einer der Knöpfe abspringen, oder eine Seitennaht platzte auf. Felix meinte, die feinen Nähte krachen zu hören, und er fürchtete sich ein wenig. Er hatte gelernt, dass Mütter und Tanten ungerecht und streng wurden, wenn an ihren Kleidern Knöpfe abplatzten oder Nähte krachten.

Tante Xenia gab mit einem kaum hörbaren Seufzer ihre Hockstellung wieder auf, und er hoffte, dass er gleich erlöst sein würde von dem Begrüßungstheater. Doch seine Tante drehte ihn zu seiner Mutter herum, als habe die ihn noch niemals gesehen.

»Du musst doch zugeben, Sina, er hat ein Gesicht wie eine Blütenknospe, sieh mal, dieser Kopf, wenn das nicht die klassische, griechische Form ist, unglaublich, und die Locken, er könnte ein Mädchen sein!«

Zu viele Zuckerstücke auf einmal. Felix sah, wie sich die Augen seiner Mutter leicht verengten. Nur ganz kurz. Dann begann sie mit ihrem Abwehrzauber: dass Felix viel zu dünn sei, weil er nicht recht esse, außerdem schlafe er schlecht und habe Albträume. Seine Mutter war abergläubisch. Doch Tante Xenia bekam davon nichts mit. Ihr Gesicht sah aus, als horche sie auf etwas.

»Ich habe eine sehr junge Amme für Irina angestellt. Sie leugnet es zwar, doch ich glaube, dass sie raucht.«

»Um Gottes willen«, hörte Felix seine Mutter sagen. Ihre Stimme klang ehrlich entsetzt. »Einer unserer Kammerdiener ist gerade Großvater geworden. Er hat seine Töchter streng erzogen. Soll ich sie dir schicken?«

Daraus entwickelte sich ein Gespräch über die Vorzüge oder auch Sünden von Ammen, und Felix hörte nicht mehr zu.

Meistens war es öde für ihn, wenn die Mutter in ihrem blauen Salon Gräfinnen, Großfürstinnen, Wissenschaftler, Künstler oder andere langweilige Leute empfing, und er machte sich schnell davon. Heute jedoch würde sich etwas Geduld vielleicht lohnen. Er konnte Tante Xenia gut leiden. Sie war eine Schwester des jungen Zaren Nikolaus II. Für Felix war sie die Liebste aus der großen Familie der Romanows. Als Tante Xenias Tochter Irina noch nicht auf der Welt war, hatte sie Felix und seinen Bruder Nikolaj manchmal abgeholt und in den Winterpalast mitgenommen, wo sie wohnte. Oft zeigte sie ihnen dann vom Schlossufer aus die Inseln an der großen und der kleinen Newa, und Felix hatte immer das Gefühl, dass die Inseln sich ängstlich duckten, als befürchteten sie, das Wasser wolle sie überfluten. Auch die größte der Inseln, die Wasiljewskij-Insel mit ihren mächtigen Gebäuden, schien im grünlichen Dunst zu beben.

Felix sprach nicht über das, was er sah. Er hatte gelernt, dass die Erwachsenen mit seinen Eindrücken nichts anfangen konnten. Also betrachtete er folgsam das Galaruderboot der Zarenfamilie und die vielen anderen Ruder- oder Segelboote, die Tante Xenia ihm zeigte.

Einmal waren sie gegen Abend zum Ufer der Wasiljewskij-Inselspitze gefahren und schauten von dort über die Newa, die spiegelblank war und in der Abendsonne dalag wie ein riesiger Diamant. Das hatte Tante Xenia gesagt und dabei die Finger an die Lippen gelegt, damit Nikolaj und Felix die Glocken der Petersburger Kirchen hören konnten, deren sonst so einschüchternder Klang gedämpft war durch den Lärm der Stadt. Besonders der die Glocken begleitende Trommelwirbel war Felix unheimlich. Er erinnerte ihn an die Hinrichtungen, von denen ihm sein Diener Nefedow immer erzählte, und er schauderte. Ihm wurde bange vor den wuchtigen Granitmauern, den Schatten, die alle Paläste wie in dunkle Tücher einhüllten. Damals hatte Felix sich an seinen Bruder geschmiegt und ihm zugeflüstert, dass er nach Hause wolle, an die Mojka.

Seit der Geburt ihrer Tochter, so schien es Felix, tat Tante Xenia, als sei Prinzessin Irina das erste und einzige Mädchen, das jemals in Sankt Petersburg geboren worden war, so aufgeregt vor Mutterglück war sie. Sie hatte seitdem viel weniger Zeit für Felix und Nikolaj. Genau genommen hatte sie überhaupt keine Zeit mehr. Und wenn sie zu Besuch kam, drehte sich fast jedes Gespräch um Irina, die liebreizendste aller Prinzessinnen.

Seine Mutter konnte nicht mit einer wunderschönen Tochter angeben. Wahrscheinlich steckte sie Felix deshalb so gern in üppig gerüschte seidene Kleider und tanzte mit ihm übers Parkett. Sie hatten das im roten Salon geübt: immer rundherum, rundherum – so flogen sie durch den prächtigen Raum, in dessen Mitte kunstvolle Intarsien einen Teppich darstellten, über den man nicht stolperte, dessen Rundung man ungefährdet entlangtanzen konnte. Felix hatte das schnell begriffen, sein Kleidchen flog genauso auf wie die Röcke der Mutter, und das Grammofon spielte eine Musik, die Walzer hieß. Diese Musik rauschte auf wie die Wellen am Meer, wenn sie groß waren und mächtig. Dieses Rauschen, das ihm so viel versprach, von dem er noch nichts wusste, nach dem er sich aber sehnte, diese magischen Klänge, das verschwörerische Lachen seiner Mutter über ihm, die gold schimmernden Wände, die blinkenden Lüster, all das vermischte sich zu schleierhaften, leuchtenden Bahnen, die sich in seinem Kopf drehten und drehten, bis seine Mutter und er schließlich atemlos, sich aneinander festklammernd, auf eines der rot-goldenen Sofas fielen, die wie stumme Zuschauer an den Wänden standen.

Es gefiel ihm, es gefiel ihm sogar sehr. Vor allem, weil sein Vater jedes Mal wütend wurde, wenn er dazukam, so wütend, dass er die Zähne zusammenbeißen musste, damit er die Mutter nicht anschrie. Aber lieber hätte der sich die Kiefer zermalmt, als seine Frau anzuschreien. Felix hatte schon gelernt, dass Diskussionen zwischen den Eltern in aller Regel von seiner Mutter beendet wurden. Felix wusste aber noch nicht, warum ihm die Siege seiner Mutter über den Vater eine Genugtuung waren. Und wenn sie dann plötzlich schwieg, wusste Felix trotzdem, was sie sagen wollte.

Gerade hörte er, wie seine Mutter Xenias Hut bewunderte, auf dem ein mächtiger Busch weißer Federn wippte. »Du hast Mut, meine Liebe. Alle tragen sie jetzt weiße Federn, aber du hast richtig aufgetrumpft, absolut unglaublich!«

»Ach, Sina, das ist gar nichts gegen vorgestern. Du hättest Madame von Larskaja sehen sollen, auf dem Empfang von Sophia – warum warst du eigentlich nicht dort? – Also, die Larskaja – außergewöhnlich! Man sagt, dass ein Mitarbeiter von Fabergé ihr Teile des Familienschmucks auf die Robe genäht habe. Alle lagen ihr zu Füßen, bewunderten die herrlichen Steine und Perlen.«

Seine Mutter hatte offenbar nicht zugehört, sie ging wortlos auf eine Marmorkonsole zu und zeigte ihrer Freundin zwei neue Kandelaber, die sie jüngst aus Paris mitgebracht hatte und die ihrer Meinung nach den blauen Salon erst vorzeigbar gemacht hatten.

»Wie findest du sie? Sind sie nicht einzigartig?«

Xenia, ihren kleinen Seitenhieb offenbar schon wieder bereuend, fuhr behutsam über das herrliche blaue Porzellan. »Du findest immer neue Kostbarkeiten, Sina. Dieses unvergleichliche Blau, die exquisite Malerei. Aber das Schönste in deinem Palais sind für mich die Gobelins. Ich wusste gar nicht, dass Kaiser Napoleon sie deinem Großvater geschenkt hat. Schließlich sind sie Ludwig XIV. gestohlen worden, aber das ist ja nicht eure Schuld –« Xenia stockte, ihr Teint färbte sich zartrot, die tiefdunklen Augen in ihrem Kindergesicht sahen Sinaida bekümmert an.

»Ich bin eigentlich gekommen … ich wollte dich fragen … hast du … habt ihr von dem Unglück auf dem Feld von Chodynka gehört?«

»Ja«, sagte Sinaida, verwundert über die plötzliche Trauer und offenkundige Scham der Freundin. »Ja. Felix bekam heute in aller Frühe einen Anruf. Er sagte mir kurz, dass bei Chodynka etwas passiert sei. Er müsse zum Zaren. Mehr weiß ich nicht.«

»Es ist furchtbar, Sina«, sagte Xenia mit erstickender Stimme. »Du weißt doch, dass sie für die Krönungsfeierlichkeiten Dutzende von Büfetts und Pavillons errichtet hatten. Vierhunderttausend Zarengeschenke sollten den einfachen Leuten überreicht werden –«

»Was für Geschenke waren das eigentlich?«, fragte Sina, und Xenia zählte auf, dass es vor allem Lebensmittel waren: Brot, Mehl und Zucker. »Und ein Becher war dabei, mit dem Siegel des Zaren – ich glaube, daran waren die Leute am meisten interessiert. Danach sollte es Theateraufführungen geben und dann, so gegen zwei Uhr am Nachmittag, das Allerhöchste Heraustreten. Nikolaus und Alexandra im Krönungsornat –«

»Nun sag schon, Xenia, was ist passiert?«

»Die Leute reden vom Blutsamstag, Sina. So viele Tote. Es ist so schrecklich – der arme Nicky.«

»Jetzt komm«, sagte Sinaida, goss ihrer Freundin ein wenig Cognac ein und reichte ihr das Glas. »Hier, manchmal hilft schon ein Schluck. Er ist sehr mild.«

Xenia trank, dann berichtete sie weiter: »Du weißt ja, dass Chodynka der Truppenübungsplatz für die Moskauer Garnison ist. Der Platz ist von Gräben und Brustwehren durchzogen, über die man zwar Bretter gelegt hatte, doch bereits morgens gegen sechs Uhr wälzte sich eine unglaublich große Menschenmenge über das Gelände. Irgendjemand hatte das Gerücht verbreitet, dass die Geschenke schon früher verteilt würden. Da muss sich die Menge wie eine Woge nach vorn geworfen haben, die hinteren Reihen drängten gegen die vorderen, wer hinfiel, wurde niedergetreten –«

»Wie viele sind es wirklich?«, fragte Sinaida atemlos, »wie viele sind umgekommen?«

»Sie reden von dreitausend Verletzten, die Hälfte davon tödlich verletzt. Oh Gott, Sina.«

Xenia schaute Sinaida hilflos an, die leise sagte, dass sie beide froh sein könnten, gleich nach den Krönungsfeierlichkeiten aus Moskau abgereist zu sein. Dann, als besänne sich Sinaida erst jetzt darauf, sah sie Xenia an und sagte: »Wir sind doch alle Russen, wenn wir auch Fürsten sind. Wir sind Bürger wie alle – was für eine Schande vor der Welt. Eine Königin war da, der Prinz von Preußen, der Herzog von Connaught, der italienische Erbprinz – mein Gott – die *Nowoje Wremja* schreibt, dass über dreißig gekrönte Häupter in Moskau waren, dazu all die Gesandten und Patriarchen und – nicht zu vergessen – die Delegation Chinas –«

Hier unterbrach Xenia die Freundin. »Stell dir vor, angeblich hat der chinesische Botschafter zum Finanzminister gesagt, dass man Nachrichten wie die von Chodynka keinesfalls veröffentlichen dürfe. Vor allem dürfe der Zar nichts davon erfahren!«

»Nun ja«, sagte Sinaida vorsichtig, »glücklicherweise leben wir nicht in China! Dort ist die Macht ja wie eine undurchdringliche Mauer. Ansonsten – Verheimlichen und Lügen gehören selbstverständlich zum Regieren eines großen Volkes –«

»Wie meinst du das?«, fragte Xenia pikiert. Ihr Kindergesichtchen hatte einen misstrauischen Ausdruck angenommen.

»Mein Herz, wir lügen doch alle, wenn die Not es gebietet. Ohne Lügen kommt man einfach nicht durchs Leben. Schon gar nicht als Zar. Außerdem – unser Zar lebt ja nicht derart abgeschirmt wie ein chinesischer Herrscher. Wie sollte man ihm ein derart grauenvolles Unglück verheimlichen!«

»Ich weiß auch gar nicht«, sagte Xenia wütend, »warum dieser Chinese sich in unsere Politik einmischt!«

Sinaida wollte es vermeiden, mit Xenia zu diskutieren. Sie wusste von der unverbrüchlichen Liebe der Zarentochter zu ihrem verstorbenen Vater, Zar Alexander, und auch von der Zärtlichkeit, die sie mit ihrem Bruder, dem jetzigen Zaren, verband. Sinaida musste sich hüten, ihre Kritik am Zaren oder am Zarenhaus gegenüber einem seiner Mitglieder zu deutlich zu äußern. Zumal wenn sie, wie Xenia, liebenswürdig und herzlich waren und wichtig für die Zukunft der Jussupows.

Xenia beruhigte sich langsam wieder, sie wollte dringend loswerden, worüber alle flüsterten: »Sina, alle geben Onkel Sergej die Schuld. Sie nennen ihn den Fürsten von Chodynka. Ist das nicht grausam?«

Was für ein Tag! Sinaida sah Xenia an, die vor Verwirrung und Aufregung richtig rot geworden war. Man konnte sie verstehen. Xenias Onkel Sergej Alexandrowitsch war der Generalgouverneur von Moskau. Er war verheiratet mit der Schwester der Zarin, der Großfürstin Jelisaweta Fjodorowna, von allen am Hofe Ella genannt. Ella war äußerlich der Zarin ähnlich, hochgewachsen, doch im Gegensatz zu ihrer Schwester, die außerhalb ihrer engsten Familie ihr zartes, weißes Gesicht zu einer starren Maske verschloss, schaute Ella die Menschen aus ihren grauen Augen offen und prüfend an, und wer ihr gefiel, erlag bald ihrem fröhlichen, spontanen Lachen, das ungewöhnlich schöne Zähne zeigte und jeden dazu brachte, sie sofort lieb zu gewinnen.

Sergej Alexandrowitsch dagegen war insgeheim die Schande des Zarenhofes. Sinaida dachte, dass Großfürst Sergej nicht nur ein unfähiger Gouverneur, sondern auch ein unsensibler Klotz sein musste. Überall prahlte er damit, dass der deutsche Kaiser Wilhelm einst um Ella geworben hatte, um die Tochter des Großherzogs Ludwig von Hessen-Darmstadt.

Laut sagte Sinaida zu Xenia, ob denn Sergej dem Zaren schon seinen Rücktritt angeboten habe. »Eine andere Lösung gibt es doch nicht. Denk mal an die Menschen in Moskau. Sergej scheint doch wirklich für die Katastrophe verantwortlich zu sein.«

»Wie kannst du so rasch urteilen, Sina!« Xenia war aufgebracht. Plötzlich schien sie dem Zaren ähnlich zu sehen, und Sinaida wusste, dass sie wieder zu weit gegangen war mit ihrer Offenheit.

Xenia sagte mit einer Strenge, die an ihr komisch wirkte wie bei einem Kind, das einen Erwachsenen mimt, dass sie ebenso wie ihre Familie anderer Meinung sei. »Es wäre die Aufgabe des Oberpolizeimeisters Wlassowski gewesen, entweder einen besser geeigneten Platz auszusuchen, um die Leute zu beschenken, oder dafür zu sorgen, dass sie, in Gruppen aufgeteilt, zu festgesetzten Zeiten auf dem Platz erscheinen. So etwas muss ein Oberpolizeimeister organisieren. Onkel Sergej hat ja mehr repräsentative Aufgaben!« Xenia atmete tief durch und sah ihre Freundin erwartungsvoll an. Doch diesmal behielt Sinaida ihre Meinung für sich und begnügte sich mit einem höflichen Nicken. Am Hofe wusste jeder, dass die vornehmsten Pflichten des hochgewachsenen, gut aussehenden und eitlen Gouverneurs vor allem darin bestanden, die übelsten Spielhöllen und Restaurants in Moskau und Sankt Petersburg zu beehren. Sich mit Damen zu umgeben, die nicht *comme il faut* waren. Ein Wunder, dass er seiner Frau noch keine venerische Krankheit appliziert hatte. Wenn man es unverblümt sah, war Sergej ein Scheusal, das durch häufige Kirchenbesuche und großzügige Spenden geschickt von seinen Affären abzulenken suchte.

Nun, wer weiß – vielleicht war der vom Volke frisch gekürte Fürst von Chodynka doch die längste Zeit Generalgouverneur von Moskau gewesen. Sinaida konnte sich durchaus vorstellen, wer diese Position mit der gehörigen Sorgfalt und Souveränität ausfüllen würde. Felix, ihr Mann, der Vater ihrer Söhne, ihr Geliebter – für ihn war das höchste Amt, das der Zar zu vergeben hatte, gerade gut genug. An ihm gemessen waren sie blasse Schatten, Großfürst Sergej und ebenso der Gatte Xenias, Großfürst Alexander, Sandro genannt. Beide Männer hatten in ihrer Jugend um Sinaidas Hand angehalten, sie machten bis heute keinen Hehl daraus. Doch Sinaida hatte nur einen gewollt, Felix Felixowitsch, und sie hatte es nicht zu bereuen – er war weiß Gott die Liebe ihres Lebens.

Dass Sergejs Ehefrau Ella zum Erbarmen unglücklich war, wussten alle. Und dass Xenia und Sandro nur aus Pflichtgefühl geheiratet hatten, war auch bekannt. Sie selber dagegen – ihr wurde nach wie vor heiß bei diesem Gedanken –, sie selber war immer noch verrückt nach ihrem Mann.

Gott, sie musste aufhören, an ihren Mann zu denken, den sie in diesem Moment begehrenswerter fand als je zuvor. So wie immer, wenn er nicht bei ihr war und sie sich Szenen ihrer Liebe ins Gedächtnis rief. Gegen Abend würde er zurück sein. Sie wusste schon, wo sie ihn begrüßen würde.

Worüber hatten sie noch geredet, Xenia und sie? Natürlich – von dem tragischen Unglück nach der Krönung. Hastig sagte Sinaida zu Xenia, dass sie darüber nachsinne, wie es dem jungen Zarenpaar jetzt erginge. »Es muss doch für die beiden unvorstellbar grausam sein, dass so etwas passieren konnte, und dann auch noch kurz nach der Krönung – sicher haben sie den Ball beim französischen Botschafter abgesagt, die Gala im Bolschoj-Theater, die Banketts und Empfänge.«

Xenia seufzte. Fast flüsternd berichtete sie, dass der Zar und die Zarin entsetzt gewesen seien. »Stell dir vor, Nicky hat spontan gesagt, er werde ins Kloster gehen, und Alix stimmte ihm zu. Sie soll völlig verheult aussehen, das sagen alle. Mama drang auch darauf, alle Vergnügungen abzubrechen.«

»Ja, und?« Sinaida konnte ihre Ungeduld kaum verbergen. »Haben sie nun alles abgesagt oder nicht?«

Widerstrebend kam es von Xenia: »Die Onkel haben wieder mal auf sie eingeredet. Alle. Was heißt geredet – gebrüllt haben sie. Es sei ein noch größerer Skandal, wenn man den französischen Botschafter und alle ausländischen Hoheiten brüskiere, indem man sie einfach wieder nach Hause schicke.«

»Ja, um Himmels willen«, entfuhr es Sinaida, »das werden Nicky und Alix ihr Leben lang büßen!«

»Es geht schon los«, sagte Xenia bedrückt. »In den Straßen spricht man schon von einem ›Fest auf Leichen‹, und du kannst sicher sein, dass es morgen in allen Zeitungen steht.«

Sinaida schenkte sich noch einen Cognac ein, trank ihn rasch und machte eine entschuldigende Bewegung zu Xenia, die ihr jedoch wortlos das eigene Glas hinhielt. Die Fürstin schenkte ihr ebenfalls ein, und als Xenia einen gehörigen Schluck trank und sich ein wenig schüttelte, sagte die Fürstin, dass sie es einfach noch nicht fassen könne. »Wie glücklich waren wir doch alle, als dein Bruder unser Zar wurde. Wie viele Erwartungen haben wir in ihn gesetzt. Weißt du noch, wie fröhlich wir getanzt haben, als Nikolaus und Alix aus dem Winterpalast nach Zarskoje Selo umgezogen sind? Und wie entzückend sah es aus, als die beiden ohne jede Bewachung mit dem Schlitten durch die Stadt gesaust sind! Unser schönes, junges Zarenpaar! Alix ist gerade vierundzwanzig, Nikolaus achtundzwanzig – sie haben ein gesundes, hübsches Töchterchen, bald werden sie bestimmt einen Jungen bekommen, einen Zarewitsch. Nikolaus will ein gütiger Zar sein. Gerade hat er den Winterpalast stundenweise für die Menschen in Sankt Petersburg geöffnet – und nun diese schreckliche schwarze Wolke über dem Herrscherhaus. Wie wird er das nur verkraften?«

Jetzt brach Xenia in Tränen aus. »Das Schlimmste weißt du noch nicht. In den Straßen von Moskau rufen sie nach dem Zaren. Sie nennen ihn ›den Blutigen‹. Diese Hyänen! Als ob unser Nicky etwas dafürkönnte!«

Entschlossen goss sie sich noch einen Cognac ein, und Sinaida tat es ihr nach.

Felix hatte schon längst gespürt, dass die beiden Frauen ihn vergessen hatten. Er langweilte sich nicht, denn auf einem der blauen Samtsessel hatte er mehrere Bücher liegen sehen, darunter eines, in dem es Fotos und Zeichnungen gab, die ihn überraschten und fesselten. Er sah eine Frau, die hatte rein gar nichts an, nicht mal einen Ring am Finger wie sonst alle verheirateten Frauen. Felix konnte in ihren Bauch hineinschauen. Da waren so seltsame Sachen hineingemalt, wie er es noch nie gesehen hatte. Kleine Schläuche und so komische Blasen. Und vorne am Bauch hatte die Frau Haare. Auf einer anderen Seite sah er lauter Brüste, die hatten drinnen Verästelungen, komische Blätter mit Stielen. Ob alle Frauen das hatten, so eigentümliche Sachen im Bauch und in der Brust Äste? Seine Mutter bestimmt nicht. Und hier, hier lagen zwei aufeinander, ein Mann und eine Frau. Oben am Kopf umarmten und küssten sie sich, und unten war wieder so ein Durcheinander: Rundes und Längliches und Zipfeliges. Er verstand davon nichts, außer, dass es nicht für ihn bestimmt war. Aber es interessierte ihn. Doch jetzt musste er das Buch rasch zuklappen und wieder auf den Stapel bugsieren, denn seine Mutter und Tante Xenia standen auf. Die Tante wollte wieder zurück in den Winterpalast zu ihrer kleinen Tochter. Gerade sagte sie, dass seine Mutter unbedingt vorbeikommen müsse. »Irina ist so süß, ich glaube, so süß kann nur ein Mädchen sein. Sie lächelt dich an, und du bist im Himmel. Aber trotzdem will ich noch deine Gobelins sehen. Ich hatte noch nie Zeit, sie einmal in Ruhe aus der Nähe anzuschauen, und Sandro sagt, es seien die schönsten, die es in Sankt Petersburg gebe.«

Als sich die Frauen auf den Weg ins Gobelinzimmer machten, fragte Felix rasch, ob er eine Ausfahrt machen dürfe. »Nur eine kurze, Mama, nur auf den Newskij, bitte!«

Seit seinem achten Geburtstag durfte Felix sich manchmal kutschieren lassen, und zwar allein, so wie heute. Felix wusste, dass seine Mama immer am großzügigsten war, wenn hochgestellte Gäste sich für die Schätze ihres Palais interessierten, und er hatte sich nicht verrechnet. Die Mutter klingelte und befahl, dass für Felix angespannt würde, ihre eigene leichte Kutsche. Sie gab ihm einen Kuss und verbot ihm, irgendwo auszusteigen. »Du weißt, dass das tabu ist, und das gilt auch für heute!«

Sie nahm Xenia beim Arm, und die beiden gingen aufrecht über das schimmernde Parkett. Ihre weiten, bodenlangen Röcke stießen im Gehen aneinander, und Felix sah, wie seine Mutter die hohe Flügeltüre öffnete und Tante Xenia den Vortritt ließ. Diese Bilder schlichen sich in sein Herz. Er war stolz auf seine Mutter, die so selbstverständlich mit der Schwester des Zaren Arm in Arm ging. Seit er denken konnte, war der Zarenhof, Zar Nikolaus und Zarin Alexandra, für ihn etwas Bedeutendes, Besonderes, ja Einmaliges. Felix hatte Ehrfurcht vor den Romanows, so als seien sie höhere Wesen, die mit einem geheimnisvollen Glorienschein umgeben waren.

Felix nahm sich Pralinen und kleine Kuchen vom runden Tisch, der mit den Kandelabern aus Paris mitgekommen war und mit seinen in Bronze eingefassten Porzellanmalereien zu den Kandelabern passte. Dieser Tisch gefiel ihm. Er zeigte Blumen, von denen Felix nur wenige kannte, wahrscheinlich waren das französische Blumen. Nur die Rose war ihm vertraut, er hatte des Öfteren eine gezeichnet und war dafür gelobt worden. Auch von seinem Vater.

Der lobte ihn sonst nie, er sprach auch nie davon, dass Felix schön sei, das taten Männer selten. Nur wenn sie sich einschmeicheln wollten oder einfach Gesprächsstoff suchten – doch Felix wollte irgendwann nicht mehr damit belästigt werden. Er sah sich in den Spiegeln, die kostbar und edel waren wie alles im elterlichen Palast. Also war er schön. Schön. Schön. Schön. Wie ihr Palais. Wie Sankt Petersburg. Wie das gesamte Russische Imperium. Oder wie der Newskij Prospekt! Der war wirklich schön!

Felix aß einen der Kuchen und war froh, dass der Morgen eine solch angenehme Wendung nahm, obwohl er vage mitbekommen hatte, das in Moskau ein Unglück passiert sein musste. Er war mit seinem Buch beschäftigt gewesen und hatte nicht zugehört.

Nun saß er in dem viereckigen Würfel der Kutsche und hatte das Gefühl, als fliege er im Traum dahin. Pferde sah er, Pferdebahnen, die wütend zu krachen und zu knirschen schienen, wenn seine Kutsche sie überholte. Die Kutschen waren auf dem Newskij weitaus zahlreicher als die Automobile, die heiser hupten, um sich Platz zu verschaffen. Die Eltern besaßen zwei dieser Karossen, die eigentlich auch wie Kutschen aussahen, nur hatten sie statt der Deichsel ein Lenkrad, das vorne aufragte. Felix war schon oft mitgefahren, er fand den Geruch des Benzins wunderbar, aber es dauerte ihm oft zu lange, bis der Chauffeur das Automobil zum Laufen brachte.

Die Pferde dagegen scharrten schon mit den Hufen, wenn Felix in die Kutsche kletterte. Der Kutscher knallte mit der Peitsche, und dann fuhren sie los, reihten sich ein in die Prozession der Kutschen, deren Dächer zurückgeschlagen waren, und Felix sah eitle Leutnants, elegant gekleidete Damen und Herren, die allein oder zu zweit in den Kutschen saßen und es offenbar eilig hatten, fortzukommen. Sie riefen den Kutschern barsche Befehle zu.

Felix dagegen hatte es nicht eilig. Er würde auch nie mit den Kutschern herumbrüllen. Sie sahen lustig aus. Trugen einen langen blauen Mantel, der vorne übereinandergeschlagen und von einem breiten Gürtel zusammengehalten wurde. Dieser Mantel war so breit und dick gesteppt, dass der Kutscher wie ein Fass mit goldenem Gürtel ausschaute. Der Kutscher sollte so breit sein, hatte man Felix erklärt, damit er seine Fahrgäste mit seinem viereckigen Leib vor Zug und Regen schützte. Auf dem Kopf trug er einen komischen Hut, so einen platt gedrückten Zylinder. Im Winter hatte er eine Kappe aus Samt oder Pelz an. Alle Kutscher in Sankt Petersburg trugen dieselbe Kluft. Doch die Kutscher der Familie Jussupow bekamen nicht nur zweimal im Jahr neue strahlend blaue Mäntel mit Goldlitzen, sie mussten sich auch täglich waschen. Wenigstens im Gesicht.

Fast alle Sankt Petersburger Kutscher waren geduldig mit den Pferden. Arkadi, der Felix heute kutschierte, sagte ständig mit liebevoll grummelnder Stimme: »Komm, mein Täubchen, heb die Beine.« Manchmal rief er »mein Bruder« oder »mein

Freund«, »mein kleiner Vater«. Das gefiel Felix. Er wollte auch Kutscher werden. Aber das ging nicht. Er war Prinz. Er musste Fürst werden wie sein Vater.

Ein bisschen was von der Unterredung seiner Mutter mit Tante Xenia hatte er schon mitbekommen. Seine Eltern waren in Moskau bei der Krönung des Zaren gewesen, und bei der Rückkehr hatte seine Mutter ihm alles genau erzählt, obwohl es Felix nicht sonderlich interessierte. Aber das sagte er nicht. Er spürte, dass es für seine Mutter wichtig war. Und so hörte Felix alles über die Krönung in der alten Mariä-Entschlafens-Kathedrale, und er konnte sich das Gewimmel der Uniformierten, der reich gekleideten Damen, der Priester und Ordensleute gut vorstellen, so genau beschrieb ihm die Mutter jede Einzelheit. Und wer von den fürstlichen Freunden alles dabei war! »Die Stroganow, Scheremetjew, Dolgorukij« und, und, und.

Um auch einmal etwas zu sagen, fragte Felix, ob denn der Zar unter all den Menschen überhaupt zu sehen gewesen sei. »Der Zar ist doch so klein. Haben die Offiziere ihn nicht überragt?«

»Du musst es dir ansehen, wenn es die Fotos gibt«, schwärmte seine Mutter. »Nikolaus hatte einen üppigen Hermelin und eine große Krone aus Zobel und Edelsteinen, er wirkte groß, und er ging allein unter einem Baldachin, daher war er für alle gut sichtbar!«

»Und die Zarin?«, fragte Felix anstandshalber, und seine Mutter antwortete, sie habe schön und edel ausgesehen, »aber mir erschien sie wie gefroren.«

Die Eltern hatten nur ihren Ältesten mitgenommen zu den Festlichkeiten, und Felix war es zufrieden gewesen. Sein Bruder Nikolaj hatte auch nicht die geringste Lust gehabt, dem endlosen Krönungstheater, wie er das nannte, zuzusehen. Felix glaubte es ihm sofort. Insgeheim war er nämlich glücklich, dass ihm die Reise nach Moskau erspart geblieben war. Gleichwohl hatte er sich bemüht, ein unglückliches Gesicht zu zeigen. Seine Mutter sollte ruhig glauben, dass er gerne mitgefahren wäre.

Nikolaj hatte überhaupt nichts aus Moskau erzählen wollen.

Ihm war langweilig gewesen, erkältet war er auch, und das war schon alles. Nach ihrer Rückkehr hatten sich alle drei bald in ihre Räume zurückgezogen. Ach, wie schön – so gewann Felix praktisch noch einen familienfreien Tag, trieb sich im Palast herum und landete schließlich in der Küche, wo ihm der Konditor Pralinen schenkte, die er aus zerstoßener Schokolade, Puderzucker und Sahne eigens für Felix gemacht hatte. In seiner Welt flossen Schokolade und Sahne in Strömen.

KAPITEL 2

Eines Nachts hörte Grigorij Jefimowitsch Rasputin im Traum eine Stimme: »Geh in die Einsamkeit! Du wirst eine Trommel finden. Schlage die Trommel, und du wirst die ganze Welt sehen.« Er hörte auf die Stimme, und es gelang ihm, zum Himmel aufzusteigen, durch die Lüfte zu fliegen und die Himmel einen nach dem anderen zu durchqueren, indem er durch die Öffnung des Polarsterns hinaufstieg. Ja, es gelang ihm, sein Zelt auf den Wolken zu errichten.

Als er aus seinem Traum erwachte, schlug sein Herz schnell und hart bis in die Kehle, und in seinen Ohren rauschte die Zeit.

Er stammte aus dem Dorf Pokrowskoje im Gouvernement Tobolsk. Pokrowskoje war ein Ort, wie man ihn überall in Sibirien fand, wenn man lange genug mit dem Schiff, in der Kutsche oder zu Fuß gereist war. An die großen Städte und Häfen, die man hinter sich gelassen hatte, erinnerte man sich nur noch wie an einen Traum. Immer tiefer tauchte man in einen neuen Kosmos ein. In das Reich der Bauern mit seinen eigenen jahrhundertealten Regeln und Ritualen, ein Reich, in dem die Frömmigkeit ebenso daheim war wie der Aberglaube. Meist waren es armselige Dörfer und Flecken, in denen die Zeit stehen geblieben schien.

Grigorij Jefimowitschs Vater Jefim arbeitete am Fluss Tura beim Löschen und Laden der Kähne mit, und es hieß, er sei in Wahrheit ein Pferdedieb, aber so gerissen, dass ihm keiner etwas nachweisen könne. Die Mutter sei bald nach Grigorijs Geburt gestorben, hörte der Junge, seine Schwester, die an Epilepsie gelitten haben sollte, sei im Fluss ertrunken und sein Bruder auch nur wenige Tage alt geworden. Grigorij wuchs allein bei seinem Vater auf, der über all diese Dinge nicht sprach und lieber zusah, dass er an seinen Wodka kam und an die eine oder andere Frau. Grigorij war sich selbst überlassen, er wusste oftmals nicht, wo sein Vater steckte und was er trieb. Grigorij heiratete daher das erste Mädchen, mit dem er schlief, denn diese Unternehmung hatte ihm gut gefallen, und er war des ziellosen Herumstreunens müde. Er lud seinen Vater zur Hochzeit ein, worauf der sich Grigorijs Braut, Praskowja, so eingehend besah, als wolle er sie kaufen, und sein Urteil fiel günstig aus. Er teilte Grigorij mit, dass von seiner Mutter ein kleines Erbe vorhanden sei, und er selber habe keineswegs alles versoffen. Seine Bedingung war, dass er bei Grigorij und seiner Frau wohnen könne. Wenigstens im Alter wolle er eine Familie haben.

Grigorij und Praskowja hatten beide das Gefühl, mit ihrer Heirat keinen allzu großen Unsinn begangen zu haben. Grigorij freute sich vor allem daran, eine weiche, zu allem bereite Frau im Bett zu haben, mit der er sich austoben konnte. Praskowja, die sich daheim als Arbeitstier unter der Knute des Vaters geduckt hatte, konnte es lange nicht glauben, dass es noch etwas anderes gab als die tägliche Fron, die Schläge und Drohungen des Vaters und das hilflose Weinen der Mutter. Praskowja war zunächst einmal erstaunt, dass sich der gut aussehende, kraftvolle Grigorij für sie interessierte. Sie hatte sich immer plump und hässlich gefunden, wie es der Vater ihr gesagt hatte. Doch dann kam Grigorij daher, pries ihre Brüste und ihren Hintern, streichelte ihr dichtes Haar und tat darüber hinaus Dinge mit ihr, von denen sie wusste, dass man sie tat, auf die sie jedoch nicht die geringste Lust gehabt hatte. Ihr war nicht verborgen geblieben, wie der Vater über ihre Mutter herfiel, stumm, grob und immer, wenn es ihm passte. Und dass die Mutter fast jedes Jahr schwanger wurde, obwohl es ihr schlecht ging.

Mit Grigorij war alles anders. Unter seinen Händen bog ihr Körper sich wie das Brot, wenn man es röstet. Sie wollte immer wieder von seinen Händen berührt werden, wollte auch, dass er in sie eindrang, denn es bescherte ihr Empfindungen, die derart neu und beängstigend waren, dass Praskowja darauf drängte, Grigorij zu heiraten, obwohl er das mit keiner Silbe erwähnt hatte. Doch er stimmte nach kurzem Nachdenken mit sachlicher Freundlichkeit zu. Auch er war überrascht von dem Eifer, mit dem Praskowja immer neue Gelegenheiten schuf, damit sie sich heimlich lieben konnten. Er begann ihr gegenüber eine Anhänglichkeit zu entwickeln, die in ihrem Dorf eher ungewöhnlich war.

Mit der Heirat erlebte Praskowja beglückt, dass ihr neben den beständigen Freuden des Bettes auch die Macht über einen Haushalt zugewachsen war. Was ihr allerdings missfiel, war die Zudringlichkeit ihres Schwiegervaters. Anfangs sah sie die Begehrlichkeit des Patriarchen wie ein Spiel, das sie leicht gewann, weil Grigorij sie energisch unterstützte. Er gönnte dem Alten nicht die kleinste Zärtlichkeit Praskowjas. Sollte er doch selber zusehen, wo er ein warmes Bett fand. Grigorij wollte Praskowja mit niemandem teilen. So bestärkt, hatte Praskowja ihren Schwiegervater schon des Öfteren handgreiflich in seine Schranken verwiesen.

Im Laufe der Jahre stellten sich Kinder ein, zwei Mädchen und ein Junge, die Grigorij zärtlich liebte. Er wollte ein besserer Vater sein als Jefim, der ihn hatte aufwachsen lassen wie ein Pferd, das gefüttert und getränkt und so rasch wie möglich zur Arbeit getrieben wird. Grigorij war besorgt um seine Kinder, vor allem um den schwachköpfigen Mitja. Auch seine Zuneigung zu Praskowja hielt sich über die Jahre, da seine Frau ihn nicht ändern oder bevormunden wollte, sondern in einer Art freundschaftlicher Distanz zusah, wie er sein Leben einrichtete, auch wenn die eine oder andere Liebschaft darin eingeschlossen war.

Obwohl sie nun eine Familie waren wie alle anderen auch, waren sie nicht gut angesehen in Pokrowskoje. Die Leute sprachen es nicht direkt aus, aber wenn man die Familie erwähnte, war man schnell bei der Hand mit »Gauner«, »Pferdediebe«, oder es hieß wegwerfend »Ach, die, die zählen doch nicht!«. War es nur der alte Jefim, der ein schlechtes Licht auf die Familie warf? Oder hatte man Grigorij und Praskowja ebenfalls etwas vorzuwerfen? Grigorij wusste es nicht, und eigentlich interessierte es ihn auch nicht, doch immer wieder musste Grigorij seinen Vater kräftig verprügeln, damit der Alte seine Schwiegertochter und späterhin die Mädchen in Ruhe ließ, wenn Grigorij nicht daheim war. Nachdem sich Praskowja wieder einmal darüber beklagt hatte, dass der Alte den Mädchen nachstelle, hatte Grigorij seinen Vater in jähem Zorn so heftig gegen den Ofen gestoßen, dass er ohne Besinnung dalag. Seit diesem Tag schlief Jefim immer öfter am Fluss, wo er sich eine Hütte gebaut hatte, und Grigorijs Frauen hatten Ruhe vor ihm.

Im Dorf fiel die Abwesenheit des Alten auf, man reimte sich die Gründe zusammen, schließlich waren diese Zustände den Familien nicht fremd. Alle Patriarchen nahmen sich Rechte über die Frauen heraus. Aber man behielt es für sich, ließ sich nicht in die Karten schauen, und schon gar nicht warf man seinen Alten hinaus, wenn man ihn halb tot geprügelt hatte.

Praskowja und die Töchter Mara und Warja spürten die ablehnenden Blicke, die Bosheit, mit der man sie ausschloss aus der Dorfversammlung. Sie lernten, dass sie beim Eintreiben der Steuer für den Gutsherrn mehr zu zahlen hatten als bisher, es wurde Grigorij verboten, eine neue Scheune an sein Haus zu bauen, und beim Umverteilen der Felder wurde ihnen Land weggenommen mit der Begründung, dass zwei Personen der Familie, und ausgerechnet die Väter, ständig abwesend seien und dass sie daher nicht mehr so viel Land bräuchten. Manchmal weinte Praskowja verzweifelt, weil Grigorij wieder unerreichbar war und sie sich mit ihren Töchtern schutzlos fühlte. Der schwachköpfige Mitja jedoch hüpfte fröhlich durch die Gassen, er lachte jeden an, verzieh ihnen allen, obwohl es ihm sehr wehtat, wenn die Kinder ihm nachliefen, um ihn mit Brennnesselbüscheln an die nackten Beine zu schlagen. Trabte er im Winter zum Wasserloch, die schweren Eimer über den Schultern, übergossen die Burschen ihn mit dem eiskalten Wasser, das sofort an seinem Körper anfror. Zu Hause rissen ihm Mutter und Schwestern die frosterstarrten Kleider herunter, damit sie auf dem Ofen trockneten, und Mitja musste in Unterhosen seines Vaters auf dem Ofen kauern. Die Schwestern gaben ihm mitfühlend eine Pirogge, und Mitja strahlte beglückt, alle Pein war vergessen.

Praskowja lief empört zum Dorfältesten, dem Starosta, doch der ließ sie abweisen, er habe Wichtigeres zu tun. Seitdem gingen die Mädchen zum Wasserloch und waren im Übrigen dankbar, wenn sie in ihrem Haus bleiben konnten, wo sie Schuhe fertigten aus geflochtenem Bast, Körbe aus Weiden, Mützen aus Filz und Leder. Was sie herstellten, war kunstvoll bestickt oder bemalt. Alle drei Frauen waren sehr geschickt und fantasievoll, und Praskowja verkaufte die Handarbeiten im Handumdrehen auf dem Markt in der Stadt, so dass immer Geld in der Schatulle war. Praskowja und die Kinder hatten alles, was sie zum Leben in ihrem Dorf brauchten.

Ihr Haus war zweigeschossig, stattlich und schön. Man konnte getrost davon sprechen, dass es das ansehnlichste Haus im Ort war. Das war aber auch wieder ein Grund für die Nachbarn, die Familie Rasputins scheel anzusehen, denn ein so großes solides Haus gestand man ihnen nicht zu. Grigorij und sein Vater hatten ihr Heim nach altem Vorbild aus grob behauenen Stämmen errichtet, es gab viele kleine Fenster, an deren Rahmen geschnitzte Tierköpfe angenagelt waren. Das Dach war spitz und sorgfältig mit dicken Strohbündeln gedeckt. Zu ihrem Gehöft gehörten noch ein Stall für die Schweine und eine Scheune für Vorräte und Werkzeuge; den Gemüsegarten umgab ein mannshoher Holzzaun, damit die wilden Tiere nicht das Gemüse fraßen. Praskowja und die Töchter liebten ihr Haus mit jedem Beweis der Verachtung ihrer Nachbarn mehr, und Mitja lief nach wie vor unbekümmert im Dorf herum. Er begann tatsächlich, den jungen Mädchen hinterherzuschauen, die in ihren langen, bunten Röcken zum Brunnen liefen und sich über Mitja lustig machten.

Ihren Hausvorstand Grigorij Jefimowitsch sah die Familie immer seltener. Und bald würde er sich auf eine sehr lange Reise begeben.

KAPITEL 3

Waren die Straßen von Sankt Petersburg verstopft, so dass die Kutsche anhalten musste, kamen Felix die Kutscher in ihren leuchtenden Wattemänteln vor wie blaue Berge mit Töpfen auf dem Gipfel. Beamte schwebten mit aufgeschlagenen Mantelkrägen vorbei, Studenten, Gymnasiasten. Mädchen und Frauen verkrochen sich in ihren Pelzen, manche sahen so unförmig aus wie Popenwitwen. Vor den Läden der Handwerker standen junge Männer in langen weißen Schürzen, die in groben Körben ihre Waren feilhielten und die Faust gegen die Kutsche erhoben. Ein kleiner Junge hatte Felix die Zunge herausgestreckt, der Kutscher sah es und knallte vor der Nase des Jungen mit der Peitsche. Zornig warf der seinen Korb gegen die Kutsche, und Felix sah, dass Tüten mit Zucker auf die Straße fielen.

Felix spürte im sicheren Würfel seiner Kutsche, dass die Menschen auf den Straßen, Plätzen und Brücken ihn nicht mochten. Ihn nicht und auch seine Kutsche mit der goldenen Krone auf den Türen nicht. Sein Diener Nefedow sagte, dass die meisten Menschen in Sankt Petersburg arm seien, sehr arm. Er sagte, dass die Reichen die Armen bestehlen. Das sei immer so gewesen, und das bliebe auch so. Felix konnte nicht glauben, dass der Leierkastenmann, der so hübsche Musik machte und dem alle ein paar Kopeken hinwarfen, arm sein sollte. Felix gab ihm einen Rubel. Dann die Messer- und Scherenschleifer, die vor seinen Augen mit den Scheren klapperten und die Messer am Schleifstein schärften. Sie lachten und schrien etwas zur Kutsche hinauf, was Felix nicht verstand. Die Kesselflicker mit ihren Pfannen und Töpfen, die Brezelverkäufer – alle waren sie fröhlich, und sie waren Tataren so wie die Jussupows auch. Wenn er groß war, würde er ihnen allen Geld geben, sehr viel Geld. Das nahm er sich vor, und er freute er sich darauf, dass diese Leute große Augen machen würden vor Überraschung.

Marktfrauen mit Kopftüchern und Schürzen über den dicken Mänteln verkauften Hühner und Gemüse, sie feilschten mit den Köchinnen und hatten für nichts anderes Augen. Jungen in Felix' Alter trugen schwere Pakete auf dem Rücken oder verkauften aus Bauchläden Zigaretten. Straßenmusikanten traten respektvoll an die herrschaftliche Kutsche heran, eine traurige junge Frau im weiten, gefältelten Rock spielte Tambourin, ihr Mann die Zieharmonika, und die beiden Kinder des Paares tanzten in ihren schweren Mänteln ungeschickt dazu. Ein Teeverkäufer mit blitzender Kanne, Becher in Behältern um die Taille gebunden, bot Felix Tee an, doch der Kutscher verjagte den Mann genauso wie die Tänzer. Felix sah Jungen mit glatten Gesichtern und geschorenen Köpfen, kleine Mädchen, deren Locken wie Schnecken auf ihrem Kopf saßen, Frauen in eng um den Kopf geschlungenen Kopftüchern oder einem Kokoschnik, Priester mit goldenen Kreuzen um den Hals – für Felix gehörten sie alle zu einer einzigen großen Zirkusarena.

Doch der Newskij war nicht rund wie eine Arena. Er verlief gradlinig. Er war schließlich ein moderner europäischer Prospekt in einer modernen europäischen Hauptstadt, die Sankt Petersburg hieß, oder einfach nur Peter, und Peter war die Hauptstadt Russlands mit dem Winterpalast des Zaren mitten darin. Wenn Felix hörte, dass sein Vater Moskau die ehrwürdige alte Zarenresidenz nannte, und wenn er außerdem sagte, die Mutter aller russischen Städte sei Kiew, und Sankt Petersburg sei im Übrigen völlig unrussisch, dann war Felix irritiert, beleidigt, denn für ihn war Sankt Petersburg der Mittelpunkt seines Lebens, zu dem er immer wieder ungeduldig zurückkehrte, wenn er mit seiner Familie auf einem der Landgüter war. Deren Mittelpunkt war für Felix Archangelskoje, unweit von Moskau, dessen weiße Gebäude sich hin und wieder wie leuchtender Nebel in Felix' Träumen einfanden.

Heute verdankte er es Tante Xenia, dass er überaus behaglich in der Kutsche saß, denn die Maisonne schien recht kräftig, und gegen den Wind hatte er die warmen, leichten Felldecken. Zufrieden kuschelte Felix sich hinein, ließ seine Nase von der Sonne bescheinen und überlegte sich, ob Gott mächtiger war als die Sonne. Immerhin konnte er die Sonne sehen, aber Gott nicht. Dann war ihm diese Frage aber auch schon wieder egal, und er besah sich die großen Geschäftshäuser am Newskij, die immer noch üppig mit Trikoloren in weiß, rot und blau geschmückt waren, obwohl die Krönung schon vorbei war. Der Zarenhof war fürs Schmücken. Besonders beim »Allerhöchsten Heraustreten«, wenn das Zarenpaar sich dem Volk zeigte. Felix hatte das schon bei anderen Festlichkeiten gesehen, es war eigentlich immer dasselbe: weit sich bauschende Röcke, Ordensbänder, Perlen und Diademe, Gesichter ernst und rund wie der Mond, alle diese ernsten Engel umringten das Zarenpaar. Wie zu ihrem Schutz standen hinter den beiden immer Pagen des Pagencorps. »Zu denen wirst du auch bald gehören«, hatte die Mutter ihm einmal zugeflüstert, und Felix sah sich plötzlich mit den anderen in der Krönungsprozession durch den Kreml schreiten. Hinter dem Baldachin würden seine Eltern gehen, die Fürsten Jussupow, die reicher waren als das Zarenhaus, reicher als die reichsten Leute Europas.

Sein Diener Nefedow bekam schlechte Laune, wenn es um die Krönungsfeierlichkeiten ging. Er zog seine Augen zu engen Schlitzen und sah durch Felix hindurch. »Diener haben kein Geld für eine Reise nach Moskau. Und ich will auch gar nicht dabei sein. Sonst müsste ich stundenlang in den Reihen der Männer, Frauen und Kinder warten, denen zur Feier der Krönung kostenlos Speisen und Getränke gereicht werden. Dazu hab ich keine Lust. Ich will vom Zaren nichts geschenkt.«

Nefedow hatte sich mit grimmigen Bewegungen seine Pfeife gestopft und angezündet. »Der Vater des Zaren hat mich ins Straflager verschickt. Nach Sibirien. Ich hätte aufrührerische Reden geführt, hieß es im Urteil. Beweisen konnten sie mir nichts. Trotzdem bekam ich drei Jahre. Sie haben mir den Kopf kahl rasiert, aber nur halb, damit ich aussah wie ein Idiot. Dann musste ich einen langen grauen Kittel anziehen, und der Schmied legte mir Ketten an die Füße.«

»So konntest du doch gar nicht laufen«, staunte Felix, und Nefedow erklärte ihm trocken, dass die Ketten sogar lustig klirrten beim Laufen.

»Manchmal bin ich gestolpert, besonders am Anfang, und dann hab ich zwei oder drei andere mit zu Boden gerissen.«

»Und – haben die dich dann verprügelt?«, wollte Felix wissen.

»Nein«, sagte Nefedow mit fast liebevollem Lächeln, »nein, sie haben gelacht und geflucht und gejohlt, aber geschlagen haben sie mich nicht.«

Nefedow, der Dunkle und Geheimnisvolle. Felix kam sich hell vor neben ihm, hell und uninteressant. Er wusste von den Verschickungen. Auch Adelige, hohe Beamte oder so berühmte Dichter wie Puschkin oder Dostojewskij waren verschickt worden. Das hatte die Mutter gesagt. Der Zar war so mächtig, der konnte ganz Russland verschicken, wenn er wollte.

Einmal hatte Felix seinen Nefedow gefragt, wie alt er sei. »Sechsunddreißig«, sagte der gleichgültig, und Felix konnte das kaum glauben. Nefedow hatte fast keine Haare mehr, nur noch ganz hinten am Kopf so ein paar dünne Flusen. Tiefe Linien waren in sein Gesicht eingegraben, und der Bart war an den Seiten schon ganz grau. Felix dachte an seinen Vater, der fast vierzig Jahre alt war, das wusste er, aber sein Vater hatte ganz dichtes, dunkles Haar, gar keine Falten und sah immer gesund und frisch aus in seiner weißen Uniformjacke. So als sei er viel jünger als Nefedow. Aber sein Vater war auch noch nie verschickt worden.

»So war das schon immer«, hörte Felix Nefedow wie beiläufig brummeln. »Es gibt die Menschen mit dem feinen Tuch, den glänzenden Uniformen, den seidigen Kleidern und dem üppigen Schmuck, zu denen du gehörst, und es gibt die in den grauen Mänteln, Mützen und Bastschuhen wie mich. Die einen wohnen in Palästen, die anderen in Hinterhöfen oder in Hütten auf dem Land –«

Nefedow starrte Felix durchdringend an, so dass der sich fast fürchtete. »Ich kann nichts dafür«, sagte Felix. »Du nicht, aber deine Leute«, sagte Nefedow, »der Zar, der Gouverneur, der Polizeiminister, Leute wie deine Eltern – für die zählen wir nicht, auf uns muss man nicht achtgeben, wir sind geringer als das Vieh.« Nefedow sagte das ruhig, aber seine sonst matten Augen waren seltsam starr und glühend. Felix mochte es nicht, wenn er so redete.

An Nefedow und seinen Hass musste Felix denken, als die Kutsche vor der großen Markthalle, dem Gostinyj Dwor, ankam. Sofort drängten sich Dutzende Bettler an den Wagen, die vom Kutscher mit der Peitsche weggescheucht wurden. Daraufhin spuckten manche der Bettler aus, oder sie schüttelten grimmig die Fäuste gegen den Kutscher und auch gegen ihn selbst. Felix wunderte sich über den Kutscher. So liebevoll er mit den Pferden sprach, so erbarmungslos begegnete er den Armen, die er mit Flüchen und Hieben vertrieb. »He, Arkadi!«, rief Felix dem Kutscher zu, »ich will nicht, dass du die Leute mit der Peitsche schlägst!« Arkadi drehte sich kurz um. Das war schwer für ihn in seinem Wattegewand, und deshalb schaute er Felix nur grimmig an und wandte sich wieder seinen Pferden zu.

Felix lachte über Arkadis Faltengesicht. Er war abgelenkt vom Lärm, den Farben und Gerüchen und sah sich interessiert um. Es gefiel ihm, dass vor dem Gostinyj; offener Markt abgehalten wurde. Die Leute, die sich hier in Scharen vor dem großen Kaufhaus versammelten, waren nicht mehr so elegant gekleidet wie die auf dem oberen Newskij Prospekt, wo sich die teuren Geschäfte befanden. Felix sah Frauen und Mädchen mit Blumenkörben oder großen Bündeln Wäsche, Zeitungsverkäufer boten die *Wecha* oder die *Petersburger Nachrichten* oder englische Zeitungen an. Felix fand es lustig, dass auf dem Newskij die Menschen in allen möglichen Sprachen durcheinanderredeten. Es war wie eine Musik, die nach fremden Ländern klang, nach denen sich Felix sehnte. Vor allem nach den Städten Paris und London, von denen die Eltern oft erzählten. Felix selber sprach mit den Eltern und deren Freunden französisch, Englisch gefiel ihm eigentlich noch besser. Seine Lehrer waren allerdings häufig unzufrieden mit ihm. Besonders der Mathematikprofessor schien manchmal dem Weinen nahe. »Die Mathematik«, sagte er zu Nikolaj und Felix, »die Mathematik ist der Gesang der Sterne. Wenn ihr doch nur lernen wolltet, ihn auch zu hören!«

»Der Gesang der Sterne, der Gesang der Sterne«, das gefiel Felix. Zu Hause lief er manchmal durch die Flure und sang es vor sich hin. Dass die Sterne hoch droben über der Wasiljewskij-Insel singen konnten, das interessierte ihn, und er hätte es gerne gehört. Aber wenn er sich dafür mit Zahlen abquälen musste, dann eben nicht.

Jedes Mal, wenn er auf dem Newskij war, schwor sich Felix, eifriger Sprachen zu lernen, auch Russisch oder Deutsch. Er wollte verstehen, was sich die Leute zuriefen, sonst fühlte er sich ausgeschlossen, und das passte ihm nicht. Am liebsten wäre er ausgestiegen und eine Weile zwischen den Menschen herumgelaufen, doch das war ihm ja verboten. Er wäre auch gerne an der massiven Kaimauer der Newa herumgeklettert, um den Dampfbooten zuzusehen, aber auch das war ihm von der Mutter untersagt worden.

Die mächtige Newa jagte und hüpfte dahin, als bestünde sie aus Tausenden von silbernen Zipfelmützen. Das sah so lustig aus, dass Felix auch Lust bekam, herumzuhüpfen.

Er hatte vor lauter Schauen gar nicht gemerkt, dass es zu regnen begonnen hatte, zuerst nur sanft, ein Nieseln, doch bald sprühte ein scharfer, kalter Regen auf die Gehsteige und an die gläsernen Schaufenster der Geschäfte. Die Menschen auf dem Newskij schlugen ihre Mantelkrägen hoch, wichen den Automobilen aus, die Dreckwasser verspritzten, sowie sich die Pfützen füllten. Die Menschen retteten sich in die Pferdebahnen, und die Kutscher schlossen die Verdecke ihrer Kutschen. Felix wickelte sich fester in seine Decken, der Regen schien jetzt auch zu ihm in die Kutsche zu sprühen. Jedenfalls schauderte es Felix, und er wollte heim zu seiner Njanja, die ihm eine heiße Schokolade bringen würde. »Blüchel-Schokolade« las er gerade auf dem Dach der Pferdebahn, die mit Schildern aller möglichen Geschäfte beinahe zugehängt war. Er wollte die Njanja sofort danach fragen, ob sie in der Küche auch Blüchel-Schokolade hätten.

Njanja wartete bereits unter dem Eingangsportal. Noch ehe der Kutscher abgestiegen war, überfiel sie Arkadi mit Vorwürfen. »Bist du Arkadi der Dumme? Sieh nur, die schöne Pelzdecke – sie schleift am Boden! Und unser junger Herr friert! Ich weiß schon – du treibst nur Gaukeleien auf dem Newskij! Hast wohl nicht gemerkt, dass es regnet, dass es kalt ist! Sofort gibst du mir den jungen Herrn!«

Arkadi kam gar nicht dazu, sich zu rechtfertigen. Die Njanja riss ihm ihren Liebling vom Arm und trug ihn mit anklagender Miene das Treppenhaus hinauf in seine Räume. Auf die besorgten Fragen der Dienerschaft gab sie keine Antwort. Hoheitsvoll, als habe sie den Prinzen aus einer Schlacht errettet, trug sie ihn bis zu seinem Bett.

Felix gefiel Njanjas Kampflust. Ihr großes Gesicht mit der fleischigen Nase und den kleinen, dunklen Augen erinnerten ihn an einen Elefanten, den er im Zirkus gesehen hatte.

»Du zitterst ja, junger Herr, hier ist dein warmes Bett, so, rasch die Schuhe aus, die Jacke, Himmel, deine Finger sind ja ganz kalt – ich habe schon alles vorbereitet, dein Kakao ist heiß, er wird dir gebracht, oh Gott, ich kann meinen Zorn gar nicht bezähmen – dieser Arkadi …«

Während die Njanja ihn umschwirrte, spürte Felix, dass die feuchte Kälte tatsächlich durch seine Kleider gedrungen war. Er fror und wühlte sich tiefer in seine Kissen. Die Bilder des

Newskij erfüllten ihn, und ihm fiel ein, dass er die Njanja nach der Blüchel-Schokolade fragen wollte, und da brachte man ihm auch schon die große Tasse, aus der es dampfte, und einen Teller mit Gebäck. Alles nahm die Njanja an der Tür entgegen und brachte es Felix, als habe sie höchstpersönlich den Kakao für ihn geerntet. »Ist das Blüchel-Schokolade?«, fragte Felix nun auch, und die Njanja bestätigte es mit wichtiger Miene. Blüchel-Schokolade für ihren jungen Herrn – was sonst?

Neben dem Diener Nefedow war seine Njanja für Felix die vertrauteste Person in der Dienerschaft. Sie war schon immer da gewesen, und Felix machte sich keine Gedanken darüber, warum das so war und was sie ihm bedeutete. Als Felix erfuhr, dass sein Vater die Njanja wegen ihres hohen Alters entlassen wollte, war sie ihm auf der Stelle unentbehrlich erschienen. Es war ihm plötzlich gewesen, als sähe er sie zum ersten Mal, wie sie in ihren schweren, weiten Röcken durch die Zimmer huschte, als habe sie Räder, denn niemals sah er ihre Füße. Sommers wie winters hatte die Njanja Blusen an, geblümt oder getupft, und darüber trug sie ein Schultertuch, das in kunstvollen Mustern von ihr selber gefertigt war. Als er noch sehr klein war, hatte die Njanja häufig mit ihm gesungen und gespielt, und nur widerwillig überließ sie ihren Prinzen den Hauslehrern, die seine Erziehung irgendwann von ihr übernahmen. Doch in allen anderen Bereichen verteidigte die Njanja ihre Stellung mit Zähnen und Klauen. Und wehe, ein anderer als sie wollte Felix Tee bringen oder Schokolade oder seine Lieblingslimonade aus Zitrone und Honig – dann wurde Njanjas Stimme schrill. Sie verstand sich als die einzig wahre Hüterin des Prinzen Felix. Darüber hinaus verteidigte sie ihren Berufsstand als Njanja. Denn es wurde Mode in den russischen Adelshäusern, die Njanjas durch französische Kindermädchen zu ersetzen. Njanja fasste es nicht. Würde je eine Französin ihr Leben geben für einen russischen Prinzen? Für eine russische Familie?

Selbst der kämpferischen Njanja wurde bei diesem Gedanken bange.

KAPITEL 4

Hätte jemand Felix gefragt, wen er auf dieser Welt am meisten liebe, wäre ihm die Antwort leicht gefallen: seine Mutter – wen sonst. Danach wäre gleich sein Bruder Nikolaj gekommen, und dann eine Weile niemand mehr. Nur mit Nikolaj sprach er darüber, dass ihre Mutter nicht nur die Schönste der Frauen in Petersburg sei, sondern auch die Liebevollste. Von ihrer Njanja wussten Felix und Nikolaj, dass die meisten Mütter aus reichen Häusern ihre Kinder gänzlich den Dienstboten überließen, da sie mit ihrer Garderobe, den Frisuren, den Gesellschaften und Wohltätigkeitsbasaren beschäftigt seien. Ihre Mutter hatte mit diesen langweiligen Dingen auch viel zu tun. Trotzdem fand sie immer wieder Zeit für ihre Söhne. Und sie achtete darauf, dass sie auch mit jedem von ihnen alleine etwas unternahm. Dazu gehörte ab und zu eine Kutschfahrt.

Felix liebte es, mit seiner Mutter zu Carl Fabergé in die Bolschaya-Morskaja-Straße Nummer 12 zu fahren. Das war ein großes Haus mit vier Stockwerken und lustigen spitzen Giebeln. Im Erdgeschoss gaben großzügige Arkaden den Blick frei auf die Schaufenster, die ihn von Anfang an angezogen hatten. Mit seiner Mutter durfte er sogar die Abteilung für Entwürfe besuchen, und jedes Mal kam aus dem Obergeschoss ein älterer Herr mit weißem Spitzbart die Treppe hinunter, begrüßte seine Mutter mit elegant angedeutetem Handkuss, gab Felix seine kühle, zierliche Rechte, und Felix erfuhr, dass dies Carl Fabergé war, der Eigentümer dieses lustigen Geschäftes. Eiligen Schrittes ging er mit Felix und seiner Mutter in die Verkaufsräume, wo in Vitrinen Schmuck und die merkwürdigsten bunten Eier ausgestellt waren, die er je gesehen hatte. Manche schienen nicht größer als der Fingernagel seiner Mutter, und in der Osterzeit trug sie eine Kette, an denen viele dieser Eier hingen. Sie bestellte einige größere und prächtigere für die Verwandtschaft, denen man an Ostern auf ihren Gütern Besuche abstatten würde. Die Mutter erwähnte, dass der Zar aus Liebe zu seiner Frau und zu seiner Mutter an jedem Osterfest zwei besonders kostbare Eier in Auftrag gebe, und er lasse sich jedes Mal von Monsieur Fabergé überraschen.

Während seine Mutter mit Fabergé verhandelte, zog es Felix zu den kleinen Steintieren. Zum ersten Mal hatte er diese Wunderwerke bei der Schwester der Zarin gesehen. Sie hatte eine Sammlung dieser Tiere, darunter einen Frosch aus grünem Edelstein, von dem Felix sich gar nicht trennen mochte, so kühl und glatt lag der in seiner Hand. Und hier bei Fabergé gab es so viele dieser Figuren, so viele! Er sah eine Eule aus grau-weißem Granit mit Brillantaugen, bei deren Anblick ihn ein wenig schauderte, daneben eine Robbe, so glatt und geschmeidig, dass er darauf wettete, sie würde ihm durch die Finger gleiten, wenn er sie in die Hand nähme. Das brauchte er nicht zu versuchen, denn die Robbe lag festgefroren auf einer Scholle aus Bergkristall. In einer Anrichte sah er eine Sänfte aus Gold und Brillanten, die von zwei Mohren getragen wurde. In der Sänfte saß eine schöne Frau. Ein Angestellter hatte gesehen, dass er die Sänfte betrachtete, und er eilte herbei, ihm zu erklären, dass es sich um die Zarin Katharina die Große handelte. Er drehte an einem kleinen Gewinde, und dann bewegten sich die Beine der Mohren ziemlich emsig vorwärts, und sie schafften es wahrhaftig, die Zarin in der Sänfte zu tragen. Felix wusste von Nefedow, dass die Zarin Katharina die Große erst einmal ihren Mann Peter III. umbringen lassen musste, ehe sie in die Zarensänfte einsteigen konnte. Aber sie hatte auch das Bolschoj-Theater erbauen lassen, und das war weltberühmt.

Noch wichtiger als Fabergé schien seiner Mutter der Woronzow-Palast, in dem das Kaiserliche Pagencorps etabliert war. Immer wenn sie mit ihrem Sohn daran vorbeifuhr, ließ sie den Kutscher kurz halten. »Schau ihn dir nur gut an«, sagte sie zu Felix, und sie drückte ihn fest an sich. »Hier ist auch dein Urgroßvater zur Schule gegangen und dein Großvater. Schon bei eurer Geburt haben wir dich und Nikolaj angemeldet –«

»Aber – die nehmen doch keine Kinder«, staunte Felix.

»Natürlich nicht«, lachte seine Mutter, »das Anmelden muss jedoch so früh passieren. Später bekommt man keinen Platz mehr, weil alle reichen Familien ihre Söhne dort erziehen lassen wollen.«

Felix überlegte, ob er dann vielleicht nicht mehr alleine schlafen müsse. Und was war mit Nefedow? Den konnte er dorthin ja gar nicht mitnehmen. Wovon sollte er dann in der Nacht träumen? Danach mochte er seine Mutter aber nicht fragen. Doch da berichtete sie ihm schon, dass er mit drei oder vier Jungen gemeinsam in einem Zimmer schlafen werde. »Du brauchst dann in der Nacht auch keine Angst mehr zu haben«, sagte seine Mutter verschwörerisch und sah ihn zärtlich an. Sie weiß es, durchfuhr es Felix, sie weiß, dass ich immer Angst habe. Scham kroch in ihm hoch, und er wagte es nicht, seine Mutter anzusehen. Doch sie nahm sein Gesicht sanft in ihre Hände, sah ihn an und sagte, dass man sich seiner Ängste niemals schämen müsse. »Ängste haben nur intelligente, sensible Menschen, Ängste sind normal. Glaub mir, mein Liebling. In jeder Entwicklung gibt es Zeiten, wo die Seele geschwächt ist. Dafür wird sie später umso stärker sein.« Felix traute sich nicht, in diesem schönen, ihm überaus kostbaren Moment seiner Mutter zu sagen, dass er sich in seiner Angst leer fühlte. Kahl wie die jungen Bäume im elterlichen Park, die trotz aller Pflege nicht blühten.

Doch diese Gefühle waren so unbeschreiblich tief in ihm, dass er darüber mit niemandem reden konnte. Am wenigsten mit seiner liebevollen Mutter. Sie hätte ihm helfen wollen, das wusste Felix. Aber dass sie es nicht konnte, das war ihm ebenso klar …

Als Felix eines Tages vom Spielen heimkam und die weißmarmorne Galatreppe hinauflief, spürte er schon die Aufregung der Diener, die mit Kerzenleuchtern und üppigen frischen Blumengebinden durch die Räume hasteten.

Felix hatte es schon wieder vergessen: Heute Abend würde der Sänger Fjodor Iwanowitsch Schaljapin im Theater des Jussupow-Palais auftreten. Nach der Vorstellung sollte es einen Empfang geben. Einige Großfürsten hatten ihr Kommen zugesagt, und sogar der Zar wollte dabei sein, vorausgesetzt, die Zarin fühlte sich wohl. Seine Eltern sprachen seit langem von der Einladung.

Als Felix oben angelangt war, wo sich das Treppenhaus in zwei Läufe teilte, kam ihm ein Mann entgegen, der so groß war wie Felix' ägyptischer Diener, und der war der größte Mensch im Jussupow-Palast. Der unbekannte Große wurde von einem lustigen Hund begleitet, der aussah wie ein vornehmer älterer Herr. Der Hund sah ihn an, als wolle er sagen: Hau ab, du Blödmann, und das gefiel Felix. Treue, ergebene Hunde gab es genug im Palast. Er wollte einen frechen Hund wie diesen.

Am liebsten hätte er mit ihm gespielt. »Was für eine Rasse ist das?«, fragte er.

»Mein Hund ist offenbar interessanter als ich«, sagte der Große mit gespielter Empörung. »Oder bin ich so klein, dass du mich übersiehst?«, meinte er lächelnd, und Felix sah zu ihm hoch wie zu einem Schrank, und ganz oben sah er ein sympathisches Gesicht, das jung aussah und fröhlich.

»Ich heiße Fjodor Iwanowitsch, und mein Hund Wasja. Er ist eine französische Bulldogge mit russischem Namen«, sagte der Große, und Felix verbeugte sich.

»Felix Felixowitsch. Ich freue mich, dass Sie Ihren Hund mitgebracht haben. Jetzt weiß ich, was ich mir zum Geburtstag wünsche.«

»Sehr angenehm. Ich hoffe, wir sehen uns heute Abend«, sagte der Große lächelnd, und dann lief er die Treppe hinunter. Wasja sprang ihm hinterher, nicht ohne Felix noch einmal verdrossen anzusehen.

Felix fragte sich, ob er unhöflich gewesen war, und plötzlich fiel ihm ein, woher er den Großen kannte. Natürlich, das war Schaljapin, der Gast des heutigen Abends. Er hatte Bilder gesehen von dem Sänger, der in Moskau am Bolschoj-Theater auftrat und in Petersburg am Mariinskij. Auf einem der Fotos trug der Künstler einen riesengroßen, bestickten Mantel und Augenbrauen wie Bürsten – er sah zum Fürchten aus, obwohl er in Wahrheit lustig war. Genau wie seine Bulldogge Wasja.

Für Felix wurde es Zeit, zu baden und sich mithilfe seines Dieners umzukleiden für den Abend. Er mochte den Abend nicht und noch weniger die Nacht. Doch die kündigte sich schon unter dem grauen Wolkentuch des Himmels an.

KAPITEL 5

In seinem Zimmer durfte es nie völlig dunkel sein. Der Stoff, der vom Baldachin des Bettes fiel, war so gerafft, dass er den Blick freiließ auf die beiden Fenster, die fast die gesamte Breite des Raumes einnahmen. An der schmalen Wand zwischen den Fenstern hing ein großes Gemälde, das seine Mutter in ihrer kostbaren russischen Robe zeigte, und es war, als stünde sie in glitzerndem Eis. Sie trug den Kokoschnik, ein hohes spitzes Diadem aus Brillanten und Perlen, ihr fließendes weißes Kleid war üppig bestickt und betonte die überaus schmale Taille. Um den Hals trug seine Mutter ihre Lieblingskette, deren Perlen so groß waren wie Vogeleier. Seine Mutter schaute nicht zum Bett ihres Sohnes, sondern schien irgendetwas hoch oben in den drapierten Fenstervorhängen zu suchen, das für den Prinzen nicht zu sehen war. »Mama«, dachte er plötzlich voller Furcht, »Mama, schau zu mir herunter, nicht hinauf zu der langweiligen Wand.« Er vermisste ihre Zärtlichkeit, ihren ermunternden Blick, doch er wusste, dass seine Mutter beim Umkleiden und Frisieren war und abends selten Zeit für ihn hatte.

Wäre doch immer Tag. Warum musste der helle, fröhliche, laute Tag vergehen, warum wurde die Welt mit einem Mal schwarz, wo tagsüber alles rot und grün und blau und bunt war. Es war ihm, als höre er Stimmen, Klagen. Nefedow hatte ihm gesagt, dass zwölf Millionen Menschen sich schinden müssten, damit zwölf Familien wie die seine im Luxus leben könnten. Felix hütete sich aus irgendeinem Grund, Nefedows Ansichten in der Familie preiszugeben. Er glaubte ihm jedes Wort, denn Nefedow kannte das Leben, sogar das in Sibirien. Er hatte im Palast unter dem Dach eine Behausung, die Felix noch nie gesehen hatte.

Am Abend sah Felix den Mond, der gelb war und kalt und sehr fern. Felix konnte es nicht leiden, wenn sein Schein die Wände entlangstrich und auf Fenstern, Bildern und Vorhängen Ungeheuer erwachten, so dass ihm bald Hören und Sehen verging. Mit den Fensterscheiben begann der Zauber. Sie waren bemalt mit Vögeln, Gräsern und Blumen, und von seiner Mutter wusste er, dass berühmte französische Künstler die Scheiben eigens für ihn bemalt hatten. Am Tag sahen sie ja auch fröhlich und fantastisch aus. Doch in der Nacht bekamen sie wahrscheinlich Sehnsucht nach den Wolken oder dem gelben Mond. Jedenfalls verwandelten sie sich in einen Urwald, aus dem es herauskreischte, dass Felix die Fenster öffnen und alle Vögel und Blumen entlassen solle in die Welt, und die Vögel begannen zu randalieren, sie pochten mit ihren Schnäbeln heftig gegen die Fenster, und der Prinz bekam Angst, dass sie ihn entdecken und ihm die Augen aushacken könnten. Er wollte heraus aus seinem Bett, wegrennen – doch der Traum lähmte seinen Körper bis in die Fingerspitzen, er blieb hilflos eingesperrt in seine Ängste, die sich zuweilen wie ein Korsett um ihn herumlegten, bis er ächzend erwachte.

Am liebsten wäre Felix gar nicht eingeschlafen. Jeden Abend versuchte er, die Schwelle vom Wachsein zum Schlafen zu fixieren, sie festzunageln. Vergeblich. Einmal erzählte er seinem Bruder davon, doch Nikolaj lachte nur. »Du brauchst einfach nur drafloszuschlafen«, meinte er, und Felix lernte wieder einmal, dass bei der grenzenlosen Lebenslust seines Bruders kein Platz war für Ängste. Er, Felix, lebte mit dem gelben kalten Mond, Nikolaj mit der glutroten Sonne. Er hatte gut reden. Er hatte Munja.

Vor kurzem hatte Felix, versteckt hinter Stuhlreihen, beobachtet, wie die beiden im palasteigenen Theater Zärtlichkeiten austauschten. Ihre Sorglosigkeit dabei verblüffte ihn. Sie hatten sich auf der oberen Empore hinter den Stühlen versteckt, doch so wie manchmal Felix dort oben hockte, konnten auch andere auf die Empore kommen und die beiden entdecken. Felix schämte sich durchaus dafür, dass er so indiskret war. Er bemühte sich, die lustigen Putten zu betrachten, die sich auf dem Plafond tummelten. Alle waren von molliger Nacktheit, nicht so dürr wie Felix. Die Putten hatten blonde Locken oder einen dunklen Struwwelkopf, sie musizierten oder tanzten, und Felix hätte gerne den einen oder anderen zum Spielen gehabt. So wie Nikolaj Munja hatte. Trotz der Dunkelheit sah Felix, wie Nikolaj seine Hände unter das duftige Kleid Munjas schob, wie Munja still dastand, als horche sie auf irgendetwas, und in Felix glühte plötzlich eine Flamme wie bei seinem Gefühl, und er machte es sich, er bebte und flehte, bis er erlöst und erschöpft war.

Er schaute nicht mehr hin zu Munja und Nikolaj, er blieb still hocken, bis die beiden weggeschlichen waren.

Vor dem Einschlafen kam Nefedow heimlich an Felix' Bett, denn die Mutter war dagegen, dass Nefedow ihm Geschichten erzählte. Das sei nicht gesund für Felix. Doch nachdem Nefedow fortgeschickt worden war aus dem Palast, hatte der Prinz so lange gebrüllt und sich die Arme aufgekratzt, bis sie den Diener zurückgeholt hatten. Es stimmte, Nefedow war nicht so wie andere Diener, das wusste Felix, doch daran war Sibirien schuld und der tote Zar. Obwohl Felix noch viele andere Diener hatte, Abdel, den Ägypter, dann noch zwei Tataren und zwei muskulöse Schwarze, wollte er Nefedow um sich haben, denn der behandelte ihn nicht wie einen Säugling, wie es die anderen Diener und die Eltern taten. Und er war überhaupt nicht schön. Das war das Schönste an Nefedow, dass er überhaupt nicht schön war. Auch redete er nicht so geziert und unterwürfig wie die meisten Leute in Felix' Umgebung. Und seine dunklen Geschichten brauchte Felix dringend gegen das helle Gelächter der anderen.

Irgendwann, als er noch sehr klein war, war Nefedow für Felix da gewesen. Wie seine Mutter und der Vater. Wann waren eigentlich die Eltern in seinem Leben aufgetaucht? Wann hatte er seinen Vater zum ersten Mal an seinem Bett stehen sehen? Felix musste klein gewesen sein, und jetzt war er schon acht Jahre alt. Daher konnte er sich auch nach langem Grübeln nicht daran erinnern, was der Vater an seinem Bett getan hatte. Ebenso wenig wusste Felix, wann er seine Mutter das erste Mal gesehen hatte. Wann sie sich mit ihrer Zaubergewalt aus den Gesichtern der anderen Menschen gelöst und sich mitten in sein Herz gesetzt hatte. War es in Livadia auf der Krim gewesen? Hatte die Mutter ein Kleid angehabt wie Schnee? Jedenfalls war es ihm so erschienen, er vergaß es nie, und er glaubte zuweilen, die Hitze dieses Tages in Livadia wieder zu spüren.

Und Nikolaj? War er mitten in Felix' Leben hineingesprungen? So etwas gab es natürlich nicht; doch Felix glaubte, sein Bruder habe früher so ausgesehen wie auf seiner Lieblingsfotografie. Sie stand im grünen Salon der Mutter auf dem Kaminsims, der Rahmen golden und edel. Felix sah sich als mürrisch dreinschauenden Lockenkopf im weißen Spitzenkleid, Nikolaj, mit ernstem, aber frechem Blick, hatte den Arm um seinen kleinen Bruder gelegt, und so schienen sie beide aus einer Wolke herauszuwachsen, ein Geschöpf mit zwei Köpfen. Die Liebe, die Felix für seinen Bruder spürte, hätte für sieben Brüder gereicht.

Ein Glück, dass ihre Eltern nicht die Erziehungsprinzipien des Zarenhauses nachahmten. Bei vielen vornehmen Familien war das üblich. Jedenfalls sagte das die Mutter, wenn sie fand, dass ihre Söhne aufsässig waren. Wenn sie bei Gesellschaften fortgingen, ohne sich zu verabschieden. Wenn sie sich nicht am Gespräch beteiligten und ihre Langeweile ungeniert zur Schau trugen.

»Ihr seid undankbar. Nikolaj. Felix. Wir sollten euch ebenso streng erziehen, wie es am Zarenhof Brauch ist. Ihr habt wundervolle Räume in unserer Nähe. Als unser Zar Nikolaus ein Kind war, lebte er in einem anderen Trakt des Schlosses, fern von seinen Eltern. Er und seine Geschwister schliefen in kargen Feldbetten. Sie wurden kalt gebadet!

Zar Alexander sagte, dass er ganz gewöhnliche russische Kinder haben wolle, keine verhätschelten Treibhauspflanzen.

Außerdem – zum Frühstück gibt es im Zarenpalast Grütze oder Brot, die anderen Mahlzeiten sind ebenso einfach. Naschen dürfen Zarenkinder schon gar nicht.

Stellt es euch wirklich einmal vor: Die Romanows leben in ihren Palästen und essen wie das einfache Volk, wie die Bauern, Nicky trägt manchmal Blusen wie die Muschiks. Als wäre er ihnen dadurch ähnlich. Eigentlich ist das alles absurd.«

»Siehst du«, sagte Nikolaj grinsend, »jetzt sagst du es selber, absurd!«

Wenn Felix sich vorstellte, morgens kalt zu baden und dann Grütze zu essen, war er froh, nicht der Sohn des Zaren zu sein, denn opulentes Essen und Naschereien gehörten zu seiner Daseinsfreude. Seine Eltern frühstückten mit ihnen, so oft sie dazu Zeit hatten, und auch bei den anderen Mahlzeiten waren Felix und Nikolaj dabei. Schon am Morgen gab es Schinken und Eier, alle möglichen Brot- und Kuchensorten, Früchte und Säfte. Mittags und abends aßen sie Hühnchen, Fisch und Fleisch vom Kalb. Vorher gab es geräucherten Lachs oder Kaviar mit Blini, zum Dessert Kuchen und Eis.

Die Jussupows legten größten Wert auf die Bildung ihrer Söhne. Sie sollte so umfassend wie möglich sein. Felix und sein Bruder hatten berühmte Pädagogen als Lehrer, sie lernten Französisch bei Monsieur Lefevre, der dafür bekannt war, dass er auf korrekter Aussprache bestand. Sir Taylor Coleridge unterrichtete sie in Englisch, und in Latein verzweifelten die bekanntesten Professoren Sankt Petersburgs an den Jussupow-Prinzen, die schon gähnten, wenn sie ihrer Lehrer ansichtig wurden. In Kunstgeschichte und Musik unterrichtete die Mutter ihre beiden Söhne selber, und das waren die schönsten Stunden des Unterrichts.

Die Mutter zeigte ihnen Bilder aus der eigenen Sammlung oder aus Katalogen, die sie von ihren Kunstreisen mitgebracht hatte und hütete, als seien es Schätze. Die Söhne durften sie nur in Gegenwart der Mutter betrachten, und während Nikolaj höflich Interesse heuchelte, wollte Felix immer wieder dieselben Bilder sehen, Bilder, die er aus seinen Träumen zu kennen glaubte. Da waren sie doch, die Vögel, die nachts bei ihm randalierten, ihm die Augen aushackten. Vögel mit großen schwarzen Schwingen, die kreischend immer näher kamen, und dann sah er ihr Gesicht, es waren Männer und Frauen, wie man sie auf dem Newskij sah, Leute, die er kannte und doch wieder nicht. Die einsam aussahen und verzweifelt. Sie beachteten ihn nicht, flogen durch ihn hindurch mit ihren traurigen Gesichtern und ließen ihn die Angst fühlen, die ihm auch am Morgen noch die Brust einschnürte und wehtat. Felix sah Katzen, deren Augen gelb aus dem Dunkel glühten, er kannte sie, genauso waren sie, sie bissen ihm in die Füße, ließen nicht ab von ihm, wie sehr er auch strampelte und tonlos schrie.

Es gefiel seiner Mutter nicht, dass Felix sich so intensiv mit den Ungeheuern und Hexen Goyas beschäftigte. Also beobachtete er verstohlen, wohin sie den Katalog legte, und gab vor, dass er genug gesehen habe. Er wollte seine Mutter nicht beunruhigen. Wie hätte sie ihn auch verstehen können. Begreifen, dass es ihn beruhigte, dass der Maler Goya auch solche Hexen und Kobolde und wilde Vögel kannte, die es nirgends auf der Welt gab, nur eben in Träumen, wie Felix sie träumte. Seine Mutter konnte nicht wissen, dass er sich Hilfe holen wollte, dass es ihn tröstete, dass Maler seine Träume malten und dadurch sogar berühmt wurden. Das bedeutete schließlich, dass er nicht der einzige Mensch war, der nachts mit zähnefletschenden Monstren, blutrünstigen Raubkatzen, Kröten mit Flügeln wie Fledermäuse und schwarzen Hexen fertig werden musste. Auf einem Bild schlief einer, der hatte so ein ähnliches Fenster im Zimmer wie

Felix, und Katzen mit glühenden Augen saßen bei ihm – oder war eins der Tiere ein Mensch mit dem Gebiss eines Affen? Felix konnte es nicht erkennen, aber es erfüllte ihn mit grausigem Entzücken.

Eines Abends, Felix wusste seine Eltern auf einer Abendgesellschaft im Anitschkow-Palais, holte er sich heimlich die Mappe, hockte sich aufs Bett der Mutter und fand seine hilfreichen Dämonen, mit denen er sich beschäftigte, bis Abdel ihn in sein Zimmer zurückbrachte. Abdel konnte nicht wissen, dass er nicht nur Felix auf dem Arm trug, sondern auch Goyas »Koloss«, ein düsteres Bild vom Krieg, dass sich Felix einprägte. Der Koloss war ein glühender Mann, hässlich, bullig, mit zottigen Haaren, der die enormen Fäuste ballte. Für Felix war dies Bild ein Rätsel, er wusste nicht, ob das Ungeheuer die Menschen auf dem Schlachtfeld umgebracht hatte oder umbringen wollte, vielleicht wollte er sie auch beschützen und drohte nur einem Angreifer, den Felix nicht sehen konnte. Jedenfalls fand er, dass der Koloss glühte, dass er zu allem fähig war, dass er einem Angst machte wie alle Menschen und Tiere bei Goya.

Aber er glaubte, den Koloss irgendwoher zu kennen, und grübelte darüber nach, bis er darauf kam, dass er von ihm geträumt hatte, ehe er ihn auf dem Gemälde sah. Die Mutter hatte ihm vorgelesen, was der Maler selbst zu seinen Bildern geschrieben hatte. »Nur gut, dass sich dieses Volk nur nachts und im Dunklen zeigt. Niemand konnte herausfinden, wo es sich tagsüber einschließt und verbirgt. Würde jemand ein solches Nest von Kobolden ausheben und um zehn Uhr vormittags auf der Puerta del Sol in einem Käfig zur Schau stellen – wehe dem! Er brauchte kein Testament mehr zu machen.«

Sofort begann Felix sich auszumalen, dass all die schrecklichen Hexen, Kröten, Nachtvögel und wahnsinnigen Menschen auf dem Newskij in einem Riesenkäfig zur Schau gestellt würden. Alle würden sie sehen, vielleicht sogar der Zar! Mit Sicherheit würde der sie nach Sibirien verschicken, und Felix hätte Ruhe vor ihnen.

Dass der Maler all dieser Schreckensbilder nach Auskunft seiner Mutter wenig Glück im Leben gehabt hatte, rührte Felix, er fühlte sich ihm nahe, ja verwandt. Seine Mutter war auch davon beeindruckt, dass Goya es so schwer hatte im Leben. »Denk dir«, hatte sie zu Felix gesagt, »denk dir, der musste seine Bilder in einem Likörladen zum Verkauf anbieten! Du weißt, dass man Bilder sonst in Galerien anbietet, wo die Leute extra wegen der Bilder hinkommen. In dem Likörladen hatte damals keiner Verständnis für Goyas Kunst. Goya war sehr arm und verzweifelt. Heutzutage werden für seine Bilder hohe Preise gezahlt. Heute wäre er ein reicher Mann.«

Hätte er als reicher Mann wohl auch seine Albträume gehabt? Felix kannte niemanden außer Goya, der so sonderbare Träume hatte wie er.

Mit Nikolaj konnte er über seine nächtlichen Albträume keinesfalls reden. Nikolaj fuhr ihm durchs Haar, Nikolaj lachte, Nikolaj nahm ihn mit zu Militärparaden, zu Teegesellschaften für die Kinder und Jugendlichen des Hofes in Zarskoje Selo. Nikolaj hasste diese Veranstaltungen, doch das nützte ihm nichts. Er bekam eigens eine Pagenuniform geschneidert mit hohem Stehkragen und vielen Knöpfen. Richtige Epauletten hatte er und war trotzdem lustlos. Doch als Felix sich bereit erklärte, mitzukommen, war Nikolaj sofort wieder bester Laune. Felix trug seinen Matrosenanzug. Der war bequem, und Abdel hatte immer eine zweite Bluse dabei, für alle Fälle.

Felix fuhr gern nach Zarskoje Selo. Er fand das Katharinenschloss wunderschön, dagegen war das von der Zarenfamilie bewohnte Alexanderschloss, wo die Teegesellschaft stattfand, unscheinbar, aber gemütlich. Beim letzten Mal war Munja unter den jungen Mädchen gewesen, und die Überraschung Nikolajs war vollkommen. Die beiden tanzten, Felix sah zu, und er dachte an die Stille im elterlichen Theater, an die Hände Nikolajs, die jetzt zierlich die Fingerspitzen Munjas berührten. Die Entfernung zwischen ihnen war breit wie ein Hunderücken.

Nikolaj kam im Herbst in die Pagenschule. Alle waren aufgeregt. Felix war sehr traurig, er konnte sich ein Leben ohne seinen Bruder nicht vorstellen. Doch er versuchte, tapfer zu sein, denn er hatte das Gefühl, dass Nikolaj sich auch nicht mehr so richtig freute. Beim Abschied zupfte er den Bruder leicht am Ärmel. »Das wird bestimmt lustig in deinem Corps«, sagte er, und Nikolaj gab etwas kleinlaut zurück »hoffentlich«. Der Vater sah Nikolaj und auch Felix streng an. »Ich habe euch mehr als einmal erklärt, dass nur Söhne aus vornehmsten und untadeligsten Familien in die Pagenschule aufgenommen werden. Nikolaj, ich weiß, du neigst zum Leichtsinn. Aber hier hört der Spaß auf! Du repräsentierst die Fürstenfamilie Jussupow! Du musst dich vorbildlich betragen! Mama und ich – wir verlassen uns darauf!«

Felix sah, dass auch seine Mutter unter dem Abschied litt. Ihr Nikolaj, ihr begabter Ältester, der das Palais mit seinem Lachen und Toben erfüllt hatte, würde ihr sehr fehlen. Auch ihm würde alles öd und leer vorkommen, wenn Nikolaj nicht mehr hier wohnte und nur noch zu den Ferien heimkam. Daher brauchte Felix seinen alten Diener Nefedow und seine Zarengeschichten noch dringender als früher, obwohl sie ihm Angst machten. Doch wenn Felix Angst hatte, spürte er besonders stark, dass er lebte.

Nefedow, im Palast als großer Schweiger bekannt und für dumm verkauft, hob dieses Schweigen nur auf, wenn er am späten Abend mit seinem jungen Herrn alleine war. Er begann seine Erzählungen jedes Mal mit denselben Worten: »Es war eine Zeit, in der das Unglück alltäglich war …«, und dann senkte Nefedow seine Stimme zu einem Flüstern, weil sonst die Kraft nicht gereicht hätte, und der Prinz rückte nahe zu ihm hin und wartete auf die Welt, die Nefedow vor ihm ausbreitete – die Welt der früheren Zaren. Nefedow kannte alle Herrscher, die jemals Russland regiert hatten, und Felix brauchte nur »Iwan« zu sagen, und aus dem Mund seines Dieners quollen Schilderungen der Grausamkeit Iwans des Schrecklichen heraus. Er hatte Qualen für sein Volk ersonnen, damit es ihm bedingungslos diente. Wahre Gräueltaten beging er an seinem Sohn und an seinem noch ungeborenen Enkelkind. Schreien und Schlagen, Schlagen und Schreien und am Ende Stille. Sie sind mit dem Leben nicht davongekommen. Nicht mehr aufgestanden von der russischen Erde.

Oder Felix hörte den Bericht über die womöglich noch schrecklichere Herrschaft Peters des Großen, der Abertausende von Menschen heimatlos gemacht hatte, sie aus ihren Städten und Dörfern heraustreiben ließ, vom Entsetzen angenagt. Am östlichen Zipfel des finnischen Meerbusens, im Sumpfland der Newa, sollten sie eine Stadt errichten, Sankt Petersburg. Wie sollte dort die Sonne scheinen? Der Sternenhimmel erglänzen, wo ein Menschenleben nichts war, weniger als nichts? Das hatte vor mehr als dreihundert Jahren begonnen, und der Prinz lebte in dieser Stadt in einem feudalen Palast, aber das bedachte er nicht, weil er schon immer hier gewohnt hatte. Hier und in Palästen in anderen Gebieten Russlands.

Doch seit ihm Nefedow mit seiner heiseren, monotonen Stimme immer neue Zarengeschichten erzählte, lebten die Menschen der alten Zarenzeiten für Felix weiter in den Straßen seiner Stadt. Vor allem, wenn Schnee und Nebel die Straßen und Brücken mit Geistern bevölkerten. Wenn die Pferde rasch dahintrabten, verschmolzen die Passanten zu einer formlosen Menge. Alles geschah wie in Watte. Auch die sausenden Automobile schwebten lautlos neben den Kutschen. Nur entfernt war etwas zu hören vom Geheul der Hupen. Die Stadt lag wie unter einer dicken weißen Wattedecke. Felix wäre gerne daruntergeschlüpft.

Erst gestern Nacht hatte er wieder von den Erzählungen Nefedows geträumt, von den Zeiten, als Zar Peter der Große seine Untergebenen zum Bau von Sankt Petersburg presste. Er sah sie vor sich. Sie kamen in langen, elenden Prozessionen, alte Männer und junge, kräftige. Frauen mit ihren Kindern. Ihre Augen lagen wie Steine in den tiefen Höhlen, und Felix hörte ihre Fußfesseln klirren, hörte ihre Flüche, ihr Stöhnen, ihre Schreie.

Er sah, wie Männer auf das Rad geflochten wurden, wie man Frauen mit dem eisernen Pfahl durchbohrte oder Kinder lebendig räucherte, als seien es Fische, und dergestalt wanderten sie durch des Prinzen Zimmer, pfefferten ihm ihre Fußlappen ins Gesicht, der Kaftan des Bauern blieb an seiner Lampe hängen, die Kreuze des Priesters verfingen sich in seinen Vorhängen, und der Kokoschnik einer Frau bollerte die Treppe herunter, die vom Schlafzimmer des Prinzen hinaufführte in sein Bad.

Je weniger die Träume mit seiner wach erlebten Wirklichkeit zu tun hatten, je größer die Kluft war, die ihn davon trennte, umso willkommener waren sie dem Prinzen. Wie hinter einer unsichtbaren Falltür verschwand seine kindliche Welt, und er machte sich auf in das Russland weit zurückliegender Zeiten, über die er alles erfahren wollte.

Doch tagsüber beeilte sich Felix, möglichst viel vom Leben mitzukriegen. Er bekam Reitunterricht, war heimlich stolz, als es ihm schon beim ersten Mal gelang, auf ein hochbeiniges Schulpferd aufzusteigen. Felix lernte rasch, sicher auf dem Pferderücken zu sitzen, auch wenn das Pferd galoppierte oder störrisch war. Ebenso begierig lernte er von seinem Bruder das Schwimmen, und er begleitete Nikolaj in einen Radsportverein, obwohl sie nur auf dem Land Radfahren durften. Er war bald ebenso schnell wie sein Bruder.

Seit Neuerem lernte Felix das Gitarrespielen. Sein Lehrer ermunterte ihn zu kleinen Stücken, doch da er täglich üben sollte, war Felix das Spielen bald leid.

Es machte ihm eher Spaß, Mutproben zu bestehen. Er fürchtete kein kaltes Wasser, auch nicht, wenn es tief war wie das finnische Meer. Er mochte das Meer, den Sand, die großen Schiffe und die kleineren Jachten, auf denen er schon als Fünfjähriger das Segeln erlernt hatte. Mit einem kleinen Boot übten er und Nikolaj das Kentern – aber nur, wenn die Mutter nicht in der Nähe war.

Die Mutter – Felix betete sie an! Seine helle, schlanke, in seinen Augen unvergleichlich schöne Mutter lebte mit ihm in einer völlig anderen Welt. Eine, die so geheim war wie die, die ihm Nefedow bescherte. Felix' Mutter hätte gerne ein Mädchen gehabt, doch sie spürte, dass sie keine Kinder mehr bekommen würde, und so suchte sie aus den Kleidern, die von Dienerinnen gebracht wurden, seidene Gespinste für Felix aus. Tüll und Spitzen hüllten ihn ein, und er ließ es sich gern gefallen, ach was, er liebte die duftenden Stoffe, die ihn wie kühle Wasser umflossen. Und über alles ging ihm dies geheime Bündnis mit der Mutter. Felix versuchte, ein Gesicht zu machen, als hülle er sich nur der Mutter zu Gefallen in die Gazewolken, doch beide wussten, dass es ihm ein Genuss war.

Trotz aller Vorsicht erfuhr der Fürst von diesen Maskeraden, und Felix spürte wieder einmal deutlich, dass der Vater zornig war, aus Liebe zur Mutter jedoch schwieg. Er wollte Felix lieber in den langen Offiziersmänteln der Leibkosaken des Zaren sehen, ihn und erst recht seinen Bruder Nikolaj. Die Kosaken waren der Stolz des Zaren. Sie trugen auf den dunkelblauen Mäntel Patronengurte, an den Gürteln hingen ziselierte Säbel aus Silber. Dazu trugen sie Pelzmützen aus Astrachan, die leicht schräg in die Stirn gedrückt wurden, und hohe Lederstiefel, an denen die Diener zerrten beim An- und Ausziehen und sich immerzu dafür entschuldigten.

Der Vater nahm seine Söhne mit zu den Paraden, und manchmal kam der Zar zu Pferde, stieg ab und beugte sich zu ihnen herunter. Er hatte unerhört blaue Augen, das sagten jedenfalls die Großfürstinnen, und er lachte Felix an, von dessen blauen Augen ebenfalls alle sprachen. Er wusste von seiner Mutter, dass der Zar sich dringend einen Thronfolger wünschte, und Felix stellte sich vor, dass der Zar sein Vater wäre und seine Mutter die Zarin. Das war in des Prinzen Augen der mindeste Rang, der ihr gebührte. Schließlich stammte die Mutter in direkter Linie vom Vetter des Propheten Mohammed ab. Felix kannte die Familiengeschichte genau; das meiste hatte ihm Nefedow berichtet.

Der Name Jussupow ging zurück auf Jussuf, der Ende des 16. Jahrhunderts Khan eines mächtigen Turkstaates an den Ostgrenzen des damaligen Russland war. Als die Truppen Iwans des Schrecklichen Kasan eroberten und damit den Grundstein zum Aufbau des Russischen Reiches legten, war Jussufs Tochter Zarin von Kasan. Ende des 17. Jahrhunderts traten Jussufs Nachfahren zum orthodoxen Glauben über und erhielten den Fürstentitel.

Felix kannte natürlich die Zarin, aber sie war eine Deutsche, die russischen Zaren heirateten immer deutsche Prinzessinnen. Nefedow konnte sie alle nennen. Sogar Katharina II., die Große, war eine Prinzessin von Anhalt-Zerbst.

Auch die derzeitige Zarin, Alexandra Fjodorowna, war eine Deutsche, eine geborene Prinzessin von Hessen-Darmstadt, und Nefedow wiegte nur den Kopf hin und her, wenn er sie erwähnte. Dass die deutsche Zarin vor einigen Wochen eine Tochter geboren hatte, keinen Zarewitsch, darüber sprach man überall in Sankt Petersburg. Es hieß auch, sie habe keine Freunde bei Hofe. Man wusste, dass sie den Zaren lange auf ihr Jawort hatte warten lassen. Sie konnte es sich nicht vorstellen, zum russisch-orthodoxen Glauben überzutreten. Das nahm man ihr bei Hofe und in weiten Kreisen des Adels übel.

Felix hatte die Zarin schon mehrfach gesehen. Im Theater des elterlichen Palastes oder wenn er von seinen Eltern nach Zarskoje Selo zum Zarenhof mitgenommen worden war. Die Zarin hatte jedes Mal ein langes weißes Kleid getragen, die Mutter bezeichnete die Roben stets als wundervoll, und Felix war die Zarin wie ein Engel erschienen.

Sie hatte für Felix einen Hauch von einem Lächeln, das er nicht deuten konnte, aber er wollte sie auch nicht richtig gut leiden können, denn sie war die vornehmste, die erste Dame Russlands, und das konnte er nicht gelten lassen, denn diese Stellung gebührte seiner Mutter. Meine Mutter hat zwei Söhne, dachte Felix renitent, und es schien ihm gewiss, dass seine Mutter als Zarin von ganz Russland geliebt worden wäre. Er konnte sich seinen Bruder Nikolaj durchaus als Zarewitsch vorstellen. Und er, Felix, wäre Großfürst, denn alle Söhne des Zaren waren durch ihre Herkunft Großfürsten, so wie auch der Zar allein durch seine Herkunft der Zar war, der russische Herrscher. Der Imperator, der seine Herrschaft direkt von Gott bekommen hatte. Felix' Bruder Nikolaj hatte sogar denselben Namen wie der Zar, aber er war nicht nach dem Zaren benannt worden, sondern nach zwei Fürsten aus der Familie Jussupow. Felix selber trug den Namen seines Vaters.

Felix behagten diese Gedanken an die Macht des Zaren nicht. Sein Vater war zwar ein enger Vertrauter des Regenten, aber sollte es stimmen, dass der Zar jeden entlassen konnte, wenn ihm der Sinn danach stand, dann könnte auch sein Vater jeden Tag betroffen sein. Überhaupt hatte der Adel, und war die Familie noch so reich, gegenüber dem Zaren keine Rechte. Das hörte Felix aus einem Gespräch der Eltern, und es kränkte ihn. Er war wütend darüber, dass der Zar über seine Familie oder über einen von ihnen herrschen konnte.

Was seinen Namen anging, hätte Felix lieber den Namen seines berühmten Urgroßvaters getragen, Fürst Boris Nikolajewitsch Jussupow, der den Jussupow-Palast so prächtig umbauen ließ, dass ganz Sankt Petersburg davon sprach. Vor allem von dem pompösen Fest, das der Fürst zur Einweihung gegeben hatte. Alle kamen, um das reich ausgestattete Theater zu bewundern, das erste in Sankt Petersburg. Und erst die Bildergalerie mit Arbeiten von Rembrandt, Rubens, van Dyck, Corregio, Tiepolo, François Bouchet, Goya und vielen anderen berühmten Malern. Die Kunstsammlung der Jussupows war damals wertvoller als die des Zaren.

In der Familie war viel die Rede von der Herkunft, von dem Geschlecht, aus dem man stammte. Dabei schien man vor allem in Adelskreisen zu bedauern, dass so wenig russisches Blut in den Adern der Zarenfamilie floss. Manchmal war Felix stolz, wenn man ihm sagte, dass er aus einem vornehmen Turkgeschlecht stammte. Dann wiederum waren seine Vorfahren Felix völlig egal. Blut interessierte ihn nur, wenn es aus ihm herausströmte, weil er mit dem Rad gestürzt war oder von der

Schaukel geflogen, die er liebte, weil sie groß war, aus kräftigen Stämmen gebaut. Felix schwang sich oftmals so hoch, dass er glaubte, mit seinen Fußspitzen an die Baumwipfel zu reichen. Ein Gedanke, der ihn berauschen konnte. Einmal stürzte er so hart, dass die Eltern ihm drohten, die Schaukel entfernen zu lassen.

Es störte Felix, dass seine Eltern sehr zärtlich miteinander umgingen. Dass sie sich umarmten und küssten, wenn sie glaubten, dass Felix es nicht sah. Warum störte es ihn, dass seine Mutter sich jedes Mal schmückte und in Wolken von Parfüm umherging, wenn der Vater zurückerwartet wurde. Allein wie seine Eltern sich dann ansahen, wie sie darauf brannten, alleine zu sein. Er wollte das nicht mit ansehen, obwohl es ihm unbestreitbar Vorteile brachte, dass sie so glücklich waren. Sie wollten, dass auch ihre Söhne so glücklich wären und nichts im Leben fürchteten.

Am hellen Tag gab es nichts, was Felix gefürchtet hätte. Es war die Nacht, die immer dunkler werdend heranschlurfte und ihn trübsinnig machte. Wenn der Petersburger Himmel bleich wurde und die Sonne matt, dann schienen sich auch die Menschen um ihn herum zu verändern. Selbst seine Mutter, die der schönste und lebhafteste Mensch war, den er kannte, veränderte sich, wurde blasser. Vor allem ihre hellgrünen Augen, die bei Tag stets zu sprühen schienen, bekamen Schatten und waren irgendwann tiefdunkelblau. Trotzdem ging die Mutter dann nicht zu Bett. Sie machte mithilfe ihrer Dienerinnen große Toilette und besuchte mit dem Vater Gesellschaften, ging in die Oper oder lud in ihr eigenes Palais-Theater ein, das natürlich nicht so groß war wie das Mariinskij, aber immer noch das schönste und prächtigste von ganz Petersburg. Felix hielt sich gern im Palais-Theater auf. Manchmal, wenn er sich langweilte, lief er durch die Zimmerfluchten hinüber, setzte sich auf einen der weich gepolsterten Stühle und stellte sich vor, wie seine Mutter auf der Bühne geübt hatte. Sie hatte Verse vorgetragen von einem Dichter, der Puschkin hieß, das war ihm gesagt worden und auch, dass die Großfürstinnen und Großfürsten bei der Aufführung mitwirken würden.

Felix liebte die Räume des Theaters, auch wenn er nicht wusste, was ihm daran so gefiel. Überschwängliche und fantasievolle Kunst erfüllte den Raum mit dem Glanz von Gold und dem schimmernden Rot der Samtbezüge. Das Theater war trotz seiner Pracht gemütlich. Unter der Decke sah Felix eine schöne Frau, die in einem komischen zweirädrigen Wagen auf Wolken schwebte. Das war lustig. Und auf dem Vorhang prangte ein Bild von Archangelskoje, dem Schloss seiner Familie bei Moskau, wo er Pferde hatte und Hunde, wo er gern war.

Dennoch wäre es ihm nie eingefallen, spätabends allein zum Theater zu laufen, denn er musste durch viele Säle hindurch, wo das Licht sich in den Säulen spiegelte und seltsame Schatten sehen ließ. Überall standen Figuren herum, die Waffen schwenkten oder zumindest Stöcke, andere kauerten auf dem Sprung und glotzten ihn blöde an, wenn er durch die Räume hetzte, wo goldene Löwen mit aufgerissenem Maul auf ihn zusprangen oder riesige Engel ihre Flügel ausbreiteten wie auf dem Friedhof. Es machte ihm Angst, wenn er die Zimmerfluchten sah: Ein Salon hinter dem anderen verengte sich, und am Ende zeigte sich ihm nur noch ein schattenhaftes Loch, in das er keinesfalls hineingeraten wollte.

Doch es gab andere Abende, die waren für Felix in ihrer Innigkeit einzigartig. Dann hatten er und Nikolaj die Mutter ganz für sich allein, und sie las ihnen vor. Die Dienerinnen zündeten viele Kerzen an, Konfekt und Gebäck standen bereit, und die Mutter saß in einem bequemen Samtmantel auf ihrem Sofa, und Felix und Nikolaj durften sich eng an sie schmiegen. Beim letzten Mal hatte die Mutter ihnen auch von Peter I. vorgelesen, und Felix war erstaunt, dass die Geschichten seiner Mutter mit denen von Nefedow übereinstimmten. Und doch klangen sie bei ihr völlig anders.

Die Mutter las mit ihrer leisen, melodischen Stimme. Manchmal wurde die Stimme lauter, und Felix drückte sich noch enger an die Mutter, denn es gab Momente, wo es ihn schauderte:

»Dichter Nebel kam vom Meer her. In den Wasiljewskij-Sümpfen rauschten die Tannen, die wenigen Fichtenbäume neigten sich im Sturm, er wehte das lose Stroh von den Dächern der Hütten, fuhr durch die Kamine, schlug die Türen ins Schloss. Es gab viele leer stehende Häuser in Petersburg, viele Menschen waren an Seuchen gestorben, am Hunger und am Nebel. Doch Zar Peter holte immer neue Scharen von Menschen in die Stadt. Sie kamen von allen Grenzen Russlands, sprachen fremde Sprachen, sahen ihre Arbeit vernichtet durch immer neue Überschwemmungen, Feuersbrünste. Hunger stieß die Menschen immer tiefer ins Elend, schließlich kam die Pest und holte Tausende von Opfern. Doch immer kamen neue endlose Gruppen von Holzfällern über die sumpfigen Wege, Maurer kamen, Böttcher und Gerber. Viele waren in eiserne Fußfesseln geschlagen, damit sie nicht umkehren konnten, andere wurden totgeprügelt aus diesem und jenem Grund. Der Zar wollte Gehorsam um jeden Preis. Auch von den Fürsten. Nicht einmal denken durfte einer, dass Peter sein Land leer machte und arm, oder auch nur mit einem Wörtchen andeuten, dann wurde man in Eisenfesseln gelegt und in die Geheime Kanzlei oder Gerichtsstube gebracht, und man konnte sich freuen, wenn einem nur der Kopf abgeschlagen wurde.

Nur so, durch seine Angst- und Schreckensherrschaft, durch seine unerbittlichen Forderungen und die absolute Gleichgültigkeit gegenüber dem Schicksal seiner Untergebenen, vermochte Peter aus seinen Sümpfen und Wüsteneien sein Reich zu errichten und zu befestigen und schließlich Petersburg zu erbauen. Das von ihm gnadenlos erpresste Volk flüchtete aus den Städten und Dörfern in die Wälder, wo es von Dragonern eingefangen oder von Wölfen und Bären zerfleischt wurde.«

Spätestens an dieser Stelle unterbrach Felix die Mutter. »Bitte, Mama, erzähl mir vom Vater Warlaam«, und die Mutter tat ihm den Gefallen:

»Der tapfere Vater Warlaam, der die Grausamkeit Peters nicht einfach erdulden wollte, prophezeite den Arbeitern, dass Zar Peter allen ein Brandmal aufbrennen lassen werde, wenn sie nicht gegen ihn aufstünden. Sie müssten sich nur zusammentun, zusammenhalten, dann könnten sie den Zaren besiegen. Warlaams Pläne wurden dem Zaren verraten, Warlaam wurde gefangen genommen und an die Wippe gehängt. Das heißt, seine Hände wurden nach hinten ausgerenkt, über dem Kopf zusammengebunden und an dem Querbalken mit einem Riemen befestigt. Dann wurde der Körper in die Länge gezogen, von der Hüfte strömte Blut, denn Warlaam hatte vorher fünfunddreißig Knutenhiebe bekommen und war mit Reisigbündeln angeräuchert worden.

Doch Warlaam schrie den Zaren an: ›Und wenn ihr mich zwingt, auf allen vieren zu kriechen, und wenn ihr mir eine Kandare in den Mund steckt und mir die Zunge herausreißt, dann reiße ich dir die Krone vom Haupte, deine ganze Größe wird zergehen wie Rauch!‹«

Felix hörte gebannt zu. »Er war wirklich ein fürchterlicher Zar«, sagte seine Mutter. »Ihr habt es ja gehört. Er hat viel geleistet, aber noch viel mehr zerstört. Wer mit ihm zu tun hatte, den verletzte er. Er hat die Sicherheit des Landes zerstört, den Frieden, den Wohlstand, die Würde aller Menschen, auf die er traf. Er ließ seinen eigenen Sohn anklagen und foltern und zum Tode verurteilen. Als der Zarewitsch an Schwäche und Schmerzen gestorben war, oder ermordet wurde, was viele Leute geglaubt haben, weinte Peter der Große, doch schon am nächsten Tag feierte er mit allem Pomp den neunten Jahrestag der Schlacht von Poltawa.

Kann man einen solchen Zaren lieben? Nein. Man kann es nicht. Solche Zaren werden gehasst. Nicht nur von den Armen.«

»Wird Zar Nikolaus auch gehasst?«, fragte Felix, und seine Mutter erklärte es ihm ohne Umschweife. »Von manchen Leuten sicher, besonders von den Bauern, denen es schlecht geht.

Aber auch unter den Adligen gibt es Gegner des Zaren. Und die Fabrikanten aus Sankt Petersburg und Moskau, die Minenbesitzer aus der Ukraine, die Händler, Anwälte, Professoren, Techniker, Zeitungsverleger und Journalisten sind ihm zumindest völlig fremd. Doch ihr Einfluss wächst. Trotzdem: Unser Zar Nikolaus ist der mächtigste Mann der Welt. Er ist sehr gebildet, er spricht außer Russisch auch Französisch, Englisch und Deutsch. Er will sicher das Beste für Russland, aber er irrt, wenn er glaubt, er könne heute noch ein Alleinherrscher sein wie seine Vorgänger. Kein einzelner Mensch, und sei er noch so intelligent und gebildet, kann ein derart großes Land regieren. Eigentlich ist der Zar sehr klug, aber er sieht nicht, dass sich die Welt täglich verändert –«

Plötzlich setzte sich die Mutter auf, es schien, als habe etwas sie erschreckt: »Mein Gott, Kinder, was habe ich euch jetzt alles erzählt! Das könnt ihr ja noch gar nicht begreifen! Bitte, darüber dürft ihr aber nur mit mir oder mit Papa sprechen, schließlich sind wir mit der Zarenfamilie eng verbunden!«

Die Mutter klappte ihr Buch zu, setzte sich auf und lächelte ihre beiden Söhne an in einer Mischung aus Liebe und Strenge. »Wenn ihr euch bemüht, die Chancen nutzt, die euer Vater und ich euch bieten, dann habt ihr vielleicht in zehn bis fünfzehn Jahren Gelegenheit, zum engsten Kreis des Zaren zu gehören, für ihn zu arbeiten, so wie euer Vater. Dann könnt ihr ihm helfen, unser Land besser zu regieren, als er es heute tut.«

KAPITEL 6

Grigorij Jefimowitsch Rasputin wusste, dass er sich von seiner Familie mit jedem Tag mehr entfernte. Es war aber nicht so, dass er Praskowja und die Kinder weniger liebte als früher. Nein. In ihm war eine Unruhe, so dass er manchmal zum Himmel emporblickte und sich fragte, ob es vielleicht der Neumond war, der ihm Streiche spielte. Er redete in seinen Träumen in einer Sprache, die es gar nicht gab, und wenn er sich daran erinnern wollte, kam nur Unsinn heraus.

Praskowja entging die Unruhe und die Rastlosigkeit ihres Mannes nicht. Sie hatte keine Erklärung dafür, dass Grigorij immer seltener daheim war. Vielleicht hing das ja mit den Blättern zusammen, aus denen Grigorij in großer Heimlichtuerei ein Buch zusammengeklebt hatte. Praskowja hatte immer das Haus danach abgesucht, wenn Grigorij nicht daheim war, und einmal hatte der sein Heiligtum tatsächlich am Ofen liegen lassen, doch Praskowja konnte nichts damit anfangen.

Sie wusste nur, dass Grigorij auf den Bahnhöfen und Schiffsanlegeplätzen zum Volke predigte, und es kamen immer mehr Leute, die ihm zuhörten. Sie konnte es nicht fassen. Was hatte Grigorij Jefimowitsch zu sagen? Worüber und warum sprach er? Was sollte das? Schließlich wusste sie, dass ihr Mann kaum lesen und nur fehlerhaft schreiben konnte. Doch irgendwie musste er es zustande bringen, dass immer mehr Menschen ihm zuhören wollten.

Grigorij dagegen wusste, dass es kein richtiges Buch war, das sein neues Leben begründet hatte. Es war nur das Überbleibsel davon, genau genommen elf lose Seiten, die Grigorij am Bahndamm unweit von Pokrowskoje aufgelesen und aus Neugierde in die Tasche gesteckt hatte. Als er am Abend seinen Mantel auszog, spürte er die sperrigen Blätter und versuchte beim Licht einer Kerze mühsam, ein paar Zeilen zu entziffern. Bald kam er nicht mehr los von dem, was er da las, und bis er endlich Buchstaben an Buchstaben gefügt hatte, war seine Kerze heruntergebrannt. Beim Aufwachen am nächsten Morgen kreisten die Worte schon in seinem Kopf, und er richtete sich auf, rieb seine Augen und machte sich wieder an seine Lektüre. Er kümmerte sich nicht um Praskowjas Grütze, vergaß sogar, seinen geliebten Tee nur vorsichtig zu schlürfen, so dass er sich die Zunge verbrannte. Dennoch las er weiter: »Baue nicht auf deine eigene Gerechtigkeit, und lass dich nicht ein Ding bereuen, das vorbei ist, und übe Enthaltsamkeit von der Zunge und von dem Bauch.« Grigorij verstand so einigermaßen, was das Buch ihm sagte, und er verstand es auch wieder nicht. Aber er begriff, dass es den meisten Menschen, die er kannte, genauso gehen würde wie ihm, der er gepackt und erhoben und beglückt war, weil er etwas Kostbares erfahren hatte.

In den nächsten Wochen tat Grigorij nichts anderes, als sein Buch gründlich zu studieren. Ja, er nannte seinen zufälligen Fund inzwischen »mein Buch«, denn er hatte die einzelnen Blätter sorgsam nach den Seitenzahlen zusammengestellt, mittels eines Lederbandes einen Buchrücken fabriziert und für das Ganze einen Umschlag aus Leinen gefertigt. Das alles erledigte er im Schuppen, weil er aus einem unbestimmten Gefühl heraus niemandem etwas sagen oder gar zeigen wollte von seiner neuen Welt. Dass sich ihm durch sein Buch eine neue Welt eröffnete, daran hatte Grigorij keinen Zweifel.

Den Leuten von Pokrowskoje konnte er damit nicht imponieren, das schien Grigorij klar. Ihre Hirne waren besetzt von dem Gedanken, dass seine Familie es nicht wert war, im Dorf zu wohnen, dass sie alle nichts taugten, obwohl Grigorij und die Seinen sich keiner Schuld bewusst waren. Was konnten sie dafür, wenn der Alte einen schlechten Ruf hatte? Konnte er etwas dafür? Er hatte wegen seiner Diebstähle jedenfalls noch vor keinem Gericht gestanden, nichts war bewiesen, und was seine Gier nach Frauen anging, gab es wenige Familien auf dem Land, wo die Großväter und Väter sich nicht über die Frauen und die jungen Mädchen hermachten.

Dass Grigorij außer frisch gebrühtem Tee den Wodka liebte – das gab er zu. Trotzdem hatte er noch nicht im Schlamm vor seinem Haus gelegen wie gewisse andere Leute. Selbst der Starosta hatte trotz seines Alters und seiner Stellung noch nicht gelernt, wann er mit dem Saufen aufhören musste. Grigorij hatte ihn schon öfter aus dem Morast gezogen. Dazu brauchte es Kraft, denn der Starosta wollte nicht einsehen, warum er nicht im Dreck weiterschlafen durfte, und meist lagen seine Helfer schließlich auch im Schlamm. Daher gab es besonders zur Winterszeit in Pokrowskoje wenige Männer, die in der Nacht noch fähig waren, Gestrandete heimzuschleppen. Grigorij vertrug mehr als alle anderen, und als barmherziger Samariter war er den Frauen gerade gut genug.

Also – kein Wort in Pokrowskoje. Grigorij wollte mehr von seinem Leben als nur diesen Ort, in dem er lebenslang als der Sohn eines Pferdediebs gelten würde. Er sagte Praskowja, dass er auf eine lange Reise gehen müsse. Sie solle auf die Kinder aufpassen und im Übrigen fest daran glauben, dass er zurückkommen werde. Praskowja hatte sich daran gewöhnt, dass ihr Grigorij anders war als die anderen Ehemänner des Ortes. Er hatte sie noch nie geschlagen. Wenn sie ein Anliegen hatte, hörte er ihr zu. Fühlte sie sich krank und schlapp, kochte er ihr Tee und bereitete die Grütze für das Essen selber zu. Irgendetwas war verkehrt an Grigorij. Doch dieses Verkehrte bedeutete für sie ein gutes Leben. Jedenfalls das beste, das sie kannte. Daher vertraute sie Grigorij und ließ ihn ziehen. Obwohl er ihr ein und alles war.

Grigorij, der inzwischen sein Buch auswendig kannte, hatte seine Botschaften während langer, einsamer Märsche immer wieder laut vor sich hin gepredigt. Laut deshalb, weil er eine Stimme hören musste, um sich nicht allzu weit von sich selbst zu entfernen. Um nicht verrückt zu werden. Mit seinen herausgebrüllten Predigten füllte er seinen Kopf an, damit kein Platz darin blieb zum Verrücktwerden.

Von Zeit zu Zeit traf er Wanderer gleich ihm, die Botschaften aus der Bibel verkündeten oder Psalmen deklamierten. Grigorij bemerkte, dass diese Wanderprediger bei den Menschen, die ihnen begegneten, ein hohes Ansehen hatten. Sie waren offenbar der Inbegriff des Heiligen! Ohne Ausnahme trugen sie ihr Haar schulterlang, und der Bart fiel ihnen bis auf die Brust. Es erstaunte Grigorij, dass eigentlich jeder normale Wanderer oder die Einwohner kleiner Flecken ihnen mit einer gewissen Ehrfurcht begegneten.

Eines Tages, als ein wohlhabender Bauer ihn und zwei Wanderprediger ins Haus einlud, wo man ihnen zu essen gab, beobachtete er, dass die beiden Wandermönche viel mehr und bessere Brocken zu essen bekamen als er selber. Da fuhr es ihm durch den Kopf, dass er sich damit nicht länger zufrieden geben sollte, dass er genauso gut predigen könne wie seine beiden Weggenossen, deren Auftritt er zweimal miterlebt und eher schwach gefunden hatte.

Was diese beiden zu sagen hatten, war in seinen Augen banal. Ihm selber hatten schon viel mehr Leute zugehört, und nachher waren sie zu ihm gekommen und hatten sich bedankt.

An diesem Tag ernannte er sich entschlossen selber zum Pilger, zu einem der Leute Gottes, die im Land von Kloster zu Kloster, von Gutshaus zu Gutshaus wanderten. Grigorij wusste, dass die Leute Gottes auf den Landgütern gerne gesehen waren. Dass sie sogar von Fürstinnen bewirtet wurden, die sie wie Freunde aufnahmen. Dort musste einer wie er doch auch noch Platz haben, dachte Grigorij, und als äußeres Zeichen wollte er sich Haare und Bart wachsen lassen und sie besonders pflegen.

Er trennte sich von den zwei Wandermönchen, machte sich allein auf den Weg und erreichte nach zwei Tagesmärschen das nächste Landgut. Er hatte Glück, traf auf dem letzten Teil seiner Wegstrecke Pjotr, einen alten Pilger, der fast am Verdursten war, denn der Tag war sonnig und am Mittag sehr heiß. Grigorij gab dem Alten seine Wasserflasche, ließ ihn ausgiebig trinken, denn er wusste, das Gut konnte nicht mehr weit entfernt sein. Pjotrs elend aussehendes Gesicht mit dem weißen Vollbart belebte sich schnell, seine braun gebrannten Wangen sahen aus wie kleine Äpfelchen. Er schloss Grigorij so herzlich in seine Arme, als wäre er sein Sohn, den er eine Ewigkeit lang nicht gesehen hatte.

Pjotr wollte offenbar nicht mehr vom Leben, als durch das Land zu wandern, in den Klöstern zu beten und auf den Gütern einer gnädigen Herrin die Hand zu küssen. Wenn er dort andere Pilger traf und beköstigt wurde, war er zufrieden. Diese Form seines Lebens beruhigte offenbar seine Seele, denn Pjotr strahlte eine tiefe, wortlose Frömmigkeit aus, von der viele Menschen angezogen wurden.

Grigorij jedoch wollte mehr. Sein neuer Lebensentwurf, der sich gerade abzeichnete, erstaunte ihn nicht nur jeden Tag neu, er weckte in ihm auch immer größere Hoffnungen. Besonders groß war die Hoffnung, dass es ihm als Prediger gelingen werde, die Menschen zu beeindrucken, und er sagte Pjotr, dass er zu den Leuten des Gutes sprechen wolle. Pjotr gelang es, außer den Pilgern, die nach ihnen eingetroffen waren, noch Dienstleute, Gärtner und den Verwalter zu versammeln, und dann begann Grigorij die Worte des Buches vorzutragen, wie er sie auf seinen Wanderungen zu predigen geübt hatte. Er verlieh seiner Predigt das Auf und Ab seines Weges, den Jubel des Morgens, das Geheimnis des anbrechenden Tages und die Traurigkeit der Nacht. Die Menschen hörten ihm zu, denn er hatte ihnen gesagt, dass er nur sehr wenig lesen und schreiben könne, dass seine Worte ihm direkt von Gott gegeben worden seien und nicht den Umweg machen müssten über die Lehren der Priester oder Patriarchen. Aus irgendeinem Grund glaubten sie ihm das gerne. Denn wer die Quelle kennt, trinkt nicht aus dem Krug. Und sie hatten schließlich auch einen Zaren, dem seine Macht direkt von Gott gegeben war. Vielleicht geschah das bei einem Pilger genauso, wer wusste das schon?

Es war Grigorij klar, dass er nicht die Wahrheit sagte, aber das störte ihn keineswegs. Was war das schließlich – die Wahrheit? Mit Sicherheit nichts für einen Muschik wie ihn. Außerdem hatte er sich den Text seines Buches inzwischen so gründlich angeeignet, dass er ihn für sein Eigentum hielt und sich selber für einen Staretz, einen Heiligen Mann. Jawohl. Das war er. Ein Heiliger Mann. Grigorij sagte es sich immer wieder vor. Leichtgläubig war er noch nie gewesen. Auch nicht sich selber gegenüber. Doch inzwischen konnte er sich in seinen Rhythmus, das Auf und ab seiner Stimme, derart hineinsteigern, dass er die Zuhörer kaum mehr wahrnahm. Er hatte auch nicht bemerkt, dass die Herrin des Gutes sich unter seine Zuhörer gemischt hatte, doch nach seinem Vortrag bat sie ihn ins Haus, ließ ihm ein Bad richten und gab ihm so gute Kleidungsstücke, wie er sie noch nie gesehen hatte.

Der Starosta, der gewählte Älteste, der erste Mann im Dorfe Pokrowskoje, machte sich eines Tages auf den Weg, um Grigorij Jefimowitsch predigen zu hören. Es war die reine Neugier, die ihn trieb, denn er hatte Grigorij immer für denselben Nichtsnutz gehalten wie seinen Vater, obwohl er genau wusste, dass die beiden eigenhändig ihr Haus erbaut hatten, schöner und reicher als seines. Der Starosta konnte Grigorij und seinen Vater einfach nicht leiden, weil sie tüchtiger waren als er. Und Grigorij war allen Männern im Dorf über, weil er stark war und der Wodka ihm offenbar nichts ausmachte. Grigorij hatte ihn, den Starosta, schon oft schwach gesehen. Ihm war einfach nicht beizukommen.

Und nun hatten ihm in den letzten Wochen und Monaten immer mehr Leute berichtet, dass aus dem Dorf Pokrowskoje ein heiliger Mann gekommen sei, ein Mönch, der wunderbare Dinge predige, und der Starosta traute zunächst seinen Ohren nicht. Irgendwann ließ er seinen Pferdewagen anspannen, und dann machte er sich brummend und scheltend auf den Weg, überzeugt, dass es sich um einen Irrtum handle und dass er seine Zeit vertue.

Schließlich, als er schon in der Nähe der Stadt Tobolsk angekommen war und sich voller Verdruss fragte, ob er nicht lieber umkehren solle, sah er eine große Schar von Menschen an einer Schiffslände und mitten unter ihnen, auf einem Tisch stehend, Grigorij Jefimowitsch Rasputin aus Pokrowskoje.

Er stand da, als habe er schon immer dort gestanden, und er predigte zu den Menschen, stand ihnen aber auch Rede und Antwort, wenn sie Fragen hatten. Der Starosta blinzelte kräftig, er konnte immer noch nicht glauben, was er da sah, doch dann schirrte er sein Pferd aus, gab ihm zu fressen und zu saufen und schob sich entschlossen durch die Menge. Dies Schauspiel wollte er genau in Augenschein nehmen, notfalls befühlen, und er sah Grigorij in einer reinen Bluse. Seine ebenso sauberen Hosen steckten in Lederstiefeln, die so elegant waren, dass der Starosta seine eigenen klobigen Kähne sofort wegwerfen wollte. Und kein Zweifel – der ganze Grigorij hatte gebadet! Auch sein langes Haar und der Bart waren gepflegt.

Der Starosta überlegte, wann er Grigorij zuletzt gesehen hatte. Das musste eine Ewigkeit her sein, wie sonst hätte aus dem stets nachlässig gekleideten Grigorij mit seinem Zottelhaar ein solch feiner Herr werden können. Und die Worte, die diesem Herrn mühelos aus dem Mund flossen, die waren unerhört. Jedenfalls redete in Pokrowskoje niemand so, er, der Starosta, zumindest nicht. Und der Lehrer auch nicht. Nicht einmal der Bischof, als er in Pokrowskoje Station machte auf seiner Durchreise, nicht einmal der hatte so überzeugend gepredigt wie jetzt Grigorij. Es war schier nicht zu fassen, deshalb boxte der Starosta sich noch ein wenig näher hin zu Grigorij, schließlich war der eine Seele aus seinem Dorf.

Grigorij stand immer noch ruhig auf dem Tisch. Sein Blick war entweder in die Ferne gerichtet, oder er fixierte die Leute mit seinen dunklen, tief liegenden Augen, von denen der Starosta gar nicht gewusst hatte, dass sie so brennend schauen konnten. Bald war der Dorfälteste ganz gegen seinen Willen fasziniert vom Vortrag Grigorijs, der knapp gehalten war, einem aber gehörig ins Hirn hineinschoss, so dass der Starosta sich schlussendlich auf den Boden setzte und sich möglichst unauffällig betastete, ob mit ihm noch alles seine Richtigkeit habe.

Grigorij dort oben sagte gerade: »Du brauchst Gott weder hier noch dort zu suchen; er ist nicht ferner als vor der Tür des Herzens. Da steht er und harrt und wartet, wen er bereit finde, der ihm auftue und ihn einlasse. Du brauchst ihn nicht von weit her herbeizurufen; er kann es weniger erwarten als du, dass du ihm auftust.« Grigorij schwieg eine Weile, er atmete tief durch und sah mit brennenden Augen in die Menge. Einer rief laut: »Väterchen Grigorij, Ihr habt uns zuletzt vom Loslassen gepredigt. Ich habe die Worte vergessen, aber der Gedanke daran hält mich gefangen. Wirst du es noch einmal wiederholen?«

Grigorij hob seine rechte Hand, streckte Zeige- und Mittelfinger in die Höhe und erflehte offensichtlich Gottes Hilfe für sein Predigeramt. »Nun gibt es etliche Leute«, begann er, »die lassen die Dinge aus Liebe und achten gar groß die Dinge, die sie gelassen haben. Aber der Mensch, der in Wahrheit erkennt, dass, auch wenn er sich selbst lässt und alle Dinge, dass das dennoch überhaupt nichts ist – ja, der Mensch, der so lebt, dem sind in Wahrheit alle Dinge zu eigen. Alle Unordnung des inneren und des äußeren Menschen wird geordnet in der Gelassenheit, in der man sich lässt und Gott überlässt.«

Es war still um Grigorij, auch der Starosta versuchte panisch, sich die Worte Grigorijs zu merken, vergebens, doch immerhin meinte er, es sei heller geworden in seinem Kopf, und er rappelte sich vom Boden auf, überlegte eine Weile, ob er überhaupt zu Grigorij hingehen dürfe, denn inzwischen waren viele Menschen um ihn versammelt, einfache Leute, Bauern, aber auch feine Herren und Damen, die ihre leichten Kutschen am Fluss abgestellt hatten. Der Starosta wollte jede Wette eingehen, dass Grigorij bei diesen Leuten gebadet hatte. Und seine Kleider hatte er gewiss auch von ihnen geschenkt bekommen, denn solche Dinge konnte man nur in Tobolsk kaufen oder schneidern lassen. Der Starosta war zunächst völlig überrumpelt. Daher wurde er etwas kleinmütig, wenn er daran dachte, wie schlecht er oftmals die Familie Grigorijs behandelt hatte. Doch was war zu tun? Dieser Tag war verrückt, vielleicht war auch er selber nicht mehr normal, oder Grigorij hatte sich durch ein Wunder in einen Engel verwandelt, einen Verkündigungsengel, und Engel verziehen den Menschen alles. So stand es sicherlich irgendwo geschrieben.

Der Starosta drängte sich entschlossen zu Grigorij, der ihn überrascht, aber ruhig begrüßte und anhörte.

»Ich habe geglaubt«, sagte der Starosta kühn und enthusiastisch, »du seiest ein Nichtsnutz und ein Tagedieb wie dein Vater, doch seit ich dir heute zugehört habe, weiß ich, dass du direkt von oben gesandt sein musst, denn du kennst dich ja aus wie kein Zweiter!«

Der Starosta nahm seine neue Mütze ab, die er erst in Tobolsk auf dem Markt gekauft hatte, und er sammelte unter den Zuhörern Geld für Grigorij Jefimowitsch, den heiligen Mann aus dem gesegneten Dorf Pokrowskoje, in dem er der Starosta zu sein die Ehre habe, und er überreichte das Geld demütig Grigorij, obwohl er ihm noch kurze Zeit vorher kräftig vor das Schienbein getreten hatte. Grigorij bat ihn höflich, aber bestimmt, alles seiner Frau Praskowja zu bringen, und er wolle ihr doch bitte ausrichten, dass er für eine längere Zeit nicht heimkommen werde nach Pokrowskoje.

Der Starosta, beflissen, gelobte alles und machte sich auf den Heimweg. Je näher er seinem Dorf Pokrowskoje kam, desto größer wurden seine Zweifel an dem, was er in den vergangenen Wochen gehört und gesehen hatte. Er beschloss bei sich, zunächst im Dorf kein Wort verlauten zu lassen.

Doch da hatte er die Hellsicht seiner Frau unterschätzt. »Wo warst du so lange? Was ist mit dir los? Wen hast du getroffen?«, bellte sie ihn an. Da hatte der Knecht noch nicht einmal seinen Gaul ausgeschirrt. Der Starosta befürchtete, dass seine Frau wütend und schlechter Laune sei. Doch sie holte Wodka und Piroggen, scheuchte alle Kinder und Dienstboten aus dem Wohnraum und bereitete dem Starosta auf dem Ofen ein Lager. Zuerst wollte der dem Verhör ausweichen. Was ging es seine Alte an? Und er wollte sie damit abfertigen, dass er müde sei und sich dringend ausruhen müsse.

»Ich werde aus deinem Gebrabbel nicht klug! Entweder du sagst jetzt, was los war, oder –«, fuhr ihn seine Frau barsch an und begann, die Willkommensleckereien wieder abzuräumen. Das Nächste würde sein, dass sie ihm Bettverbot erteilte. Der Starosta kannte die drastischen Maßnahmen, die seine junge Frau ergriff, wenn ihr etwas nicht passte. Er war aber scharf auf sie, und da Grigorijs neue Berühmtheit wahrscheinlich ohnehin nach Pokrowskoje dringen würde, war es vielleicht sogar richtiger, wenn er als Erster davon berichtete.

»Sei wieder gut, mein Täubchen«, säuselte er, und streckte die Arme nach seiner zürnenden Frau aus. »Ich habe Grigorij zwar fest versprochen, bei niemandem etwas verlauten zu lassen, aber vor dir kann ich doch nichts verbergen.«

Diese dicke Lüge ging ihm glatt von den Lippen, und ebenso flüssig berichtete er seiner Frau über die Auftritte Grigorijs vor Zuhörern aus allen Schichten der Bevölkerung. Über das Ansehen, das er genoss, und über die teure Kleidung, die er trug.

Seiner Frau blieb der Mund offen stehen. Sie duldete es aber nur kurz, dass der Starosta nach ihren Brüsten griff, dann schob sie ihn so entschieden weg von sich, dass er fast vom Ofen gefallen wäre.

»Und was ist jetzt? Was ist, wenn Grigorij zurückkommt ins Dorf? Was machen wir dann? Vielleicht einen Kniefall?«

Der Starosta sah die Verachtung in den Augen seiner Frau. Er begriff, dass sie keineswegs beeindruckt war von der neuen Stellung Grigorijs. Sie war seine zweite Frau, zwar jung und hübsch, aber boshaft und kaltherzig. Das wusste er wohl. Trotzdem begehrte er sie, und er bezahlte sie regelrecht dafür, dass sie ihn ins Bett ließ. Ihre Verachtung für Grigorij ließ ihn jedoch nicht kalt.

Bereute er es immer noch, Grigorij und seine Familie ehedem selber verachtet zu haben? Der Starosta horchte in sich hinein, versuchte ziemlich lahm, sich den neuen, eleganten, hochgeistige Worte absondernden Grigorij Jefimowitsch auf seinem Predigertisch vorzustellen, doch es war ihm zu mühevoll.

Seine Frau, schon mit dem Abräumen der Leckereien beschäftigt, schlug sich plötzlich gegen die Stirn. Sie baute sich vor ihrem Mann auf, stemmte die Fäuste in die Hüften und schrie ihn an, dass er ja noch dümmer sei, als sie schon immer gewusst habe:

»Und was ist, wenn Grigorij zurückkommt nach Pokrowskoje? Wenn er hier predigt wie ein Patriarch und den Leuten klar wird, wie dumm und versoffen du dagegen bist? Dann wird Grigorij der neue Starosta des Dorfes, und du wirst weggejagt!«

Vor Schreck verschluckte sich der Starosta am letzten Stück seiner Pirogge. Als er von seinem Erstickungsanfall wieder zu sich kam, war seine Frau nicht mehr im Haus. Er wusste, dass sie überall herumtratschen würde, was sie gehört hatte. Und noch mehr. Wenn sie auch noch erführe, dass er für Praskowja das viele schöne Geld gesammelt hatte, würde sie ihn wahrscheinlich wochenlang nicht mehr an sich heranlassen. Dafür suchte sie immer Gründe. Doch es würde ihm nichts anderes übrig bleiben, als Praskowja das Geld zu bringen. Schließlich konnte Grigorij jederzeit wieder auftauchen in seinem Heimatdorf, bei seiner Familie. Bis in alle Ewigkeit konnte der das doch nicht treiben mit seinen Predigten. Wer hoch fliegt, fällt tief. Der Starosta kannte das Leben – einmal Pferdedieb, immer Pferdedieb. So dachte seine Frau, so dachte im Grunde auch der Starosta. Er wünschte, er hätte seiner Neugier Grigorij betreffend nicht nachgegeben. Auf ihn warteten der Zorn und die Kälte seiner Frau. Er brauchte dringend einen Wodka und tappte zum Wandschrank. Doch seine Frau hatte ihn abgeschlossen und den Schlüssel mitgenommen.

KAPITEL 7

Nikolaj Jussupow saß neben seiner Mutter, und es schien, als sei das Theater von Rosenduft durchweht, doch er wusste, dass es besonders paradiesisch duftete, wenn seine Mutter sich bewegte, und der Duft aus den Falten ihrer Kleider strömte. Und er dachte, dass einige der Damen, die er vorhin gemeinsam mit den Eltern begrüßt hatte, ebenfalls in teuren Essenzen gebadet haben mussten. Die Düfte nach Honig, Veilchen, Nelken oder Flieder waren Botschaften ihrer Trägerinnen, die Nikolaj durchaus verstand, schließlich war auch er infiziert. Sein Diener musste ihn nach dem Bad mit Eau de Cologne abrubbeln und sein Haar mit einem Gelee bürsten, das nach Sandelholz roch. Die Mutter beschnupperte ihn hin und wieder diskret und flüsterte ihm zu, dass er nicht nur unwiderstehlich gut dufte, sondern ihr Ein und Alles sei. »Es ist so schön in unserem Zuhause, aber nur, wenn ihr da seid, du und dein Bruder.« Dabei legte sie rasch ihren Arm um Felix, der zwischen ihr und seinem Vater saß, und drückte auch ihn kurz an sich.

Nikolaj sah sich um, möglichst unauffällig, doch immer wieder zog es seinen Kopf zu der Seite, wo Marija Eugenia Golowina saß, von der Familie Munja genannt. Nikolaj wollte nicht einsehen, warum Munja nicht neben ihm sitzen durfte, aber er wusste genau, dass dahin kein Weg führte. Noch lange nicht.

Aber morgen würde er sie wiedersehen, und es war niemand in diesem Theater, der das wusste, außer Munja und ihm. Unbewusst seufzte Nikolaj auf, und seine Mutter, die schon längst den Blicken ihres Sohnes gefolgt war, stupste ihn amüsiert an: »Sie sieht ja wieder aus, als wäre sie aus Schnee und Rosenblättern gemacht. Hätte ich nur auch eine so süße Tochter.«

Sekundenlang schaute Sinaida Nikolajewna Jussupowa ihren Sohn erschrocken an und fügte rasch hinzu: »Verzeih. Was rede ich denn – denk nicht mehr daran, du weißt doch, wie sehr ich dich liebe, dich und Felix.«

Nikolaj wusste das, er wusste es besser als die anderen. Besser sogar als der Vater. Nach seiner Geburt hatte die Mutter noch drei Söhne auf die Welt gebracht, und jedes dieser anmutigen, fein geäderten Geschöpfe war perfekt gewesen in seiner äußeren Gestalt. Die Mutter sprach oft mit Nikolaj darüber. Er sei ihr Erstgeborener, ihm vertraue sie. Nicht einmal mit dem Vater könne sie über ihre verlorenen Kinder reden. Nur Nikolaj zeigte sie die Fotos der kleinen Toten, die in Spitzenkleidern wie Puppen in ihren Kissen lagen. »Ihr Blut und mein Blut haben sich nicht miteinander vertragen, die Ärzte sagen, ich dürfe froh sein, dass ich dich habe und dass Felix am Leben geblieben ist, denn mit jedem weiteren Kind verringern sich die Lebenschancen.« Seine Mutter hatte ihn bei diesen Worten mit einer gewissen Ängstlichkeit angeschaut, als wolle sie herausfinden, ob er begreife, was ihm berichtet wurde, ob es nicht unangemessen sei und ihn vielleicht beschwere. Doch Nikolaj verstand alles, sogar das mit dem feindlichen Blut verstand er und den Schmerz der Mutter, der nie aufhörte. Und dass die Trauer um seine toten Brüder die Zärtlichkeiten seiner Mutter umso kostbarer machte.

Nikolaj atmete tief ein. Für diesen Moment hatte er sogar Munja vergessen. Er sah das leuchtende Gesicht seiner Mutter, die ab und zu aufstand, ihre Gäste begrüßte, mit ruhigen Gesten ihre Worte unterstrich. Zum ersten Mal spürte er fast körperlich, was er längst wusste – seine Mutter war die Fürstin Sinaida Nikolajewna Jussupowa, sie war schöner, gebildeter und reicher als die meisten Menschen in ihrem Kreis, und doch war sie oftmals voller Trauer. Und nur er wusste es. Nikolaj fühlte plötzlich einen Schmerz, den er noch nie gespürt hatte, der ihn erzittern ließ bis in die feinsten Nerven seines Organismus. Er musste achtgeben, dass er nicht in Tränen ausbrach. Seine arme Mutter. In und um Petersburg, womöglich in ganz Russland gab es keine so tapfere Mutter wie die seine. Er hatte wieder und wieder gehört, dass die Schönheit seiner Mutter außerordentlich sei, schon ihre Mutter und die Großmutter waren wegen ihrer Schönheit, ihrer Noblesse und umfassenden Bildung am Zarenhof beliebt gewesen. Nikolaj wusste auch, dass seine Mutter den vorherigen Zaren, Alexander III., bei seinen Kunsteinkäufen begleitet hatte. Obwohl sie damals noch sehr jung war, hatte er auf ihren Rat gehört. So wie schon der Vater dieses Zaren, Zar Alexander II., auf Sinaidas Vater vertraut hatte in allen Fragen der Kunst und Kultur. Sein Großvater hatte für ihn auf der ganzen Welt Kunstschätze eingekauft. Der Zar wusste, dass er sich auf den erstklassigen Geschmack des Fürsten Jussupow verlassen konnte.

Nikolaj sah das feine Profil seiner Mutter, die Masse ihres blonden Haares war unter dem Diadem zusammengesteckt und umgab weich ihr Gesicht. Nikolaj kannte viele Porträts von seiner Mutter, Gemälde und Fotos. Doch jedes Mal, wenn er eines betrachtete, dachte er, dass es kein Bild gab, das die Schönheit seiner Mutter wiedergeben könne. Er wusste nicht, warum dieser Gedanke schmerzlich war. In diesem Augenblick wandte seine Mutter ihm ihr Gesicht zu, deutete lächelnd auf den Vorhang, der sich jetzt langsam hob und der eine sonnendurchleuchtete Darstellung des Jussupow-Schlosses in Archangelskoje zeigte. Mit diesem Landsitz verband Nikolaj glückliche Erinnerungen, und der Blick der Mutter sagte ihm, dass es ihr ähnlich erging, und auch, dass sie bald wieder dorthin reisen würden. Aufatmend wandte Nikolaj seinen Kopf leicht nach rechts, sein Blick begegnete den Augen Munjas, und in ihren Augen sah er den schüchternen Ausdruck höchster Freude.

Die Generalin Golowina, die längst wusste, dass ihr einziges, zartes Töchterchen wie verzaubert war, hatte die Blicke zwischen Nikolaj und Munja natürlich beobachtet. Da noch nicht alle Plätze eingenommen waren und sie schräg hinter der Fürstin Jussupow saß, beugte sie sich vor und flüsterte der Fürstin zu, dass sie so glücklich sei, Nikolaj ebenso verliebt zu sehen wie Munja. Die Fürstin, leicht überrascht, lächelte liebenswürdig und sagte leise: »Hier ist zwar nicht gerade der Ort, seine Liebe zu bekennen, aber ich glaube auch, die beiden haben gut gewählt.«

Sie sind beide erst zwölf, dachte Sinaida, und sie glaubte in Wahrheit nicht daran, dass ihr Nikolaj und die süße Munja in wenigen Jahren vor den Altar treten würden. Doch dass die Generalin sich jede Regung ihrer Tochter sehr zu Herzen nahm und sie am liebsten dem Hause Jussupow anvertraut hätte, das wusste Sinaida auch. Ihre Gedanken gingen in eine andere Richtung. Sie sah die elfenhaft schlanke Munja mit ihrer makellosen Haut, und sie dachte daran, dass sie wahrhaftig mehr als zwei Jahrzehnte älter war. Lieber Himmel – sie wurde alt.

Sinaida Nikolajewna Jussupowa war in diesem Sommer vierunddreißig Jahre alt geworden und begann, ihrem fünfunddreißigsten und den darauffolgenden Geburtstagen mit Besorgnis entgegenzusehen. Ihrer Großmutter Sinaida Naryschkina folgend, die als schönste Frau Europas in die Geschichte eingegangen und auch mit vierundachtzig Jahren noch schlank, graziös und anziehend gewesen war, gewöhnte Sinaida sich an, sich nicht mehr satt zu essen, sondern aufzuhören, auch wenn sie noch Appetit hatte. Von diesem chronisch nur zu einem Dreiviertel gefüllten Magen erhoffte Sinaida sich die Schönheit und das lange Leben ihrer Großmutter. Leider hatte Sinaida die Ältere kein Rezept überliefert, wie man seinen Busen wieder straff bekam. Auch keines gegen die Fältchen um die Augen. Und wenn Sinaida sich die Ohrringe ansteckte, schien es ihr, als seien sogar die Ohrläppchen schlaffer als früher. Auch dagegen war sie machtlos.

Einzig gegen das Doppelkinn hatte die Großmutter noch ein Rezept hinterlassen. Indem sie die vorher rosarot gebürstete Zunge so weit herausstreckte, wie es nur eben ging, brachte sie das Doppelkinn für die Zeit des Herausstreckens der Zunge zum Verschwinden. Oder fast. Dies Herausstrecken der Zunge hatte die Großmutter praktiziert, wann immer es ihr in den Sinn kam. Ihre Enkelin Sinaida übte es ebenfalls vor dem Spiegel, aber nach einer Weile war es ihr zu dumm. Sie konnte sich nicht vorstellen, dass ihre Großmutter, die als kultiviert und gebildet gegolten hatte, so einen Blödsinn getrieben haben sollte. Ebenso wenig glaubte Sinaida daran, was man sich über Katharina die Große erzählte: Angeblich wünschte sich die Zarin einen üppigen Mund mit vollen Lippen. Dazu mussten Dienerinnen sich an ihren Lippen festsaugen und sie aufbeißen. Das war bestimmt nur Moskauer Klatsch. Sinaida wollte es sich gar nicht erst vorstellen, zumal die meisten ihrer Dienerinnen unerotische Trampel waren.

Es gab nirgends Rettung oder auch nur Trost. Daher beschloss Sinaida, zum zweiten Mal in ihrem Leben einen Schnitt zu machen. Sich von ihrer Epoche als junge Frau zu verabschieden, nicht mehr in ihrem eigenen Theater oder im Zarenpalast Gedichte zu rezitieren oder gar zu tanzen, und sollte der Zar auch noch so sehr darum bitten. Sie verstand, warum manche gleichaltrige Schauspielerinnen auf einmal begannen, sich auch außerhalb des Theaters stark zu schminken. Schließlich mussten sie auffallend und jung aussehen, um ihre Stellung zu behalten. Sinaida fand allerdings, dass sie dabei eher tragisch als jung wirkten. Was den Begriff der Schönheit anging, richtete Sinaida sich nach der Zarin und ihrer Schwester, die beide von zarter vornehmer Schönheit waren, sich nicht schminkten und dennoch überall auffielen. Natürlich – sie waren jünger als Sinaida, die Zarin ganze elf Jahre, und trotzdem, die Mode am Zarenhof, gepflegt und dabei natürlich auszusehen, gefiel ihr und schien die beste Methode, auch im Alter glaubwürdig zu sein.

Etwas anderes war es bei den großen Bällen und Empfängen. Da hatte Sinaida Lust, sich mit allem Pomp ihres Reichtums zu umgeben. Sie ließ aus Pariser Ateliers die aufwendigsten und ungewöhnlichsten Modelle kommen, der Friseur Adolphe persönlich frisierte ihr Haar. Sie beriet sich mit ihm, welche Schmuckstücke zu dem jeweiligen Anlass angelegt werden sollten. Aber auch hier bezähmte die Fürstin schon ein wenig ihre Sucht, so auffallend wie möglich auszusehen, was sie in früheren Zeiten durchaus angemessen gefunden hatte.

Alles hat seine Zeit, und es wäre Sinaida unangenehm gewesen, wenn sie, etwa wegen ihrer schlanken Figur, nur von weitem den Anschein erweckt hätte, eine junge Frau oder gar ein junges Mädchen zu sein.

Den ersten Umbruch in ihrem Leben hatte es schon bei ihrer Heirat im Jahre 1882 gegeben. Damals, mit einundzwanzig, war Sinaida entschlossen gewesen, ihrer Kindheit und Jugend für immer Adieu zu sagen. Schließlich hatte sie mit ihrer Heirat einen Sieg errungen. Über sich selbst, über ihre Familie, über alles, was sie gelernt hatte.

Sinaida war eine von Russlands reichsten und glanzvollsten Partien. Man hatte stets von ihrer Schönheit gesprochen, von ihrer Intelligenz, ihrer Bildung und ihrem Charme. Das war schon in ihrer Kindheit losgegangen, und manchmal überkam sie das Gefühl, als hätte sie eher darunter zu leiden, dass ihr die Götter so viel geschenkt hatten. Die hässlichen und ärmeren Mädchen sind doch besser dran als ich, dachte Sinaida manchmal verdrießlich. Die konnten ruhig daheim sitzen und dem verrückten Theater des Lebens zuschauen. Sie wurden von niemandem irritiert. War dagegen ein Mädchen durch gesellschaftlichen Rang, Reichtum und Schönheit ausgezeichnet, schwebte das Verhängnis immer über ihm. Nur wer von vielen Männern umworben wird, kann sich den Falschen auswählen.

Sinaida lächelte immer auf das Liebenswürdigste, wenn ihr wieder ein Großfürst mit Orden und Epauletten vorgestellt wurde, der sie heiraten wollte, denn der Zar hatte viele Vettern und Onkel, die auf der Suche nach einer standesgemäßen Partie waren. Einer schien ihr langweiliger als der andere, was natürlich ungerecht war. Doch all diese Männer waren Sinaida gleichgültig. Sobald es ihr möglich war, machte sie, dass sie fortkam aus dem Kreis ihrer Verehrer.

Auf einem Empfang des Fürsten Arkadi Ardintzeff geschah es, dass in Sinaidas Seele eine Saite in Schwingungen geriet, von der sie bislang nichts gewusst hatte. Sie saß mit ihren Freundinnen Anina und Anouschka auf der gepolsterten Bank in der Rotunde, und sie sprachen, wie alle Menschen in Russland, von dem entsetzlichen Unglück, der Tragödie, die vor genau fünf Tagen das Land getroffen hatte: Zar Alexander war getötet worden. Zerrissen von einer Bombe, die ein Terrorist am Ufer des Katharinenkanals geworfen hatte. »Er war dein Onkel, nicht wahr?«, fragte Anina, und Sinaida betonte, dass der Zar sogar ihr Patenonkel gewesen sei. »Darauf bin ich heute noch stolz, auch wenn ich nichts dazu getan habe. Er hat in meinem Geburtsjahr die Leibeigenschaft der Bauern abgeschafft. Und genau am Tag meiner Geburt hat er das bekannt gegeben«, sagte Sinaida traurig, »und dann musste er dafür sterben!« »Grinewitzki heißt der feige Mörder. Der Terrorist«, sagte Anouschka zornig. »Der kann nicht die geringste Ahnung gehabt haben, was für ein humaner Zar Alexander II. gewesen ist. Er hat doch auch den Dichter Dostojewskij freigelassen, den sein Vater zum Tode verurteilt und nach Sibirien hatte verschicken lassen.«

»Wieso wurde der denn verschickt?«, wollte Anina wissen.

»Er unterstützte eine Gruppe, die an der Seite der aufständischen Bauern für eine bessere Zukunft kämpfte«, sagte Sinaida. »Er durfte allerdings erst nach sechs Jahren zurück nach Sankt Petersburg.«

»Das war mutig von dem, das hat sich bis dahin kein Zar getraut«, sagte Anouschka bewundernd. »Und dann mussten wir ihn begraben.«

»Hatte er wirklich so intensiv blaue Augen, wie viele sagen?«, wollte Anina wissen.

»Und eine schöne Stimme«, sagte Sinaida. »Ich werde seine Augen und seine Stimme nie vergessen.«

Die jungen Frauen standen auf, traten an das große Fenster und schauten gebannt auf das Schauspiel der untergehenden Sonne, die den Himmel in feurigem Orange und Strahlen von blauen Farben schimmern ließ. Es war Sinaida, als sei der ganze Raum in einen Feuerball getaucht, das Feuer leuchtete in ihren Kummer – doch plötzlich spürte sie, dass jemand sie betrachtete. Sie drehte sich um. Es war das erste Mal, dass sie Felix Graf Sumarokow-Elston begegnete, und als sie einander in die Augen schauten, spürte sie, wie das Blut in ihren Ohren pochte. Ein unbestimmtes Angstgefühl befiel sie.

Diese Blicke. Konnte es eine Faszination geben, die sie gänzlich absorbierte, mit Leib und Seele? Ihr war, als würde sie plötzlich vom Schicksal berührt, als könne sie von dem, was jetzt passieren würde, nichts mehr rückgängig machen.

Was passierte mit ihr? Sie war zwanzig, und immer war sie unabhängig gewesen, wenn auch den Eltern verantwortlich. Als sie Ballettunterricht nehmen wollte, hatte sie das getan. Später interessierte sie das Schauspiel, und sie bekam Unterricht bei den besten Lehrern. Als sie sich mit der Kunstsammlung des Vaters zu beschäftigen begann, schenkte er ihr eine Reise. Die Grand Tour durch Italien, auf der er sie begleitete. Sie bereisten Venedig, Florenz, Rom und Neapel, bestaunten die Kunstschätze in den Uffizien, in der Akademia, gingen trunken von Kunst durch Museen, Kirchen und bedeutende Privatsammlungen. Sinaida kaufte ihren ersten Canaletto von einem Kunsthändler in Venedig. Ihr Vater erklärte ihr, wie sie Originale von Fälschungen unterscheiden konnte, die eigens für neureiche Käufer produziert wurden.

Seit dieser Zeit durfte Sinaida ihren Vater auf seinen Reisen begleiten. Manchmal schmerzte ihr der Kopf, sie war völlig erschöpft vom Sehen, es war, mehr noch als der Ballett- oder Schauspielunterricht, eine anstrengende, aber lohnende Arbeit, denn ihr Vater sparte nicht mit Anerkennung für ihren Fleiß. Sie war glücklich, genoss es überrascht, dass man ihr Urteil hörte, anerkannte. Sogar der Zar beriet sich mit ihr über Kunstankäufe. Ihr Leben hatte einen Inhalt.

Sinaida kam zurück aus ihren Gedanken. Felix Sumarokow-Elston wurde ihr vorgestellt. Er war mittelgroß, eher schlank, hatte kräftiges, sehr kurz geschnittenes Haar und einen Schnurrbart über den vollen Lippen. Er trug die Uniform eines Offiziers der Kavallerie des Zaren. Und er zeigte mit jedem Wort, mit jeder Geste, dass Sinaida Nikolajewna Jussupowa ein Wunderwesen für ihn war.

Mochte sie achtzehn sein oder neunzehn, jedenfalls war sie ein Mädchen mit einem Gesicht wie eine Blume am frühen Morgen. Er liebte schon jetzt die Flut ihrer blonden Haare, die sie lose im Nacken zusammengefasst hatte. Wie sie ihn ansah! War er betrunken, oder sah er in ihren Augen Herzlichkeit und Leidenschaft für ihn aufflammen? Doch hatte er ihren Namen richtig gehört? Jussupowa? Die Tochter von Fürst Nikolaj Borisowitsch Jussupow? Dann musste er auf der Stelle verschwinden und sie in Zukunft meiden. Zu diesem Namen, zu diesem Reichtum führte kein Weg. Zweifellos – dieses zauberhafte Mädchen musste er sich aus dem Kopf schlagen. Er wollte sich verabschieden, da begann die Kapelle wieder zu spielen, und Sinaida fragte ihn mit einem leisen Vorwurf, ob er denn nicht mit ihr tanzen wolle. Felix vergaß in der Sekunde seine Ängste und reichte ihr den Arm. Warum sollte er dieses einzigartige Geschöpf nicht lieben? Und wenn es nur für einen Tanz war!

Dreizehn Jahre war das schon her, und Sinaida gratulierte sich immer noch, dass sie es gewesen war, die Felix zum Tanzen aufgefordert hatte. Unzählige Stunden des Glücks. Sie liebte und begehrte ihn heute so wie am ersten Tag und fühlte sich wiedergeliebt. Sie war sicher, dass diese unstillbare Liebe sie nie verlassen würde.

Ja, sie hatte ihn sich erstreiten müssen. Die uneheliche Herkunft seines Vaters, sein unechter Name – die weitverzweigte

Familie hatte sich von ihrer Wahl tief enttäuscht gezeigt. Vor allem einige Tanten, die an Sina und ihrer jüngeren Schwester Tatjana die Mutterstelle vertreten wollten, denn die Mutter war zu diesem Zeitpunkt schon drei Jahre tot. »War sein Großvater nun der preußische König Friedrich Wilhelm IV. oder nicht? Jedenfalls ist Elston kein echter Adelsname!« So mäkelten die Tanten herum.

Sinaidas Schwester Tatjana hingegen fand den Grafen Sumarokow-Elston umwerfend gut aussehend, die ganze Geschichte unglaublich romantisch. Sie trat bei dem spontan anberaumten Familienrat Hand in Hand mit Sinaida vor den Vater, und die beiden Schwestern wussten, dass er ihnen nichts würde abschlagen können. Der Vater urteilte erwartungsgemäß sehr human. Immerhin sei der preußische König Friedrich Wilhelm IV. der Großvater des Zukünftigen, das gäbe doch dem jungen Offizier eine königliche Aura und ließe ihn bedeutend erscheinen. »Er ist außerdem ein stattlicher junger Mann. Und das Wichtigste: Er liebt dich, meine Tochter, so herzlich und leidenschaftlich, das begegnet einem nicht alle Tage.«

»Aber bedenke doch, Nikolaj Borisowitsch, er ist ja nicht einmal reich!«, brachte eine der Tanten vor. »Unsere Sina kann schließlich unter dem Hochadel auswählen!«

»Was soll das heißen – er ist nicht reich?«, wollte der Fürst wissen. »Am Hungertuch nagen die Sumarokow-Elstons auch nicht gerade. Und selbst wenn es so wäre – Sinaida ist eine der reichsten Frauen Russlands. Sie ist reicher als die Zarin, schätze ich mal. Sina hat es nicht nötig, einem reichen Mann den Vorzug zu geben.«

Das Gefühl des Triumphes sollte jedoch nicht lange andauern. Der erste starke Riss ging durchs Sinaidas Leben, als ihre geliebte Schwester Tatjana innerhalb einer Woche an Typhus starb – mit zweiundzwanzig Jahren. Sinaida und ihr Vater hielten sich in den Armen, als konnten sie einander für immer beistehen. Sie hatten den Tod der Mutter noch nicht verwunden, jetzt war ihnen auch Tatjana genommen worden.

Fürst Nikolaj Borisowitsch Jussupows Freude waren die Enkelsöhne, von denen der ältere seinen Namen trug, und der Kleine sah der verstorbenen Tatjana so ähnlich, dass der Fürst manchmal glaubte, er hielte sein Töchterchen im Arm. Er hatte für Tatjana ein Marmordenkmal, einen Engel mit weit ausgespannten Flügeln, auf ihrem Grab errichten lassen. Das Modell davon kam in die kleine Rotunde, in der besonders wertvolle Kunstgegenstände der Familie aufbewahrt wurden. Sinaida blieb immer wieder davor stehen und meinte, ihre Schwester in den Himmel fliegen zu sehen, mit einem so frohgemuten Gesichtsausdruck, dass Sinaida getröstet wurde.

Drei Jahre später starb ihr Vater Nikolaj Borisowitsch Jussupow in einem Sanatorium in Baden-Baden, wo er sich von einem Bronchialleiden erholen wollte. An diesem Tag sah und hörte Sinaida nichts mehr um sich herum. Ihr Kopf war angefüllt mit namenlosen Klagen. In die Traueranzeigen schrieb sie eine Zeile aus der *Ilias*, die ihr aus dem Herzen sprach: »Darum beweine ich unablässig dich Verstorbenen, immer Gütigen.«

Der Familientitel des Fürsten Jussupow ging, vom Senat und vom Zaren genehmigt, an Felix Felixowitsch Graf Sumarokow-Elston. Das ungeheure Jussupow'sche Vermögen, die Paläste und Landsitze, erbte Sinaida. Sie war jetzt Fürstin und immer noch ungewöhnlich schön, doch die Angst, dass alles nur von kurzer Dauer sein könne, jeder Frühling der letzte für einen ihrer Lieben – diese Angst saß immer mit am Kamin und zog ihr die Kehle zu. Manchmal, am Tisch mit ihren drei Liebsten, dachte sie, dass sie ihr gesamtes Vermögen darangeben würde, um sie zu beschützen. Manchmal schien es ihr leichter, niemanden zu lieben.

KAPITEL 8

Wohin Felix sich auch setzte, Irina gab einem Diener ein Zeichen, und der stellte einen Stuhl neben den von Felix, und die Kleine setzte sich, beugte sich vor und drehte ihren Kopf derart nahe zu Felix, als wolle sie seine Augen in ihre zwingen. Gemessen daran, dass sie die Tochter der Großfürstin Xenia, die Nichte des Zaren Nikolaus und die Enkelin des verstorbenen Zaren Alexander war, benahm sich die Kleine nicht gerade hoheitsvoll. Felix sah, dass seine Mutter amüsiert lächelte und eine Bemerkung zur Zarin machte, neben der sie an einer der pompösen, mit frischen Blumen geschmückten Tafeln saß. Ihnen gegenüber hatte Großfürstin Xenia mit ihrem Mann Sandro Platz genommen, und Xenia fragte ihn gerade, was er von dem Benehmen Irinas halte, die offenbar Felix verfolge. »Warum sollte sie nicht? Du hast mich früher auch verfolgt.« Entrüstet schlug Xenia mit dem Fächer nach ihrem Mann. Die Zarin lächelte sehnsüchtig. »Jetzt ist Irina schon ein großes Mädchen. Wenn ich an ihre Taufe denke – wie waren wir da noch glücklich. Ich weiß bis heute genau den Taufspruch, den der Metropolit von Moskau gewählt hat: ›Und Gott schuf den Menschen ihm zum Bilde. Zum Bilde Gottes.‹«

»Aus dem 1. Buch Mose, Genesis 1. Kapitel«, bekräftigte Sandro und sah stolz um sich. »Ich habe mir das ebenfalls gemerkt.«

»Der Metropolit hatte schon recht«, fügte Sinaida hinzu. »Irina war von einer Schönheit und Grazie, die selten ist bei so kleinen Kindern.« Sie wandte sich an die Zarin. »Wie eure Olga, die war ja auch so süß, dabei groß und kräftig für ihr Alter.«

»Ja«, antwortete die Zarin und verzog bitter ihren hübschen Mund, »aber sie war ein Mädchen. Und natürlich war ich es, die versagt hatte.«

Hatte der Zar die Bemerkung seiner Frau noch gehört? Es war ihm nicht anzumerken, und alle anderen waren erleichtert, als er sagte, man solle sich auf die Polonaise vorbereiten. »Jeder soll Gelegenheit haben, unsere historischen Kostüme anzusehen.«

»Eine gute Idee«, sagte Sinaida und fächerte sich Luft zu. »Es ist so warm geworden in den Sälen. Die Maisonne heizt uns kräftig ein.«

»Aber es ist herrlich!«, rief Xenia. »So schön war unser Palais schon lange nicht mehr geschmückt. All die frischen Frühlingsblumen! Sie duften wunderbar!«

»Das ist wohl eher das Parfüm, das ihr über euch verteilt haben müsst. Es riecht wie in einem Maiglöckchenhain. Wenn man durchatmet, wird man ohnmächtig«, beschwerte sich Fürst Jussupow, aber sein liebenswürdiges Lächeln zeigte allen, dass er sich wohlfühlte im Kreis der festlich gekleideten und duftenden Damen.

Die Tafel, an der die Zarenfamilie und auch die Jussupows saßen, war mit dem Tafelservice gedeckt, das Kaiser Wilhelm II. dem Zarenpaar zur Hochzeit geschenkt hatte. Viele, die dem Hof nahestanden, wussten, dass Zar Nikolaus den deutschen Monarchen nicht ausstehen konnte. Diese Antipathie hatte er vielleicht von seinem Vater geerbt, der Wilhelm II. gerne einen »tanzenden Derwisch« genannt hatte. Der wiederum hatte den Zaren Alexander »einen barbarischen Muschik« geheißen.

Nicht nur die Tafel des Hofes, auch die vielen anderen Tafeln waren mit herrlichstem Porzellan und dem Tafelsilber der Romanows gedeckt. Felix saß nicht bei seinen Eltern, sondern mit den Kameraden vom Pagencorps an einem entfernteren Tisch. Doch den Blicken seiner Mutter konnte er nicht entgehen – außerdem war es so auffällig, mit welcher Hartnäckigkeit die kleine Irina Alexandrowna ständig hinter ihm her reiste, dass schon einige Anwesende sich verstohlen darauf aufmerksam machten. Felix wollte nicht abwarten, bis auch noch die Zarin auf ihn schaute, er stand auf, um vielleicht auf die Terrasse zu gehen, und sah in die Augen von Dmitrij Pawlowitsch, der in seiner weißen Kavalleristenuniform vor ihm stand und ihn spöttisch fragte, warum er denn flüchten wolle. »Liebst du sie denn nicht? Wieso schaust du sie nicht an? Sieh doch nur, wie hübsch sie ist.«

Dmitrij streichelte sanft die Wange des kleinen Mädchens, das in dem langen Voilekleid mit dem breiten, gold bestickten Gürtel wie ein zu allem entschlossener Engel aussah. Irina hatte die schweren schwarzen Locken der Mutter geerbt, die Wimpern umstanden ihre Augen so dicht wie bei einer kostbaren Porzellanpuppe, doch ihr Kindergesicht hatte nichts Puppenhaftes, sondern blieb seltsam ernst. Sie reagierte nicht auf Dmitrijs Liebkosung, blickte starr geradeaus, angespannt, aber eigentümlich würdevoll.

»Komm«, sagte Felix ungeduldig zu Dmitrij, »komm, wir gehen auf die Terrasse. Hier sehen sie alle auf uns, und Irina geht mir auf die Nerven. Da feierst du in einem Schloss mit unzähligen Sälen, und dann kannst du dich nicht einmal vor einem kleinen Kind verstecken.«

Dmitrij lachte und sagte, dass Felix sich eben nicht so attraktiv herausputzen dürfe. »Ich laufe hier in meiner langweiligen Uniform herum, und du siehst aus wie ein Prinz aus märchenhafter Vorzeit. Du hast wirklich ein originelles und dazu prunkvolles Kostüm.«

Felix wusste das, schließlich hatte er Stunden vor dem Spiegel verbracht, um das Ergebnis seiner Bemühungen immer wieder zu prüfen. Mehrere Schneider und Kostümbildner waren für ihn tätig gewesen, er selber hatte sein Kostüm nach dem Muster einer alten Fotografie entworfen und wieder verworfen, um es völlig neu zu gestalten, und nun fand er das Ergebnis gelungen. Er trug ein golddurchwirktes Barett mit breitem Zobelrand. Sein mit Edelsteinen besetztes Hemd hatte einen auffallend hohen Stehkragen, der ihm fast bis zu den Wangenknochen reichte. Dazu trug er seidene Pluderhosen und Stiefel aus Sämischleder, die mit Edelsteinen besetzt waren. Das Schönste aber war sein Mantel. Er war aus einem leichten weißen Fell gemacht und mit Zobel verbrämt. Wundervolle Stickereien mit Brillanten waren so dezent angebracht, dass sie den erlesenen Geschmack der Jussupows und den selbstverständlichen Reichtum der Familie ausstrahlten.

Felix war für seine sechzehn Jahre sehr hoch aufgeschossen, sein schmales, bleiches Gesicht leuchtete förmlich unter dem dunklen Zobel. Er stupste Dmitrij liebevoll ruppig in die Seite. »Du fauler Hund. Wir feiern nur ein Mal das zweihundertjährige Bestehen Sankt Petersburgs. Da hättest du dir ruhig auch etwas Mühe geben können.« »Ach«, sagte Dmitrij und lächelte etwas melancholisch, »ich bin eben doch nur ein Stiefsohn. Für wen soll ich mir eine Überraschung ausdenken?«

Dmitrijs Mutter war bei seiner Geburt gestorben, und sein Vater hatte es eilig gehabt, sich wieder zu verheiraten, ohne mit dem Zaren darüber zu sprechen. Das nahm ihm Nikolaus so übel, dass er ihn des Landes verwies. Großfürst Sergej übernahm Dmitrijs Erziehung, und Felix hätte nicht um alles in der Welt mit seinem Freund tauschen mögen, denn er hatte kaum Freiheiten. Auch der Zar, obwohl oder weil er den Jungen ins Herz geschlossen hatte, bestand auf einer strengen, militärischen Erziehung. Natürlich erstklassig. Dmitrij diente im Gardekavallerieregiment, das im Jahr 1799 von Zar Paul I. als persönliche Leibwache gegründet worden war. Es war das prachtvollste und angesehenste Armeeregiment. Bei der Auswahl der Mitglieder spielten neben der Diensttauglichkeit auch die Körpergröße eine Rolle, das Aussehen und die Verbindungen der Familie.

»Sieh dir den Zaren an, die Zarin oder meine Stiefmutter –«, sagte Dmitrij zu Felix, »sie sehen aus, als würden sie alle in einer Oper aus dem siebzehnten Jahrhundert auftreten. Jeder glaubt, dass er überzeugender sei als der andere. Deine Mutter ist wieder einmal die Allerschönste. Da können sich die anderen anstrengen, wie sie wollen, deine Mutter ist ein Phänomen an gutem Geschmack und kreativer Fantasie.«

Dmitrij sprach sachlich und bemühte sich, seine vollen Lippen nicht zittern zu lassen. Sein weiches Gesicht verdunkelte sich – Felix kannte diese Stimmung, und er hätte Dmitrij gerne in die Arme genommen, doch sie waren nicht mehr allein.

»Sie sprechen mir aus der Seele.« Eine junge Frau stand schon eine Weile neben Felix und Dmitrij, was die beiden zunächst nicht bemerkt hatten. Jetzt erkannten und begrüßten sie sie höflich. Es war die Infantin von Spanien, die in der Presse zwei Tage lang erwähnt wurde, da sie als auffallend elegant und liebenswürdig galt. Sie war eine der wenigen, die kein Kostüm trug, dafür aber ein weißes Kleid aus feinstem Stoff, das über und über mit goldenen Blumenranken bestickt war. Und auf dem Kopf trug sie einen schwarzen Aufbau aus Spitzen und üppigen rosafarbenen Rosen. Wahrhaft königlich, fand Felix.

Offenbar hatte die Infantin bei der Vorstellung der jungen Männer nicht mitbekommen, dass es Felix Jussupow war, mit dem sie sich unterhielt. Sie äußerte sich über einige Damen der Sankt Petersburger Gesellschaft und geradezu schwärmerisch über die Fürstin Sinaida Jussupowa: »Ich bin beeindruckt von dieser reizenden, wunderbaren Schönheit. Ich war mit der Schwester der Zarin bei ihr zum Tee, und ich muss sagen, sie lebt in außerordentlichem Luxus, in einer Umgebung von unübertroffener Pracht. In ihrem großen Palast mischen sich Größe und Luxus Russlands mit der Raffinesse Frankreichs – einfach exorbitant. Schauen Sie, da drüben, die Schwester der Zarin, die Großfürstin Jelisaweta Fjodorowna. Sie hat mich stellvertretend für die Zarin betreut, mir so viel Interessantes gezeigt. Sie ist eine großartige Frau. Ist sie nicht elegant? Dies herrliche Diadem, das dazu passende Collier, die riesige Schleppe des Kleides – einfach perfekt. Und doch – die Großartigste dieses Abends ist die Fürstin Jussupowa.«

Felix lächelte der Infantin unbefangen zu, ihn freute ihr Lob, und er würde es der Mutter weitersagen. Sie stand nun einmal im ständigen Wettbewerb mit Großfürstin Jelisaweta um die größte Beliebtheit in der Gesellschaft, und den wollte sie auch gewinnen. Schließlich ging es neben dem gesellschaftlichen Ehrgeiz um die Position seines Vaters. Sinaida wollte, dass sein Vater den Großfürsten Sergej als Generalgouverneur ablöste.

Großfürst Sergej und Großfürstin Jelisaweta waren Felix vertraut, denn sie gehörten zu den häufigsten Gästen der Eltern. Wenn sie da waren, wurde es laut und lebendig im Palais Jussupow, denn das kinderlose Ehepaar kam immer mit einer jungen, fröhlichen Entourage, in der sich Dmitrij stets wie ein steinerner Gast ausnahm. Felix verehrte Tante Ella, wie er sie nannte. Den Großfürsten dagegen mochte er nicht. Er schaute nach jeder jungen Frau, als wolle er sie ins Bett zerren, und er starrte auch Felix immer ziemlich seltsam an. Im Sommer, auf der Krim, wenn er seine leichte Uniform anhatte, zeichnete sich darunter sein Korsett ab. Fischbein unter weißem Leinen. Ekelhaft. Felix hatte als Kind einmal dagegengetrommelt, worauf ihn Sergej ausschimpfte. Wo war er nur heute Abend? Wahrscheinlich wieder bei einer seiner Konkubinen.

In diesem Moment spielte die Musik einen Tusch, und die Polonaise, angeführt vom Zarenpaar, bewegte sich durch die Säle. Felix sah vor allem seine Mutter. Groß und trotzdem von zarter, erlesener Schönheit, trug sie eine Kokoschnik, besetzt mit riesigen Perlen und großen Diamanten, die, wie ein kostbarer Rahmen, ihr empfindsames Gesicht noch exquisiter erscheinen ließ. Eine schwindelerregende Ansammlung fantastischer Juwelen aus Ost und West vervollständigten ihr Kostüm. Sinaida hatte eigens Monsieur Fabergé persönlich kommen lassen, damit er Perlenschnüre, verschiedene Goldarmbänder alter Machart, Ohrgehänge aus Türkisen und Perlen, vielfarbige, glitzernde Ringe, vor allem die exklusivsten Steine aus den Schatullen der Familie heraussuchte und sie auf dem Kostüm der Fürstin befestigte. Sie glich wahrhaftig einer byzantinischen Kaiserin, und sie ging so aufrecht und trotzdem graziös an der Hand ihres Mannes, dass Felix unwillkürlich schlucken musste. Er gab vor sich selber zu, dass sein Vater in der makellosen weißen Uniform der zarischen Garde glaubwürdig, zuverlässig und repräsentativ aussah.

Tante Xenia trug das Kostüm einer Bojarin, reich bestickt und mit funkelnden Juwelen besetzt. Unter einer ausladenden Krone war eine enge Kappe aus Perlen zu sehen, und Perlenschnüre hingen wie Kaskaden von der Krone herab. Sandro hatte das Kostüm eines Hoffalkners gewählt. Mit dem weiß-goldenen langen Mantel und den gold gestickten Adlern auf Brust und Rücken wirkte er sehr edel, doch man sah ihm an, dass er sich verkleidet fühlte.

Das größte Aufsehen erregte Felix' Bruder Nikolaj. Felix glaubte zunächst seinen Augen nicht zu trauen, als er ihn sah. Nikolaj hatte auf die Frage nach seinem Kostüm stets gesagt, er wolle keines, er käme in Uniform. Und dann erschien er als Katharina die Große! Der Friseur Adolphe hatte ihm das Haar aus dem Gesicht gebürstet, in große Locken aufgesteckt und dann silberblond gepudert. In diese Locken hatte er ein Krönchen platziert und offenbar lange silberblonde Locken unsichtbar daran festgesteckt. Die hingen Nikolaj über die Schultern und ins Dekolleté, das der Friseur auch irgendwie bewerkstelligt haben musste. Jedenfalls zeichneten sich zwei Hügelchen im Ausschnitt der prächtigen Seidenrobe ab. Nikolaj sah mit seinen Rougebäckchen und dem Bemühen, ein Katharinen-Doppelkinn herauszudrücken, geradezu umwerfend aus.

Auch Munja, als Zofe dieser Zarin, ließ nichts zu wünschen übrig. Sie trug ein schulterfreies, reich besticktes Kleid, dessen Ärmel sich zu einer langen Schleppe öffneten. Am linken Oberarm ließ eine Diamantenbrosche das Wappen der Romanows sehen, in dem streng gescheitelten Haar war eine Kokoschnik befestigt, von der ein langer weißer Schleier herabhing. Munja ging immer einen halben Schritt hinter ihrer Zarin, ordnete übertrieben genau die Schleppe, puderte auch mal die Nase ihrer Majestät. Wo sie auftauchten, applaudierten und lachten die anderen Gäste.

Felix suchte mit seinen Augen die Eltern. Er war gespannt auf ihre Reaktion. Da sah er Irina, die wieder in seiner Nähe stand und ihn anhimmelte. Er sah auch, dass andere sich gegenseitig darauf aufmerksam machten. Warum kümmerte sich niemand um die Kleine? Er beschloss, selber aktiv zu werden, obwohl Dmitrij gutmütig meinte, er solle Irina doch die Freude lassen.

»Warum bist du so nervös? Sie ist noch ein Kind.«

»Nein«, sagte Felix entschieden. »Jetzt ist Schluss. So viel Langmut und Humor hab ich einfach nicht. Siehst du nicht, dass alle sich darüber amüsieren?«

Felix ging auf Irina zu, deren ernstes Gesichtchen sofort selig aufleuchtete, so dass es ihm leidtat, sie zurechtzuweisen, doch er musste das jetzt einfach tun.

»Irina, wieso rennst du den ganzen Abend hinter mir her? Deine Eltern sind hier, deine Brüder, sieh, da flitzt gerade Fjodor mit Rostislaw vorbei. Warum spielst du nicht mit denen? Lass mich in Ruhe, ja?«

Das eben noch leuchtende Gesichtchen verschloss sich, nahm plötzlich einen seltsam altklugen Ausdruck an. »Du bist der Schönste. Deshalb will ich neben dir sein. Den ganzen Abend.«

»Wenn ich dir jetzt einen Kuss gebe, lässt du mich dann in Ruhe?« Felix hatte sich zu Irina hinuntergebeugt, sah sie fragend an, doch sie verzog den Mund. »Ich will keinen Kuss – iiihhh! Und ich lass dich nicht in Ruhe.«

Der Zar und die Zarin schritten gerade vorbei in den Gewändern ihrer Vorfahren. Ihre von Gold und edlen Steinen starrenden Gewänder zeigten einen Schimmer des Glanzes der Romanows, mit dem sich der erste Zar und die erste Zarin des Russischen Reiches umgeben hatten. Nikolaus erschien als Alexis, Zar der Romanow-Dynastie, Alexandra als Zarin Maria

Miloslawskaja. Sie trug einen Sarafan aus Goldbrokat, übersät mit Smaragden. Ihre Ohrgehänge waren so schwer, dass sie ihren Kopf kaum bewegen konnte.

Felix salutierte, und Irina knickste höflich vor Onkel und Tante. Die Zarin sah atemberaubend schön aus in ihrer Robe und der großen reichen Krone, die sie schier zu erdrücken schien. Jedenfalls schaute sie eher wehmütig als glücklich, während es dem Zaren gelang, ruhig und freundlich auszusehen. Sein Mantel, ebenso kostbar wie der seiner Frau, dazu mit großem Zobelkragen, war ihm mit Sicherheit auch zu schwer. Er war für einen größeren und stärkeren Zaren angefertigt worden.

Der Zar und die Zarin tanzten nicht, wie hätten sie das in den schweren Kostümen auch zuwege bringen sollen. Felix sah, wie Großfürst Sandro seine Mutter zum Tanz holte, und er schaute nach seinem Vater aus, der offenbar nicht in der Nähe war. Er hätte es nicht zugelassen, dass Sandro seine Frau für den Rest des Abends tanzend in Beschlag nahm. Das versuchte er des Öfteren. Onkel Sandro war in seiner Jugend leidenschaftlich in Sinaida Jussupowa verliebt gewesen, das hatte Felix gehört, und er wusste, Sandro würde freiwillig keinen Tanz mit ihr auslassen.

Doch heute ließ es seine Mutter bei einem Tanz bewenden. Etwas enttäuscht kehrte Sandro mit ihr zurück, und Xenia fragte ihren Mann schadenfroh, ob Sinaida die Lust verloren habe, mit ihm zu tanzen. Und sie gab sich selbst die Antwort. »Sie weiß ja, dass sie dich sonst den ganzen Abend nicht loswird. Sie ist deiner überdrüssig.«

»Das hättest du gerne«, gab Sandro zurück, »aber Sina fühlt sich heute lediglich etwas müde. Das kann ich verstehen, die Luft hier drinnen ist zum Ersticken.«

Xenia lächelte vielsagend. Ihr machte Sandro nichts vor. Sie wusste, dass sie nur zweite Wahl gewesen war. Aber Sinaida hatte sich ihren Ehemann alleine ausgesucht, und es hatte sich für sie gelohnt. Xenia gönnte Sinaida ihr Glück, weil sie ihrem Herzen gefolgt war und nicht den verwandtschaftlichen und gesellschaftlichen Erwartungen.

Sinaida erschien heute alles maßlos: dieses überaus prunkvolle, goldene Jubiläumsfest, das überhaupt nicht mehr aufzuhören schien, mit Prozessionen, bei denen die höchsten Geistlichen Sankt Petersburgs die Ikone des Heiligen Antlitz von der Kapelle am Petrowskij-Kai mit dem Schiff zu den verschiedenen Feierlichkeiten in die Stadt brachten. War das nicht alles ein riesengroßes Theater? Für wen? Nikolaus glaubte wohl immer noch daran, dass es den Armen genügte, wenn sie die Pracht des Zarenhofes sehen durften.

Es hatte am Morgen begonnen mit der feierlichen Eröffnung der neuen Trojski-Brücke über die Newa in Gegenwart des Zarenpaares. Sinaida und ihr Mann gehörten zur Entourage der Majestäten, und Sinaida hatte die Zarin noch nie so schön gesehen. Auch später, im Kaiserzelt, war sie lebhaft und fröhlich, so, wie man sie sonst nur im engsten Kreis ihrer Familie erlebte. Nur hier zeigte sich, dass Alix eine kultivierte, fantasievolle und lebhafte Person war, geistreich im Gespräch und ungemein erfinderisch in den Spielen mit den Kindern. Es war, als habe die Zarin zwei Gesichter. Eines für den ihr feindlichen Hof, ein anderes für die Familie.

Sinaida atmete unwillkürlich tief durch. Sie mochte die elf Jahre Jüngere, bewunderte neidlos ihren natürlichen Liebreiz. Warum konnte Alix sich am Hof nicht durchsetzen? Je mehr Ressentiments sie spürte, desto eisiger schloss sie sich ab. Dabei war die Dynastie Romanow doch gar nicht so krank, so ungeliebt, so ohne Glück, wie sie oft dargestellt wurde. Welches Land hatte ein so junges, attraktives Herrscherpaar? Und schließlich – bei allen Gelegenheiten, wo sich das Zarenpaar sehen ließ, jubelte sich das Volk die Seele aus dem Hals.

Die ganze Stadt war voller Blumen und zaristischer Fahnen, mit »denen es den Bürgern der Stadt am Tag des 16. Mai 1903 gewährt sei, die Häuser zu schmücken«. So hatte es der Zar bestimmt. Und die Flottillen der Jachten auf der Newa, voran die große Jacht des Zaren – ein wirklich prachtvoller Anblick. Es gab Paraden aller Regimenter. An den berühmten Plätzen der

Stadt wurden Ausstellungen eröffnet, überall gab es Eröffnungen, »Allerhöchste Durchfahrten«, was bedeutete, dass die Zarenfamilie in der Kutsche durch die Stadt fuhr. Die Zarin, die Zarinmutter und die Großfürstinnen; der Zar in seiner Paradeuniform begleitete sie zu Pferde.

Die Familie Romanow liebte es, sich dem Volke an Festen und Gedenktagen in vollem Prunk zu zeigen. Ob es beim »Allerhöchsten Heraustreten« auf dem Balkon des Winterpalastes war oder bei den »Allerhöchsten Ausfahrten oder Durchfahrten«. Sinaida kannte das schon seit drei Jahrzehnten, und es ermüdete sie inzwischen.

Sinaida schreckte aus ihren Gedanken auf. Es gelang ihr leicht, dass sie bei Gesellschaften interessiert in die Runde schaute und in ihrer Fantasie ganz woanders war. Jetzt vermisste sie ihren Ältesten. »Ich habe mit Nikolaj und Munja heute noch kein Wort gesprochen«, sagte sie zu ihrem Mann, der sie daran erinnerte, dass der Zar ihnen Paul von Hintze, den deutschen Marineattaché für die Nordischen Reiche, vorstellen wolle. »Er ist neben Sankt Petersburg auch in Kopenhagen, Stockholm und Kristiania akkreditiert.«

»Also der Nachfolger des Freiherrn von Schimmelmann«, fragte Sina mehr höflich als interessiert.

»Es heißt, dass der deutsche Kaiser sehr viel von Hintze hält. Er spricht sehr gut Russisch, reist im Land herum und hat schon viele Freunde aus den besten Familien gefunden. Er soll geistreich sein, gebildet und mutig in seinen Urteilen.«

»Und warum war er noch nicht bei uns?«, fragte die Fürstin stirnrunzelnd. Der Mann weckte plötzlich ihre Aufmerksamkeit. »Du weißt doch, ich liebe weit gereiste Leute mit brillanten Umgangsformen, und dass er ein deutscher Attaché ist, macht ihn noch interessanter. Du musst mir später mehr von ihm berichten.«

Als Fürst und Fürstin Jussupow sich von ihren Plätzen erhoben, kamen die Dolgorukows, um sie zu begrüßen. Sie waren alte Freunde der Familie, Fürst Dolgorukow gehörte zur Suite des Zaren, und man setzte sich wieder hin, um die aktuellen Ereignisse auszutauschen. Die Männer sprachen über den neuen Attaché, den die Dolgorukows schon eingeladen hatten. Olga Dolgorukowa, in einer Wolke schweren Parfüms, das sich wie eine Narkose auf Sinaida legte, Olga hatte ein anderes, wichtigeres Anliegen.

»Meine Liebe«, sagte sie in einer Mischung aus Anklage und gespielter Verzweiflung zu Sinaida, »meine Liebe, kannst du dir vorstellen, dass mir bei Festtagen keine roten Rosen mehr geschickt werden!? Ich bekomme immer nur weiße oder zartgelbe oder höchstens einmal rosa Rosen! Und zwar genau seit meinem vierzigsten Geburtstag! Denk dir, als der deutsche Attaché Paul von Hintze zu uns zum Essen kam, brachte er mir gelbe Teerosen mit. Das erfüllt mich langsam mit Groll. Jeder denkt wohl, nun sei ich eine alte Frau! Glaubst du, dass mich in der Oper oder auf dem Newskij noch ein einziger Mann ansieht oder sich gar nach mir herumdreht? Ich habe sogar das Gefühl, dass mein Dolgorukow schon nach Jüngeren Ausschau hält.«

Erwartungsvoll sah sie Sinaida an, die aber im Moment mit diesen Nöten nicht viel anfangen konnte, denn sie wollte mit ihrem Mann zum Zaren, um den deutschen Attaché kennenzulernen. Es ging wahrhaftig nicht, dass er schon in halb Sankt Petersburg die Runde gemacht hatte und sie ihn noch nicht einmal kannte.

Sinaida machte also Olga ein Kompliment für ihr Kostüm und sagte, dass sie sich unbedingt bald treffen sollten. »Dann können wir ausführlich über deine Beobachtungen sprechen.«

»Du musst doch auch wissen, wovon ich rede, wir sind doch ein Jahrgang, oder nicht? Ich habe im Übrigen gehört«, fuhr Olga unbeirrt fort, »dass im Österreichisch-Ungarischen Reich Opernsängerinnen mit dem Titel Kammersängerin offiziell das Recht haben, ihr Geburtsdatum bis zu fünf Jahre nach hinten zu korrigieren. Ich fühle mich benachteiligt, Sina. Warum dürfen wir Russinnen uns nicht jünger machen? Lass uns nach Österreich umziehen.«

Sinaida beeilte sich, mit ihrem Mann wegzukommen von der liebenswürdigen Olga, die sie sonst sehr gern hatte, aber heute wollte sie diesen Paul von Hintze kennenlernen. Wer weiß, wann der wieder auf Reisen ging, und sie konnte nicht mitreden, wenn man am Hof über ihn sprach. Und dass geklatscht wurde, verstand sich von selbst. Der Attaché war schon fast vierzig und, wie sie gehört hatte, noch unverheiratet. Und dabei gut aussehend. So ein Mann war unverzichtbar für jede Gastgeberin, die eine kleine feine Gemeinde von einsamen Damen an den Tischen zu platzieren hatte.

Sinaida verabschiedete sich von Olga, lobte ihre Selbstironie und hakte sich bei ihrem Mann ein. Seine Wärme, die sie durch das weiße Tuch seiner Uniformjacke spürte, tat ihr gut. Hatten Olgas Lebensängste sie etwa geängstigt? Draußen an den Fenstern schlugen Zweige der Bäume an die Scheiben, und sie meinte, hinter einer Scheibe den Diener Nefedow zu sehen, seine eiskalten Augen. Der Mann war doch längst nicht mehr Felix' Diener, sie sah ja Hirngespinste.

Die Fürstin sagte halb ernst, halb scherzhaft zu ihrem Mann, dass wenigstens die Uniformen der Reitergarden noch dieselben seien wie früher. »Aber der Rest von Russland ist doch auf entsetzliche Weise verändert. Findest du nicht? Ich habe das Gefühl, ein neues, feindliches Russland starrt durch die Fenster zu uns herein. Und ich bin sicher, der Zar und die Zarin haben die gleichen Befürchtungen. Ich weiß schon, warum Nikolaus sich gewünscht hat, dass wir heute alle Kostüme aus dem siebzehnten Jahrhundert tragen: Wenigstens für eine Nacht wünscht er sich in die glorreiche Vergangenheit seiner Familie zurück.«

»Da ist sicher etwas dran«, meinte der Fürst nachdenklich, »jedenfalls spüre ich auch, dass Nikolaus verändert ist. Er klammert sich an jeden Menschen, von dem er sich Unterstützung verspricht. Und dazu gehört im Moment der Deutsche Paul von Hintze. Es heißt, die Offiziere unserer Marine bis zum Admiral seien ganz begeistert von ihm. Sie sind von seinen fachlichen Qualitäten und seinem politischen Überblick beeindruckt, und seine offene, direkte Art hat ihm rasch das Vertrauen der Marine verschafft. Hintze soll hervorragende Verbindungen zu seinem Kaiser haben, der ihm die besten Zeugnisse ausgestellt hat. Er ist ja noch relativ jung und hat schon einen so wichtigen Posten.«

»Was könnte von Hintze denn für Nicky tun?«, fragte Sinaida, deren Neugierde auf Hintze noch größer wurde.

»Nicky hofft sicher, dass von Hintze unserer Marine wertvolle Impulse gibt. Es heißt, dass er im Schiffsbau ausgezeichnet bewandert sei und dass man außerdem von ihm einiges über die Pläne Deutschlands erfährt. Vielleicht kann sich durch die Vermittlung Hintzes das Verhältnis zwischen den beiden Herrschern vertrauensvoller gestalten. Dann hätte Hintze sich einige Orden verdient.«

Sinaida war beeindruckt. Hintze würde bald unentbehrlich sein in den Salons von Sankt Petersburg.

Fürst Felix Jussupow war unbedingt loyal zu seinem Zaren. Niemals hätte er mit Außenstehenden über den Monarchen gesprochen, doch seiner Frau gegenüber äußerte er hin und wieder seine Gedanken. »Der Zar spürt natürlich, dass er nicht geliebt wird. Die Attentate, die seine Vorfahren getötet haben, haben bei ihm ein Trauma hinterlassen. Du weiß doch, dass man den kleinen Jungen am Sterbebett des blutüberströmten und grauenhaft entstellten Zaren Alexander stehen ließ, bis der Tod eingetreten war. Ist es da ein Wunder, dass der Zar im Grunde seines Wesens voller Angst und Misstrauen ist? Er ist keineswegs dumm, auch wenn das von gewissen Leuten immer behauptet wird. Er ist auch nicht unsensibel, und er wäre sogar ein hervorragender Oberbefehlshaber der Armee, wenn er nicht ständig auf seine Verwandtschaft hören würde. Andererseits ist er misstrauisch, er glaubt niemandem, vertraut niemandem. Der halbe Hof ist allerdings auch korrupt, das ist das Schlimme.«

Der Fürst hatte den Eindruck, dass seine Frau ihm schon gar nicht mehr zuhörte. Sie war ganz in ihre Gedanken versunken, und plötzlich sagte sie, sie müsse immer an die Nacht vor fünfundzwanzig Jahren denken, als der Befreier-Zar diesen Saal betrat. »An der Hand hatte er Nicky, der damals zehn Jahre alt war und den er ›mein Sonnenschein‹ nannte. Ich, als seine Patentochter, hatte meinen Platz neben seinem Enkelsohn.«

Beide schwiegen, der Fürst rauchte, er hatte seinen Arm um die Schultern Sinaidas gelegt. Nach einer Weile sagte sie, dass es damals noch ganz anders ausgesehen habe in diesem Raum. »Die Spiegel warfen die Bilder von sieben Generationen der Romanows zurück. Heute sind die Spiegel leer.«

KAPITEL 9

Grigorij wanderte weiter, beflügelt von den Worten des Starosta, der ihn zeit seines Lebens herabgesetzt und beleidigt und nun vor allen Leuten geadelt hatte. Er war auch beflügelt von den Zurufen seiner Zuhörer, den Empfehlungen seiner neuen wohlhabenden Freunde. Eingedenk seines Traums wanderte er zu Fuß, fuhr auf Ochsenkarren oder Pferdewagen, ab und zu in einer Kutsche, und je weiter er nach Westen kam, je seltener er Dörfer, einsame Gutshöfe und Menschen sah, umso erbarmungsloser entfloh er seinem Dorf, seiner Familie. Öfter, als ihm lieb war, kamen ihm allerdings die willigen Arme Praskowjas in den Sinn, ihre weichen Schenkel, die großen Brüste, die er nur lang genug streicheln musste, um in seiner fügsamen Frau Liebesglut zu entfachen, die aus ihr eine wilde, durchtriebene Sklavin machte, die er aber nach dem Sturm, wenn sie sich stumm im Zimmer wusch, nicht mehr wiederfand.

Er wusste, er würde immer wieder zurückkehren zu ihr, zu diesem Spiel, diesem Rätsel, das sein Herz für Sekunden jubeln ließ wie nichts sonst. Doch eine Stimme in ihm sagte, dass er ein Wandernder sein und bleiben müsse, und da war dieser schwere Traum, in dem sich die Worte seines Buches immer mehr ausdehnten, vertieften, es waren nicht mehr nur die Worte des Buches und schon gar nicht seine eigenen Worte, das wusste er, und er wusste auch, dass er durch die Entfernung von seinem bisherigen Leben ein anderes begann. Er begriff zum ersten Mal, wie viele Leben einem Menschen möglich sind, wenn er einen begonnenen Weg verlässt und einen neuen einschlägt. Dann wieder einen neuen, und immer wieder, bis er sein eigentliches Leben gefunden hat. Würde er, Grigorij, es bemerken, wenn er im eigentlichen Leben angekommen war?

In Pokrowskoje, im Rhythmus der Jahreszeiten, im Rhythmus des Alltags, hatte er sich oft wie im Gefängnis gefühlt. Völlig allein. Seit er ein Pilger war, seit er sich auf den Weg gemacht hatte, empfand er den Rhythmus der Tage, den Rhythmus der Jahreszeiten als zugehörig zu seiner neuen Welt, einer großen Welt, die ihn nicht einengte, nicht fesselte, die ihm alle Möglichkeiten offenhielt.

Auf seinen Wanderungen und Fahrten lernte er Gebiete seines Landes kennen, von denen er in Pokrowskoje nicht einmal etwas gehört hatte. Er lebte einen Winter im Land der Jakuten, wanderte durch die endlosen weißen Ebenen mit den raren Bäumen, die ihm vereinzelt wie Scherenschnitte erschienen. Wie Kunstwerke. Oftmals, wenn er in der Sonne rastete und hinaufsah zu den Bergen, auf denen der Schnee wie ein riesiges, frisch gewaschenes Betttuch lag, dachte er an den Tod. Dann versuchte er, ganz gegenwärtig zu sein, hockte sich für eine Weile unter einen schützenden Baum in den Schnee und war erstaunt, dass er nichts tun musste, gar nichts. Er sah die Weite vor sich, die Schatten, die die Sonne warf. Schatten, die dem Gebirge ein erhabenes Aussehen gaben, was ihm noch niemals aufgefallen war. Hier, in dieser Landschaft, konnte einer sterben, und niemand würde es bemerken. Der Gedanke schreckte ihn nicht, er musste höchstens manchmal weinen, weil er keine Wünsche mehr hatte.

Aber er lebte. In seinem Ledersack war Brot und getrocknetes Fleisch, seine Wasserflasche hatte er am Morgen erst gefüllt, als er bei einem See gerastet hatte, der so rund war, als habe ihn ein Riese ausgestanzt. Er aß und trank, und er machte aus dem wenigen viel. Während er dann weiterging, war er so glücklich, dass er seine unbeholfenen Lieder sang: »Frieden hab ich mit Gott und der Welt. Ich erlebe es ganz tief, in meinem Herzen. Mein Weg ist mir klar, und doch voller Geheimnis. Ich kann nur stammeln, denn alles um mich ist größer als ich.«

Einmal, es war am Abend, kam er in eine Siedlung, die an einem großen Wasser lag. Unter einem goldfarbenen Himmel, in dem Wolken wie schimmernde Schmuckstücke eingearbeitet schienen, schimmerte das Wasser wie helles, flüssiges Gold. Am Ufer hatten Menschen ein großes Rad aufgestellt, beim Näherkommen erkannte Grigorij, dass es zu einem Teil aus Holz bestand und nach oben hin von gewaltigen Blätterbüscheln gekrönt war. Noch ehe Grigorij bei den Menschen angekommen war, wurde das Rad in Brand gesetzt, es lohte gewaltig vor dem goldenen Meer, und ein prächtig gekleideter Alter tanzte und sang, während ihm alle wie gebannt zusahen.

Ein Paar fiel ihm auf, das so reich bestickte lange Fellmäntel trug, wie er sie noch nie gesehen hatte. Die Frau trug einen hohen Hut, der in den gleichen Mustern bestickt war wie der Mantel. Der Hut des Mannes war aus Zobel, und in seiner Hand hatte er einen langen Rossschweif, der sorgfältig gebleicht und gebürstet war.

Das Paar bat Grigorij am Schluss der Zeremonie, als alle gejubelt und getanzt hatten, in sein Haus. Grigorij war nicht nur freudig überrascht. Obwohl er viel Gastfreundschaft erfuhr, fühlte er sich heute allzu abgerissen und ungepflegt, um in das Haus derart reicher Leute zu gehen. Doch man bat ihn immer wieder so freundlich, dass er schließlich zustimmte. Bei dem Haus handelte es sich eher um ein kleines Gut mit einem Herrenhaus aus dunklem Holz und einer Fensterfront voller Schnitzereien in Türkis und Weiß. Die anderen Häuser hatten Ähnlichkeit mit dem Haus Grigorijs, und es gab ihm einen leisen Stich, als er die grob behauenen Stämme sah, die winzigen Fenster, die niederen Dächer. Hier wohnten die Seelen, die Bauern, die früher Leibeigene waren, doch Alexander, der Befreier-Zar, hatte sie vor vielen Jahren befreit.

Weil Grigorij inzwischen weder zu den Bauern gehörte noch zu den Adligen oder Reichen, weil er ein Pilger war, durfte er in das Gutshaus mit den schönen Fenstern, das in der Nachbarschaft sogar eine Kirche hatte mit einem Kreuz auf goldener Kuppel. In einer kleinen Halle empfing ihn eine sehr alte Frau. Sie war zierlich, trug aber ebenfalls eine bestickte, sehr hohe Kopfbedeckung, und sie machte einen kleinen Knicks vor Grigorij und küsste ihm die Hand. Da war Grigorij klar, dass er in diesem Haus predigen musste.

Er wollte auf der Stelle das Badezimmer aufsuchen. Bevor er diesen Wunsch äußern konnte, kam eine junge Frau aus dem ersten Stockwerk herunter. Sie war unverkennbar die Tochter des Hauses, trug ein mit glitzernden Steinen besetztes Kleid und einen dazu passenden Kopfschmuck, der ihr Gesicht eng umrahmte und mit kleinen Perlen auf der Stirn abschloss.

Halb verwirrt vor Überraschung, konnte Grigorij nur denken, dass dieses weiche, sanfte Gesicht mit den schmalen Augen, der schönen Nase und dem vollen Mund wohl das Schönste war, das er seit langem gesehen hatte. Ein Zauber ging von dieser jungen Frau aus – guter Gott! Sie stand ruhig auf dem untersten Treppenabsatz und musterte ihn. Grigorij wurde fast schlecht, denn er wusste genau, wie er aussah. Und wie er wahrscheinlich roch.

Auf eine Bemerkung des Vaters hin stieg die Schöne wieder die Treppe hinauf, gab ihm ein Zeichen, ihr zu folgen. Sie brachte ihn ans Ende eines langen Flurs und öffnete vor ihm eine Tür. Dann ging sie mit einem Neigen des Kopfes an ihm vorbei und schloss einen der Schränke auf. Sie musterte Grigorij noch einmal und brachte ihm Handtücher, Hemden und Hosen, die sie ihm stumm in die Hand drückte.

Noch niemals war Grigorij so glücklich gewesen, in einem Bad zu sein. Er goss alle mit Wasser gefüllten Zuber in eine große Holzwanne, schäumte sich von den Haaren bis zu den Zehen mit der bereitliegenden Seife ein und streckte sich dann in der Wanne aus. Er rutschte tiefer und schloss die Augen, sah sich eintauchen wie in einen sommerlichen See, und neben ihm tauchte die Tochter seiner Gastgeber ein. Ihr Körper war eine lange Linie in den Strudeln des Wassers, die Arme voran schwamm sie nah bei ihm, er sah ihren Kopf, die Brüste, den Po, und er war versucht, nach ihr zu greifen, doch behielt er dieses Bild unzerstört und sah es auch noch, als er wieder auftauchte aus dem Wasser und nach Luft rang.

Es dauerte geraume Zeit, bis er sich rein fühlte und bereit, die glatten, sauberen Gewänder anzuziehen und die dick gestrickten Strümpfe, die ihn davor bewahrten, in seine dreckigen Stiefel steigen zu müssen. Noch ehe er fertig war, klopfte es. Ein zartes Klopfen von einer Kinderhand, das hörte Grigorij. Er ging zur Tür, öffnete und sah einen kleinen Jungen. Der blickte aus seinen schrägen Augen zu ihm auf, grinste und machte die Gebärde des Essens. Grigorij beeilte sich, ihm ins Untergeschoss zu folgen, wo es nach gebratenem Fleisch duftete und nach frisch geräucherten Fischen. Er fand seinen Platz neben dem Hausherrn, und ihm gegenüber saß die schöne Tochter, Mutter des kleinen Jungen, neben dem ein gut aussehender junger Mann seinen Platz hatte, der Grigorij streng musterte, während die anderen ihn erwartungsvoll ansahen.

Für einen Moment fühlte sich Grigorij wie ein Vogel, der gegen ein Fenster geflogen war und nur schwer wieder zu sich kam. Seine Schöne. Wie gern hätte er wenigstens einen Blick ihrer Augen aufgefangen, doch er traute sich nicht. Er schämte sich seines Anspruchs. Dann sagte er sich, dass das Leben so sei, wie es sei. Er trug ein Gedicht vor aus seinem Buch, nur für sie, doch er wagte es nicht, sie dabei anzusehen: »Die Rose ist ohne Warum, sie blüht, weil sie blüht. Sie achtet nicht ihrer selbst, sie fragt nicht, ob man sie sieht. Wie töricht tut der Mensch, der aus der Pfütze trinkt und die Fontane lässt, die ihm im Haus entspringt. Halt an, wo läufst du hin? Der Himmel ist in dir. Suchst du Gott anderswo, du fehlst ihn für und für.«

Mit diesen Worten hob Grigorij sein Glas, die anderen taten es ihm nach. Der Hausherr dankte ihm für das Tischgebet, und er bat Grigorij, es für ihn und seine Familie aufzuschreiben. Während Grigorij sich nach langer Zeit wieder einmal satt aß, überlegte er hin und her, wie er das Aufschreiben seines Gedichts umgehen könne und ob diese Pein die Strafe für seine schamlosen Träume sei. Er tat Buße, ließ sich Schreibzeug geben und malte mühsam aus seinem Buch das kleine Gedicht ab. Buchstaben für Buchstaben.

In aller Frühe wanderte er weiter in das Land der Samojeden, lebte bei den Ostjaken und Tungusen, bei den Burjaten am schwarzen Eis des Baikalsees. Dieser ungewöhnlich tiefe See, schon eher ein Meer, sei über 1600 Meter tief, hörte er, und werde das Auge Sibiriens genannt. Einige Wochen blieb er bei den freundlichen Burjaten, dann schloss er sich Karawanen an, rastete in Nomadenlagern und Siedlungen, die aus dem Dunst auftauchten mit ihren Holzzäunen, dem bewachten Tor, den Häusern, die sich um den Kirchturm oder um ein Kloster scharten. Oder er schlief in Jurten, die mit Fellen und Birkenrinde gedeckt waren, überquerte in den eisigen Wintern in Pferdeschlitten die mächtigen Flüsse Jennessej und Lena, und er, der mit Minusgraden vertraut war, erlebte in Jakutien im Nordosten bis zu minus siebzig Grad an den kältesten Tagen, doch seine robuste Natur behauptete sich auch im größten Elend, und wo anderen die Nase, die Wangen oder die Zehen erfroren, kam er unbeschadet davon.

Wenn im Sommer der ganzjährig gefrorene Boden an der Oberfläche taute und er sich durch einen Sumpf von Schlamm durchschlagen und sich gegen die Moskitos wehren musste, fluchte er zwar jämmerlich, sehnte sich aber keine Sekunde nach Pokrowskoje zurück. Er war häufig so verdreckt, dass er mitsamt seiner Kleidung in Flüssen oder Flussarmen badete und dann wegen der Stechmücken die Kleider am Leib behielt, bis sie trocken waren. Trotz seines oftmals verheerenden Aussehens erlebte er immer wieder mit großem Erstaunen, dass die Menschen ihm mit Achtung begegneten. Fast alle nahmen ihn gastlich auf und lauschten seiner Predigt.

Grigorij erfuhr von ihnen erstaunliche Dinge, die ihn für lange Zeit beschäftigten, bis er das Erfahrene zu seiner eigenen Geschichte gemacht hatte. So hörte er davon, dass in naher Zukunft durch Sibirien eine Eisenbahn fahren werde. Ein heiliger Mann aus Wladiwostok hatte es ihm berichtet. »Man wird sie Transsibirische Eisenbahn nennen, so viel steht schon fest. Wo früher die Reisenden ein Jahr brauchten, um von Moskau ans andere Ende von Sibirien zu gelangen, wird die neue Eisenbahn knapp zwei Wochen brauchen.« Das konnte Grigorij sich beim besten Willen nicht vorstellen.

»Wie soll das denn möglich sein? Wird die Transsibirische Eisenbahn fliegen wie ein Vogel?«

Das meinte Grigorij nur im Scherz, doch ihm fehlte das Vorstellungsvermögen, dass sein endloses Land, in dem er nun schon fast zehn Jahre immer wieder unterwegs war, so rasch durchquert werden könnte. Doch der heilige Mann war seiner Sache ganz sicher.

»Ich habe daheim in Wladiwostok Zeichnungen gesehen. Die Eisenbahn wird wie eine riesige Schlange aus Eisen sein, die Räder hat, Rauch ausstößt und faucht. Trotzdem wird man in ihr sitzen, schlafen und essen können. Bei uns in Wladiwostok wurde vor mehr als zehn Jahren der erste Spatenstich gemacht. Nicht irgendeiner, nein, der Sohn des russischen Zaren Alexander, der dreiundzwanzigjährige Zarewitsch, hatte sich dazu aus Sankt Petersburg aufgemacht. Er war mit dem Schiff nach Wladiwostok gekommen, von seiner Stadt aus durch die Ostsee, die Nordsee, die Biskaya, das Mittelmeer, den Suezkanal, das Rote Meer, den Indischen Ozean und das Chinesische und Japanische Meer.«

Der heilige Mann schwieg und nahm ein paar tiefe Züge aus seiner Pfeife. Grigorij sah ihm an, dass er stolz war über sein Wissen. Was für eine Reise dieser junge Zar doch gemacht hatte! Zurück nach Sankt Petersburg war er doch tatsächlich durch Sibirien gereist. Das imponierte Grigorij, denn er konnte sich nicht vorstellen, dass der Zarewitsch anders gereist war als er selber. Überhaupt hatte Grigorij keine konkrete Vorstellung davon, was ein Zarewitsch war oder ein Zar. Er wusste, dass er über Russland herrschte und dass einer seiner Vorfahren, Iwan der Schreckliche, Sibirien erobert hatte. Und dass seine Macht direkt von Gott kam, das hatte Grigorij Jefimowitsch auch gehört, und darüber hatte er sich lange den Kopf zerbrochen.

Wie konnte Gott, den noch niemand gesehen oder gehört hatte, der also ein unvorstellbarer Gott war – wie konnte dieser Gott einem Menschen derart viel Macht verleihen? Dann wiederum – einem unvorstellbaren Gott ist alles zuzutrauen. Schließlich kann er nur durch Menschen seine Macht erfahrbar machen. Wie sollte das anders vor sich gehen?

Allerdings – dass es unmöglich oder eine Lüge war, das konnte auch niemand beweisen, und dieser Gedanke hatte Grigorij glücklich gemacht. Vielleicht waren ihm seine Worte ebenfalls von Gott gegeben. Warum auch nicht? Vor Gott waren alle Menschen gleich, das war Grigorij bekannt, und sicher hatte Gott nichts dagegen, dass Grigorij immer erklärte, er habe die Worte seiner Predigten von Gott geschenkt bekommen. Die meisten seiner Zuhörer schienen ihm das auch zu glauben. Seit Gott ihn vor dem riesigen Braunbären beschützt hatte und vor dem Rudel Grauwölfe – seitdem glaubte Grigorij unverbrüchlich an sich selbst. Er war auserwählt. Das wirkte sich etwas anders aus als bei den Zaren, aber auserwählt war er.

Aus der Tundra kam der Wind, und er brachte den Geruch nach Rentieren mit. Grigorij gelangte nach langem Marsch in die Nähe einer Siedlung, und er setzte sich unter einen alten, verkrüppelten Baum, um zu rasten. Er hatte nur noch wenig Wasser in der Lederflasche und ein kleines Stück gesalzenes Fleisch. Ein paar schwarze Krümel fand er noch in der Tasche, und er sehnte sich augenblicklich nach einer Tasse heißen Tees. Er schaute prüfend auf die Siedlung, die im zarten Nebel des Morgens vor ihm lag. Stimmen von Kindern klangen zu ihm herauf, Hunde rannten bellend zwischen den Hütten herum. Grigorij glaubte sogar das Klappern von Teekesseln zu hören. Er stellte sich vor, dass er dort unten Tee und ein wenig gesottenes Fleisch bekommen könnte. Unter dieser schönen Vorstellung duselte er ein wenig ein, bis ihn die stechend heiße Sonne weckte.

Mit einem groben Kamm fuhr er sich ein paarmal durch sein langes Haar, gab es aber schnell auf, weil die Strähnen schon wieder verfilzt waren. Also begnügte er sich damit, seinen Kittel ein wenig zu schütteln, die Hosen abzuklopfen und die Stiefel vom gröbsten Dreck zu reinigen. Er hatte mindestens neun Tage lang keinen Menschen getroffen. Nach seiner Berechnung musste er im Gebiet der Tungusen sein. Er konnte seine Wege planen, denn die Ostjaken, bei denen er ungefähr vier Monate verbracht hatte, hatten ihm eine sorgfältig gezeichnete Karte gegeben, mit der er sich recht gut orientieren konnte.

Er las einige Zeilen in seinem Buch, verbarg es sorgfältig in den Falten seiner Tasche und ging auf die Siedlung zu. Der Wind war stärker geworden, der Himmel wurde mit einem Mal dunkel, und als er die Hütten und Jurten deutlich erkennen konnte, sah er, dass die Hunde und die Kinder hereingeholt worden waren und kein Mensch sich auf den schmalen Pfaden der Siedlung zeigte. Später wusste Grigorij nicht mehr zu sagen, warum, doch er stellte sich vor die am reichsten geschmückte Jurte und begann mit einer Predigt:

»Die Leute sagen oft zu mir, ich solle für sie beten. Dann denke ich, warum sie ständig in der Welt herumlaufen und nicht in sich selbst bleiben und auf ihr eigenes Gut zurückgreifen. Sie tragen doch alle Wahrheit wesenhaft in sich selbst.«

Grigorij hatte laut gesprochen, und schon nach wenigen Worten öffnete sich der Eingang der Jurte, ein junger Mann trat heraus und sagte, dass er sich freue, ihn zu sehen. »Wir haben befürchtet, der Mittagsdämon drohe uns, weil sich der Himmel so rasch verfinstert hat. Aber du bist ein Mann Gottes, komm herein, wir haben schon von dir gehört. Es ist, als ob der Himmel dich schickte. Ich habe eine kranke Schwester. Sie hat ein Kind geboren, und das Blut hört nicht auf zu fließen. Daher habe ich den Schamanen gerufen, ohne seine Hilfe wird meine Schwester sterben.«

Grigorij vergaß sein Verlangen nach heißem Tee, er war überrascht und glücklich, dass dieser fremde Tunguse ihn einlud, an einer Heilungszeremonie teilzunehmen. Er wusste, was es mit den Schamanen auf sich hatte, denn in jeder Region, die er durchwandert hatte, lebten Schamanen. Sie wurden von den Menschen verehrt wie Priester. Alle Schamanen, die er erlebt hatte, kannten bestimmte Pflanzen und Kräuter, die Krankheiten lindern oder heilen konnten. Sie kochten die Rinden der Bäume, bis sie weich waren, legten sie dann auf blutende Stellen, und das Blut wurde gestillt. Auch das Fett der Tiere konnten die Schamanen so zubereiten, dass es Heilkräfte entwickelte. Grigorij war von Bewunderung und Respekt erfüllt für diese uralte Tradition der Schamanen, die älter sein sollte als das Christentum. So hatte er es von anderen Pilgermönchen gehört, und er hatte schon einige Initiationszeremonien der Ostjaken miterlebt, hatte Zaubersprüche gelernt und Beschwörungsformeln, die für ihn bislang leere Worte blieben.

Das Geheimnis war groß, so viel begriff er. Auf seine Fragen bekam er zögernde Antworten, denen er entnahm, dass man das Wissen der Schamanen nicht erlernen könne. Verstehen wie etwa eine schwierige Rechenaufgabe konnte man es nicht. Man müsse es am eigenen Leib und an der eigenen Seele erspüren, hieß es. In einer Lehrzeit sozusagen, die hart sein würde und gefährlich. Schon daheim in Pokrowskoje hatte Grigorij Berichte über Schamanen gehört, die Träume deuten konnten und wahrsagen und heilen. Er hatte ihnen jedoch keine Bedeutung zugemessen.

Schon Jungen, so hörte Grigorij, wurden in langer Lehrzeit zu Schamanen erzogen, vor allem, wenn sie Epileptiker waren oder von besonderer Nervosität. Grigorij dachte an seinen Mitja, der als Kleinkind oftmals bewusstlos gewesen war und manch mal zum Entsetzen der Eltern die Augen völlig verdreht hatte. Damals hatten Praskowja und er sich damit getröstet, dass der

Kleine sicher nicht lange leben und leiden musste. Doch er überlebte, wenn auch mit einem schwachen Kopf. Das alles sah Grigorij jetzt mit anderen Augen. Wäre im Dorf ein Schamane gewesen, hätte der die Auffälligkeiten von Mitja als Begegnung mit den Göttern ausgelegt, die dem Schamanen so schwere Krankheiten wie Epilepsie oder Typhus schickten. Das Überleben ist immer eine Gabe der Götter oder der Geister. Seltsam. Überirdisch. Grigorij wollte alles darüber wissen. Vielleicht verstand er es dann auch.

Er hörte aufmerksam zu, wenn ihm erfahrene Pilger abends am Feuer über das Wesen der Schamanen berichteten. Doch es blieb ihm fremd, interessant zwar, aber fremd. Es beunruhigte ihn. Würde er je die Tiefe und den Sinn dieser Lehre erfahren? Je vertrauter ihm die unendliche Einsamkeit der Ebenen, der Hügel und Wälder wurde, je öfter der Wind sein einziger Begleiter war, desto öfter begegnete er in dieser Wildnis Männern, die auserwählt waren. Manchmal schienen diese Männer uralt. Doch es gab auch welche, die fast noch Kinder waren.

Als er, von Irkutsk kommend, sich über Tage an den Ufern des Baikalsees aufhielt, im Gebiet der Burjaten, da sah er den Jungen. Er wanderte auf einer strauchbestandenen Ebene unweit vor Grigorij, der plötzlich das Gefühl hatte, es sei Mitja, sein Mitja, der da vorne so einsam lief und ein Lied sang. Grigorij beschleunigte seine Schritte. Es war nicht Mitja, wie sollte Mitja auch hierher in die Wildnis kommen.

Plötzlich blieb der Junge stehen, starrte in den Himmel, zuckte und tobte, und dann fiel er zu Boden. Guter Gott. Als Grigorij herbeieilte, sah er, dass der Junge das Bewusstsein verloren hatte. Und wie sah er aus! Seine Haare waren völlig zerrauft, seine Kleider zerrissen, das Gesicht war schmutzig und blutig. Wieso blutete der Junge? Hatte ihn ein Tier angegriffen?

In diesem Moment fiel Grigorij ein, dass es sich bei diesem Jungen um einen Novizen handeln musste. Zu den Initiationsriten der Schamanen gehörte nämlich, dass der künftige Schamane sich mit bloßen Händen und Zähnen Tiere zum Überleben fangen musste. Wenn Grigorij daran dachte, dass Mitja derart um sein Leben würde kämpfen müssen, wurde ihm bang. Er war froh, dass sein Sohn ein einfaches, fröhliches Leben führen konnte.

Grigorij überschüttete den Jungen mit reichlich Wasser aus dem nahen Flussarm. Schließlich begann er um sich zu schlagen, den Kopf hin und her zu bewegen und nach einer Zeit des Ausruhens Worte zu stammeln, die Grigorij unbedingt verstehen wollte. Der Junge murmelte angstvoll etwas vom Blitz, der einschlage – der Blitz, der Blitz! Dann wieder schien er sich vor Steinen zu fürchten, die auf ihn geworfen wurden. Er rollte sich zusammen, seinen Kopf schützend, und rief furchtsam: »Ihr Götter, ihr Götter –«

Obwohl Grigorij ahnte, dass dieser Junge gerade Initiationsträume durchlebte, wusste er, dass er ihn nicht allein lassen dürfe. Er bewachte seinen Schlaf und gab ihm, wenn er zu sich kam, immer wieder zu trinken. Erst nach zwei Tagen richtete sich der Junge auf und starrte Grigorij an, ohne ihn zu sehen. Erst nach langen, behutsamen Fragen Grigorijs berichtete er stockend und widerwillig, dass ihm der Geist seines verstorbenen Vaters, eines Schamanen, im Traum erschienen sei. Er habe ihm befohlen, seine Nachfolge zu übernehmen.

Grigorij hätte gern noch mehr erfahren, doch der Junge blieb weiterhin in Trance, manchmal stürzte er sich aus dem Schlaf ins kalte Flusswasser, dann wieder lief er über die glühenden Kohlen des Feuers, das Grigorij angefacht hatte, dabei rief er »Meister des Feuers, Meister des Feuers«, und Grigorij vermutete, dass er lernen musste, gegen glühende Kohlen gefeit zu sein. Von dem Fisch, den Grigorij briet, nahm er nichts, ritzte sich aber mit Grigorijs Messer tiefe Wunden in die Arme. Er kaute bestimmte Baumrinden, wilden Thymian und Wacholder, sang immer wieder dasselbe Lied, und dann begann er, Tierstimmen täuschend echt nachzuahmen.

Kein Zweifel, dieser Junge war dabei, Schamanenkräfte zu sammeln. Er würde von seinem Vater die Schamanengabe erben, das sind die Geister, die nach dem Tod eines großen Schamanen zur Verfügung stehen. Das erwähnte der junge Schamane aber erst, als er sich von Grigorij verabschiedete. Er sagte, Grigorij hätte ihm nicht helfen dürfen, seine Ahnen seien darüber erzürnt, und er müsse neue Prüfungen durchmachen.

Seither war viel Zeit vergangen. Grigorij schätzte, dass er, alles in allem, an die zehn Jahre unterwegs gewesen war, etwa von 1894 bis 1904. Wenn man ihm Geld für seine Predigten geschenkt hatte, war er auf Flößen unterwegs oder mit Pferdekarren. Immer wieder sah er große Strecken im Bau, auf denen bald die Transsibirische Eisenbahn fahren würde. Dann würde er schnell nach Tobolsk und von dort nach Hause kommen, nach Pokrowskoje. Jedes Mal, wenn er zwischendurch in sein Dorf kam, war er erstaunt und erleichtert, dass sich dort nicht viel verändert hatte.

Bei einem seiner Besuche erfuhr er, dass der Starosta gestorben war. In einer besonders kalten Winternacht war er von einem Zechgelage gekommen. Seine Frau und die Kinder hatten so fest geschlafen, dass sie ihn nicht hörten, wie er vergeblich versuchte, die Tür seines Hauses aufzuschließen. In wodkaseliger Müdigkeit hatte er sich in einen Schuppen zum Schlafen niedergelegt und war erfroren.

Praskowja trauerte nicht um ihn. Sie hatte Grigorij erzählt, dass der Starosta ihr zwar Geld gebracht habe, jedoch keine große Summe. Seine Frau dagegen sei plötzlich in reich bestickten seidenen Sarafans herumstolziert, und im Winter habe sie einen prächtigen Pelz getragen. Doch Praskowja war so selig, ihren Grigorij wiederzusehen, dass sie dem Starosta nicht gram sein konnte. Grigorij pries sich einmal mehr glücklich, dass er eine so gute, vernünftige Frau wie seine Praskowja hatte, und er konnte es selber nicht begreifen, warum er sie immer wieder verließ. Sie und seine Kinder.

Die Mädchen konnte man vielleicht nicht gerade als schön bezeichnen, aber sie waren fröhlich und gesund. Und Mitja. Ihn hatte Grigorij besonders zärtlich ins Herz geschlossen. Er war ein kräftiger, großer Junge geworden, der Grigorij mit strahlendem Lächeln begrüßte und nicht mehr loslassen wollte. Er konnte der Mutter und den Schwestern bei der Arbeit helfen und tat das willig. Praskowja berichtete aber auch, dass die Burschen im Dorf es manchmal zu arg mit ihm trieben, sie könne ihn davor nicht beschützen.

Grigorij spürte, wie sich ihm die Kehle zuzog, und als sich die Gelegenheit ergab, griff er sich den Anführer, hob ihn an seinem Ledergürtel hoch und hängte ihn an eine Dachraufe seines Hauses. Dort schrie und zappelte das sonst so brutale Großmaul jämmerlich, aber niemand kam ihm zu Hilfe, denn Grigorij stand mit seinem Sohn vor der Haustür und bot jedem der herumlungernden Burschen an, ihn ebenfalls hinzuhängen.

Und Praskowja? Sie war eine selbstbewusste, souveräne Frau geworden, die sich in der ersten gemeinsamen Nacht nach so viel Einsamkeit nicht scheute, Grigorij zu schwören, dass sie ihn festhalten und nicht mehr hergeben wolle. Und Grigorij war erstaunt über diese für ihn neue Frau, die durch ihre und der Kinder Kräfte das Leben alleine meisterte. Die sogar eine feine Seife für seine Rückkehr gekauft hatte und nicht mit einer Silbe fragte, ob er es mit anderen Frauen getrieben habe in all der Zeit.

Grigorij schmiegte sich an sie. Für einen Moment hätte er weinen mögen, weil ihm seine Mutter einfiel, von der er nichts wusste. Doch dann war diese Regung auch schon wieder verflogen. Es blieb nach der Gier eine tiefe Zärtlichkeit für Praskowja, die ihm blieb, als er nach wenigen Wochen wieder aufbrach in sein unendlich großes Land mit den vielen Regionen und Namen, die es fremd machten und geheimnisvoll. Er, Grigorij, hatte es mittels seines Buches in Besitz genommen, er wollte sein Land weiter abschreiten, und er wollte nicht einfach nur ein Mensch in dieser Welt sein, er wollte dort auch etwas werden.

Und so ging er wieder fort aus Praskowjas warmem, duftendem Bett in eine dunkle Zukunft. Praskowja hielt ihn nicht fest, und Grigorij ging, ja rannte fast, denn der erste Tagesmarsch weg von daheim war immer der längste.

Im Gebirge rauschten die Monate wie Schneeflocken an Grigorij vorbei. Lange hatte er keinen Menschen gesehen, doch heute, in dieser Tungusen-Siedlung, war er eingeladen, der Zeremonie eines Schamanen beizuwohnen. Voller Erwartung und Freude betrat Grigorij die Jurte. Seine Augen gewöhnten sich rasch an das Halbdunkel, und er sah zunächst das Lager, auf das eine junge Frau gebettet war. Ihr Gesicht unter dem dunklen Haar war wächsern, sie schien zu schlafen. Frauen knieten um ihr Lager, sie drückten sanft auf den Leib der Frau oder bemühten sich sonst um sie. Dann kam ein alter Mann dazu und bedeutete den Frauen ruhig, damit aufzuhören. Er begann, langsam und sorgfältig seine Schamanentracht anzulegen.

Er geriet sehr rasch in Trance, und in den Tanz, den er jetzt begann, steigerte er sich immer mehr hinein. Bis zur Ekstase. Seine Gesichtszüge spannten sich, es war zu sehen, wie sein Geist sich durch den leidenschaftlichen Rhythmus aus dem Körper erhob. Sein Kaftan aus Rentierleder, der mit eisernen Scheiben und Figuren mythischer Tiere behängt war, rasselte bei jeder Bewegung. Eine Maske verdeckte die Augen bis weit über die Wangenknochen. Besonders reich verziert war das Bruststück aus Eisen.

Dann sah Grigorij zum ersten Mal eine Trommel aus der Nähe. Diese hier war von ovaler Form, sehr groß und reich verziert. Grigorij konnte nicht unterscheiden, ob sie mit Rentierfell bedeckt war oder mit dem Fell eines Pferdes. Aber sie war, wie alle tungusischen Trommeln, mit Vögeln und Schlangen bunt bemalt. Es hieß, dass der Schamane mit seiner Trommel als Boot das Meer durchfährt. Daher wird die Trommel bei den Schamanen »das Boot« genannt, mit dem sie in Trance auch untertauchen.

Ein Schamane konnte sich in Ekstase versetzen. Das war eine Berufung, und wie jede religiöse Berufung gab sie sich kund durch eine Krise, durch einen vorübergehenden Bruch im geistigen Gleichgewicht. Das hatte Grigorij bei dem jungen Schamanen-Lehrling miterlebt, und das sah er auch jetzt bei diesem erfahrenen Schamanen, der etwa in seinem Alter sein mochte.

Er sah bereits sehr erschöpft aus, als habe er schon die Anstrengungen gespürt, die noch auf ihn warteten. Seine Tracht war mit viel Blut bespritzt. Das war besonders bei Trachten aus Rentierleder so, wo Blut des Tieres, das der Schamane selbst getötet hatte, über das Fell gegossen wurde. Durch das Anlegen seiner Tracht oder durch das Benutzen des Gürtels, der Trommel, des Tamburins oder anderer magischer Gegenstände, die die heilige Kleidung des Schamanen ausmachen, überschreitet der Schamane den einfachen Raum und rüstet sich, mit der geistigen Welt in Berührung zu treten.

Dieser Schamane hier, dem schon der Schweiß von der Stirn rann, trug am Rücken noch einen Halbmond und eine eiserne Kette, ein Symbol der Macht und Widerstandskraft der Schamanen. Der Brustschutz diente als Schutz gegen die Schläge der bösen Geister. Jetzt setzte der Schamane erneut zum Tanz an. Die Umstehenden, Männer, Frauen, kleine bis kleinste Kinder sahen stumm und fasziniert zu, wie der ekstatische Tanz durch das Klingen seiner Schmuckstücke zu einer Höllensarabande wurde.

Nun begann er sein Aufstiegs- und Abstiegsritual von der Jurte aus. Er musste die Seele der Kranken suchen, womöglich im höchsten Himmel. »Kraft der Lieder kommen wir durch!«, rief der Schamane keuchend den Anwesenden zu und stimmte ein Lied an, zu dem sie den Chor bildeten.

Immer wieder wandte sich der Schamane Hilfe suchend an die magische Kraft der Gesänge, und die Anwesenden begleiteten ihn im Chor.

Dann war die Sitzung zu Ende, der Schamane setzte sich nieder, der Bruder der Kranken nahm ihm die Trommel aus der

Hand und schlug dreimal darauf. Der Schamane rieb sich die Augen, als ob er aufwache. Sein Gastgeber fragte ihn, ob er gut geritten sei, ob er Erfolg gehabt habe. Und er antwortete: »Ich bin ausgezeichnet gereist. Ich bin sehr gut aufgenommen worden.« Dann wandte er sich völlig erschöpft an die junge Mutter und teilte ihr flüsternd mit, dass der Dämon, der ihre Krankheit verursacht habe, jetzt vertrieben sei.

Die Frauen bildeten einen geschlossenen Kreis um die Kranke, und Grigorij blieb wie alle anderen gebannt stehen. Eine der Frauen löste sich bald aus dem Kreis, sie hatte ein kleines, blutgetränktes Stoffbündel in der Hand und brachte es mit zufriedenem Gesicht hinaus. Die anderen Frauen wuschen der jungen Mutter das schweißnasse Gesicht, und den Schamanen legte man an einer Wand der Jurte auf Felle, er schien bewusstlos zu sein.

Die anderen Anwesenden in der Jurte entspannten und freuten sich sichtlich. Sie sprachen respektvoll davon, dass der Schamane den Hund und den Pförtner, die ihm den Zugang zum Totenreich verwehren wollten, überlistet hatte. Und er wäre wohlbehalten über die Brücke ins Jenseits gekommen! Ein Glück für alle, dass dieser Schamane frei von Schuld und sehr klug sei. Kein Zweifel, alle waren mit der Zeremonie höchst zufrieden, und sie verließen plaudernd oder nachdenklich die Jurte. Alle Bewohner der Siedlung wurden vom Bruder der geheilten Frau mit gebratenem Ochsen, dazu Bier und Brot, bewirtet.

Grigorij war noch lange Zeit benommen. Schon bei den früheren Zeremonien, an denen er teilnehmen konnte, hatten ihn die Trance, die ekstatischen Tänze fasziniert, und er war ein paarmal drauf und dran gewesen, aufzustehen und ebenfalls zu tanzen. Das war natürlich nicht erlaubt, aber er hatte gespürt, wie der Schauder ihn packte, seinen Hals schier würgte und die Arme durchdrang bis in die Fingerspitzen hinein. So war es auch heute wieder, nur viel stärker! Es war, als seien die Lichter der Jurte direkt auf ihn gerichtet, als flösse dieses Licht direkt hinein in seinen Körper, in sein Gehirn und wandle sich dort in ein himmlisches Licht, das durch sein ganzes Wesen hindurchströmte. Für die Menschen unsichtbar, war dieses Licht sichtbar für alle Geister der Erde, des Himmels und des Meeres, und sie kamen zu ihm und wurden seine Hilfsgeister. Als ein graues Pferd auf Grigorij zugaloppierte, war es ihm, als höbe sich das Dach der Jurte, und er hatte eine solch starke Vision, dass er durch die Jurte und durch die Erde sah und weit hinein in den Himmel. Sein graues Pferd hatte ihm das innere Licht gebracht, und Grigorij begann, immer nur ein Wort zu singen, das Wort, das ihm am nächsten war, er sang »Freude, Freude, Freude«, und das Pferd galoppierte um ihn herum, und er sang unaufhörlich »Freude, Freude, Freude, Freude«, bis er in Tränen ausbrach, schier nicht aufhören konnte zu weinen und schließlich in sich eine unendliche Freude spürte.

Irgendwann erhob er sich, taumelte aus der Jurte hinaus und ließ sich dankbar von seinem Gastgeber bewirten, der ihm berichtete, dass die Blutungen aufgehört hätten und dass seine Schwester sich schon wieder wohlfühle. Er müsse ihm allerdings sagen, dass der Schamane gestorben sei. Grigorij sah in den Augen des jungen Tungusen tiefe Trauer und gleichzeitig Grigorij gegenüber eine gewisse respektvolle Neugier, die ihn verwirrte. Natürlich war er erschrocken über den plötzlichen Tod des Schamanen. Die Anstrengung der Heilungszeremonie war für ihn offenbar zu viel gewesen.

Am Abend bot man ihm ein Lager an, und Grigorij dehnte und streckte sich wohlig auf den Fellen aus. Er dachte über die Reise des Schamanen nach, und es war ihm klar, dass dieser wie alle Schamanen eine Ausnahmestellung in seinem Volk hatte. Man vertraute ihm, man befolgte seinen Rat. Grigorij begriff auch, dass es nicht gleichbedeutend war, aus welchem Teil des Landes der Schamane kam. Er war durch viele Gebiete Sibiriens gekommen und hatte gelernt, dass die Sprache, die Kleidung und Gewohnheiten der Menschen sehr unterschiedlich waren. Auch ihre jeweiligen Schamanen folgten eigenen Gesetzen.

Grigorij hatte einen alten Schamanen gefragt, warum die Himmelfahrt für eine Sitzung so wichtig sei, denn Jesus Christus habe dazu keine Himmelsleiter gebraucht. Eben darum, hatte der Schamane heftig erwidert, »die Himmelfahrt ist einer der Urträume des Menschen«. Er sah Grigorij misstrauisch an. Begriff der überhaupt, wovon die Rede war? Doch Grigorij sah ihn derart konzentriert und lernbegierig an, dass der Schamane schließlich weiterfuhr in seinen Erklärungen. »Das heißt, Träume von der Auffahrt in den Himmel werden in der ganzen Welt geträumt. Überall begegnen uns entsprechende Bilder. Menschen in Trance kennen auch Auffahrtserlebnisse und berichten uns davon. Ich weiß keine psychologische Erklärung dafür, doch ich habe in den Jahren meiner Schamanenarbeit gelernt, dass viele Träume und Mythen mit dem Thema der Himmelfahrt verbunden sind. Begreifen kannst du es jedoch nicht.«

»Und woher weißt du alle diese Dinge?«, hatte Grigorij ehrfürchtig gefragt, und statt einer Antwort hatte der Schamane eine kleine Felltasche aus seinem Kaftan gezogen. Er gab Grigorij eines der zusammengerollten Blätter, die sich in der Tasche befanden und sofort einen starken, süßlichen Geruch entfalteten, der noch stärker wurde, als der Schamane die Blätterrollen anzündete und eine davon Grigorij gab. Beide rauchten, und Grigorij hatte zum ersten Mal das Gefühl, dass der alte, bislang mürrische Schamane freundlich zu ihm sein wollte. Er erklärte Grigorij, das er sich gut auskenne in der Geschichte des Schamanismus, und die Geschichte erzähle von dem, was sich begeben habe in der Welt. »Auch wenn du es jetzt noch nicht verstehst, später wirst du es vielleicht einmal begreifen – Quellen schamanischer Kräfte sind göttliche Wesen, es sind die Seelen unserer schamanischen Ahnen.«

Das alles sog Grigorij auf, versuchte es festzuhalten in seinem Geist, in seinem Gedächtnis. Auf seinen langen Wegen rief er sich die Stimme seiner Lehrer zurück und versuchte, das Gelernte mit dem wenigen in Einklang zu bringen, das er in seiner heimatlichen Kirche und den Klöstern gelernt hatte. Er war noch am Anfang, doch spürte er, dass er mit Leib und Seele, mit seinem Denken und Fühlen, längst ein anderer geworden war. Auch wenn es ihm selber vermessen schien – er war ein Schamane, ein Priester, ein Zauberer geworden. Irgendjemand oder irgendetwas hatte ihn berufen. Wenn es nach Grigorij ging, konnte es Gott gewesen sein. Gott war Gewissheit für ihn. Gott und Jesus Christus. Ohne Gott gäbe es nicht das Wunder der Geburt. Es gäbe nicht den Tod, keinen Himmel und keine Hölle. Daran glaubte Grigorij, seit er denken konnte. Er hatte im Traum des Öfteren seine Mutter gesehen. Sie hatte mit ihm gesprochen, als ob sie noch lebe. Das war für Grigorij ein Beweis, dass es ein Leben nach dem Tod gab.

Einmal, als er einige Tage lang nichts getrunken und nichts gegessen hatte, als er vor Hunger und Durst bewusstlos geworden war, hatte er im Erwachen über sich ein Gesicht gesehen, das am Himmel stand und auf ihn herabsah. Er hörte die Worte: »Grigorij, suche nicht Gott, suche den, der Gott sucht.« »Halt«, wollte Grigorij sagen, »bleib einen Moment, damit ich erkenne, wer du bist.« Doch er war noch völlig entkräftet, seine Stimme wollte nicht heraus aus seinem Mund. Nicht mal mit einem Krächzen. Er war bei Bewusstsein und auch wieder nicht. Er sah Menschen in der Ebene, obwohl sie erst kleine Punkte waren, er hörte die Stimmen der Tiere und die der Menschen, obwohl die erst nach Stunden bei ihm ankamen, ihm zu trinken gaben und kleine Stücke von getrocknetem Fleisch.

Er lernte von ihnen, aus den Tundrakräutern Tees zu kochen, die ihm seine Kraft zurückgaben, die ihn später heilten, wenn er Wunden hatte oder Schmerzen. Und aus den unsichtbaren, kaum spürbaren Veränderungen in der Luft, aus dem Wehen des Windes, den Formationen der Wolken lernte er vorauszusehen, wann Gewitter kamen oder Stürme oder sengende Hitze, so dass er früh genug in den Schutz der Wälder ausweichen konnte.

Unter den Pilgern, die Grigorij auf seinen Reisen traf, waren auch Kranke und Erschöpfte. Oftmals gelang es ihm, sie mit seinen Tees zu heilen oder auch mit schamanischen Sitzungen. Bald konnte er erkennen, wenn bei einem Menschen der Tod vor der Tür stand. Dann sprach er offen und sachlich mit ihm darüber und bot an, ihn auf seinem Weg in das neue Leben zu begleiten.

KAPITEL 10

Felix fasste Dmitrij verstohlen bei der Hand, er hatte überwältigende Lust, mit ihm auf dem breiten Sofa zu schmusen, Dmitrijs Lippen waren weich und voll – verdammt –, ja, er hätte eng umschlungen mit seinem Freund daliegen mögen, obwohl er das noch nie ausgesprochen hatte. Für einen langen Moment schaute Felix Dmitrij selbstvergessen an. Dmitrij war eine Schönheit mit seinem weichen, runden Kinn, den kleinen Ohren, den verschatteten Augen mit ihrer kindlichen Sanftheit, den ausgeprägten Wangenknochen, die seinem Gesicht eine fast dreieckige Form gaben. Die lange, schmale Nase hatte Dmitrij von seiner früh verstorbenen Mutter, Felix hatte es auf dem Foto gesehen, das Dmitrij ständig bei sich trug.

Ehe es Felix bewusst wurde, wie sehr er Dmitrij anhimmelte, scheuchte sein Bruder Nikolaj ihn auf. »Na los, du Faulpelz, jetzt gehen wir ins Wasser!«, und er begann sich rasch und lässig auszuziehen. Felix und Dmitrij, beide wie mit der Peitsche aus Träumen gerissen, stiegen auch aus ihren Uniformen, bewarfen sich mit ihren Hemden und Socken, während von Hintze blitzschnell aus den Stiefeln kam. Bedienstete in der traditionellen russischen Hemdbluse erschienen lautlos und räumten die Kleidungsstücke auf, und Nikolaj kündigte an, er werde auf dem Empfang bei Maria Pawlowna haarklein erzählen, was sich hier im Bad alles zugetragen habe, vielleicht solle er ein paar nackte Damen dazuerfinden, um ein wenig Leben in die Bude zu bringen. Er vertraue darauf, dass es nichts zu erzählen gebe, sagte von Hintze, und er schaute prüfend von einem zum anderen. Beunruhigt wirkte er nicht.

Sie hatten Paul von Hintze auf Wunsch ihrer Mutter eingeladen, mit ihnen das Jegorow-Bad zu besuchen, und dann wollte man gemeinsam zum Empfang ins Wladimir-Palais fahren, zu dem von Hintze ebenfalls eingeladen war.

»Er hat keine Familie, er ist ohne Vater aufgewachsen, seine Geschwister sind früh gestorben – es gibt nur die Mutter, und zu ihr hat er offenbar kein inniges Verhältnis.« Mit diesen Worten hatte die Fürstin ihren Söhnen erklärt, dass man sich unbedingt von Hintzes annehmen müsse.

»Aber er wird überall eingeladen, es gibt kein Ereignis in Sankt Petersburg, wo Paul von Hintze nicht erscheint. Sogar beim Zaren, im kleinsten Zirkel, ist er immer dabei«, hatte Felix eingewendet.

Doch seine Mutter wusste es besser. »Glaub mir, er hat nie die Wärme eines Familienlebens kennengelernt, war immer auf sich allein gestellt. Ich sage euch, er ist ein Außenseiter, ein Einzelgänger.«

»Dafür hat er es aber weit gebracht«, meinte Nikolaj, und die Fürstin bestätigte das. »Er ist korrekt, arbeitet hart und ist doch sehr liebenswürdig. Man kann mit ihm wunderbar über Musik reden, über Kunst, er spricht sechs Sprachen – und über unser Land weiß er mehr als ich. Aber er tut mir trotzdem leid, ich glaube, es würde ihm guttun, wenn er auch außerhalb der Dinners und Empfänge etwas mit euch unternehmen könnte. Tut es mir zuliebe.«

Eigentlich waren Felix, sein Bruder und ihr gemeinsamer Freund Dmitrij Pawlowitsch überzeugt gewesen, dass der konservativ und steif wirkende Attaché, der außerdem viel älter war als sie, die Einladung ins Bad ablehnen würde. Aber nein, er war pünktlich zur Stelle, wirkte aufgeräumt und sprang behände auf den Beifahrersitz des Mercedes-Benz. Er lächelte anerkennend, als Nikolaj den laut aufbrüllenden Motor anwarf und sie sich in den dröhnenden Sankt Petersburger Verkehr einfädelten.

Mit seinen kleinen, klugen Augen sah sich von Hintze im Jegorow-Bad um. Keine Frage, er freute sich, hier zu sein, erzählte von einem Hamam in Istanbul, wo er sich aber ein wenig gefürchtet habe, so stark sei er abgeschrubbt und massiert worden.

»Hier tut jeder Gast, worauf er Lust hat«, erklärte ihm Nikolaj. Felix war froh, dass Nikolaj sich des Attachés annahm, er hatte Mühe, das Flimmern seiner Nerven im Zaun zu halten, seine Träumereien, die er zu unterdrücken versuchte und doch immer wieder in sich lebendig werden ließ. Darin hatten weder Nikolaj noch von Hintze Platz.

Zuerst kamen sie in einen zeltförmigen Garderobenraum, der ganz im maurischen Stil eingerichtet war. Es roch nach schweren Parfüms und Essenzen, so dass Felix sich am liebsten gleich in einen der gemütlichen Alkoven zurückgezogen hätte. Mein Gott, er hatte Dmitrij wegen seines Dienstes im Pagencorps schon wochenlang nicht mehr gesehen. Doch heute war Sonntag, Dmitrij hatte schon am frühen Morgen angerufen, um sich mit Felix zu verabreden, und Felix bemühte sich, niemandem zu zeigen, wie aufgewühlt er war, weil die Zeit bis zum Treffen nur so dahinkroch. Doch jetzt war alles vergessen, Dmitrij war da.

Felix schämte sich schon wieder seiner Wünsche. Er liebte Nikolaj zärtlich, er wäre gern gewesen wie er, wenn er spürte, dass sein Bruder in junge Frauen vernarrt war. Nicht wie er selbst in seinen Freund Dmitrij. Ein Sohn der Familie Jussupow musste eine schöne Frau aus bester Familie heiraten und Kinder bekommen, damit der Name und die Besitztümer der Jussupows beieinander blieben. Er dagegen war höchstwahrscheinlich anders herum, pervers. Oder auch nicht, denn er war erst sechzehn, und vielleicht änderte sich das noch mit seiner Vorliebe für Jungen.

»Wir haben im Corps auch Jungenorgien gefeiert, wo wir uns abgeknutscht und bis in die geheimsten Falten untersucht haben«, hatte Nikolaj gesagt, mit dem er einmal darüber gesprochen hatte. »Doch später haben wir uns nur noch für Mädchen interessiert. Die meisten jedenfalls.«

Felix hätte gern gesagt, dass er nicht so sei wie die meisten und dass er Sorge habe, auch in Zukunft anders zu sein – doch er verschob es auf später.

Im Moment war er glücklich, dass es Dmitrij gab, der gern mit ihm zusammen war. Sie ritten gemeinsam aus, spielten Tennis, fuhren Ski, gingen mit Felix' Eltern auf die Jagd – sie waren unzertrennlich, wie es hieß. Doch für Felix war es mehr als das, er erfuhr erstmals, was es hieß, einen anderen zu erkennen an seinen Bewegungen, Angewohnheiten, an dem Klang seiner Stimme, der Art, wie er sich im Raum bewegte, und dann ganz stark zu spüren, dass man davon niemals würde genug bekommen können.

Und jetzt war er mit dem Deutschen und Nikolaj im Jegorow-Bad, und Felix sah Dmitrij zum ersten Mal nackt, und er sah ihn auch wiederum nicht, denn er traute sich nicht, ihn wirklich zu betrachten. Als ob es ihn auf der Stelle blenden oder sonst wie vernichten würde.

Sie standen in einer Halle, in der es Spiegel gab und Marmorstatuen, auch Letztere waren nackt wie sie selbst, wenigstens die meisten. Von Blumen und Pflanzen umstanden, lag ein großes Becken vor ihnen, über das eine Brücke führte, die ebenfalls begrünt war. Alles so grün hier, wunderte sich Felix, der das Bad noch nie besucht hatte. Sie stiegen die Treppe hinab, und Felix war froh, dass Dmitrij in das sanftgrüne, wohlriechende Wasser eintauchte, so dass er seinen Blick wieder frei schweifen lassen konnte.

Eine Weile schwammen sie herum, legten sich auf den Rücken oder kraulten, so dass der Raum plötzlich erfüllt war von einem Rauschen, das Felix einige Takte lang richtig ergriff, und er gab sich diesem Rhythmus hin. Dmitrij dagegen schien konzentriert zur Decke zu schauen, er schien etwas ratlos zu sein, es war ihm nicht anzusehen, ob er sich wohlfühlte oder nur Felix zuliebe mitmachte. In Felix stieg ein Gefühl auf, das er nicht unbedingt Glück nennen wollte; glücklich zu sein wäre peinlich gewesen, das war etwas für sein Hündchen, das wie eine Kugel hochsprang, wenn Felix einen Ball warf oder ein Stück Holz. Glücklich war er also nicht, doch erwartungsfroh, ohne zu wissen, worauf er wartete.

»Warum siehst du so angestrengt an die Decke, ist dort etwas los, was ich nicht sehe?«, fragte Felix seinen Freund. Dmitrij sah Felix mit schmerzlicher Ungewissheit an, aber er sagte nichts, und Felix sehnte sich danach, mit Dmitrij alleine zu sein, so richtig alleine, aber bisher wurden sie jedes Mal davon abgehalten.

In der Sauna waren lauter nackte Männer, deren helle, schlanke Körper in Felix den Wunsch noch verstärkten, nah bei Dmitrij zu sein. Es waren meist junge Männer. Sie trugen wie Felix, sein Bruder und Dmitrij ein goldenes Kreuz auf der Brust, waren also alle russisch-orthodoxen Glaubens. Sie schlugen einander mit Birkenruten, massierten sich mit großen Schwämmen oder gossen sich Wasser über den Körper. Nikolaj fand rasch einen kräftigen Masseur, auch von Hintze lag schon mit genießerischem Ausdruck auf einem Tisch und ließ sich durchwalken. Dmitrij begann damit, Felix mit Birkenruten zu bearbeiten. Dann kam Felix dran, und er schrubbte den gold schimmernden Körper Dmitrijs kräftig ab und übergoss ihn mit Wasser. Es gefiel ihm, wie das Wasser von der nackten Haut perlte, und er hätte gern noch weitergemacht, wenn nicht Nikolaj und von Hintze zum Aufbruch gemahnt hätten. »Willst du Dmitrij die Haut abpellen?«, fragte Nikolaj gutmütig, und er zog Dmitrij mit sich zu den Umkleideräumen, von Hintze und Felix folgten ihnen.

»Das war jetzt herrlich«, sagte von Hintze und wickelte sich in sein Handtuch. Dann sah er Felix aus seinen hellblauen kleinen Augen an, und Felix meinte, das Gesicht des Attachés habe noch nie so straff und entschlossen ausgesehen. »Sie sind ein ungewöhnlich schöner junger Mann, mein Prinz, mit liebevollen Eltern und großem Reichtum gesegnet. Alles, was Sie in Fülle haben, fehlte mir gänzlich, als ich in Ihrem Alter war. Ich musste mich anpassen. Im Gymnasium, beim Kadettenlehrgang, später im Offizierscorps. Ich konnte es mir nicht leisten, eigenwillig zu sein, individuell, frei oder gar unberechenbar. Ich musste mich immer in den Grenzen des engen Raumes der Sittlichkeit bewegen. Nur die kleinste Grenzübertretung – und man hätte mich ausgestoßen aus der Gesellschaft.«

Obwohl Felix sofort begriff, wovon von Hintze sprach, war er sich nicht ganz sicher, ob dieser deutsche Marineattaché sich ihm gegenüber so viel herausnehmen durfte. Was fiel ihm ein?

Felix zog sich rasch an und wollte von Hintze entkommen, doch der ließ nicht locker. Als habe er die Gedanken des jungen Pagen gelesen, sagte er, dass er in Sankt Petersburg die liebenswertesten Menschen angetroffen habe – seine Eltern, die Fürsten Jussupow. »Ich bin im Alter Ihres Vaters, deshalb darf ich Ihnen sagen, dass ich glaube, Ihre Träume zu kennen. Glauben Sie mir, auch in den Augen der Petersburger Gesellschaft, vor allem in den Augen des Hofes, ist Ihre Neigung zu Dmitrij Pawlowitsch nicht individuell, sondern böse, verabscheuungswürdig. Trotz Ihrer hohen Stellung wird man Sie beide anfeinden und verstoßen.«

»Und warum?«, fragte Felix trotzig, und er hätte sich am liebsten auf die Zunge gebissen, denn seine Frage kam einem Geständnis gleich. Doch von Hintze sah ihn liebevoll teilnehmend an, und dann sagte er trocken, dass Felix nur aus einem einzigen Grund seine Gefühle für Dmitrij nicht leben dürfe – wegen seines Herkommens, wegen der herrschenden Sitte.

»Und wenn ich mich nun darüber hinwegsetze?«, fragte Felix, obwohl er die Antwort genau kannte.

»Sie müssen Ihre Liebe aufgeben«, sagte von Hintze bestimmt. »Für Ihre Eltern und für Ihr eigenes Leben müssen Sie diese Sehnsüchte morden. Es gibt keinen anderen Weg.«

Nahe beim Winterpalast war das großzügige Palais des kürzlich verstorbenen Großfürsten Wladimir Alexandrowitsch im Renaissancestil erbaut worden. Die Großfürstin Maria Pawlowna, eine gebürtige Prinzessin von Mecklenburg-Schwerin, hatte den halben Hofstaat eingeladen, um nicht im Schmerz zu versinken. Sie fühlte sich amputiert ohne ihren Mann, hoffnungslos allein, denn er hatte sie geliebt und verwöhnt, so dass sie manchmal glaubte, das Leben ohne Wladimir nicht zu ertragen. Doch sie hatte gelernt, Haltung zu bewahren, und so würde sie gefasst sein, dafür sorgen, dass ihre Gäste sich wohlfühlten wie früher auch. Wladimir sollte zufrieden sein mit ihr. Ganz besonders freute sie sich auf ihre Freundin Sinaida Jussupowa. Wladimir hatte ihr auf dem Sterbebett geraten, sich an die Fürstin zu halten. »Sie ist die Klügste und Kultivierteste – die anderen sind doch nur plappernde Papageien«, hatte er gesagt. Und Sinaida hatte sie bei der Beerdigung in die Arme genommen und ihr gesagt, dass ihre Familie künftig auch Marias Familie sei.

Auf dem Weg zum Empfang der Großfürstin Pawlowna fuhren Felix, Dmitrij, von Hintze und Nikolaj mit dem Benz durch den funkelnden, schimmernden Schnee. Ein Leuchten wie von Diamantenstaub schimmerte auf, wenn der Pulverschnee unter den Rädern des starken Wagens hervorwirbelte. Schlitten tauchten aus dem leuchtenden Nebel auf, Schneestaub umgab auch sie. Menschen in riesigen Pelzen und Filzstiefeln bahnten sich einen Weg durch die Straßen. Felix genoss den Winter, die Fahrten durch Sankt Petersburg immer wieder neu. Egal ob mit der Kutsche oder mit dem Automobil.

Doch jetzt merkte er, dass etwas anders war als sonst. Sie fuhren in eine andere Stimmung hinein, wie in eine andere Welt. Der Schnee schimmerte wie sonst auch, aber heute trampelten schwere Füße ihn nieder, raue Stimmen schrien in die kalte Luft. Polizei und Soldaten waren aufgezogen, überall sahen sie Militärs in langen Wintermänteln, die sich einer Menge von Menschen entgegenstellten, die zum Schlossplatz zogen. Immer mehr Menschen kamen, wahre Ströme von Männern, Frauen, größeren und kleinen Kindern. Doch das war kein winterlicher Familienspaziergang, da war keine Freude am Schnee, nicht einmal bei den Kindern, es war ein dumpfes Dahinstreben, und Felix dachte, dass hier Russland seine letzte Zuflucht suche – aber er fand den Gedanken sofort exaltiert und lächerlich.

»Weißt du, was da los ist, Nikolaj?«, fragte Felix seinen Bruder.

»Vielleicht ist es eine Demonstration?«

»Das hängt wahrscheinlich mit dem Fall von Port Arthur zusammen. Mit unseren schrecklichen Niederlagen. Seitdem wird doch überall gestreikt«, vermutete Dmitrij.

»Wenn Sie mir ein offenes Wort erlauben – ich glaube in der Tat, dass das russische Volk es nicht verwindet, dass die Armee von den Japanern derart vernichtend geschlagen worden ist. Ich habe seiner Majestät dem Zaren gesagt, dass er sich vor einer innenpolitischen Katastrophe hüten muss. Die Menschen spüren, dass die Generäle und Admiräle versagt haben. Ich fürchte, deren Inkompetenz könnte auf Dauer das Ansehen des Zaren zerstören.«

Felix, Dmitrij und Nikolaj schauten von Hintze betroffen an. Das, was Paul von Hintze hier so kurz und trocken erläuterte, hatten sie im Pagencorps und im Hauptquartier nur andeutungsweise gehört. Felix wurde schlagartig klar, dass von Hintze recht hatte. Er brauchte sich ja nur umzusehen. Betroffen sagte er, dass der Zar vorsichtiger sein müsse mit dem Einsatz seiner Truppen in Sankt Petersburg:

»Das hier, das sieht doch aus wie Krieg. Als würde eine feindliche Armee die Stadt bedrohen!«

»Aber man muss doch was unternehmen gegen die ständigen Streiks. Wenn das ausufert, haben wir bald einen Bürgerkrieg –«, gab Dmitrij zu bedenken.

Paul von Hintze streckte seine Nase in die Luft wie ein alter General, der die Lage erkundet. »Meine Herren – das ist mehr als eine vorsorgliche Maßnahme, damit die Ordnung aufrechterhalten wird! Das sieht nach einer Provokation aus – der Zar gegen das Volk. Das halte ich für gefährlich.«

»Das würde unser Zar Nikolaus nie tun!«, rief Felix. Aber er teilte im Grunde Hintzes Bedenken. Was war, wenn die Polizei und die Armee tatsächlich Schießbefehl hatten? Gegen die eigenen Leute? Gar nicht auszudenken.

»Jedenfalls kommen wir hier nicht durch!«, sagte Nikolaj sarkastisch. »Im Palais Wladimir sind sie sicher schon bei der Suppe.«

Unweit des Schlossplatzes hielt Nikolaj das Auto an. Bis hierher hatten die Soldaten den fürstlichen Wagen passieren lassen, da die Insassen Gardeuniformen trugen. Die Männer stiegen aus, um sich besser orientieren zu können.

»Sie tragen Ikonen und Bilder des Zaren!«, rief Felix, und Dmitrij fügte aufgebracht hinzu: »Tatsächlich. Da streikt gar keiner, die Leute sind friedlich. Da ist doch sogar ein Priester dabei, oder?!«

Nikolaj lief auf einen Offizier zu, der mit angespannten Gesichtszügen in der Nähe stand und aufmerksam in die Menge starrte. »Was ist los?«, fragte Nikolaj, »das sind doch alles friedliche Arbeiter – sehen Sie nicht die Ikonen und die Zarenbilder?«

»Ich muss Sie bitten, wegzufahren, Fürst«, sagte der Offizier nervös, »ich kann nicht garantieren, wie lange wir die Meute noch in Schach halten können. Es kommen immer mehr! Am Narwa-Tor sind sie, auf der Petersburger Seite und hier. Mehr als hunderttausend sollen es sein. Sie sind doch Offizier. Wie sollen wir die in Schach halten? Ich habe Schießbefehl. Fahren Sie sofort weg!«

»Aber sehen Sie doch«, drängte von Hintze, »niemand hat eine Waffe. Das sind doch offensichtlich Arbeiter mit ihren Frauen und Kindern. Ein Priester führt sie an. Die wollen dem Zaren vielleicht eine Bittschrift übergeben.«

Der Offizier hörte von Hintze nicht mehr zu, er lief zu den Reihen der Soldaten, die versuchten, die immer stärker nachdrängende Menge auseinanderzutreiben. Sie hörten wieder raue Befehle, die Soldaten schienen völlig verstört, schossen hier und da ein paar Salven in die Luft. Doch die Menschenmenge wälzte sich weiter in Richtung des Schlosses, und dann waren nur noch die Schüsse zu hören, die Schreie, immer wieder von Neuem Schüsse und Schreie, und die Mützen toter Kinder lagen im rot gefärbten Schnee.

Sie ließen den Wagen zurück. Zu Fuß gelangten sie in wenigen Minuten zum Palais Wladimir, das an den Winterpalast angrenzte, und viele Gäste standen an den Fenstern und fragten nach Erklärungen für das Aufgebot an Militärs, die vielen Menschen, den Lärm. Felix und Nikolaj, gefolgt von Dmitrij und von Hintze, suchten die Eltern, die mit Großfürstin Maria Pawlowna an einem stilvoll gedeckten Tisch saßen.

»Stellt euch vor«, rief Nikolaj seinem Vater zu, »so etwas hab ich noch nie gesehen! Unmengen von Menschen, und Soldaten schießen auf sie! Sie schießen auch auf kleine Kinder. Du musst etwas tun!«

»Papa, es ist schrecklich. Der reinste Horror. Überall Blut und Schreie!«, sagte Felix.

»Das ist eine Schande für Russland!«, rief Dmitrij, und augenblicklich stand Fürst Jussupow auf, entschuldigte sich bei den Damen, fasste Nikolaj am Arm und zog ihn mit sich. Felix und Dmitrij folgten ihnen.

In einem Vorraum blieb der Fürst vor den jungen Männern stehen. »Der Zar ist in Zarskoje Selo. Wahrscheinlich weiß er noch gar nicht, was hier los ist. Auf jeden Fall haltet ihr auf der Stelle den Mund. Was glaubt ihr, wie viele Leute hier die Ohren ganz weit offen halten? Wollt ihr vielleicht verschickt werden? Alles wird sich aufklären! Und auch morgen, in eurem Corps, bleibt es dabei: Wir waren auf dem Empfang – ihr habt nichts gesehen. Nichts gehört. Gar nichts!«

Paul von Hintze trat mit besorgter Miene hinzu. Er versuchte, sich vorsichtig auszudrücken: »Ich bin zwar Marineoffizier, ich bin Deutscher, doch vielleicht darf ich Ihnen trotzdem meine Eindrücke mitteilen, verehrter Fürst. Was da draußen passiert, ist schlimm für das Herrscherhaus. Wenn sich nicht nur die Intelligenz, sondern auch das einfache Volk in so großer Zahl öffentlich gegen die Regierung wendet, dann kann das Sprengstoff sein für eine Revolution. Die linken Parteien werden vielleicht bald zum Kampf gegen die Staatsmacht aufrufen. Die Bevölkerung wird ihren Respekt vor der Regierung verlieren. Es gibt ja nichts mehr, was die Gesellschaft zusammenhält, wenn man genau hinsieht. Ich sehe hier weder Bürgersinn noch Patriotismus.«

Fürst Jussupow entgegnete höflich, dass auch er besorgt sei, aber die Truppen stünden loyal zum Zaren und hätten wahrscheinlich die Nerven verloren. Er werde sich jedoch sofort mit Zarskoje Selo in Verbindung setzen. »Meine Hoffnung ist, dass der Zar endlich einer Duma zustimmt. Dass wir ein Parlament bekommen. Dann wird sich die Lage beruhigen.«

Paul von Hintze entschuldigte sich. Er müsse an seinen Schreibtisch, auf dem Stapel unerledigter Post warteten. Von Hintze und auch der Fürst wussten, dass eine Duma nur Augenwischerei sein würde. Der Adel würde überproportional viele Sitze beanspruchen. Die Minister wären weiterhin dem Zaren verpflichtet und nicht der Duma. Und es gab einen Passus, der garantierte, dass die Verfassung im Notfall wieder außer Kraft zu setzen sei. Wann der Notfall eintrat, das würde der Zar entscheiden.

Felix Jussupow senior sandte von Hintze einen missbilligenden Blick hinterher. Wieso riss der Deutsche hier das Maul auf? Die jungen Männer spürten seine Verstimmung und sahen einander beklommen an. Da Jussupow schwieg, verdrückten sie sich und ließen den Fürsten allein.

Er habe Hunger wie zwanzig Wölfe, meinte Nikolaj, deshalb schaue er jetzt nach, ob am Büfett noch etwas übrig sei. Doch in Wahrheit war ihnen allen der Appetit vergangen. Sie wollten nur der aufgeladenen Stimmung des Fürsten entkommen. Der schaute nachdenklich hinter von Hintze und den drei Pagen des Zaren her. Es tat ihm leid, dass er ihre Eindrücke und ihren berechtigten Zorn so autoritär erstickt hatte. Und auch seine Wut von Hintze gegenüber bedauerte er.

Doch er kannte den Zaren. Wenn er von seinen Verwandten wieder einmal übergangen worden war – und Jussupow war sicher, dass der Schießbefehl nicht vom Zaren stammte –, wenn der Zar über seine Schwäche und die Eigenmächtigkeit seines Onkels Nikolaj Nikolajewitsch erzürnt war, dann sollte man ihm nicht in die Quere kommen. Und bei aller Loyalität zum Zaren wollte Jussupow seine beiden Söhne nicht auf dem Altar des Romanow'schen Familienzwists opfern. Er dachte ungern daran, wie er im Japankonflikt den Zaren fast angefleht hatte, die geplante Strategie des Oberbefehlshabers der im Fernen Osten agierenden Armee Alexej Kuropatkin zu verfolgen, der statt großer Schlachten kleine Verteidigungskämpfe vorzog. Der Zar hatte ihm gedankt, sich erleichtert gezeigt – und dann doch wieder auf seinen Onkel, den alten Haudegen Nikolaj Nikolajewitsch, gehört, der einen schnellen Sieg und die Zurückeroberung der Festung Port Arthur erzwingen wollte.

Seit dieser Zeit war das Verhältnis des Zaren zum Kommandanten des Gardekavallerieregiments seiner Leibgarde, des Generalmajors der Suite Fürst Felix Jussupow, nicht mehr so ungetrübt wie vorher. Und Jussupow dachte fast sehnsüchtig an ein Foto, das vor den Unruhen im Fernen Osten vor dem Schloss Peterhof aufgenommen worden war: Seine Majestät Zar Nikolaus und er, beide zu Pferde vor dem Schloss Peterhof, und der Zar nimmt den Rapport seines Kommandanten entgegen. Ein schönes Bild der Loyalität. Die beiden herrlichen Pferde Kopf an Kopf, als gäben sie sich einen Wangenkuss, der Zar und der Fürst im gegenseitigen Einverständnis, ja in Freundschaft. Das schien Jahre her.

In den Salons kehrte man von den Fenstern an die Tische zurück. Die Sorge, dass die gefährlichen Szenen, die sich abgespielt haben mussten, auch in die Nähe des Wladimir-Palastes geraten könnten, verflachte bald wieder, denn man hatte ja berichtet, die Polizei habe das Volk unter Kontrolle, die Demonstranten hätten keine Chance, auch nur in die Nähe des Winterpalastes und damit auch des Palais Wladimir zu kommen. Die Gespräche wurden wieder aufgenommen, und man erzählte sich weiter die Neuigkeiten am Zarenhof. Es ging um einen Gottesmenschen, der neuerdings im Alexanderpalast verkehrte und offenbar jeden Tag mehr Einfluss auf die Zarenfamilie gewann.

Felix hörte dem Klatsch nur mit halbem Ohr zu, er konnte die Bilder vom Schlossplatz nicht verdrängen, und die Vorhaltungen von Hintzes, politisch wie privat, beschäftigten ihn auch. Die Gesprächsfetzen über einen Muschik, den die Großfürstinnen Anastasia und Militza in einem sibirischen Kloster gesehen hatten, langweilten ihn zunächst. Doch dann hörte er, dass dieser schlichte Pilgermönch aus Sibirien bis Jerusalem gekommen war. Von da an begann das Gespräch auch ihn zu fesseln, und er hörte zu.

Er kannte die Schwestern Anastasia und Militza, und er wusste, dass sie regelmäßig wallfahrten und die berühmtesten Priester und Bischöfe kannten. Beide bemühten sich um Einfluss bei Hofe, immerhin waren sie die Töchter des Königs von Montenegro. Vielleicht wurden sie ja auch von ihren Männern vernachlässigt – jedenfalls hatten beide Schwestern den unstillbaren Ehrgeiz, die Ersten bei Hofe zu sein, und da der Zar sie eher mied, wollten sie sich bei der Zarin unentbehrlich machen. Es war bekannt bei Hofe, dass Zarin Alexandra Fjodorowna dem Okkulten zugetan war, und so reisten die Großfürstinnen durchs Land und zogen alles an den Hof, was als Heiler oder Wahrsager im Lande bekannt war.

Diese beiden Großfürstinnen waren es, die Grigorij Jefimowitsch als schlichten Pilgermönch im Michaelkloster von Kiew entdeckten. Dort hatte Grigorij Station gemacht, um sich durch Holzhacken und Predigen Geld für die Rückreise nach Pokrowskoje zu verdienen.

Die hohen Damen sahen dem breitschultrigen Mann bei seiner Arbeit zu. Seine langen, schmalen Finger hielten geschickt das Holz, ehe er es mit einem kräftigen Schlag in zwei Scheite teilte. Immer wieder fiel ihm sein schweres, schwarzes Haar ins Gesicht, das schulterlang und ziemlich gepflegt war.

»Gib doch zu, dass er dir bedeutsam erscheint«, sagte Anastasia mokant zu ihrer Schwester. Militza sah ihre Schwester verärgert an. Es würde Zeit, dass sie nach Sankt Petersburg zurückkamen. Anastasia ging ihr auf die Nerven. Wahrscheinlich war sie verstimmt, weil nicht sie diesen Staretz entdeckt hatte, diesen heiligen Mann, der einen muskulösen Körper und eigentümlich magnetische Augen besaß. Klein und dunkel waren diese Augen, aber sie hatten es in sich, und es war auch Militza klar, dass dieser Mann Besseres zu tun hatte, als Holz zu hacken.

Manchmal sah er auf und blickte den Damen ruhig in die Augen. Eine besondere Scheu vornehmen Damen gegenüber schien er nicht zu haben, was die Großfürstinnen verstörte und zugleich elektrisierte.

Endlich schien er genug zu haben von seiner Arbeit und setzte sich auf den Hackstock.

»Was wollen Sie?«, fragte er plötzlich.

Verwirrt sahen sich die Schwestern an. Doch Grigorij wusste es ohnehin. Nachdem die beiden sich vorgestellt hatten, berichtete er ihnen von seinen Wallfahrten, die er meistens zu Fuß gemacht hatte. »Ich kenne daher sehr viele russische Klöster und Kirchen. Dort habe ich vor Metropoliten und Patriarchen gepredigt. Und ich habe mit ihnen diskutiert.« Grigorij rollte sich aus einem seiner Blätter eine Zigarette und zündete sie an. Die beiden Schwestern wedelten hüstelnd den süßlichen Rauch von sich weg; Grigorij grinste fast unmerklich. Er ließ nebenbei fallen, dass er Mönchspriester und Metropoliten in Erstaunen versetzt habe. »Auch einen Prälaten, der mir nicht glauben wollte, habe ich mit meinem theologischen Wissen in die Enge getrieben.« Wieder sah er die Schwestern aus seinen kleinen Augen durchdringend an.

»Ich kenne auch die meisten berühmten Schamanen Sibiriens«, sagte er nicht ohne Stolz und deutete an, dass ihm selber hier und da Wunderheilungen gelungen seien.

Die Großfürstinnen waren überrascht, wie selbstbewusst er sprach, wie erfahren er tatsächlich in religiösen Dingen war. Sie luden ihn ein, mit ihnen nach Sankt Petersburg zu kommen, doch er lehnte ab. Er wolle zurück in seinen Heimatort nach Pokrowskoje, gelegen am Tobol im Gouvernement Tobolsk, wo seine Frau und drei Kinder auf ihn warteten. Er habe sie lange nicht gesehen.

Es gelang auch der redegewandten Anastasia nicht, den Staretz zu bewegen, gemeinsam mit ihnen nach Sankt Petersburg zu reisen. Die Damen versprachen ihm Obdach und Bewirtung, von beidem das Beste, doch Grigorij lächelte freundlich und sagte Nein.

Die Großfürstinnen machten sich allein auf die Heimreise, doch sie waren sich darin einig, dass sie diesmal ihre Netze nach einem großen Fisch ausgelegt hatten. Sie vergaßen den langhaarigen Holzhacker und Wunderheiler nicht, der so herrlich suspekt war und ihnen am Zarenhof gute Dienste leisten könnte.

Nach dem Gespräch mit den beiden Damen, die Grigorij sehr wohl einzuschätzen wusste, sehnte er sich umso mehr nach seiner Frau Praskowja, seinem Sohn Mitja und nach den Töchtern Mara und Warja zurück. Sie standen in schlichter Treue zu ihm und freuten sich, wenn er heimkam. Dessen war Grigorij sich absolut sicher. Es war höchste Zeit, dass er sich auf den Weg machte zu den Seinen. Ob sie ihn noch erkannten? Waren sie überhaupt noch am Leben?

Mitja, der auf dem Feld arbeitete, hatte seinen Vater auf das Dorf zugehen sehen. Er war nach Hause gerannt und hatte seiner Mutter die Nachricht gebracht, dass der Vater aufs Dorf zukäme, ganz sicher, vielleicht aber auch nicht. Daher liefen Praskowja und die Mädchen Grigorij entgegen, und Grigorij sah seine Frau so verliebt an, dass sie bis zu den Ohren erglühte. Ihr war klar, dass sie ihre Zeit nutzen musste, denn Grigorij würde nicht lange bleiben können.

KAPITEL II

Im Sommer 1905, genau am 27. Juli, rauschten durch die in der Sonne glänzenden Wellen der finnischen Fjorde zwei kaiserliche Jachten, eine unter deutscher und die andere unter der russischen Flagge. Sie trafen im Björko-Sund aufeinander, und der deutsche Kaiser Wilhelm verließ seine Jacht, um mit dem russischen Zaren Nikolaus auf dessen *Poljarnaja swesda* über politische Pläne des Kaisers zu sprechen. Wilhelm II. hatte den jungen Monarchen mittels eines Telegramms dazu überredet, sich mit ihm ganz leger, ohne jede Etikette und Uniform, ohne Minister und Adjutanten auf dem Meer zu treffen.

Zar Nikolaus, sonst ein eher misstrauischer Monarch, war vom freundschaftlich-herzlichen Ton seines Vetters angenehm berührt und stimmte dem Treffen zu. Der deutsche Kaiser bat, dass der Marineattaché Paul von Hintze den Zaren begleiten solle. Diesem Wunsch kam der Zar gerne nach. Er wollte sich ohnehin bei Wilhelm für die Berufung von Hintzes als Militärbeobachter am russischen Hof bedanken, da er sich mit dem Deutschen unerwartet gut verstand.

Paul von Hintze war bei den Besichtigungen der deutschen und russischen Flotte dabei. Er genoss die entspannte Atmosphäre. Im Allgemeinen war sein Dienst für die Interessen beider Monarchen eher ein Eiertanz. Von Hintze wusste nicht, dass der deutsche Kaiser kurz vor Abschluss der Begegnung einen handgeschriebenen Zettel aus der Tasche ziehen würde. Doch als die beiden Majestäten in der Kajüte des Zaren unter den Bildern von dessen Eltern saßen, ließ der Zar Paul von Hintze rufen. Er befahl ihm auf Russisch, den Konteradmiral Birilow herbeizuholen. Obwohl es ungewöhnlich war, dass ein Marineoffizier diplomatische Aufgaben wahrnahm, ließ der Zar Birilow als Zweiten das Papier des Deutschen Kaisers unterschreiben. Es handelte sich dabei um den handschriftlich ausgearbeiteten Entwurf Kaiser Wilhelms für eine deutsch-russische Koalition.

Später verließ der deutsche Kaiser die Kajüte des Zaren und ließ Paul von Hintze an Deck rufen. Er berichtete ihm vom Inhalt des Papiers, und von Hintze beglückwünschte den deutschen Kaiser. Von Hintze bekam den Auftrag, den Fotografen an Deck zu holen. Beide Herrscher, offensichtlich in guter Laune, tauschten die Uniformen. Der deutsche Kaiser trug eine russische Admiralsuniform, der Zar die eines deutschen Kapitäns. Er war von seinem Vater weder zum General noch zum Admiral ernannt worden, und so blieb er aus Pietät schlicht Kapitän zur See.

Jedoch – der russische Zar war nicht so gutgläubig, wie Wilhelm dachte. Er hing seinem Bündnis mit Frankreich unverbrüchlich an, denn Frankreich hatte ungeheure Summen nach Russland fließen lassen. Er zögerte daher, seine Unterschrift zu geben, doch Wilhelm, rhetorisch geschickt, stellte ihm den Beitritt Frankreichs zu diesem Bündnis in Aussicht, als sei das kein allzu schwieriges Problem. Wenn Nikolaus nur nachdrücklich mit seinem Bündnispartner rede, käme er mit Sicherheit zum Ziel.

Der Zar war innerlich wieder misstrauisch, nervös. Nicht so ganz bei der Sache. Er wollte unbedingt zurück nach Zarskoje Selo, denn die Zarin erwartete ihr fünftes Kind, und die Zarenfamilie erhofft sehnlichst einen Sohn. Nikolaus wollte unbedingt während der Geburt daheim sein. Doktor Botkin hatte ihm gesagt, dass das Herz der Zarin geschwächt sei. Dass sie vor allem seelisch den Zuspruch ihres Mannes brauchte. Der Zar hoffte, dass Sunshine, wie er seine Frau privat nannte, genauso stark sein würde wie bei den Geburten der Mädchen, wo sie gelassen die Schmerzen ertragen hatte und schon nach wenigen Stunden wieder aufgestanden war. Außerdem, es hing so viel für ihn davon ab, ob er nun endlich einen Thronfolger bekam oder die fünfte Tochter. Also versprach er dem deutschen Kaiser, was dieser hören wollte, um ihn rasch loszuwerden. Er wusste aber schon jetzt, dass er sein Versprechen nicht halten würde.

Kurz danach, am 30. Juli 1905, war es dann so weit – am Nachmittag kam der Zarewitsch Alexej auf die Welt, und seine Eltern waren erlöst und überglücklich. Endlich ein Lichtblick in diesen schweren Zeiten. Alle Welt bekam ein Foto zugeschickt aus den ersten Tagen des kräftigen, hübschen Thronfolgers. Sogar die Soldaten an der Front.

Doch die in- und ausländische Presse vermochte die Freude der Eltern nicht zu teilen. »Während in Zarskoje Selo ein kaiserliches Ereignis passiert ist«, so schrieb die *Neue Zürcher Zeitung*, »verbluten zu Lande und zu Meere russische Soldaten. Nach vier Töchtern ist dem Zaren ein Sohn geboren worden. Mit der Geburt dieses Thronfolgers wird ein böser Stern über dem unheimlichen, riesigen Reich aufgehen. Über dem Koloss auf tönernen Füßen.«

KAPITEL 12

Sinaida musste das Geschenk immer wieder ansehen. Ihr Mann hatte ihr zum fünfundzwanzigsten Hochzeitstag eine Standuhr geschenkt, die Henrick Wigström von Fabergé für sie entworfen und gestaltet hatte. Es war eine goldene Standuhr mit drehbarem Zifferblatt – und trotzdem ein Fabergé-Ei. Es war fünfundzwanzig Zentimeter hoch, aus Emaille in einer so exquisiten Himbeerfarbe, dass die aufgelegten Goldlorbeergirlanden noch prächtiger wirkten als ohnehin. Der Zeiger war eine mit Diamanten besetzte goldene Schlange. Die römischen Ziffern waren ebenfalls mit Diamanten besetzt. Das alles stand auf einem Onyxsockel, und für Sinaida war es das Schönste, dass inmitten eines Goldlorbeerkranzes Miniaturen ihrer drei Männer zu sehen waren: Felix, Nikolaj und Felix junior.

Sinaida wusste nicht, wen von den dreien sie am meisten liebte. Das war ohnehin eine müßige Überlegung. Die Liebe hatte so viele Gesichter, dass man sie eigentlich gar nicht beschreiben konnte. Die Gefühle für ihren Mann, der auch nach fünfundzwanzig Jahren Zusammenlebens mit ihr noch der konservative Offizier war – diese Gefühle ähnelten einer Fahrt durch hügeliges Gelände. Manchmal musste Sinaida ihren Mann nur ansehen, und in ihr wurde die tiefste Liebe und Leidenschaft für ihn lebendig, so dass sie oft miteinander schliefen, was den Fürsten zehn Zentimeter über dem Boden schweben ließ, so selig war er jedes Mal. Seine Bereitschaft zum Liebemachen schien stets wach. Jedenfalls hatte Sinaida noch nie erlebt, dass er auf einen tiefen Blick von ihr oder auf ein Streicheln nicht freudig überrascht reagiert hätte. In diesen Zeiten liebte Sinaida ihren Mann genau so, wie er war.

Das waren die guten Zeiten. Waren Sinaidas Gefühle auf Talfahrt, dann schien der Fürst ihr uninspiriert, ein spröder, trockener Militarist, zwar immer noch gut aussehend, aber langweilig. Sinaida sah jedes Pfund, das er zugelegt hatte, mit Missvergnügen. Sie selber hatte noch das gleiche Gewicht wie vor fünfundzwanzig Jahren. Aber vermutlich nur, weil sie kein Fleisch mochte und sich schon als junge Frau angewöhnt hatte, eine kleine Portion so über den Teller zu verteilen, als sei es eine große.

In ihrer Familie waren alle Männer stets Leichtgewichte. Auch Nikolaj und Felix konnten essen, so viel sie mochten, sie nahmen nicht zu – das blieb ihrem Vater vorbehalten.

Sinaida war es lange nicht bewusst, dass ihre Söhne so attraktiv waren. Sie wollte es nicht sehen, da sie den Neid der Götter fürchtete. Es wunderte sie, dass sie so gelassen blieb angesichts zweier erwachsener Söhne. Früher, als sie um die dreißig war, hatte sie sich oft alt gefühlt. Hatte Sorge gehabt, dass sie sich durch eine falsche Jugendlichkeit lächerlich machte. Inzwischen fragte sich Sinaida, was das eigentlich sei, Jugendlichkeit. War das eine fragile Figur, ein kleiner Busen, ein kleiner Po? Musste sie sich bald ihres Alters schämen? Jetzt, wo sie sechsundvierzig Jahre alt war? Auf jeden Fall wollte sie daran denken, ihren Mann nie mehr in der Öffentlichkeit zu küssen, falls sie das je getan hatte, denn der Gedanke hatte sie schon jenseits der dreißig schaudern gemacht.

Ihre sagenhafte Großmutter sollte immer gesagt haben: »Das Schöne bleibt, das Niedliche geht.« Sinaida hoffte, niemals niedlich gewesen zu sein.

Doch – hatte Sinaida nicht andere Sorgen? Sie las Zeitungen. Der Hauslehrer ihrer Söhne übersetzte ihr oft aus der *Neuen*

Zürcher Zeitung, was die Menschen in der Schweiz über Russland und das Zarenreich dachten. So war die dortige Presse davon überzeugt, dass in Russland nur durch große Erschütterungen wie Krieg oder Revolution eine Lageveränderung stattfinden konnte. »Vor allem der Blutsonntag in Petersburg hat in der ganzen Welt das tiefste Mitleid mit den unglücklichen Opfern und die wärmste Sympathie für die russische Freiheitsbewegung geweckt.«

Manchmal wachte Sinaida nachts auf, weil sie träumte, dass sie wie eine Bettlerin und völlig allein durch das zerbombte Petersburg irrte und nach ihrem Mann und den Söhnen suchte. Sie konnte aus diesen schmerzhaften Träumen manchmal nicht erwachen, fühlte sich wie in feste Bandagen eingebunden, und den ganzen Tag hindurch spürte sie ihr Verlorensein, den bitteren Schmerz des Elends.

Eines Morgen las sie in den Zeitungen, dass ein Generalstreik ausgerufen worden sei, dass das öffentliche Leben in Russland zusammenzubrechen drohe. Als hätte es nicht schon genug Streiks in Moskau und Petersburg gegeben. Überall demonstrierten die Menschen. Es gab so viele Arbeitsniederlegungen und Protestdemonstrationen wie niemals vorher. Metallarbeiter der großen Petersburger Industriebetriebe traten in den Ausstand. Aber auch Schneider, Bäcker, Silberschmiede oder sonstige Angehörige kleinerer Unternehmen streikten. Sinaida beschloss, heute nicht auszufahren, obwohl sie einige Besorgungen zu machen gehabt hätte. Ihr war beklommen zumute, außerdem fegte ein Schneesturm über den Fluss. Aufragende Eisschollen auf der Newa, die sie früher als eine Naturschönheit wahrgenommen hatte, schienen ihr jetzt ein Unheil, eine Katastrophe anzukünden.

Felix und sein Vater hatten bei den Landsitzen der Familie angerufen, sich erkundigt, ob alles ruhig sei. Denn viele Bauern rächten sich jetzt an den Adligen, die sie über Jahrzehnte allzu schlecht behandelt hatten. Tausende Gutshäuser seien verwüstet, las Sinaida in den Zeitungen. Die Besitzer wurden verdro schen oder gleich umgebracht. Auch auf dem Meer war der Teufel los. Einfache Soldaten der Marine meuterten auf dem Panzerkreuzer *Potjomkin*.

Glücklicherweise lief auf den Jussupow'schen Gütern alles wie immer. Die Verwalter hatten versichert, dass nichts auf Unruhen hindeute. Ihre Bauern seien gut situiert und zufrieden.

Sinaida spürte es in allen Poren, dass das Reich wankte.

Erst jüngst hatte ihr Mann berichtet, dass der bislang treue und noble Oberhofmarschall Graf Paul Benckendorff zu ihm gesagt habe, er fürchte eine soziale und politische Revolution. Viele Minister fühlten sich vom Zaren getäuscht. In seinen Augen sei Nikolaus persönlich und das Zarentum insgesamt diskreditiert: »Nikolaus ist lächerlich«, habe Benckendorff gesagt. »Er beginnt, alle zu verärgern. Es ist etwas Absurdes in jeder Monarchie.«

Nachdenklich starrte Sinaida auf die herrliche Fabergé-Uhr. Würde das Geschenk ihres Mannes ihnen bald nur noch schwere Stunden anzeigen? Gott schütze Russland.

KAPITEL 13

Sie nahmen das Frühstück wie immer im weißen Salon der Mutter ein. Es war Sonntag, Felix hatte keinen Dienst im Pagencorps und freute sich auf seine Mutter, die er wegen eines anstrengenden Manövers einige Tage nicht gesehen hatte. Die Bediensteten trugen schon duftenden Kaffee und Tee auf, es roch gut nach dem frischen Brot, gebratener Speck und Rühreier standen unter silbernen Deckeln auf Beistelltischen. Felix war noch allein im Raum, er betrachtete die Möbelgarnitur aus Rosenholz, die aus Polstersesseln, einem Sofa und mehreren Tischen bestand, als sähe er sie zum ersten Mal. Die Stoffbezüge mit ihren Ornamenten und Girlanden schimmerten in hellen, kaffeefarbenen Tönen. In denselben Farben war auch die Wandbespannung gehalten. Felix war nach den Tagen im Manöver immer offen für die prachtvolle Einrichtung des elterlichen Palastes. Er fühlte sich schon als Kind in den Räumen seiner Mutter am wohlsten, sie schienen ihm ihren wunderbaren Charakter widerzuspiegeln, waren das Herz des Palais. Für einen Moment sah Felix sich in dem fast zimmerhohen, ovalen Rokokospiegel aus vergoldetem Stuck, der mit Blüten und Zweigen üppig verziert war. Sein Konterfei gefiel ihm nicht sonderlich, also sah er rasch wieder weg und konzentrierte sich auf die Tasten des kleinen Pianos, auf dem er ein paar weiche Akkorde anschlug.

Noch bevor es hinter ihm raschelte, bevor er den leichten Schritt hörte, roch er schon den Duft nach dem Guerlain-Parfüm, das seine Mutter derzeit bevorzugte. Er drehte sich um, nahm die Hand seiner Mutter und legte sie für eine kleine Sekunde an sein Gesicht. Er sah sie an. Sie trug ein einfaches silbergraues Seidenkleid, ein großer Spitzenkragen war über ihrer Brust mit einer Diamantbrosche zusammengerafft. Das Haar hatte sie ganz schlicht in einen Knoten frisiert, was ihr eine besondere Anmut und Noblesse gab.

Der winzige weiße Spitz, den sie unterm Arm hatte, wurde lebhaft, so dass sie ihn behutsam auf den Boden herunterspringen ließ.

Die Fürstin küsste ihren Sohn auf die Wange, bemerkte, wie blass er sei. »Ist dein Dienst so hart zurzeit, oder treibst du dich herum?«, fragte sie liebevoll lächelnd. »Du hast tiefe Ringe unter den Augen. Was meinst du, Felix?«, wandte sie sich an ihren Mann, der seinen Sohn eher verdrießlich musterte.

Er war zwar Generalmajor der Suite, doch er pflegte seine Beziehungen zum Pagencorps und hörte so dies und das, würde es aber seiner Frau nicht erzählen. Er hing nach wie vor an ihr mit einer hingebungsvollen und fraglosen Liebe, und er wollte von ihr wiedergeliebt werden. Wenn sie seinetwegen erzürnt und abweisend war, litt er wie ein gestraftes Kind. Er hatte gelernt, dass er mit ihr über viele Dinge reden konnte. Sie war belesen, studierte anspruchsvolle Zeitungen, wusste Bescheid auch in politischen Dingen. Nur was ihre beiden Söhne anging – da sperrte sie sich jeder Kritik. Schalt ihn einen Offizier, der starr und beinern jede Fantasie in den Kindern ersticke, viel zu streng mit ihnen umgehe, sie drillen wolle, wie er vermutlich früher gedrillt worden sei.

Selbst sein Hinweis, dass die Söhne schließlich auch seine Kinder seien, hatte nichts genützt. Als Kommandeur des Gardekavallerieregiments der Leibgarde sei er ja mehr mit dem Zaren verheiratet als mit ihr, hatte sie ihm vorgeworfen. Er sei ja meistens nicht daheim und wisse viel zu wenig über die beiden

Söhne. Daher beschränkte er sich auch jetzt bei ihrer ohnehin nur höflichen Frage auf ein »Na ja, er hat in der Tat schon besser ausgesehen«. Er gab seinem Sohn einen Klaps mit der gefalteten Zeitung, die er in der Hand hatte und dann zu den anderen auf einen Tisch legte. Die Herren warteten, bis die Fürstin sich gesetzt hatte, und nahmen ebenfalls Platz. Felix trank sofort von dem heißen, starken Kaffee, der ihm fast die Zunge verbrannte, aber sehr belebte.

»Wo bleibt nur Nikolaj?«, fragte die Fürstin erstaunt. »Er ist doch sonst immer so pünktlich?«

»Vielleicht telefoniert er ja noch mit Munja«, sagte Felix etwas mokant, so dass seine Eltern ihn forschend ansahen. Felix lachte, er hätte sich fast an seinem Kaffee verschluckt, und er sagte, dass die Eltern sich keine Sorgen machen sollten. »Nikolaj muss sicher mal wieder Abbitte leisten, weil er einer anderen zu tief in die Augen gesehen hat. Munja ist ein Engel, eine Rose, völlig makellos. Und sie würde lieber ganz Russland und sich selbst belügen, als zuzugeben, das Nikolaj sich noch von anderen Frauen bestätigen lassen muss, dass er gut aussieht, ebenso gebildet wie kultiviert ist und zu den begehrtesten Junggesellen Petersburgs zählt.«

Seine Mutter setzte ihre Tasse ab, ohne zu trinken. »Was redest du da?«, sagte sie missbilligend zu Felix. »Nikolaj ein Frauenheld und Munja, die das alles beschönigt, um die Form zu wahren? Und du findest das auch noch selbstverständlich?«

Der Fürst mischte sich ein, sagte, dass Felix allen Grund hätte, seinen Bruder großmütig zu entschuldigen. »Schließlich lebt er selber auch ziemlich extravagant.«

Die Fürstin sah sprachlos von einem zum anderen. Felix nahm sich eine Zigarette, fragte seine Mutter, ob er rauchen dürfe, doch sie sagte strenger als sonst: »Jetzt iss bitte erst einmal etwas; nur Kaffee und eine Zigarette, das ist doch kein Sonntagsfrühstück. Kein Wunder, dass du so schlecht aussiehst. Und klingle bitte nach Mascha, sie soll nachsehen, wo Nikolaj bleibt. Ich möchte unbedingt von ihm selbst wissen, was die Geschichte mit Munja auf sich hat. Sie ist seine Verlobte, das kann er doch nicht im Ernst vergessen haben!«

Mascha kam, noch ehe Felix geklingelt hatte, und meldete, dass zwei Herren am Eingang stünden, die den Fürsten Jussupow sprechen wollten. Felix bat die Dienerin, gleich nach Nikolaj zu schauen.

Als der Fürst sichtlich verärgert hinausging, bat die Fürstin Felix um eine Zigarette. »Ich brauche das jetzt, ich hab das Gefühl, dass irgendetwas nicht stimmt. Felix, bitte, du verheimlichst mir doch nichts?«

Felix sah seine Mutter an, er wusste, sie war klug, vielleicht zu klug für eine Frau, aber sie ahnte nichts von seiner Entwicklung. Doch früher oder später würde sein Vater mit ihr darüber reden. Denn seine Mutter hatte sehr wohl begriffen, dass ihr Mann mehr wusste als sie. Felix fühlte plötzlich tiefe Scham, obwohl er davon überzeugt war, kein Unrecht zu tun. Was sollte er antworten? Es hätte einer langen Erklärung bedurft, die er sich in diesem Moment nicht zutraute. Er wollte seiner Mutter auf keinen Fall wehtun. Plötzlich sehnte er sich nach seiner Kindheit zurück, wo er keine Geheimnisse ihr gegenüber hatte. Wie viel wusste sein Vater? Wie sollte er dem aufkeimenden Misstrauen seiner Mutter begegnen?

Es blieb ihm erspart, zu antworten, weil sein Vater in diesem Moment ins Zimmer zurückkam. Er blieb bei der Tür stehen, als könne er keinen weiteren Schritt mehr gehen. Er steht da wie ein Denkmal, schoss es Felix durch den Kopf, am liebsten hätte er ihm zugerufen, dass er nicht so finster dreinschauen solle, gar so unglücklich seien sie doch gar nicht – da hörte er die Stimme des Vaters, matt und brüchig. »Nikolaj ist heute Morgen beim Duell vom Grafen Manteyffel erschossen worden.«

Mit dem Automobil fuhren sie nach einem wortlosen, fluchtartigen Aufbruch zum Petrowskij-Park. Felix chauffierte. Sie wollten keine Zeugen. Die Fürstin sprach wie irre die Verse aus

Puschkins *Eugen Onegin*, die sie oft vor Publikum gesprochen hatte. Sie klammerte sich förmlich an jede Silbe. Heute war es für Felix und seinen Vater so, als versuche Sinaida zu entkommen, sich verzweifelt auf die Bühne des Theaters zu flüchten, wo sie irgendwann aufwachen würde aus dem Albtraum, in dem sie sich ja doch befinden musste:

»Nun tretet an! – Und kalten Blutes, / Die Waffen noch gesenkt in Ruh, / Tun beide Gegner festen Mutes / Vier Schritte aufeinander zu, / Vier Stufen auf der Todesleiter nur …«

Felix sah im Rückspiegel, wie sein Vater versuchte, die Mutter in seine Arme zu nehmen, ihren Kopf an seine Schulter zu betten. Doch sie war starr, versuchte, mit geschlossenen Augen sich zu sammeln, sich die Verszeilen wie einen Panzer anzulegen, sich zu wappnen gegen das, was auf sie wartete. Ihr Lieblingsdichter hatte dasselbe durchgemacht, was ihr Sohn vor weniger als einer Stunde erlitten hatte – noch vor einer Stunde war ihr Ältester voller Leben gewesen, »Erfüllt von der Begeisterung Beben, / Von Feindschaft, Hoffnung, Liebesglut, / Dort pulste Leben, heißes Blut! – / Und jetzt –«

Sie hatten Nikolaj auf weiße Laken gelegt. Sein Mantel war achtlos ins Gras geworfen und lag dort seltsam allein. Felix hob ihn auf und drückte ihn an sich. Der Duft nach Sandelholz gehörte nicht mehr dem jungen blassen Mann, der mit hochgerecktem Kopf dort im Gras lag und für den er in diesem Moment eine wilde Zärtlichkeit fühlte, wie sie nur die Vergeblichkeit kennt. Sein Bruder. Er hatte so viel Wunderbares an ihm entdeckt. So viel Ähnlichkeit in ihren Wünschen und Bedürfnissen. Felix wusste später nicht mehr, warum er sich gerade in diesem Moment an ihre Verkleidungsphase erinnerte:

Als sie gerade aus dem Kindesalter heraus waren, vielleicht vierzehn und achtzehn, hatten sie heimlich Kleidungsstücke und Hüte der Mutter angezogen, sich mit ihrem Schmuck behängt, hatten sich von einer Freundin Nikolajs, die beim Theater arbeitete, schminken lassen und waren dann in ein exklusives Lokal zum Essen gegangen. Sie genossen den Geruch des Puders auf ihrem Gesicht, die bittere Süße des Lippenstifts, den Duft des Parfüms in ihren Kleidern.

Mehr als alles andere jedoch begeisterten sie die irritierten Blicke der Gäste, die mühsam um Fassung ringenden Ober, die sie trotzdem mit den exquisiten Menüs und dem teuersten Champagner bedienten, weil ihre Kleider und ihr Schmuck so sichtlich kostbar waren, dass es sich bei ihnen nur um Angehörige der höchsten Klasse handeln konnte.

In Paris hatten sie es dann auf die Spitze getrieben. Damals bereitete der berühmte Impresario Sergej Diagilew die erste westliche Inszenierung der größten aller russischen Opern vor, Mussorgskijs *Boris Godunow.* Fjodor Schaljapin hatte die Titelrolle, und die Eltern Jussupow hatten darauf bestanden, dass Nikolaj und Felix mitkamen zu diesem Weltereignis. Nikolaj und Felix dankten artig für die schöne Einladung und fuhren mit nach Paris. Dort gaben sie dann aber vor, lieber ins Theater gehen zu wollen, wo man gerade ein aktuelles und sehr umstrittenes Stück spielte. Die Eltern waren vor Beginn der Oper noch zu einem Empfang geladen, so dass die Brüder Zeit hatten, sich im Hotel aus der Garderobe der Mutter zu bedienen. Sie waren nun schon darin geübt, sich gegenseitig zu schminken, und so tauchten sie in Abendkleidern aufgedonnert in der Oper auf, bestaunt von ihrer Umwelt, sogar der von allen umschmeichelte englische König Georg wollte Felix und Nikolaj unbedingt vorgestellt werden. Die Eltern waren zunächst verwirrt, vor allem der Vater, doch da die Fürstin schließlich Tränen lachte, nahm auch er die Vorstellung seiner Söhne gelassen, zumal alle Petersburger Freunde Spaß an dem Spiel der Brüder zeigten.

Der Mantel seines Bruders fiel Felix aus der Hand, und er schreckte auf aus seinen Träumen. Er stand bewegungslos da, begann langsam zu begreifen, dass es Nikolaj war, sein Nikolaj, der tot im Gras lag. Wie klar, lebendig und grausam war dieses Bild. Felix versuchte krampfhaft, noch mehr Bilder und Erinnerungen an den Bruder in sein Gedächtnis zurückzurufen. Vergeblich. Hirn und Herz waren ihm angenagelt in diesem Park.

Seine Mutter kniete bei Nikolaj, hielt ihn in ihren Armen und küsste ihn wieder und wieder. Der Vater stand aufrecht und blickte sich um, als müsse er seine Familie vor Eindringlingen schützen. Etwas abseits wartete noch der Arzt und machte sich an seinem Koffer zu schaffen. Graf Manteyffel und die Sekundanten hatten offenbar das Weite gesucht.

In diesem Moment fühlte Felix sich mit seiner Familie vollkommen allein, und er wusste, sie war nur noch ein Traum aus vergangener Zeit. Er konnte nur noch daran denken, wie unendlich viel sein Bruder ihm bedeutete. Nein, er bedeutete ihm alles. Was war noch von Belang ohne Nikolaj? Doch gar nichts, alles war von nun an vergeblich, sinnlos. Mit jenem seltsamen Interesse, das man alltäglichen Dingen zuwendet, wenn man von einem schrecklichen Geschehen erschüttert ist, begann Felix, den Spatzen zuzusehen, die im Gebüsch miteinander tändelten. Die Sonne war herausgekommen und malte Lichtkringel auf die Stämme der Bäume, und über das Gras huschten gleichfalls Licht und Schatten. Felix war noch nie in diesem Park gewesen. Das Schlimmste, was ihm zu tun blieb, war, den Park wieder zu verlassen.

Seine Mutter hielt Nikolaj an sich gepresst, als könne sie ihm das Leben zurückgeben, und es kam Felix so vor, als habe er bislang sein Leben durchträumt; aber jetzt kam der Tod und führte ihn aus seiner traumverhangenen, fantastischen Welt in die wirkliche, in der er nicht mehr zu träumen, sondern sich zu entscheiden hatte.

Der nächste Tag zeigte einen freudlosen Himmel. Die Fürstin ließ anspannen und fuhr mit ihrer Kutsche zum Haus der Staatsrätin Golowina. Sie musste mit ihrer Tochter Munja sprechen, schließlich war sie Nikolajs Verlobte, sie musste wissen, was geschehen war, und sie durfte es nicht von anderen erfahren. Sinaida Jussupowa machte diesen Weg ebenso mechanisch wie alles, was sie seit dem gestrigen Tag erledigt hatte.

»Wir müssen jetzt zu Nikolaj stehen«, mehr war – von alltäglichen Befehlen und Anweisungen abgesehen – nicht von ihr zu hören gewesen. Ansonsten wirkte sie nach außen hin kühl und besonnen, doch in ihrem Inneren kämpfte der wahnwitzige Schmerz um den Verlust des Sohnes mit dem Gefühl der Enttäuschung, das Nikolaj ihr durch seine Unbesonnenheit bereitet hatte. Von wie vielen Menschen war er um sein glänzendes, erfolgreiches Leben beneidet worden, um seine hübsche, elegante Erscheinung, seinen Charme, sein liebenswürdiges Wesen, seine großen Talente. Das alles hatte er weggeworfen, war offenbar einem Irrtum erlegen oder aber zügelloser Leidenschaft.

Wie viel Schuld traf sie selber? Hatte sie ihn verzogen, wie es ihr Mann ihr öfter vorgeworfen hatte? Aber er konnte ja nicht wissen, dass die Liebe zu Nikolaj sie in gewissem Sinne wahnsinnig gemacht hatte. Diese schwere Geburt – zwei Tage lang dachte man, sie würde ihr Leben lassen müssen. Dann schlug der Neugeborene die Augen auf, und heute erst wusste sie, was Nikolaj ihr damals schon sagen wollte. Es wird schwer sein, hatten seine blauen Augen angedeutet, es wartet viel auf uns, doch sie hatte die Warnung nicht ernst genommen, war mit dem Bébé durch die Räume gelaufen, getanzt, und dabei hatte sie gesungen, gejubelt, dass sie einen Sohn habe, wahr und wahrhaftig einen Sohn. Sie hatte ihm den unvergleichlich blauen Himmel über Petersburg gezeigt, die rasch dahinziehenden Wolken, Stunden später das Abendlicht über der Mojka oder den Schneesturm im Winter. Vor die Marmorstatue ihrer Schwester war sie mit ihm gelaufen, vor das Bild ihres Vaters. »Seht ihn euch an«, hatte sie zu ihnen gesagt, »ist er nicht ein richtiger Jussupow, ist er nicht euch beiden ähnlich? Könnt ihr euch vorstellen, dass ich ihn schon jetzt mehr liebe als mein Leben?« Ja. Sie hätte sich für Nikolaj in Stücke reißen lassen. Bis zu seinem schlimmen Ende durfte ihn niemand kritisieren, niemand durfte ihm etwas verbieten. Sie war blind gewesen auf beiden Augen. Vor lauter Liebe hatte sie ihren Sohn niemals richtig gesehen. »Nikolaj – verzeih. Verzeih, dass ich dich zu Tode geliebt habe.«

Sie würde es büßen, und darüber konnten sie auch die vielen Telegramme nicht hinwegtäuschen, die Blumen, Anrufe. Aus Zarskoje Selo schrieb das Zarenpaar: »Wir sind in Gedanken bei euch.«

Die Familie Jussupow war immer eine der glänzenden Stützen des Zarenhofes gewesen. Jetzt hing ein Schatten über ihrem Namen.

Die Fürstin spürte, wie hart ihr Herz schlug und bis in den Hals hinein klopfte. Wie sollte sie mit Munja reden? Sie war seit ihrer Kindheit die zukünftige Schwiegertochter der Fürstin gewesen, und alle waren darüber glücklich. Und nun, innerhalb weniger Stunden, hatte das Leben sich grausam verändert. Wie würde sich Munja fühlen? Sie war wie eine junge Birke in Nikolajs Arme hineingewachsen. Auch Felix liebte Munja. Er holte sie bei Empfängen von zu Hause ab, kaufte ihr an Feiertagen Geschenke und überbrachte Botschaften an Nikolaj. Manchmal schienen die drei wie Geschwister, und die Generalin hatte oft gesagt, dass sie so glücklich sei, Munja gut aufgehoben zu wissen bei den Jussupows. Sinaida hatte sich daher völlig unbefangen auf die Hochzeit gefreut, immer wieder waren ihr Einzelheiten für ein unvergleichliches Fest eingefallen. Alles war bereits in ihrem Journal notiert. Munja sollte ihr Hochzeitskleid mit dem üppigen Schleier bekommen, denn sie war so grazil, wie sie es damals auch gewesen war. Munja kam aus einer gesellschaftlich sehr angesehenen Familie, sie war sprachgewandt, kultiviert und liebenswürdig, sie konnte an der Seite des zukünftigen Fürsten Jussupow sehr wohl repräsentieren.

Oh Gott, wohin verrannte sie sich in ihren Gedanken? Sie sehnte sich nach der Vergangenheit, als sie ganz und gar glücklich gewesen war. Hatte sie das gewusst? Darüber musste sie nachdenken, ihr Hirn war aber schon dumpf und tot. Wie wollte sie einer jungen Frau erklären, was ihr selber ganz und gar unerklärlich war? Wie sollte sie ihre Sinne zusammenhalten, die von einem mörderischen Schmerz immer wieder vernebelt wurden? Wie konnte sie ihrem verzweifelten Wunsch nach

Klarheit nachkommen, nach der Aufklärung der Tragödie – was zählte ihre Wahrheitsliebe eigentlich noch?

Munja Eugenia Golowina stand in dem mit blauen Samtmöbeln ausgestatteten Salon, dessen bis zum Boden reichende Fenster das Morgenlicht hereinließen. Die Stores und die gold bestickte Wandbespannung zeigten das gleiche Blau wie die Möbel, und die Fürstin dachte, dass dieses Blau und Gold wunderbar zu Munja passten, die in einem schwarzen, hochgeschlossenen Spitzenkleid vor ihr stand. Und sie dachte auch, dass sie die glücklichste Frau dieser Erde wäre, wenn sie den gestrigen Tag ungeschehen machen und dieses unschuldige junge Mädchen als Schwiegertochter in ihre Arme schließen könnte.

Munja wusste es. Das sah Sinaida sofort. Sie stand wie gebannt vor dem Mädchen, das sie voller Trauer anblickte. Ihr Gesicht war blass, sie hatte geweint, und die Fürstin überlegte, was sie ihr sagen, wie sie ihre Teilnahme ausdrücken sollte. Munja wies auf die Sitzgruppe, die beiden Frauen nahmen Platz, eine Dienerin brachte ein Tablett mit Tee und Früchten.

Solange die Dienerin herumwirtschaftete, betrachtete die Fürstin das sorgfältig gearbeitete Parkett aus hellen und dunklen Hölzern.

»Er hat keine Schuld«, sagte Munja mit fester Stimme in die Stille, und als die Fürstin den Kopf hob und sie ansah, wiederholte sie es: »Nikolaj trifft keine Schuld.« Die Fürstin schwieg ungläubig. »Es war am Mittwoch. Nikolaj saß mit Freunden im Café Wolff & Béranger, als die Manteyffels am Nebentisch Platz nahmen. Im Laufe des Abends entwickelte sich zwischen dem Ehepaar ein hässlicher Streit, die Gräfin weinte immer heftiger, schließlich schüttete der Graf seiner Frau ein Glas Rotwein ins Gesicht und bedrohte sie. Nikolaj sprang auf, gab dem Grafen eine Ohrfeige, trocknete der Gräfin das Gesicht und begleitete sie nach Hause. Am nächsten Tag bekam er die Aufforderung zum Duell.«

Die Fürstin stand am Fenster, aber es schien ihr wie mit Brettern vernagelt. Ihr war alles gleichgültig. Was konnte es draußen schon geben? Die Sehnsucht nach Nikolaj tat so weh. Wie ein Messer in der Brust. So oft hatte sie zugesehen, wenn die untergehende Sonne am Himmel einzelne lang gezogene Wolkenfelder roséfarben färbte, wie hinter den immer noch vorherrschenden dunklen Wolken ein zartes Hellblau hervorschaute, und manchmal hatte sie ihre Söhne gerufen, sie auf das wundersame Farbenschauspiel aufmerksam gemacht. Könnte sie doch nur noch einmal, nur noch eine Minute –

Ein Aufschrei Munjas ließ Sinaida herumfahren. Die bislang so gefasste, ihren Nikolaj verteidigende Munja zeigte plötzlich den Ausdruck einer Irren. Es war, als sei ihre Fassung eingestürzt wie eine alte, brüchige Wand. Munja schoss auf Sinaida zu und schrie, dass er doch ihr Nikolaj gewesen sei, ganz allein ihr Nikolaj, schon von Kindheit an habe er zu ihr gehört. »Und dann lässt er sich erschießen! Er lässt sich für eine andere erschießen! Wegen einer Ehebrecherin hat er mich vergessen!«

Sinaida versuchte, Munja in die Arme zu nehmen, sie zu trösten, doch Munja, als sei ein Ring von ihrem Herzen gesprengt, schrie, dass Nikolaj sie verraten habe. »Ausgeplündert hat er mich, verraten und verkauft! Ein Lügner war er, ein Betrüger, er hat mich um mein Leben betrogen, um meine Zukunft. Noch Anfang der Woche ist er mit mir an der Newa entlanggefahren, er hat dem Puschkin-Haus zugewinkt, zugewinkt mit der Hand, in der er dann die Pistole –«

Sinaida verließ den Salon, ging stumm an Munjas Mutter vorbei. Die Generalin stand an der obersten Treppenstufe, jetzt eilte sie in den Salon zu ihrer Tochter, und Sinaida lief die Treppen hinunter und dachte vage, dass Mütter niemals etwas von ihren Kindern wissen. Wann hatte sie zuletzt ein richtiges Gespräch mit Nikolaj geführt? Alles schien ihr zusammengeschrumpft auf Alltägliches, Nichtiges. Wem hatte Nikolaj seine Träume erzählt? Seine Hoffnungen? Was hat er gedacht, was empfand er, was wünschte er für sich? Hat er Munja wirklich geliebt? Sie war Sinaida manchmal wie eine Heilige erschienen. War sie wirklich die Frau, die Nikolaj begehrt hatte? Oder hatte er sie eher respektiert, weil sie einen so guten Charakter hatte? Hatte er die Liebe, das überraschende Begehren, das zwischen ihr und ihrem Mann immer noch nicht erloschen war, vielleicht eher für andere Frauen gefühlt? Warum hatte sie ihren Sohn nie danach gefragt?

Sinaida schämte sich, so unwissend zu sein. Wann hatte Nikolaj sich ihr jemals anvertraut? Er wirkte immer selbstbewusst, kraftvoll, er hatte sie oftmals erwärmt mit seiner Fröhlichkeit. Warum hatte Nikolaj nach dem Streit mit Manteyffel nicht mit ihnen geredet? Oder auch nur mit ihr, seiner Mutter? Man hätte doch Mittel und Wege gefunden, dieses unsinnige Duell zu verhindern.

Wieder durchflutete sie der verdammte Schmerz. Sinaida bekam kaum noch Luft, ihre Hände flatterten, ihr Herz klopfte schnell und schmerzhaft. Sie beruhigte sich erst wieder, als sie vor ihrem Palais aus der Kutsche ausstieg und für einen Moment zum Mojka-Kanal ging. Sie stützte sich auf einen der Granitpfeiler, spürte die raue Fläche des Steins, sah in das grünblaue Wasser zu ihren Füßen und fragte sich, ob Nikolaj sich vielleicht auch einmal dort abgestützt und in den Fluss geschaut hatte. Doch die Granitblöcke strömten den mitleidlosen Geruch der Kälte aus, der Sonnenuntergang schickte seinen Glanz über die Mojka, und die vertrauten Paläste schimmerten in sanften Purpurfarben unter einem Flor von zartem Rauch. Wie schön es hier war, wie still, doch mit einem Mal schien es ihr eine dumpfe Ruhe zu sein, die Zeit schien dahinzukriechen, völlig ohne Sinn. Was zählte noch? Die Gespräche in den Palästen der anderen oder im eigenen – sie erschienen ihr hohl und krank von dem Wunsch, in der Gunst des Zaren an erster Stelle zu stehen.

Sinaida musste plötzlich wieder an den Blutsonntag denken, an die vielen Toten. Es war so unglaublich grausam, was dort passiert war, während die vornehme Petersburger Gesellschaft im Wladimir-Palais feierte. Natürlich hatte sie das tiefste Mitleid mit den unglücklichen Opfern gehabt, aber hatte sie den Zaren dafür verantwortlich gemacht, ihn gehasst für die brutale Tötung dieser Männer, Frauen und Kinder? Gut, er hatte den Schießbefehl nicht gegeben, aber seine verdammte Schwäche und Unentschlossenheit erlaubte es seinen Hofschranzen, eigenmächtig zu handeln.

Und all die gefallenen jungen Soldaten im Japanischen Krieg? Es war Sinaida, als könne sie erst jetzt, wo sie ihren eigenen Sohn in seinem Blut hatte liegen sehen, mit den Opfern fühlen. Den Zaren als das sehen, was er neben seiner liebenswürdigen Bescheidenheit und Schüchternheit auch war: ein schwacher Monarch, der sich gegen besseres Wissen von seinem Onkel zum Krieg verleiten ließ. Zwar hatte er durchaus Skrupel und war zur Schlaflosigkeit verdammt, insgesamt aber war er ein Schwächling, als Zar völlig fehl am Platze – und somit gefährlich.

Der Tag des Begräbnisses zeigte sich düster und windig, die Mojka verschwamm im Dunst, und als der mit schwarzen Damasttüchern verhängte Leichenwagen vorfuhr, standen viele Bürger Petersburgs und viele Berittene schon Spalier und warteten darauf, dass der Sarg mit dem jungen Prinzen herausgetragen wurde. Punkt elf Uhr begannen die Glocken der Stadt zu läuten, eine Kapelle, die an der Galatreppe postiert worden war, spielte Trauermusik. In Begleitung der in Verachtung und Kummer erstarrten Munja Golowina traten der Fürst und die Fürstin Jussupow mit ihrem Sohn Felix heraus und blieben wartend am Portal ihres Hauses stehen. Der Prinz und sein Vater trugen Uniform, die Fürstin war in einen langen, engen, tiefschwarzen Mantel gekleidet, ihr großer Hut hatte einen wolkigen Schleier, der ihr Gesicht bedeckte. Auch Munja war verschleiert und in einen schwarzen Mantel gehüllt. Fürst Jussupow führte seine Frau am Arm, stützte sie, und auch wenn sie betont aufrecht gingen, sah jeder, dass sie wie unter einer Last zusammenzubrechen drohten. Munja nahm den Arm des Prinzen Felix, dessen blasses Gesicht wie eine hochmütige Maske wirkte. Aus dem

Palais kamen Kadetten des Pagencorps und trugen den Sarg hinaus. Sie hoben ihn in den Leichenwagen und salutierten. Hinter der Kutsche der Jussupows stand die dicht verhangene Kutsche der Zarenfamilie.

Langsam setzte sich der Zug unter den schweren Klängen der Trauermusik in Bewegung. Der Regen hatte aufgehört, hier und da rissen die Wolken auf, und winzige Fetzen des blauen Himmels schauten hervor. Doch die Fürstin, ihr Mann, ihr Sohn und Munja schauten starr auf den Leichenwagen, auf den üppig mit Blumen und Fahnen geschmückten Sarg, in dem der geliebte Tote lag. In jedem von ihnen stiegen Bilder auf vom gemeinsamen Leben mit Nikolaj, dem Klugen und Schönen. Sie hörten sein Lachen und hörten es auch schon nicht mehr. Alle vier hatten sie sich vom Schicksal bevorzugt gefühlt, dass Nikolaj ihnen geschenkt worden war, nun hatte das Schicksal ihn zurückgeholt. Es gab nur noch die Vergangenheit mit ihm. Die Gegenwart war fremd und kalt wie Granit und das Wasser der Mojka.

KAPITEL 14

Felix verließ mit dem jungen Architekten Beloborodow das Palais. Er hatte mit ihm darüber gesprochen, dass ihn der Gestank der Automobile und der oftmals schwere Geruch der Mojka störten. Früher hatte es ihn nicht gestört, oder er hatte es hingenommen. Doch seit seiner Zeit in England war er entschlossen, sich reine Luft zu erkämpfen. Koste es, was es wolle. In Oxford, wohin er bald nach dem Tod seines Bruders zum Studium gegangen war, schien zwar die Luft auch von Seewasser getränkt, aber gestunken hatte es nicht. »Sehen Sie – gleich drei Automobile hintereinander rauschen an unserem Palast vorbei. Den ganzen Tag geht das so. Und die Mojka stinkt wie alter Fisch. Es müsste doch irgendwie zu machen sein, dass die Luft, die in den Palast strömt, aus dem Garten kommt und nicht von der Straße.«

Während Felix dem Architekten diese Zustände schilderte, sah er im dritten der eleganten Automobile einen jungen Mann am Steuer, der in diesem Moment grüßend die Hand hob. Das war Dmitrij, er musste es gewesen sein! Felix war wie elektrisiert, er hörte kaum mehr, wie Beloborodow mit vor Tatkraft leuchtenden Augen von einem komplexen Ventilationssystem sprach, von einem großen Filterraum, den es zu konstruieren gelte.

Felix wollte gleich telefonieren. Er versuchte zu berechnen, wann Dmitrij im Beloselskij-Palast ankommen würde, der am Newskij Prospekt lag, unweit des Anitschkow-Palais, der Residenz der Zarinmutter. Großfürst Dmitrij Pawlowitsch war der einzige Sohn des Großfürsten Pawel Alexandrowitsch, damit Cousin des Zaren Nikolaus.

Wenn Felix daran dachte, wie er Dmitrij zum ersten Mal wirklich wahrgenommen hatte – denn natürlich kannte er ihn von Kind auf –, dann fielen ihm zuerst die Breeches ein. Sie waren aus Elchleder und mussten gedämpft werden, um faltenfrei zu sitzen, und das taten sie dann auch. Sie zeichneten Dmitrijs kleinen Po und seine eher mageren Schenkel deutlich ab, und Felix überlief ein angenehmer Schauder. Er sah Dmitrijs Augen vor sich, die stets ein wenig schläfrig wirkten, als sei Dmitrij erstaunt über die Ehrerbietung, die ihm zuteil wurde. Felix fand, dass er oft unglücklich aussah, aber auf eine äußerst anziehende Weise.

Großfürstin Jelisaweta Fjodorowna, genannt Ella, die Schwester der Zarin, war als Ehefrau des Großfürsten Sergej sozusagen die Stiefmutter Dmitrijs, den sie aufrichtig liebte. Aber der strenge Großfürst ließ ihr kaum Gelegenheit, ihren Schützling zu verhätscheln.

Doch dann war der Tag gekommen, der Ella frei machte von der Dornenkrone ihrer Ehe, die sie so lange klaglos getragen hatte: Der Anarchist Iwan Kaljajew war illegal nach Moskau zurückgekehrt und wartete monatelang auf die Gelegenheit, den Großfürsten Sergej, Generalgouverneur von Moskau, umzubringen. Er hatte sich mit den Gewohnheiten des Großfürsten, der um die Gefahr wusste und seine Aufenthaltsorte oft änderte, vertraut gemacht. Er versteckte sich in der Nähe der Kutsche, die Sergej in seine Kanzlei bringen sollte, und warf »aus blindem Hass gegen die Obrigkeit«, wie er später vor Gericht erklärte, zwei Bomben aus einer Entfernung von einem Meter auf den Generalgouverneur. Die Kutsche wurde vollständig zertrümmert, der Körper des Großfürsten verstümmelt, in Stücke zerrissen.

Alle erzählten sich damals, wie Großfürstin Ella, aufgeschreckt von dem Lärm, zu dem im Schnee liegenden Leichnam eilte und sich nicht davon abhalten ließ, die Überbleibsel an zerfetztem Fleisch einzusammeln. Sie rief nach einer Bahre und begann dann, die Einzelteile ihres Ehemannes behutsam darauf abzulegen. Hilfeleistung verbat sie sich derart entschieden, dass niemand die Gebeine des Generalgouverneurs anzurühren wagte.

Noch am Abend desselben Tages besuchte Ella den Terroristen Kaljajew in seiner Zelle, der von ihrem Besuch sehr überrascht war und ihr fast betrübt versicherte, er habe ihren Mann gar nicht gekannt, er habe nur ein Zeichen setzen wollen gegen die Ungerechtigkeit, die grausame Unterdrückung, unter der die Arbeiter und Bauern nun schon so lange zu leiden hätten. Ob sich die gnädige Frau Großfürstin noch an den Blutsonntag im Jahre 1905 erinnern könne? Es habe schon immer zu viele Bluttage in Russland gegeben, und es werde höchste Zeit, dass sich etwas ändere. Aber der Zar höre ja nicht auf die Armen und Entrechteten. Er bediene sich jedes Mal der Gewalt.

Ella bat ihren Schwager, den Zaren, um das Leben von Kaljajew, natürlich ohne ihm auch nur eine Silbe von dessen Gedanken zu verraten. Doch Nikolaus dachte ohnehin nicht daran, dem Mörder seines Lieblingsonkels das Leben zu schenken. Kaljajew wurde eine Woche nach dem Mord gehängt. Ella kümmerte sich in der Trauerzeit mit viel Liebe und notfalls auch Geld um Verwandte und Freunde, so dass ihre Position als eine der beliebtesten Damen des Hofes nur noch bestärkt wurde.

Auch Felix Jussupow hatte sie in ihr großes Herz geschlossen, und er dankte es ihr mit aufrichtiger Zuneigung. Es gab wenige Frauen neben seiner Mutter und Tante Xenia, die er so verehrte wie Ella. Sie glich ihrer jüngeren Schwester, der Zarin, sie hatte dasselbe fein geschnittene Gesicht, aber ihr Mund war voller und größer, sie trat viel unbekümmerter und selbstbewusster auf als die Zarin, war mutig genug, ihre Beobachtungen und Empfindungen spontan zum Besten zu geben, dabei war sie stets zu einem Lachen bereit, von dem sich andere gern anstecken ließen.

Felix erinnerte sich wieder daran, dass ihm seine Mutter nicht ohne Respekt erzählt hatte, dass Tante Ella in ihrer Jugend sehr umworben gewesen sei. Selbst Kaiser Wilhelm habe um ihre Hand angehalten, und er habe es Ella bis heute nicht verziehen, dass sie ihn abgewiesen und statt seiner einen Russen gewählt habe.

»Ich kenne keine andere Frau«, hatte seine Mutter gesagt, »wirklich keine einzige, die es abgelehnt hätte, den deutschen Kaiser zu heiraten. Das konnte nur Ella einfallen.«

»Heißt das, du hättest ihn auch genommen?«, fragte Felix verblüfft. »Mich hat er nicht gefragt«, antwortete seine Mutter mit rätselhaftem Lächeln, und in ihren Augen blitzte es, so dass sie noch grüner waren als sonst.

»Und wenn er dich gefragt hätte«, insistierte Felix, den diese Überlegung plötzlich sehr interessierte, doch seine Mutter gab ihm einen Kuss und sagte, dann hätte sie ja weder Felix noch seinen Bruder bekommen, und mit dieser zwar unlogischen Erklärung gab Felix sich schließlich zufrieden. Tante Ella war ihm seit jener Zeit noch verehrungswürdiger als bislang.

Um Großfürstin Ella herum war stets ein Schwarm von Höflingen, die sich wie ausgehungerte Vampire von ihrem Esprit nährten. Vor allem dann, wenn der Zar und die Zarin anwesend waren. Die beiden schafften es ebenso mühelos wie unbeabsichtigt, eine Atmosphäre von Kälte und Langeweile um sich zu verbreiten. Doch heute waren sie nicht da, weil die Zarin unpässlich war. Großfürstin Ella und die Fürstin Sinaida waren die strahlenden Sterne des Abends, die, wie stets, offen miteinander wetteiferten. Ella trug ihr feines, aber dichtes Haar heute festlich aufgebauscht und in einem kleinen Knoten mit Brillantnadeln befestigt. Das schwarze Spitzenkleid mit dem üppigen Faltenwurf ließ die Taille sehr zart erscheinen, und eine Federboa und ein Fächer rundeten die vollendete Toilette ab.

Ella empfing ihre Gäste im Anitschkow-Palais. Wie schade,

dass die junge Zarin heute unpässlich war. Es tat Ella leid, dass ihre geliebte Schwester Alix einen so schweren Stand am Zarenhof hatte. Doch wenn Alix sich nicht auf Anhieb geliebt fühlte, verschloss sie sich, wurde misstrauisch, und es gab kaum eine Chance, ein gutes Verhältnis zu ihr aufzubauen. Ella war schon deshalb traurig, weil sie, in Moskau lebend, ihre Schwester ohnehin viel zu selten sah. Bis zum letzten Moment hatte sie gehofft, Alix würde zu ihrem Empfang erscheinen. Sie hatte sich mit besonderer Sorgfalt angekleidet und versucht, den Geschmack ihrer Schwester zu treffen.

Felix hatte ihr natürlich als Erstes Komplimente gemacht. »Tante Ella, du siehst aber heute wirklich aus wie eine Kaiserin, unglaublich vornehm und zart.«

»Wie eine Kaiserin!«, lachte Ella begeistert, »wenigstens dieses Schicksal habe ich mir erspart. Aber du weißt, wie man alten Damen schmeichelt, mein lieber Felix. Da du aussiehst wie ein junger Gott, kleidet dich auch die Lüge, und Frauen wollen ohnehin belogen werden, allerdings nur von Göttern.«

Ella hängte sich bei Felix ein und sagte, sie bestehe darauf, dass er bald zu ihr zum Tee kommen müsse, um ihr von Oxford zu erzählen. »Du hast dich verändert seitdem, Felix, aber ich weiß noch nicht, was so anders an dir ist. Aber ich werde es herauskriegen.«

Felix kam es so vor, als sei Tante Ella seit dem Tode ihres Mannes aufgeblüht. Sie sah noch viel schöner aus als zu Zeiten ihrer Ehe.

Ella sah die Fürstin Jussupow am Arm ihres Mannes eintreten. Sie waren immer noch ein auffallend schönes Paar, und Felix bemerkte, wie sich Ellas Augen beim Anblick seiner Mutter veränderten, für eine Sekunde nur. Felix war durch den jahrelangen Konkurrenzkampf der beiden Frauen so geschult, dass er nur darauf wartete, wie die beiden Frauen sich mit großer Herzlichkeit über alles belügen würden, was ihr Äußeres anging. Und er wusste genau, dass er seine eigene Lust am Schwindeln von diesen beiden schönen Frauen gelernt hatte.

Es ging auch gleich los.

»Sinaida, meine Schöne, neben dir komme ich mir vor wie eine Krämerfrau, die zu ihrem ersten Ball geht. Mein Gott, du verstehst es nun mal unnachahmlich, die Familie Jussupow zu repräsentieren!«

Die beiden Damen lagen sich in den Armen, jede bemüht, die mit großer Sorgfalt ausgesuchte Pracht der Robe und der Frisur nicht zu zerstören, was der Umarmung etwas Exaltiertes, fast Komisches gab – fand jedenfalls Felix, und er wusste genau, was Ella in Wahrheit dachte: dass seine Mutter wieder drei Kilo ihrer unverschämt kostbaren Juwelen angelegt hatte.

Das ist schon maßlos an sich, dachte Ella in der Tat. Absolut unverschämt für einen schlichten Empfang wie diesen, und offenbar hatte Sinaida nicht gelernt, dass man in der Wahl seines Schmuckes keinesfalls die Gastgeberin übertrumpfen durfte. Aber so war diese Tatarin, rücksichtslos erkämpfte sie sich ihren ersten Platz!

Felix sah seine Mutter genauer an und zählte rasch die Ketten durch, die sie auf ihrem Dekolleté trug. Es waren sechs. Angefangen mit kleinen Perlenreihen bis zu herrlichen Reihen großer Edelsteine. Und an einer langen Kette hing tatsächlich der Rubin, den sein immer noch unsterblich verliebter Vater ihr geschenkt hatte. Wahrscheinlich hatte er, der kaum eigenes Vermögen besaß, Ländereien oder eines des Jussupow'schen Güter verkauft, sie hatten ja genug davon. Einmal war von siebzehn Schlössern die Rede gewesen. Wenn schon, Felix kannte manche der Besitzungen gar nicht.

Aber er kannte seine Mutter. Etwa eine Woche nach seiner Rückkehr aus Oxford hatte er sie in ihrem Salon vorgefunden, zum Ausgehen bereit, königlich aussehend in einem schulterfreien Kleid. Auf der Kommode waren zahlreiche Schmuckstücke ausgebreitet, eine funkelnde Pracht, doch seine Mutter stand vor dem Spiegel, ihr hübscher Mund verzogen, und sie musterte sich darin in einer Trauer, die ihr einen fast kindlichen Ausdruck gab. Er hatte gefragt, was ihr fehle, und sie hatte stumm auf ihr

Dekolleté gedeutet und dann zum Himmel geschaut. »Lieber Gott, lass mich nicht noch schneller alt werden! Sieh doch nur hin, Felix, lauter feine Falten, das ist ja reinstes Plissee!«

Obwohl es lächerlich schien, tat seine Mutter ihm unsagbar leid. Nicht wegen der kleinen Fältchen, sondern wegen ihrer Angst vor dem Altern, die ihm fast körperlich wehtat. Warum war das Altwerden so grausam? Könnte die Schöpfung es nicht so einrichten, dass ein Mensch, wenn er erwachsen ist, sich äußerlich gar nicht mehr verändert? Man sollte immer wie ein Zwanzigjähriger aussehen und so lange leben, wie die Vorsehung es einem zugesteht. Müsste man dann mit siebzig sterben, sähe man immer noch aus wie zwanzig.

Felix dachte an *Dorian Gray* von Oscar Wilde. Dieser Roman war seit seiner Zeit in Oxford sein Lieblingsroman. Dorian Gray verpfändete seine Seele, um sich seine jugendliche Schönheit lebenslang zu erhalten – aber dieser Teufelspakt rächte sich grausam, und eines hatte Felix begriffen: Auch der schönste und reichste Mensch hat gegen das Alter keine Chance. Er selber war fünfundzwanzig, er hatte seinem Alter noch nicht ins Gesicht gesehen, dagegen hatte bei seiner wunderschönen Mutter der Prozess schon eingesetzt. Doch jeder, der ihr Alter nicht kannte, hielt sie für sehr viel jünger.

Felix mochte Spiegel nicht. Er hatte Angst vor ihnen, seit er denken konnte, und daher schaute er nur ungern hinein. Dennoch wusste er, dass auch er jünger aussah, als er war. Das lag vor allem daran, dass er zwar hochgewachsen, aber sehr schmächtig war, was er von Zeit zu Zeit bedauerte. Wenn er im Corps seine Kameraden unter der Dusche sah, fielen ihm immer die muskulösen, breitschultrigen Männer auf mit kleinen kräftigen Hintern, die vom Wasser der Dusche glänzten. Wie schön sie doch waren, wie männlich, wie begehrenswert. So einen Körper hätte er gerne gehabt, auch wenn er das vor sich selber nicht zugab.

Diese Überlegung lenkte seine Gedanken schlagartig wieder auf Dmitrij, der gerade, zwei gefüllte Champagnergläser in der Hand, auf Felix zukam. Dmitrij reichte ihm ein Glas, und ein wahrer Stromschlag traf Felix, als Dmitrij ihn zufällig – zufällig? – mit seinem Handballen berührte. Plötzlich fühlte er sich schwindelerregend allein mit dem Freund, er sah sie beide, sich und ihn, wie sie sich leidenschaftlich umarmten. Leider nur in seiner Fantasie. Felix war schon lange verrückt danach, nackt mit Dmitrij in einem riesigen Bett zu liegen; aber er wusste doch nicht … er hatte noch niemals … selbst in Oxford nicht, wo er richtige Homosexuelle kennengelernt und auch wagemutig hofiert hatte. Doch sie behaupteten, er sei irgendwie verlogen, wenngleich sie zugaben, dass er edel aussehe und gewiss nicht dumm sei. Jedenfalls hatte keiner der jungen Männer mit ihm ins Bett gewollt, und Felix war darüber enttäuscht und erleichtert zugleich. Er fand die Spielchen der Clique bald langweilig. Er wusste, dass sein Herz Dmitrij Pawlowitsch gehörte. Doch mit ihm zu flirten wäre ihm fast als ein Sakrileg erschienen. Er hatte sich nicht einmal getraut, Dmitrijs mageres Knie zu berühren.

Seine Mutter kam auf sie zu, sah ihn und Dmitrij kurz und vielleicht sogar forschend an und erklärte Felix knapp, dass er gesellschaftliche Pflichten habe. Nachdem Felix seiner Mutter zuliebe einige Male getanzt und liebenswürdige Banalitäten geflüstert hatte, trank er durstig noch einige Gläser Champagner und suchte Dmitrij in dem großen Ballsaal, der von drei riesigen Kerzenlüstern in goldenes Licht getaucht war. Es war heiß, jedenfalls schien es Felix so, und als er Dmitrij im Kreis der Damen um Ella gefunden hatte, sah er wie gebannt auf den weichen Mund über dem engen Uniformkragen, und er machte sich in seiner Fantasie daran, ihm den Uniformrock aufzuknöpfen.

Verdammt, er musste Dmitrij herauslotsen aus dem Pulk. Felix stellte sich so nah wie möglich zu ihm und fragte scheinheilig, ob Dmitrij ihm die Adresse eines erstklassigen Schuhmachers nennen könne. »Selbstverständlich«, sagte Dmitrij höflich, und Felix schlenderte mit ihm in die kleine Rotunde, wo Gemälde hingen. Dmitrij stellte melancholisch, aber höflich lächelnd fest, dass er leider schon betrunken sei und alles nur noch verschwommen sehe.

Felix war entzückt. Dmitrij hatte wahrscheinlich keine Ahnung von Kunst, aber dafür umso mehr davon, wie man andere um den Verstand bringt. Verlegen standen sie beieinander, Dmitrij musterte Felix aus seinen verschlafenen Kinderaugen, als wolle er herausfinden, was sie beide nach den Jahren der Trennung noch gemeinsam haben könnten, und schließlich begannen sie ein Gespräch über Literatur, über Puschkins Versdichtung und Tschechows Dramen.

»Ich bin einer, der lieber die Texte von Oscar Wilde mag als russische Literatur.« Es war Felix herausgerutscht, und das gedämpft zustimmende Grinsen Dmitrijs machte ihn unsicher und mutig zugleich. Als Dmitrij in Richtung einer geöffneten Terrassentür vor ihm herging, sah Felix wieder seine mageren Beine in den Breeches vor sich, und für einen Moment bekam er Angst vor seiner eigenen Kühnheit.

Sie standen am äußersten Ende der Gartenterrasse und tasteten sich vorsichtig tiefer in die blühenden Büsche und Bäume. Felix spürte, dass er vor Aufregung bebte. Er hatte Dmitrij seit seiner Zeit in Oxford nicht mehr gesprochen. Was wusste er von ihm, mit dem er früher befreundet gewesen war und den er dann aufgeben musste, um nach Oxford zu gehen? Dmitrij schien sich nicht verändert zu haben. Er war noch genauso liebenswürdig, sein Verhalten hatte etwas Fügsames, ja, das war es. Dmitrij war nicht zu fassen, er lebte freundlich sein Leben, tat nach außen hin, was die Verwandten von ihm wollten. Doch in Wahrheit schien er ein Eigenleben zu führen.

Und jetzt kam er, Felix, nach fast drei Jahren Oxford zurück, und Dmitrij empfing ihn mit der gleichen Vertrautheit und schläfrigen Freundlichkeit wie früher. Vielleicht war ja auch alles ein Traum, ein Wunschtraum, aus dem er gleich erwachen würde? War es möglich, dass er hier mit Dmitrij alleine war und unterhalb der Taille in Flammen stand? War Dmitrij einverstanden, dass er ihn umarmte und an sich drückte? Waren sie sich also unausgesprochen einig, während dort drinnen alle – na ja, gegen sie waren?

Das Licht schimmerte durch die hohen Terrassentüren, sie hörten die Stimmen gefährlich nah, und plötzlich trat Felix auf einen Ast, es knackte, instinktiv hielt er sich an Dmitrij fest, der seinen Kopf an Felix' Hals legte und mit seinen warmen Lippen die von Felix suchte. Felix unterdrückte mühsam ein Stöhnen.

»Können wir zu dir?«, fragte er, und Dmitrij ließ erschrocken ab von ihm und schüttelte stumm den Kopf.

Sie standen da, zwei junge Männer, jeder der Erbe großer Paläste, und trotzdem waren sie heimatlos.

Von der Terrassentür her rief jemand nach Felix. Es war Ella, und Dmitrij drückte sich wie Schutz suchend eng an Felix. Beide hielten sie den Atem an, als nähere sich ein Bataillon der übermächtigen Armee Heterosexueller, und Felix hätte sich gern in die Freizügigkeit seiner Oxforder Clique geflüchtet. Ella rief ein zweites Mal, lässig, fragend, spielerisch, doch Felix wusste es besser. Wortlos kam er mit Dmitrij überein, dass der den Rückzug antreten und durch den angrenzenden Park in einem großzügigen Bogen um den Palast herumgehen sollte, während Felix ruhig aus dem Dunkel auf die Terrasse heraustrat, zu Ella ging und sagte, dass er wohl zu viel von ihrem köstlichen Champagner getrunken und daher die frische Luft im Park gebraucht habe.

»Weißt du, wie schön der Park bei Nacht ist?«, fragte er lächelnd, und Ella schlug mit dem Fächer nach ihm.

»Ich war es, mein kleiner Prinz, der dir geraten hat, nach dem Unglück mit Nikolaj reichlich für die Armenküchen und die Logierhäuser unserer Stadt zu spenden. Und ich habe dir geraten, im Ausland zu studieren, damit du Abstand von eurem Trauerhaus und von den nicht enden wollenden Gerüchten gewinnst –«

Rasch nahm Felix ihre Hand und deutete sanft einen Handkuss an. »Dafür bin ich dir auch immer noch sehr dankbar, Tante Ella.«

Doch die Großfürstin sagte ungehalten, sie sei noch nicht fertig mit ihrer Predigt. »Du weißt genau, was ich dir sagen will, deshalb möchtest du mich unterbrechen, aber das hilft dir nichts. Ich muss dir sagen, dass die Zeit in England dir nicht gutgetan hat. In der Stadt gehen Gerüchte um –« Ella zögerte, und Felix fragte lässig, was den wehleidigen Petersburgern denn nicht passe.

»Gefällt ihnen nicht, wie ich mich kleide, gefallen ihnen meine großen Empfänge nicht oder die kleinen Diners? Es erscheinen immer alle, die ich einlade, und wie es heißt, sind diejenigen aufgebracht, die ich nicht einlade. Außerdem – in England sagt man, dass selbst Jupiter nicht allen gefalle.«

Für einen Moment streichelte Ella seine Wange mit ihren Fingerspitzen, und Felix fühlte die angenehm kühle Seide ihres Handschuhs. »Auch wenn es manchmal nicht so aussehen mag – ich bin deiner Mutter sehr zugetan, und nach dem Tod deines Bruders bin ich ihr noch näher, und du bist mir ebenfalls ans Herz gewachsen. Deshalb möchte ich dir sagen, was mir nur schwer über die Lippen kommt; meine Schwester, die Zarin, hat die Stimmung gegen dich schon aufgenommen, ich fürchte um deine Stellung bei Hofe. Du darfst nichts riskieren. Schon wegen deiner Eltern nicht. Schließlich gehörst du doch zu uns. Und Dmitrij auch.«

»Jawohl, du hast mich nach England geschickt«, sagte Felix, und er sah Ella selbstbewusst an. »Ich habe dort mit meinen Kommilitonen nicht nur Jura studiert, wir haben uns auch regelmäßig Texte von Oscar Wilde vorgelesen, einem Dichter, von dem alle redeten. In seinem *Dorian-Gray*-Roman lässt er einen bekannten Lord seinem Freund, einem berühmten Maler, sagen, dass er Angst habe vor der eigenen Courage: ›Ihr Maler seid schon wunderliche Wesen! Ihr tut alles Menschenmögliche, um euch einen Ruf zu erwerben. Sobald ihr ihn aber habt, scheint ihr ihn wegwerfen zu wollen. Das ist töricht von euch, denn es gibt nur eines, das schlimmer ist, als in aller Munde zu sein, nämlich, nicht in aller Munde zu sein.‹«

Ella lächelte nachsichtig. »Das ist hübsch, und es ist mir nicht fremd. Und deiner Mutter ebenso wenig, auch wenn sie seit dem Tod Nikolajs eine Zeit lang gleichgültiger wirkte, was ihre öffentlichen Auftritte anging. In letzter Zeit habe ich allerdings den Eindruck, dass sie langsam wieder zu ihrer früheren Form zurückfindet. Man muss sie nur heute ansehen. Fantastisch. Davon einmal abgesehen, ist es so ziemlich jeder Frau lieber, aufzufallen, als ignoriert zu werden. Trotzdem, Felix, du bist ein Jussupow, du gehörst zum engsten Freundeskreis der Zarenfamilie, du musst darauf Rücksicht nehmen. Nikolaus hat nicht allzu viel Humor, und jede unbeschwerte Lebensart ist ihm verdächtig. Leichtigkeit und unkonventionelles Verhalten ebenso. Er hat schon in seiner frühen Kindheit zu viel Unfassbares erlebt. Und meine Schwester muntert ihn auch nicht unbedingt auf.«

Ihre letzten Worte hatte Ella rasch geflüstert, denn andere Gäste waren auf die Terrasse getreten, und neugierige Blicke trafen Felix und die Großfürstin.

Für Ella war es vollkommen klar, dass Felix nicht so versnobt war, wie viele Leute in Sankt Petersburg meinten. Gut, er war einige Jahre in Oxford gewesen, hatte dort sogar einen Spitzenabschluss gemacht. Doch warum musste man gleich tuscheln, er habe dort mit zweifelhaften Existenzen verkehrt? Woher wollte man das eigentlich wissen? Hatte ihn der Zar am Ende vom Geheimdienst bewachen lassen?

Als er dann zurück in Sankt Petersburg war, sah man ihn häufig auf dem Newskij Prospekt promenieren. Aber war das nicht die Lieblingsbeschäftigung aller jungen, verwöhnten Sankt Petersburger Aristokraten? Ella erinnerte sich noch, wie sie im Jussupow-Palais zu einer Matinee geladen war. Da erschien Felix im dunkelroten Samtjackett und Kniehosen, dazu trug er ein weißes Hemd mit korrekt gebügeltem Kragen und langschleifiger Krawatte, die er in einem ganz bestimmten Knoten gebunden hatte, so dass er aussah wie Oscar Wilde, den man ja von Fotos kannte. Felix Jussupow galt seither als Sinnbild der Schönheit, der Dekadenz. Viele Adelssöhne ahmten ihn nach, und Felix gefiel sich in der Rolle des Dandy. In Wahrheit jedoch, das wusste Ella, war er leidenschaftlicher Gefühle fähig, war voller unerfülltem Verlangen. Ella verstand Felix sehr gut, aber sie musste ihn vor sich selber warnen.

Felix war Ella dankbar für ihre Offenheit. Dabei ging es ihm gar nicht unbedingt um seine Person, sondern er dachte an seine Eltern, an seine Mutter. Seit Nikolajs Tod war sie wirklich nicht mehr dieselbe. Sie ließ immer noch die Lieblingsgerichte ihres toten Sohnes kochen, um seinen Geschmack nachzuempfinden. Niemand durfte seine Kleider berühren, in die sie sich immer wieder hineinwühlte, als könne sie seinen Geruch zurückholen.

Das Schlimmste waren die ersten Monate gewesen. Da las sie unabhängig die Passagen in Puschkins *Onegin*, die vom Duell mit Lenski erzählen. Schon morgens, unfrisiert, lief sie teilnahmslos durch die Pracht der Empfangsräume, schrie gegen die Wände des roten Salons, des grünen, gegen die Sphinxe, die Leuchter aus Porzellan, Bronze, Kristall, sie schrie im marmornen Treppenhaus, und sie schrie jeden an, der sie aufhalten und trösten wollte. Sogar den Vater, oder ihn, Felix.

Obwohl er sich feige vorgekommen war, feige wie ein Deserteur, war er ein knappes Jahr nach Nikolajs Tod, in dem ihr Kummer immer noch nicht besänftigt war, abgereist nach England. In der Clique, die Oscar Wilde zu ihrem Idol erkoren hatte, fühlte er sich zu Hause.

Er selbst gab zu, dass er sich zumindest in einigen Zügen als Dorian Gray gesehen und mit ihm sympathisiert hatte. Allerdings hatte sich Dorian durch die Lektüre französischer Bücher innerlich vergiften lassen. Darüber fühlte Felix sich erhaben. In den Tod folgen konnte er Dorian Gray nicht, er sah ihn keineswegs als sein Spiegelbild. Manchmal fühlte er sich wie Basil Hallward und manchmal auch wie Lord Henry – sie alle entsprachen in Phasen seinem eigenen Lebensgefühl, und da er glaubte, dass Oscar Wilde in allen drei Helden lebte, fühlte er sich ihm verwandt.

Felix war fassungslos, als er erfuhr, wie übel die englische Gesellschaft dem hochbegabten Künstler Oscar Wilde später mitgespielt hatte. Er lief immer wieder durch die St. James Street, wo Oscar Wilde während seines Prozesses gelebt und gearbeitet hatte, und die Ungerechtigkeit, die Wilde widerfahren war, peinigte ihn, als wäre sie ihm selber widerfahren.

Über alle diese Vorkommnisse redete Felix immer wieder mit seinen englischen Freunden, er fühlte sich angezogen von Oscar Wilde, seiner Arroganz, seiner Eitelkeit, seinem Mut, radikal sein eigenes Leben zu führen. Das wollte Felix ebenfalls tun, er wollte ebenso frei und unabhängig sein Leben gestalten. Dazu brauchte er wie Wilde eine schöne, kultivierte und loyale Ehefrau, kluge Kinder und Beziehungen zu attraktiven Männern, deren Ansichten unverbraucht und unkonventionell waren.

Gleichzeitig hatte er Angst vor seinen Wünschen. Und als er wieder in Sankt Petersburg war und dort die scharfen Urteile über Homosexuelle hörte, wusste er, dass Tante Ella ihn mit Recht hatte warnen wollen.

Zwischen seiner Zeit in Oxford und heute schien ihm ein ganzes Leben zu liegen. Außer zu seinem Studienort war er nach London, Paris und Brüssel gereist, wo er Verwandte besucht hatte, die für ihn Gesellschaften gegeben hatten. Neben schönen jungen Frauen waren ihm faszinierende Dandys begegnet, die Welt schien voll davon zu sein. Immer wieder erinnerten ihn besonders hübsche und elegante Männer an Nikolaj. Sein Bruder hätte zu Felix gestanden, ihm geraten, was er tun solle. Mit Nikolaj wäre er nicht so grausam allein gewesen mit seiner Natur, die ihm andere Wege wies als anderen Männern.

Nikolaj. Warum hatte er seinen geliebten Bruder hergeben müssen? Wohin Felix auch reiste, worauf seine brennende Neugier, sein Lebenshunger sich richtete, er entkam dem Schmerz um seinen Bruder nicht.

In London war Felix klar geworden, dass er in einer Gefahrenzone lebte, was seine sexuellen Vorlieben betraf. Dabei ging es nicht nur darum, dass es ein Gesetz gab, nach dem gleichgeschlechtliche Beziehungen zwischen Männern mit Gefängnis bestraft wurden. Die Tatsache, dass er sich zu Männern hingezogen fühlte, machte ihm immer wieder unnennbare Ängste. Er war keineswegs so erfahren, wie er sich den Anschein gab. Und die Männer, die ihm gefielen, spürten seine Zerrissenheit, die sie oftmals auch als bloße Neugier eines Heterosexuellen empfanden, worauf sie sich zurückzogen. Mit heterosexuellen Männern zu flirten, empfand Felix allerdings als Verrat.

Es blieb immer nur bei Fantasien. Die Ungewissheit quälte ihn. Liebte er Männer, oder liebte er Frauen? Oder beide? Oder was war mit ihm los? Er konnte den Ausdruck »schwul« nicht leiden. Ein Schwuler zu sein – das fand er nicht angemessen für sich. Schwule sind nicht vollkommen. Sie haben einen schweren Geburtsfehler. Oder die Mutter hat sie falsch erzogen. Felix hatte schon in Gesprächen der Eltern gehört, wie sein Vater die Mutter vorsichtig darauf hinwies, dass sie ihm zu oft Seidenkleidchen angezogen, ihn verwöhnt und verweichlicht habe.

Das war ausgemachter Blödsinn, dessen war Felix sich gewiss. Dann hätten alle Zarensöhne, alle Söhne von Fürsten und Großfürsten, von Grafen und reichen Industriellen, die den Hof nachahmten, Schwule werden müssen.

Verdammt, er wollte nicht schwul sein. Abnorm. Pervers. Im Griechischunterricht hatte er gelernt, dass im Altertum die Liebe unter Männern das Normale gewesen sei. Nichts Anstößiges und Verbotenes wie heute. Apoll, so hieß es, habe viele männliche Geliebte gehabt. Dabei war er der Gott der sittlichen Reinheit. Warum galt das heute nicht mehr?

KAPITEL 15

In der Nacht, bevor Grigorij an den Zarenhof gebracht wurde, reinigte er sich durch Dämpfe, tanzte und sang so lange, bis ihm im Traum das Tier, das er zu seinem Schutzherren machen wollte, erschien und seine Hilfe versprach. Als der Koyote wirklich auftauchte, fiel er in Ohnmacht. Er fühlte sich wie betrunken, wusste nicht, wie ihm geschah und ob es Tag oder Nacht war. Das Tier sagte ihm, dass er es anrufen solle, wenn er Hilfe brauche, und flüsterte ihm ein besonderes Lied ein, mit dem er es rufen konnte, und so begann er bei seinen Beschwörungen die Sprache des Koyoten zu sprechen. Wer über einen Schutzherrn verfügte, wurde unverwundbar für Kugeln und Pfeile, und wenn eine Kugel oder ein Pfeil ihn berührte, dann blutete seine Wunde nicht; das Blut rann in seinen Magen, er spuckte es aus und befand sich so wohl wie zuvor.

Anna Wyrubowa, die engste Freundin der Zarin, holte ihn am Morgen in einem geschlossenen Automobil ab. Grigorij hatte noch nie in so einer Maschine gesessen, und er wunderte sich, dass die dumme Anna so gar keine Angst hatte. Im Gegenteil. Sie begann sofort, auf ihn einzureden, ihm zu erklären, wie er sich bei Hofe zu verhalten habe. So eine Gans, als ob er das nicht selber wüsste. Er hatte schon in vielen hochherrschaftlichen Häusern Menschen geheilt, ihm brauchte man mit solchem Geschwätz nicht zu kommen. Doch wenn er daran dachte, was Anna für ihn getan hatte, wurde er wieder milde. Sollte sie reden, schließlich war sie bis nach Pokrowskoje gereist, um ihn nach Sankt Petersburg zu holen. Der Zar persönlich würde ihm ein Haus verschaffen, Dienerschaft und alles, was er brauchte – wenn er nur den Thronfolger heilte. Das war bestimmt nicht leicht, aber Grigorij dachte jetzt noch nicht darüber nach, er rückte sich in den Lederpolstern zurecht, befühlte das Gestänge des Verdecks und fiel überrascht und entzückt in seinen Sitz zurück, als der Wagen sich in Bewegung setzte. Mann, das ging ja schneller als die schnellste Schlittenfahrt über den Irtysch.

Sie fuhren nach Zarskoje Selo, und als Grigorij den weiß schimmernden Palast in der Sonne liegen sah, wurde ihm der Mund trocken, nicht einmal schlucken konnte er, nur noch folgsam hinter Anna hertappen. Als sei er schon in Trance, stolperte er durch Spiegelsäle, lief über rote Teppiche, sah im Vorübergehen rotwangige Majestäten an den Wänden. In seinem Kopf, der an die endlosen Weiten Sibiriens gewöhnt war, drehten sich bald Blau, Gold, Rot und Weiß in wilden, vielfarbigen Rädern, und er kam erst wieder zu sich, als die Wyrobowa ihn in den Alexanderpalast brachte, der nicht ganz so trunken machte und gemessen am Katharinenpalast eher schlicht aussah.

Trotzdem bereute er es heftig, bei den Großfürstinnen Anastasia und Militza mit seinen Heilungserfolgen geprahlt zu haben. Das hatte zur Folge, dass er, gerade in Pokrowskoje wieder ein wenig heimisch geworden, von der Hofdame Anna Wyrubowa abgeholt wurde, die ihn nach der langen Reise in einem Hotel in Sankt Petersburg untergebracht hatte.

Grigorij hatte Gespräche zwischen Anna Wyrubowa und den beiden sie begleitenden Hofdamen belauscht, die immer wieder bei der Zarin endeten, die Grigorij angeblich nicht am Hof sehen wollte.

»Dieser Mann hat einen schlechten Ruf«, habe sie zu ihrem Mann gesagt, doch der Zar habe ruhig geantwortet, dass sie doch wissen müsse, dass es überall Menschen gebe, die andere verleumden, Unwahrheiten über sie verbreiten, sei es aus Neid oder natürlicher Bosheit.

»Grigorij Jefimowitsch Rasputin ist ein Staretz, einer, der Krankheiten heilen kann. Anastasia, Militza und nun auch Anna haben es gehört. Du weißt am besten, wie nötig wir ihn haben.«

Die Zarin hatte darauf müde und mürrisch erwidert: »Wen haben die Großfürstinnen uns nicht schon alles angeschleppt. Sie erzählten uns Wunderdinge, und nachher waren es obskure Leute. Sie sagen, dass Rasputin mit den Fingern esse. Er wird schmutzig sein und stinken, und so einen Muschik soll ich an mein krankes Kind heranlassen.«

»Sunshine, wenn er nicht sauber ist, schicken wir ihn eben zuerst ins Bad. Wir müssen alles versuchen. Du weißt doch, wie krank unser Sohn ist. Unsere Hoffnung liegt auf ihm, unsere Existenz ist an seine Gesundheit gebunden. Ich würde alles für ihn tun, wie du ja auch. Wir haben keine Wahl. Die Blutungen gehen nicht zurück, Alexej hat furchtbare Schmerzen. Ich kann es kaum mehr mitansehen.«

Die Zarin brach in verzweifeltes Weinen aus, und der Zar lief sofort zu ihr hin, nahm sie in den Arm, wiegte sie, als sei sie ein kleines Kind. »Wenn Grigorij Jefimowitsch nichts taugt, schicken wir ihn nach Sibirien zurück. Vertraue mir.«

Grigorij schwitzte vor Angst, schließlich hatte er noch niemals in Russland schamanisiert. Er hatte sich nicht getraut, seinen Kaftan und seine Schellentrommel mitzunehmen. In Russland wusste man wenig oder gar nichts von Schamanen, von ihrer schweren Aufgabe, mit den Geistern in Verbindung zu treten und dadurch Menschen zu helfen. Intuitiv wusste Grigorij, dass er sehr vorsichtig sein musste bei seiner Sitzung. Er hatte lediglich ein ledernes Band aus der Haut einer Ringelrobbe eingesteckt, auf dem heilige Ornamente aufgenäht waren. Wenn er keine Kraft fand, in Trance zu kommen, wenn er nichts bewirken konnte, musste er sich wenigstens das geweihte Stück Leder um die Stirn binden. In seinen Taschen hatte er kleine Figuren, die Meerestiere darstellten, er hatte sie selber geschnitzt. Das schönste Tier war ein kleiner Wal aus dunklem Holz. Er wollte es dem Zarewitsch geben.

Die Wyrubowa blieb endlich vor einer großen Tür mit goldenen Klinken stehen. »So, Grigorij Jefimowitsch, jetzt sind wir beim Zaren. Verhalte dich ruhig, bleibe im Hintergrund, erst wenn der Zar dich ruft, gehst du auf ihn zu, machst eine Verbeugung und bleibst wieder ruhig stehen.«

Grigorij war jetzt schon alles egal. Was konnte ihm geschehen? Wenn er dem kleinen Zarewitsch nicht helfen konnte, würde er wieder zurückgehen nach Pokrowskoje, zu seiner Praskowja. Im Moment konnte Grigorij sich nichts Schöneres und Vernünftigeres vorstellen, als sich zu seiner Frau auf den Ofen zu legen. Was war er doch für ein Narr! Hier im Palast waren alle verrückt. Sie sprachen französisch, wo sie doch Russen waren. Überall liefen Deutsche herum, die was zu sagen hatten. Sie sprachen natürlich deutsch miteinander. Oder französisch. Aber nicht russisch. Von den Deutschen hatte er viel gehört. Die waren schlau, soffen nicht zu viel und trugen alles Geld auf die Bank. Nicht ins Wirtshaus wie die Russen.

Er, Grigorij, ging auch gar zu gern ins Wirtshaus. Da konnte Praskowja bitten, so viel sie wollte. Daheim schmeckte der Wodka einfach nicht so gut, und da war keiner, mit dem er das große Wort führen konnte. Disputieren. Politisieren.

Zum Teufel, jetzt gab die Wyrubowa ihm einen Stoß, so dass er nach vorn stolperte, fast bis vor die Füße des Zaren. Nun, wo er schon einmal da war, hob er mit geschlossenen Augen Zeige- und Mittelfinger seiner rechten Hand und machte flüchtig ein Kreuz in die Luft. Schaden konnte das nichts.

Er sah den Zaren an, der in einer kakifarbenen Bluse vor ihm stand, die mit einem breiten ledernen Gürtel zusammengehalten war. Er trug weite blaue Hosen und hohe Stiefel. Ein Georgskreuz war an seine Bluse gesteckt, und Grigorij starrte hilflos auf den schimmernden Orden, bis sich alles um ihn herum zu drehen begann. Für einen Moment war es ihm, als stünden alle seine sibirischen Vorfahren mit ihm vor dem Zar, der gesamte Palast wimmelte von ihnen. Sie trugen ihren Sonntagsstaat, Männer den Kaftan, Frauen ihren Sarafan, und sie riefen durcheinander, dass sie Kascha haben wollten, Kohlpastete, Fleisch und Lebkuchen, und zwar jeden Tag – genau wie die Zarenfamilie auch. Immer mehr Bauern drängten herein, das Geschrei wurde stärker, alle überboten sich, drängelten, schrien noch lauter, so dass Grigorij sich zu fürchten begann. Da lächelte der Zar, strich sich in einer kurzen Bewegung mit dem Handrücken über die rechte Seite seines Schnurrbartes, und die Bauern verschwanden mitsamt ihrem Geschrei. Grigorij stand wieder allein vor dem Zaren, der nur noch ihn anlächelte.

Doch die Frau, die in der Nähe der Fenster saß und hinausschaute, diese Frau, die ihm den Rücken zuwandte, verunsicherte ihn schon wieder. Wie ein Wesen aus Schnee saß sie da, eingehüllt in weiße Spitzen, und sie machte sich nicht einmal die Mühe, auch nur ein wenig den Kopf zu drehen und Grigorij anzusehen.

Der Zar lächelte immer noch. Und er strich sich schon wieder mit dieser schnellen Geste über seinen Schnurrbart. Grigorij fand, dass das hilflos aussah, obwohl er ein Zar war. Das gefiel ihm, hilflose Menschen waren wichtig für ihn. Vor allem, wenn sie Männer waren. Frauen hatten ohnehin nichts zu sagen. Das war hier bei dem Zaren sicher auch so. Der Mann ist der Herr im Haus. Und das hier war tatsächlich der Zar, der Herrscher über Russland. Nicht zu glauben, so ein zartes Väterchen, fuhr es Grigorij durch den Kopf.

Nach seiner Ankunft in Sankt Petersburg war er in einem Restaurant gewesen, an einem Kanal, der Mojka hieß, da hatte einer gesessen, der war alt wie ein Stein, oder vielleicht auch nicht. Grigorij konnte sich nur erinnern, dass der Nefedow geheißen hatte oder wenigstens so ähnlich – und der hatte doch tatsächlich alle Zaren von Russland aufsagen können. Zwar mit zittriger Stimme, aber alle Zaren. Ha, das mussten Kerle gewesen sein, nicht so zart wie dieses Väterchen. Wie jung der doch war, und wie freundlich er lächeln konnte.

Dieser schon recht alt aussehende Nefedow hatte auch herbeten können, über wie viele Länder dieser kleine hübsche Zar herrschte, das war nicht einfach zu behalten, aber Grigorij hatte versucht, es sich zu merken. Schließlich hatte ihn die Anna Wyrubowa hergeholt, um dem Zaren zu helfen, er gehörte jetzt dazu zum Zarenhof, und er musste über alles, was er dort sah und hörte, sein Maul halten, das war ihm von der Wyrubowa strengstens eingeschärft worden. Keiner, aber auch wirklich keiner außerhalb der Zarenfamilie durfte erfahren, dass der Zarewitsch eine lebensgefährliche Krankheit hatte, dass er einer war, der blutete. Man hätte schon blöd sein müssen, um nicht zu begreifen, dass ein stets blutender Zarewitsch nicht die Hoffnung eines so riesigen Volkes wie Russland sein konnte.

Anna hätte ihm nicht den Mund verbieten müssen. Es hatte Grigorij gekränkt. War er ein altes Klatschweib? Als er so vor dem Zaren stand, wurde ihm klar, dass der ohne einen gesunden, starken Zarewitsch nicht mehr lange Selbstherrscher von Russland bleiben konnte. Auch nicht Zar von Moskau, Kiew, Nowgorod, Kasan, Astrachan, Polen, Sibirien, Georgien, Litauen, Finnland, Fürst von Estland, Kurland und Bialystock –

Als Grigorij ungefähr bei der Hälfte aller vom Zar beherrschten Länder angekommen war, unterbrach der Zar sein Gedächtnistraining und fragte ihn, wieso er von sich behaupte, dass er schlimme Blutungen heilen könne.

»Nun«, sagte Grigorij vorsichtig, »zu mir sind viele Kranke gekommen, sie hatten Schmerzen hier und da, ein Loch im Kopf oder im Bauch, oder schlimmes Fieber – und ich konnte viele davon heilen.«

»Und wie hast du sie geheilt? Wie viele? Wie viele sind gestorben?« Die schneidende, kalte Stimme kam vom Fenster her, und Grigorij dachte, dass ihn der Teufel holen solle, wenn diese Zarin nicht genauso keifen könne wie alle Weiber auf der Welt. Ihre Stimme machte ihn wütend, keifende Weiber machten ihn immer wütend, er bekam Lust, sie durchzuhauen, und er nahm sich vor, nicht zu antworten, bis sie ihn ansah, wenn sie mit ihm redete. War er ein Hund? War er nicht.

Grigorij blieb ruhig stehen, er griff in seine Tasche, befühlte das Band aus der weißen Haut der Ringelrobbe, strich über die Abbildungen mythischer Tiere, und er hörte von draußen einen Schwarm von Krähen. Das Weiß der Gardinen blendete ihn, er schloss die Augen, er spürte seine Angst, doch jetzt war es zu spät, er stand vor dem Zaren, ach was, vor einem kleinen Väterchen, das noch mehr Angst hatte als er. Alle hatten Angst in der Welt, aber Grigorij fühlte, wie er erstarkte, er spürte, wie er abrückte von dem Väterchen, seinem riesigen Schreibtisch, der Ikone an der Wand, die auseinanderzufließen schien, immer größer wurde, immer breiter, so viel grünes Gold oder goldenes Grün. War es etwa der heilige Alexej? Egal, Grigorij war heilig, er fühlte, wie er sich langsam in den Zustand höchster Entrückung brachte. Als er schon glaubte, vom Boden abzuheben, mäßigte er seine Hitze. Er lauschte. Er hörte eine unbekannte Stimme, eine menschliche Stimme, er spürte, wie sein Atem keuchend ging, und er konzentrierte sich auf die Stimme, die keine Worte formte, sondern Schluchzer, das Weinen eines Kindes. Grigorij verlor den Halt, er sank auf den Boden, sagte dem Zaren, dass sein Sohn weine. Er wolle ihn sehen. Sofort.

Die Frau am Fenster stieß ihren Stuhl so hart zurück, dass er umfiel. Sie lief auf Grigorij zu, half ihm auf, von der anderen Seite fasste der schmächtige Zar an, und sie führten ihn in ein Zimmer, das viele Türen weit vom Empfangszimmer entfernt war.

»Woher weißt du, dass der Zarewitsch weint?«, schrie ihn die Frau an, und Grigorij antwortete nicht. Das war er sich schuldig. Außerdem störte ihn die Frau. Er brauchte Stille. Der Zarewitsch war ein schwerer Fall. Hämophilie hieße die Krankheit – das hatte die Wyrubowa ihm gesagt. Unstillbare Blutungen, die mit großen Schmerzen einhergingen, so dass Alexej Morphium bekommen habe, viel Morphium, und die Ärzte hätten gesagt, dass sie dem Thronfolger nicht mehr helfen könnten. Endgültig nicht mehr. Und das verzweifelte Weinen des Jungen, der mit seinen acht Jahren genau wisse, wie hoffnungslos sein Zustand war, schnitte allen ins Herz.

Im Zimmer des Thronfolgers saßen einige Männer, wohl Ärzte, um einen Tisch. Sie schüttelten bedauernd bis verzweifelt den Kopf, als Grigorij mit dem Zaren und der Zarin eintrat. Am Bett des Jungen stand neben dem Leibarzt Eugen Botkin ein tibetischer Arzt, von dem die Wyrubowa berichtet hatte, dass er sich aus Tibet Kräuter und Rinden schicken ließe, womit er viel Geld verdiene. Dem Zarewitsch aber könne er augenscheinlich auch nicht helfen. Immer, wenn der lebhafte Junge sich beim Spielen oder Herumlaufen irgendwo anstoße, bekomme er äußere oder innere Blutungen, die bald an der verletzten Stelle eine Blutgeschwulst bildeten, die dem Kind unerträgliche Schmerzen bereite. Es könne die Glieder nicht mehr bewegen, und sein Schreien und Jammern sei im gesamten Palast zu hören. Dann komme das Fieber, von Tag zu Tag werde der Zarewitsch dünner und blasser, die Zarin und der Zar würden fast wahnsinnig vor Mitleid, Schmerz und Angst.

Obwohl sonst ungelenk wie ein Bär, trat Grigorij leise und sanft an das Bett des Zarewitsch. Er war ein schöner Junge, trotz seiner Krankheit hatte er ein klares, fein geschnittenes Gesicht, und er weinte leise und erschöpft, weil ihm das Blut aus der Nase lief, so dass der tibetische Arzt ihm ständig neue Tücher auflegen musste.

Grigorij spürte, wie ihm der Schweiß auf die Stirn trat. Er bat den Zaren mit kraftloser Stimme, dass der Arzt sich vom Bett des Jungen entfernen solle, alle Anwesenden sollten völlig still sein oder jetzt sofort das Zimmer verlassen.

Sie zogen sich bis in die letzten Ecken des Raumes zurück, nur der Zar und die Zarin blieben deutlich näher bei Grigorij als die anderen. Grigorij vergaß die Zeit und den Raum um sich herum, er sah sich in einer Jurte, hörte sich selber keuchen. Er kniete vor dem Bett, sah den wimmernden Jungen in seiner wächsernen Blässe, und er spürte die Liebe, die ihn mit diesem kranken Kind verbinden würde.

Alexej hörte mit einem Mal auf zu weinen. Er sah Grigorij an aus seinen dunklen, grün gefleckten Augen. »Nowji«, flüsterte er, »Nowji, ich weiß, du kannst zaubern – alles bleibt, wie es ist«, und Grigorij wusste, was der Zarewitsch meinte. Dass wieder ein Neuer gekommen war, der ihn heilen wolle, vergeblich. Doch er konnte ihm nicht mehr antworten, nur noch verschwommen beschwören, dass nichts bleiben werde, wie es war. Grigorij war schon ganz bei sich, hatte sich in die Gebiete seiner Seele zurückgezogen, die ihm die Verbindung mit dem Himmelsgott ermöglichten. Jeder Nerv, jedes fühlende Element in ihm lag bloß und war offen für das Eindringen des Geistes. Grigorij keuchte mit schweißnasser Stirn ein Lied, das er bei einem alten Schamanen gelernt hatte, er sang leise, fast unverständlich davon, dass er sich in einen unendlichen Raum begebe, auf eine Reise, die keine Entfernungen kennt, auf den Weg von Stern zu Stern, auf himmlische Pfade: »Ich fülle die Hand mit Sternenstaub, ich berühre den Rand des Mondes, ich kehre zurück zur Erde, auf die grüne Wiese, die Mächte der Himmelssphären sollen mir zu Hilfe eilen.« Und Grigorij sang weiter, dass er in den Lüften, in der Sonne und im Eiswind Hilfe suchen werde für Alexej. »Ich will in deinen Sinnen und in deinem Geist aufspringen wie die Goldadern der Erde, sie sollen durchschimmern und durchleuchten, wenn das Blut wieder ausbricht. Ich werde deine Krankheit auf mich nehmen. Ich werde für dich die heilenden Düfte aus den Kräutern herausziehen, die Steine zum Blühen bringen und Gott zu Tränen rühren.«

Entkräftet fiel Grigorij wieder auf den Boden. Er hatte noch gesehen, wie der Zarewitsch mit müdem Lächeln den Kopf auf die Seite legte, er würde schlafen. Grigorij erhob sich mühsam, er sah über sich das aufgewühlte Gesicht der Zarin, aber es war nicht mehr die Frau, die ihn im Empfangssaal ihre herrischen Fragen ins Gesicht geschleudert hatte. Tränen liefen über ihre Wangen, sie bat ihn, mit dem Zaren und ihr gemeinsam etwas

Stärkendes zu sich zu nehmen, er sei erschöpft, und sie wolle ihm danken. Denn dass er dem Zarewitsch geholfen habe, das spüre sie schon jetzt.

Grigorij war derart geschwächt, dass es ihm nicht einmal mehr schmeichelte, dass die Zarin vor ihm kuschte, aber sobald er sich erholt hatte, würde er sie noch ein wenig büßen lassen. Ihn konnte man nicht anschreien und wenige Zeit später umsäuseln, auch nicht, wenn man Alexandra Fjodorowna hieß und Zarin war. Er hatte es ja wohl deutlich genug gezeigt; was den Zarewitsch anging, war Grigorij mächtiger als alle Menschen in Zarskoje Selo, er war sogar mächtiger als der Zar. Warum sollte er es nicht zu Ende denken – am Krankenbett des Zarewitsch war er Zar über den Zaren.

Als er erschöpft an einem Fenster Luft holte, sah er die Krähen, die er kurz zuvor nur gehört hatte. Als hätten sie erwartet, dass er ihre große Schar bestaune, erhoben sie sich wie eine mächtige Wolke.

KAPITEL 16

»So habe ich nun dies Haus erwählt und geheiligt, dass mein Name dort sein soll ewiglich.« Diese Worte und nichts anderes konnte Aron Simanowitsch denken, und er sah mit einem Mal, dass die Sonne untergegangen war, er hatte es nicht bemerkt, und es lag noch ein wenig roter Glanz auf den Rändern der Häuser und Kuppeln, aber allmählich wurde es schwärzer und schwärzer, doch die Kuppel der Synagoge war noch nicht schwarz, der Vorplatz war erhellt, er konnte unter den vielen massakrierten Juden die entstellten Körper seiner Verwandten sehen, sie mussten während des Gottesdienstes umgebracht worden sein. Das dachte Aron nicht, wenigstens nicht im Sinne von Nachdenken, er erfasste es auch nicht, es ging ihm nur so durch den Kopf, und die Stille ging ihm auch durch den Kopf. Diese Stille. War denn die Erde still? Oder nur Kischinjow? Der Platz um die Synagoge?

Oder er träumte! Wie im Traum ging er die Straße vom Bahnhof zu seinem Geschäft. Der Mond leuchtete ihm auf den Weg. Groß sind Gottes Werke, wohl dem, der auf sie seinen Sinn richtet, dachte er, zwang er sich zu denken. Bis er vor seinem Geschäft stand. Gott bewahre. Er sah sich um, doch kein Zweifel, dieser Trümmerhaufen von eingeschlagenen Scheiben, zerstörten Regalen und Verkaufstheken war sein Geschäft. Als er sich mühsam durch die Scherben in den hinteren Raum tastete, lag dort Mendel, sein Geschäftsführer. Vielmehr die Reste von ihm.

»Hilf mir, o Gott, denn bis ans Leben ist das Wasser um mich angestiegen«, betete Aron. Wenn Mendel erschlagen war, wo war dann seine Familie? Seine Mutter Rachel, seine Frau Lea, die Kinder Ruben und Esther? Er ging durch die Straßen. Sein Kopf war merkwürdig leer, doch er sog den Duft der Bäume ein, das süße Aroma der Sträucher. Er sah Sterne am Himmel, Sternbilder, und er ging mechanisch durch die Stadt. Vielleicht hatte die Straße Mitleid und zeigte ihm den Weg. Schließlich fand er seine bis zum Wahnsinn verängstigte Familie im Keller des Krankenhauses.

»Höre, Israel«, betete seine Mutter, und bevor sie starb, beschwor sie ihn, mit seiner Familie nach Sankt Petersburg zu ziehen. »Nur am Zarenhof ist Schutz für euch.« Nun war es für Aron klar, dass seine Mutter vor Angst und Kummer verrückt geworden war. Wie sollte er, ein Jude, ausgeraubt und vernichtet, an den Zarenhof kommen?

Aron Simanowitsch streichelte seine erstarrte Frau, küsste die stumm gewordenen Kinder. Es gab keine Wahl – der Heilige, Preis Ihm, musste es richten.

Er ging wie ein erfolgreicher Juwelier in die Petersburger Klubs, ins Kabarett, auf Rennplätze, machte Interessierten Angebote. Dabei lernte er Personen aus der engsten Umgebung des Zaren kennen. Er bemühte sich, ihnen nützlich zu sein, wenn sie im Kauf oder Verkauf von Wertobjekten unbeholfen waren. Es gab viele hochrangige Minister und Fürsten, die nichts wussten vom Wert der Juwelen, aber begierig danach waren. Aron beschloss, sich mit allen gut zu stellen. Er musste nur weise handeln, dann würde sein Tun trotz allem gesegnet sein.

Seine ersten Freunde waren die Fürsten Wittgenstein, Brüder, Offiziere im persönlichen Konvoi des Zaren Nikolaus, ständig in Geldnot. Aron verschaffte ihnen Brillanten zu einem unvorstellbar niedrigen Preis, und man trank Brüderschaft. Aron hatte das Gefühl, dass er in der Gestalt der gutmütigen, wenn auch leichtsinnigen Brüder einen Zipfel des Landes erreicht hatte, wo Milch und Honig flossen.

Zwei Monate später wurde einer der Fürsten beim Duell erschossen – wegen einer Kokotte. Sein Bruder erstickte nur wenige Wochen danach in einem stadtbekannten Restaurant an einem Hühnerknochen. Aron war zutiefst enttäuscht vom Schicksal und beklagte sich bei seiner toten Mutter.

Er wurde reich entschädigt, als er die Prinzessin Orbeliani kennenlernte. Sie war eine der einflussreichen Hofdamen der Zarin Alexandra, dazu eine ehemalige Geliebte von Nikolaus II. Sie war gelähmt, und Aron dachte, dass in diesem beklagenswerten Zustand vielleicht der Grund dafür zu suchen war, dass die Zarin sie besuchte oder in ihren Wagen zu Spazierfahrten einlud. Arons Frau protestierte, als Aron ihr von dieser Großherzigkeit erzählte. Niemals, so seine Frau, würde sie eine Rivalin, und sei sie noch so behindert, zu Spazierfahrten einladen. Aron dachte traurig, wie tolerant dagegen seine Mutter immer gewesen war: »Das Wasser läuft hierhin und dorthin«, hatte sie oft gesagt, »wie es seine Art ist.«

Die Prinzessin Orbeliani kaufte nicht nur Schmuck in großen Mengen bei ihm – sie stellte ihn auch der Zarin vor. Er wurde in den Palast eingeladen, um sie zu beraten, denn es hieß, die Zarin sei sehr vorsichtig mit ihrem Geld.

An diesem Tag reichte sein Glück von einem Ende der Erde zum anderen. Er, Aron Simanowitsch, beim Pogrom nur durch Zufall nicht erschlagen, stand vor der Zarin! Der Ewige hatte ihm Kraft und Stärke gegeben, fortzugehen aus seiner heimgesuchten Stadt. Preis Ihm! Aron haute sich immer mal wieder verstohlen auf den Kopf, doch es stimmte, er war wie durch ein Zauberwort in den Alexanderpalast eingelassen worden, er saß in einem der lilafarbenen Salons ihrer Majestät, und sie erteilte ihm Aufträge. Sie war hell im Kopf. Er hätte ohnehin nicht gewagt, sie auch nur ein kleines bisschen zu beschwindeln. Er wusste um ihre Sparsamkeit, machte ihr noch niedrigere Preise als den Wittgensteins selig. Sie schien zufrieden mit ihm. Später wurde ihm hinterbracht, dass sie sich nach dem Kauf beim Hofjuwelier Fabergé erkundigte, ob der Preis angemessen gewesen sei. Als der Hofjuwelier über die niedrigen Preise erstaunt war, freute sie sich.

Kein Wunder, dass Aron sich vor hochkarätigen Kunden kaum noch retten konnte. Für alle diese Leute war er als Juwelier, Verkäufer und Kenner von Brillanten bald unverzichtbar. Seine Taschen waren immer mit Juwelen vollgestopft. Er erhielt Zutritt zum Zarenpalast und zum Hofpersonal, zum Maître d'hotel, dem Franzosen Poincet, mit dem er einen Schachclub gründete, der eigentlich ein Spielclub war.

Aron tat seinen Kunden jeden Gefallen. Ihm ging es nicht um den Gewinn – oder nicht nur –, er wollte, dass sie ihm verpflichtet waren, dass er bei ihnen beliebt war. Das gelang ihm.

Seine Welt begann jedoch erst richtig im Glanz der höfischen Sonne zu funkeln, als der Zar auf ihn aufmerksam wurde und ihm den Wunderheiler anvertraute.

Ob er Grigorij Jefimowitsch Rasputin kenne, hatte der Zar gefragt, und Aron Simanowitsch nickte beklommen. Beim Anblick des Zaren musste er unweigerlich an den Blutsonntag denken. Er hatte tiefes Mitleid mit den Opfern empfunden. Und seine Sympathie, vergib mir, Herr der Welt, seine Sympathie gehörte den Russen, die Freiheit wollten, und nun stand er vor dem Zaren, sah die veilchenfarbenen Augen freundlich und mild auf sich gerichtet. Eher melancholisch als hoheitlich. Nervös wischte er sich über seinen Schnurrbart. Aron hätte ihn gerne sympathisch gefunden, doch er fürchtete ihn, weil man ihm gesagt hatte, der Zar möge im Grunde keine Juden.

Es hieße ja, fuhr der Zar fort, es hieße ja, Grigorij Jefimowitsch Rasputin sei nur ein Staretz aus Pokrowskoje, aber er sei sehr viel mehr. Das werde Aron auch noch erfahren. Er solle sich ab diesem Tage um den Gottesmenschen kümmern.

Er solle sein Sekretär sein. Ihm ein Haus kaufen. Möbel, Gardinen und Teppiche. Solide Qualität. Nicht zu teuer. Dienerschaft einstellen. Drei bis vier Leute. Und ihm monatlich Gehalt auszahlen. So viel einer braucht, der Frau und drei Kinder hat. Simanowitsch solle die Familie Rasputins herholen lassen aus Pokrowskoje. Aron selber werde vom Hof bezahlt. Das Wichtigste jedoch sei absolutes Stillschweigen über Rasputin und den Zarewitsch.

Aron hatte schon von seinen erlauchten Kundinnen gehört, was man bei Hof munkelte. Dass die Zarin dem Zarewitsch unreines Blut vererbt habe, das Krankheiten erzeuge und Unglück bringe. Man war sehr unwissend und abergläubisch bei Hofe. Keineswegs klüger als die Bauern auf dem Land. Aron Simanowitsch hatte eine Zeit lang in einem abgelegenen Dorf gewohnt und dabei die Demokratie der Bauern kennengelernt. Von Zeit zu Zeit kam der Distrikt-Polizeichef, um die Steuern einzutreiben. War die Ernte gut gewesen, so zahlten die Bauern ganz oder teilweise. War sie schlecht gewesen, so erschlugen sie den Polizeichef. Kamen dann die Soldaten, zündeten die Bauern ihre Hütten an und flohen in den Wald. Von ihnen hatte Aron gelernt, wie man überlebt.

Die Adeligen bei Hofe, das war ihm rasch klar geworden, liebten ihren Zaren nicht. Sie hatten eine gewisse Scheu vor dem angestammten Herrscherhaus. Aber nicht einmal, wenn sie betrunken waren und gewaltige Reden führten, hatte Aron gehört, dass einer große Gefühle für den Zaren gezeigt hätte. Außerdem sträubten sie sich gegen jegliche Reformen, in der Politik genauso wie in der Wirtschaft. Sie wollten ihre Privilegien nicht aufgeben. Zugleich spotteten sie jedoch über den Zaren, den sie schwach fanden, weil er gegen ihre Intrigen nicht ankam. Der Herr, Preis Ihm, würde mit Sicherheit bald für das Ende des Adels sorgen.

Er wusste auch bald, dass die Wyrubowa und die Orbeliani zu den wenigen Menschen gehörten, denen der Zar vertraute. Sie berichteten dem Zaren, was sie in seiner Umgebung gehört hatten. Das Zarenpaar hatte Angst vor den Verwandten, vor dem Hof, vor der Ungewissheit ihres Schicksals.

Doch nun hatten sie wieder einmal Hoffnung. Wenn Rasputin den Thronfolger heilen könnte, wären sie stark und könnten sich gegen alle Feinde behaupten.

Derzeit stritten Zar und Zarin oft. Beide waren überaus nervös. Dann wieder redeten sie wochenlang nicht miteinander. Die Zarin litt an hysterischen Anfällen, und ihr Leibarzt Doktor Botkin ängstigte sie nur noch mehr durch seine übereifrige Fürsorge.

Der Zar arbeitete wie ein Besessener. Seine Onkel gaben ihm Berge von Akten, die sie selber hätten bearbeiten müssen. Doch sie hatten schon dem ganz jungen Zaren eingeredet, er müsse über alle diese Dinge informiert sein. Er glaubte ihnen und arbeitete gewissenhaft alles durch, manchmal tagelang. So konnte er den Überblick über die wirklich wichtigen Transaktionen niemals gewinnen, und das war genau das, was seine machtgierigen Onkel wollten. Der Zar war keineswegs dumm. Er spürte, dass es ihm nicht gelang, die Staatsgeschäfte zu überblicken. Doch er wusste nicht, wem er vertrauen sollte. Um sich immer wieder neuen Mut zu verschaffen, trank er viel, schlief wenig. Manchmal erhoffte er sich von Rasputin Erlösung. Er schien ihm ein heller Kopf zu sein, der ihm verblüffend gute Ratschläge gab. Grigorij hatte dem Zaren schon oft gesagt, er möge doch so bald wie möglich die Agrarfrage in einer Weise lösen, die den Bauern zugutekäme. Er wolle ihn dabei gerne beraten, er käme ja von den Bauern.

Er warnte immer wieder vor dem Krieg. »Russland ist noch nicht gut genug gerüstet. Der Krieg wird in einer Tragödie für Russland enden.« Grigorij war in seinen Argumenten ruhig und konkret, so dass der Zar geneigt war, seinem Rat zu folgen. Doch nach den Gesprächen mit den Ministern kam es dem Zaren als ein Ding der Unmöglichkeit vor, dass er, der Herrscher aller Reußen, sich von einem Muschik aus Pokrowskoje beraten ließ, von dem es hieß, dass er vormals ein

Pferdedieb und Nichtsnutz gewesen sei. Es war zum Verrücktwerden!

Als Aron Simanowitsch die Wohnung in der Gorochowaja gemietet hatte, bat er Rasputin, sich mit ihm dort zu treffen. Aron war überrascht, als Grigorij Jefimowitsch eintraf. Er trug einen pelzgefütterten Mantel über seinem weißseidenen Russenhemd. Ein weicher Filzhut gab ihm ein unternehmungslustiges Aussehen.

Aron hatte schon einige Beschreibungen seines künftigen Dienstherrn gehört. Schwarzer langer Kaftan. Mittelgroße, bullige Gestalt. Schweres, dunkles, ungepflegtes Haar. Kleine, eng liegende Augen. »Er hat stets schwarz geränderte Fingernägel!«, hieß es. »Und Tischmanieren! Er reißt die gebackenen Fische auseinander und stopft sich Stücke davon in den Mund. Der langt auch durchaus in die Suppe und holt Fisch und Gemüse mit seinen Fingern heraus! Man kann es nicht mitansehen.«

Aron Simanowitsch sah zunächst gar nichts von alledem. Er hörte Grigorijs volle, tiefe Stimme, eine Stimme, die durchaus wohlklingender war als viele andere. Er sah sein Gesicht, das von Freundlichkeit leuchtete, es schimmerte wie die Wellen des Meeres, die vom Mond beschienen werden. Aron, dem die raue Petersburger Luft oft den Atem benahm, atmete tief und frei durch vor lauter Erleichterung. Vielleicht konnte Grigorij ihn ja auch heilen. Vor allem vor der Angst, denn Aron hatte Angst vor der schrecklichen Staatsmacht. Vor allen Staatsmächten. Er war dem Zaren auf seltsame Weise nahegekommen, und damit einer Welt, der er nicht gewachsen war. Es war Aron, als höre er die tröstende Stimme seiner Mutter: »Der Heilige, Preis Ihm, lässt Mond und Sterne emporsteigen und stellt sie auf, den Himmel zu erleuchten.« Ja. Aaron hatte vom Zaren persönlich eine Aufgabe bekommen. Die hieß Grigorij Jefimowitsch Rasputin, und wenn Aron auch nur ein Quäntchen Menschenkenntnis hatte, war dieser Grigorij in seinem Bauernkaftan und den geteerten Stiefeln ein guter Mensch. Das ließ Aron Simanowitsch hoffen.

Grigorij Jefimowitsch war es auch zufrieden. Er hatte einen

Sekretär. Einen Sekretär! Grigorij Jefimowitsch Rasputin aus Pokrowskoje im Gouvernement Tobolsk hatte einen Sekretär. Er hätte es am liebsten in die Welt hinausgebrüllt. Aber das ließ er sein, denn er hatte gelernt, dass man nichts verschreien soll. Und den Tag nicht vor dem Abend loben.

Dieser Aron Simanowitsch gefiel ihm. Er war ein gescheiter Händler. Juwelier. Da musste einer gescheit sein. Aber vor allem hatte dieser Aron Angst, das konnte Grigorij sehen. Alle Juden hatten Angst, und sie hatten Grund dazu. Es gab heutzutage wenige Menschen, für die ein Jude ein Geschöpf Gottes war wie alle anderen. Er, Grigorij, gehörte zu diesen wenigen. Also konnten Aron und er Geschäfte machen. Grigorij brauchte zwar keine Juwelen, aber Aron erledigte für Grigorij, was dieser zu erledigen hasste: Geldgeschäfte. Einkäufe. Haushaltsprobleme. Termine. Was es so alles zu erledigen gab für einen, der am Hof des Zaren der wichtigste Ratgeber geworden war. Dem muss man leidigen Haushaltskram abnehmen. Dafür würde er, Grigorij, Aron und seine Familie beschützen. Ihren Wohlstand mehren.

Grigorij rieb sich zufrieden die Hände. Als Erstes würde Aron nach Pokrowskoje reisen. Dort das Haus versorgen, Praskowja und die Kinder mitbringen nach Sankt Petersburg. Dieses neue Leben ließ sich gut an.

KAPITEL 17

Es war einer der Abende, wo die Dämmerung den blutroten Ball der Sonne nicht untergehen lassen mochte und der Himmel nicht aufhören wollte, sich rosa und purpurfarben in der Newa zu spiegeln. Die unzähligen Fenster des Winterpalastes schauten wie leuchtende Augen auf den Fluss.

Die Saltykow-Auffahrt sah Kutsche um Kutsche heranrollen, große Automobile fuhren vor, und die Diener rissen die Türen auf. Weiße, goldene oder zartroséfarbene Roben wogten heraus, Diademe, Kokoschniks und Paradeuniformen wollten wie üblich den Ton angeben – doch heute entflog ein ganzer Schwarm von Debütantinnen den Kutschen. Wie weiße Tauben umschwirrten sie einander, gurrend und glucksend ihre schneeweißen Ballroben begutachtend, das sorgsam frisierte Haar unter den üppigen Kränzen von frischen Rosen, der prächtige Schmuck, der dem der Mütter in nichts nachstand. In selbstverständlicher Hoffart betrachteten die Mädchen den Prunk des Georgssaals, oder betrachteten ihn auch nicht, obwohl allein der reich mit Intarsien geschmückte Parkettfußboden ein Kunstwerk war. Ebenso hinreißend schön waren die riesigen Lüster, sechs an der Zahl, deren Kerzenschimmer sich im Kristall brach. Die weißen Säulen und Stuckdecken waren reich mit goldenen Reliefs geschmückt, die dem Raum Reinheit und Pracht verliehen. Eine Aura aus Tausendundeiner Nacht.

Heute zeigte sich der Thronsaal vor allem den Töchtern, die in Petersburgs Gesellschaft eingeführt wurden. In diesem Jahr war die Pracht noch üppiger als sonst, denn die Großfürstin Olga, die älteste Tochter des Zaren, und seine Nichte Irina, Tochter der Zarenschwester Xenia, gehörten zu den Debütantinnen. Obschon alle in weißen, duftigen Kleidern erschienen, war es, als trügen die Mädchen aus dem Hause Romanow Mäntel von Hermelin. Olga, hochgewachsen und graziös wie ihre Mutter, hatte auch deren rotgoldenes Haar geerbt und die reine, porzellanfeine Haut. Olga war nicht eigentlich schön, doch sie hatte einen ausdrucksvollen Mund und eine freche, nach oben gebogene Nase. Es hieß von ihr, dass sie die Begabteste der vier Zarentöchter sei, dass sie Gedichte verfasse, anspruchsvolle Musikstücke nach dem Gehör spiele und eine gute Stimme habe. Ihre Lehrer seien von ihrem hervorragenden Gedächtnis verblüfft. Sie lerne außerdem leicht. Dazu sei sie religiös und aufgeschlossen für Mystisches. Man flüsterte sogar, dass sie Grigorij Jefimowitsch Rasputin mit Fragen bombardiere, die er oftmals nicht beantworten könne.

Umbraust von Tschajkowskijs *Krönungsmarsch* reichte nun jedes Mädchen einem Zögling des Pagencorps die Hand. Wie sie es mit dem Tanzlehrer eingeübt hatten, zogen sie in Zweierreihen in den großen Thronsaal des Winterpalastes ein, gefolgt von Zar und Zarin und den drei jüngeren Töchtern sowie dem bildschönen kleinen Zarewitsch, der wie sein Vater die Uniform des Kavallerieregiments der Leibgarde trug.

Zarewitsch Alexej, den man selten zu Gesicht bekam, erregte die Neugierde aller Gäste. Er war für sein Alter ziemlich groß, hatte ein feines, ovales Gesicht, bronzen schimmerndes, dichtes Haar und die hellgrauen Augen der Zarin. Er sah wach und interessiert um sich und schien vergnügt zu sein. Bei Hofe wurde erzählt, dass er sehr ausgelassen sein konnte und bei Banketten Unsinn trieb. So war er einmal unbemerkt unter den Tisch gekrochen und hatte einen zierlichen Damenpumps gestohlen, von dessen Zwang sich eine junge Hofdame erlöst hatte. Alexej zeigte den Schuh seinem Vater, und der wies ihn an, den Pumps sofort wieder an die gleiche Stelle zu bringen. Alexej folgte, versäumte aber nicht, eine dicke, reife Erdbeere in die Schuhspitze zu stecken, und bald schrie die Pumpsträgerin hysterisch auf. Der Thronfolger war glücklich, und der Zar musste sich das Lachen verkneifen, während er ihn schalt.

Alle Gäste des Debütantinnenballs klatschten begeistert, als die Zarenfamilie Platz nahm. »Unsere Zarenfamilie – was für schöne Menschen«, sagte die Fürstin Galizyn gerührt, und sie winkte den Zarentöchtern Maria, Tatjana und Anastasia zu, die alle drei von außergewöhnlicher Schönheit und Liebenswürdigkeit waren und unbefangen zurückgrüßten. Sie waren ganz die Töchter ihrer Eltern, hatten die Haarpracht der Mutter, waren hochgewachsen und anmutig, durch Rang und Reichtum und blühende Jugend ausgezeichnet. Doch sie wirkten natürlich und freundlich, ganz so, wie auch der Zar sich gern seinem Volk zeigte.

Selbstverständlich kannte Felix die Töchter des Zaren. Sie taten ihm leid, denn ihre Eltern, besonders die Zarin, hüteten sie, als sollten sie ihr Leben lang unberührt bleiben von allem Fremden, Unbekannten. Sie durften den Alexanderpalast niemals alleine verlassen, nicht einmal mit den Cousinen und Vettern sollten sie sich treffen, da die Zarin glaubte, dass nur sie ihre Kinder richtig erzog, während vor allem Xenias Kinder keine Grenzen kannten und sich überall herumtrieben.

So hielt man auch Irina, die im Smolny-Institut der Schrecken ihrer Erzieherinnen gewesen war, für eigenwillig und exzentrisch. Felix hatte sie bestimmt vier Jahre lang nicht mehr gesehen. Doch heute konnte er nicht aufhören, sie anzustarren. Ihre Schönheit traf ihn bis ins Innerste.

Ist das Irina?, dachte Felix fast erschrocken, als er Irina Alexandrowna sah, die neben der Zarentochter im Mittelpunkt des Kreises der Debütantinnen stand. Felix suchte in seinem Gedächtnis nach ihr und fand die kleine Prinzessin wieder, die ihn so eigensinnig einen ganzen Abend lang verfolgt hatte. Auch an die aufgeschossene, hochmütig ablehnende Vierzehnjährige erinnerte er sich, die bei einer Gesellschaft im Galizyn-Palais nicht einen Hauch von Lächeln für ihn übrig gehabt hatte.

Doch jetzt – ihr Blick, ihre Stimme, er konnte es nicht fassen. Es tat so wunderbar weh, zu sehen, wie vollkommen sie war. Felix wusste, dass er noch nie, aber wirklich noch niemals, ein so schönes Mädchen gesehen hatte. Auch in London und Paris nicht, nirgends. Und er, er konnte für sie tief empfinden! Schrecken, Schmerz, seltsame Trauer – er konnte es ihretwegen empfinden. Sie glich von Kopf bis Fuß einer der herrlichen griechischen Marmorstatuen, die man in den Palästen sah. Der königlich strenge Schnitt ihrer geraden Nase, die vollen und doch fein geschnittenen Lippen, das reiche schwarze Haar, die graziös tanzenden Füße, von den Flügeln der Musik getragen – guter Gott, was für ein schönes Geschöpf! Und das alles bei einer Musik, die atemberaubend war. Niemals hatte Felix, der Tschajkowskijs Musik liebte, eine so rauschhafte Fülle jubilierender Geigen gehört. Vielleicht machte ihn auch die Anwesenheit von Irina so sensibel. Er sah nur noch ihre Augen, die von veilchenfarbenem Blau waren und aufleuchteten, wenn sie die Blicke ihrer Eltern oder Brüder trafen, die mit unverhohlenem Stolz auf sie schauten.

»He, schlägst du hier Wurzeln? Deine Angebetete gönnt dir wohl keinen Blick?

Dmitrij stand neben Felix und schaute ihn mit der Überlegenheit des Beobachters an. Wie lange schon? Felix war hingerissen gewesen, er hatte nur Irina gesehen, und jetzt machte Dmitrij sich über ihn lustig.

»Glaubst du, dass du einen Blick von ihr verdient hättest? Wer nicht sät, kann auch nicht ernten. Nicht einmal einen Handkuss wird sie dir erlauben.«

Felix sah Dmitrij an. Er fühlte sich ertappt, unsicher. War sein Freund wütend und verbarg es hinter seiner spöttischen Anteilnahme? Seine vollen Lippen, die Felix immer in Erregung versetzten und das Eingangstor zu seiner Lust waren – wollten sie der Lieblichkeit Irinas Platz machen?

Dmitrij schob Felix in Richtung der Tanzenden. »Warum ist dein Gesicht so finster? Wo ist deine Selbstsicherheit, deine kühle Arroganz? Geh, tanz mit Irina! Worauf wartest du?«

Was wollte Dmitrij von ihm? Glaubte er, dass Felix in Irina verliebt sei? Verliebt in ein junges Mädchen? Wenn es so wäre, bedeutete dann dieses Verliebtsein nicht, dass er Dmitrij verriet?

In diesem Moment musste Felix an Tschajkowskij denken, den Schöpfer der herrlichsten Musik, die er sich vorstellen konnte. Tschajkowskijs Werke waren Traumwelten, Hymnen an die Liebe – dabei hatte der begnadete Komponist die Liebe niemals erlebt. Um seine Zuneigung zu Männern zu verdecken, hatte Tschajkowskij geheiratet, doch die Ehe zerbrach nach kurzer Dauer. »Glück, das existiert für mich nicht«, hatte er resigniert kurz vor seinem Ende geschrieben, als ein Selbstmordversuch fehlgeschlagen war.

Felix war beim Tod des Komponisten erst sechs Jahre alt gewesen – sonst wäre er mit den Tausenden trauernden Menschen an dessen Leichnam vorbeigezogen, um dem Unglücklichen die Hände zu küssen.

Doch Felix hatte die vage Hoffnung, dass sein Leben einen schöneren Verlauf nehmen könnte. Dmitrij war an seiner Seite, er ging neben ihm, schob ihn in den Kreis der jungen Debütantinnen, und Irina löste sich von Olga, deren Haarkranz sie gerade behutsam zurechtrückte, und kam auf Felix zu. Die Lichter der Lüster wurden heller, und Irina sagte mit zärtlichem Lächeln zu Felix, er käme sehr spät. »Äonen Jahre zu spät, aber ich freue mich dennoch darüber, wenn du nur mit mir tanzt.«

Felix zog sie an sich. Ihm fielen die kindlichen Tänze mit seiner Mutter ein, und die Freude, die er dabei empfunden hatte. Diese glühende, umfassende Freude war seitdem nie mehr zu ihm zurückgekommen. Bis zum heutigen Abend. Und er zog Irina enger an sich, er sah im Ausschnitt des Kleides ihre Brüste schimmern, er ahnte sie mehr, als dass er sie sah, doch er fühlte sie überall, und sein Herz schlug ihm bis zum Hals.

Während des Tanzes nahm er undeutlich seine Eltern wahr, die im Kreise ihrer Freunde am Rand der Tanzfläche standen und zuschauten. Felix sah ein Strahlen auf dem Gesicht seiner Mutter, sie lehnte eng an seinem Vater, der den Arm um ihre Schulter gelegt hatte. Felix tanzte mit Irina auf sie zu, und Irina flog in die Arme Sinaidas. Felix hörte, wie sein Vater leise und ganz wie nebenbei zu ihm sagte, dass er seit dem Tode Nikolajs zum ersten Mal wieder froh sei.

KAPITEL 18

Große weiße Sonnenschirme waren im Park von Archangelskoje aufgestellt. Reich gedeckte Tische standen darunter und warteten auf die Gäste, die noch im Park spazieren gingen, Tennis spielten, gegeneinander fochten oder von einem bewaldeten Hügel aus einen unbegrenzten Blick genossen auf endlose Felder, bunte Wiesen und rauschende Wasser.

Viele der jüngeren Gäste lagerten auf dem moosigen Rasen unter den Sonnenschirmen, die wie Riesenpilze aussahen. Damastene weiße Tischdecken waren auf dem Boden ausgebreitet, und aufmerksame Diener boten dem Gast weißen Wein an und roten, es gab kaltes Fleisch und Trauben, Käse, Pasteten und frische, warme Brotfladen.

Im Hintergrund des Parks, in der Nähe des Schlosses, standen die Automobile wie riesige Kutschen. Die Chauffeure machten sich an ihnen zu schaffen, oder sie saßen im Schatten des Holzhauses, in dem sie auch wohnten. Zu ihnen gesellten sich Bauern, die in den zum Gut gehörenden Weilern lebten und froh waren, wenn sie an den Einladungen im Schloss ein paar Kopeken verdienen konnten.

Ein ungewöhnlich warmer und sonniger Herbsttag tauchte die ohnehin hellen Mauern und Säulen des Schlosses in ein kreidiges Licht. Felix glaubte, Archangelskoje noch nie so königlich gesehen zu haben. Das konnte natürlich auch an seiner Stimmung liegen, und außerdem war Archangelskoje schon seit seiner Kindheit sein liebstes Feriendomizil. Die schweren Säulen vor der Eingangshalle warfen Schatten, als wäre es ein heißer Hochsommertag. Hätten die Bäume und Büsche nicht schon ihre leuchtend gelbe und braun-goldene Färbung des Herbstes gehabt, wäre die Illusion vollkommen gewesen.

Felix sah seinen Vater mit dem Großfürsten Nikolaj Nikolajewitsch, einem der mächtigen Onkel des Zaren, durch den Säulengang spazieren, sie rauchten Zigarren und sprachen mit Sicherheit über den Niedergang des Hauses Romanow, und Großfürst Nikolaj würde wieder einmal der Zarin Alexandra Fjodorowna dafür die Schuld geben. Felix glaubte es förmlich zu hören, wie Großfürst Nikolaj über die Zarin herzog, die er von Herzen hasste. Und tatsächlich hob der gerade an, und zwar so ungeniert und laut, dass Felix jedes Wort verstehen konnte: »Der ganze Hochadel spricht inzwischen von der unverzeihlichen Nachlässigkeit, mit der man damals bei der Wahl einer Braut für den Thronfolger gehandelt hat. Jetzt ist die Tragödie komplett, unser Thronfolger ist todkrank, und daran ist die Zarin schuld!«

Sein Vater, loyal wie immer, verteidigte die Zarin: »Sollten wir nicht eher Mitleid empfinden mit Alexandra Fjodorowna? Sie kann schließlich nichts dafür, dass die Krankheit von Königin Viktoria auf sie übertragen wurde.«

»Aber sie hat es gewusst«, entgegnete Nikolaj hitzig, und er verschluckte sich am Zigarrenrauch, was ihn noch wütender machte. »Ihr Bruder Friedrich ist mit drei Jahren an der Krankheit gestorben, und ihre Schwester, Prinzessin Irene von Preußen, hat vier todkranke Söhne auf die Welt gebracht!«

»Was hätte sie denn bei der Werbung von Nikolaus machen sollen? Ihn abweisen? Er wollte sie doch unbedingt haben. Und sie konnte ja damals nicht wissen, dass sie die Krankheit auch geerbt hat.«

»Aber sie musste damit rechnen! Ich will ihr ja nicht die ganze

Schuld geben. Alle mussten sie damit rechnen. Sie haben es ja gewusst. Das ganze Haus Hessen-Darmstadt, aber auch die Romanows, Alexander, Maria Fjodorowna, Nikolaus –«

»Siehst du«, unterbrach ihn Fürst Jussupow, »jetzt sagst du es selber, die arme Alix ist zumindest nicht alleine schuld. Sie war neunzehn, als die beiden sich verlobten –«

Die Männer waren langsam die Kolonnaden entlanggeschlendert. Jetzt warf der Großfürst ärgerlich seine Zigarre auf den Boden, er baute sich vor dem Fürsten auf und rief, ob Jussupow denn blind oder taub sei oder beides zusammen: »Du bist wohl auch den Taubenaugen dieser Hysterikerin erlegen. Genau wie unser Zar. Und sicher verteidigst du sie auch, wenn ich dir berichte, dass sie auf die Ratschläge eines stinkenden Muschiks hört und dem Zaren damit in die Ohren bläst. Ich sage dir, Jussupow, diese Frau ist der Untergang der Romanow-Dynastie.«

Felix hatte sich unbemerkt immer näher an die beiden Herren herangeschoben, und er hörte noch die letzten Worte, als sie in der Eingangstür verschwanden. Amüsiert dachte er, dass es ausgerechnet die Frauen der beiden Nikolajewitsche waren, die Grigorij Jefimowitsch Rasputin an den Zarenhof empfohlen hatten. Anfangs waren beide Großfürstenpaare von dem Wunderheiler und Gottesmenschen, wie sie ihn nannten, hellauf begeistert gewesen. Sie priesen seine magischen Kräfte und waren stolz darauf, ihm den Weg zum Thronfolger gebahnt zu haben. Es war ja auch alles so gekommen, wie sie es prophezeit hatten. Rasputin konnte den Thronfolger heilen, und nur er. Wo die Leibärzte der Zarenfamilie ratlos die Schultern hoben, hatte Rasputin Erfolg. Daran gab es keinen Zweifel. Es hieß, der Thronfolger liebe ihn abgöttisch und nenne ihn Nowych, den Neuen.

Felix wusste nicht, wodurch der Wunderheiler bei den Nikolajewitschen in Ungnade gefallen war. Es war ihm gleichgültig. Wunderheiler interessierten ihn nicht. Er war gesund.

Der Zar und die Zarin saßen, durch weiße Sonnensegel abgeschirmt, auf dem Balkon, der sich über die Zimmerflucht ihrer Räume hinzog. Sie waren angereist, weil der Zar den Jussupows die Ehre gab, an der morgigen Jagd teilzunehmen. Er ging für sein Leben gern auf die Jagd und hatte sofort Bilder in seinem Kopf von den großen väterlichen Jagdgesellschaften in Polen, wo sie Füchse, Bären und Wölfe erlegt hatten. Einmal hatte der Vater des Zaren das größte Jagdglück gehabt und war daher so gut gelaunt gewesen, dass er sich für den Hoffotografen bereitwillig auf den Boden hindrapierte, damit seine Frau hinter ihm gut zur Geltung käme. Nikolaus, damals Zarewitsch, und sein Bruder Georgi hockten neben dem Vater.

Der Fotograf tat seine Arbeit, und dann fuhr man in Kutschen zum Schloss zum Essen. Erst dort, im großen, festlich erleuchteten Treppenhaus, fiel Nikolaus' Blick in den Spiegel – und er konnte es nicht fassen. Er sah ja aus wie ein vollkommener Idiot. Niemand hatte ihm gesagt, dass sein Jagdhut viel zu weit hinten auf seinem Kopf saß. Er sah aus, als sei er besoffen. Sonst achtete doch die Mutter sehr auf sein Äußeres, aber diesmal hatte die Zarin wohl mit sich selbst zu tun gehabt. Als man ihm später die Fotos zeigte, wurde er kurzfristig wütend auf sich selber. Schließlich war er der Thronfolger, Sohn des mächtigen Zaren, doch auf dem Foto sah er aus wie ein Anführer der Volkstümlerbewegung.

Seit dieser Zeit besaß er eine Pelzkappe, wie sie sein Vater getragen hatte, und er konnte sich getrost darin fotografieren lassen. Diesmal freute sich Nikolaus besonders auf die Jagd. Das Jussupow'sche Revier war berühmt für seine Füchse, Bären und Elche, und der Fürst hatte die fähigsten, zuverlässigsten Jäger. Es wurde auch wieder einmal Zeit für einen Tapetenwechsel. Am Hof hatten er und Alix keine Vertrauten mehr, oder nur ganz wenige, und es war entspannend, bei den Jussupows zu Gast zu sein. Sie waren unbedingt loyal, kultiviert und nie langweilig. Außerdem hatten ihn seine Kinder stürmisch gebeten, nach Archangelskoje zu reisen. Sie waren immer gerne dort gewesen, obwohl ihre Mutter fand, dass die Jussupows ihren einzigen ihnen noch verbliebenen Sohn allzu frei erzogen und verwöhnt hatten.

Doch nun genoss es auch Alexandra, auf dem Balkon zu liegen und auf die noch sommerliche Herbstlandschaft hinabzusehen, auf die Menschen, die beim Picknick auf den weißen Decken lagerten oder an den Tischen saßen und sich unterhielten. Es war ein schönes Bild, und die Zarin fühlte sich auch für einen Moment so, als sähe sie ein Foto an. Doch dann nahm sie Bewegungen wahr, hörte Töne. Es wurde musiziert, Karten gespielt, ihre Töchter tobten beim Badminton mit Anna und anderen Hofdamen herum. Der Zarewitsch betrachtete in Begleitung seines Schweizer Hauslehrers Pierre Gilliard die Automobile. Die Chauffeure zeigten ihm bereitwillig die prächtigen Coupés und Cabriolets, und Alexej wurde nicht müde, nach Einzelheiten zu fragen.

»Hoffentlich passiert nichts, wenn Alexej an den Automobilen herumklettert«, sagte die Zarin ängstlich. Ihr Mann suchte sie zu beruhigen. »Gilliard ist dabei, er hütet ihn doch wie seinen Augapfel.«

»Du weißt«, seufzte die Zarin, »du weißt, dass unser Freund Grigorij in Zarskoje Selo geblieben ist. Du wolltest ihn nicht mitnehmen, und Sinaida und Felix haben ihn auch nicht eingeladen. Sie mögen ihn nicht. Besonders Sinaida verabscheut ihn und will ihn bei mir anschwärzen. Das macht mir zu schaffen.«

»Bitte, Alix, sie können und sollen auch nicht wissen, warum Grigorij für uns so wichtig ist –« »Ach, mach dir doch nichts vor – sie wissen es längst, alle wissen es, der ganze Hof, und alle hassen mich dafür.« Die Zarin hatte sich abgewandt und stand am Fenster, der Zar legte ihr den Arm um die Schultern, zog sie an sich.

Die Zarin, für einen Moment abgelenkt, kniff die Augen zusammen und beugte sich vor. »Nicky – ist das nicht Felix Felixowitsch, und der andere, das ist doch Dmitrij! Und das … das ist doch … sehe ich denn richtig? Unsere Nichte Irina reitet mit den beiden Männern aus!«

Der Zar beugte sich ebenfalls etwas über die Brüstung, dann sagte er, dass Alix recht habe. »Ob Xenia das weiß?«, überlegte er.

»Ich kann mir das durchaus vorstellen. Xenias Kinder machen doch ohnehin, was sie wollen. Und seit Irina in Lausanne war, lässt sie sich gar nichts mehr sagen. Xenia wollte sich neulich darüber beklagen, aber ich habe genau herausgehört, dass sie in Wahrheit stolz ist auf ihre Tochter.«

Der Zar lächelte ein wenig. »Du musst zugeben, dass sie zu einer vollendeten Schönheit herangewachsen ist. Sie gleicht meiner Mutter. Das haben schon viele gesagt, und Mutter ist sehr glücklich darüber.«

Die Zarin nagte wenig erfreut an ihren Lippen. Sie hörte es nicht gern, wenn ihr Mann die Schönheit weiblicher Wesen pries, ob das nun Verwandte waren oder Frauen wie die Tänzerin Mathilde Kschessinska, deren Schönheit er früher bewundert hatte. Warum störte es sie immer wieder? Jetzt schlief er mit ihr, der Zarin. Dazwischen lagen Welten. Doch wenn es um weibliche Schönheit ging – was war mit ihren Töchtern? Sie waren so einmalig hübsch in ihren Augen, dass Nicky unmöglich die Schönheit seiner Nichte derart preisen konnte.

Der Zar fragte, ob sie sich gut genug fühle, mit ihm ein wenig spazieren zu gehen? Er wolle sich nach der langen Fahrt die Beine vertreten, und überhaupt sei Archangelskoje ja wirklich schön – und außerordentlich gut bewacht. Doch Alix fühlte sich müde und melancholisch, sie hörte die Stimmen aus dem Park und verspürte plötzlich keine Lust mehr, die vergnügten Menschen zu sehen. Sie wollte Alexej im Auge behalten, ihren kleinen Schatz – einer musste ja auf ihn achtgeben.

Ob sie traurig sei, wenn er auch ein wenig ausreite, fragte der Zar, und seine Frau beeilte sich, das zu verneinen. »Geh nur, ich bleibe hier und schaue Alexej zu. Ich hätte ohnehin keine Ruhe, wenn ich ihn nicht im Auge hätte.«

»Du bist die beste aller Mütter«, sagte der Zar, aber er wusste nicht, ob das wirklich stimmte. Aber dass er es sagen musste, wusste er genau.

Der Zar schickte einen Diener nach dem Stallmeister und begann, sich für den Ausritt umzuziehen.

Irina war als Erste an der Stelle des Baches, wo er ein tiefes Becken bildete. Sie band ihr Pferd an eine Birke, zog ihre Stiefel aus und steckte einen Zeh ins Wasser. Sie fand es warm und vor allem sehr weich, und sie beschloss, sich auszuziehen. Nur ihren weißseidenen Unterrock hatte sie noch an. Sie hielt ihn hoch gerafft, ihre andere Hand lag wie schützend vor ihrer Brust.

»Zieh ihn aus, er wird sonst nur nass und ist dir unangenehm«, sagte Dmitrij ebenso sachlich wie liebevoll. Auch er band sein Pferd an einen Baum und ging daran, sich zu entkleiden. Felix war ebenfalls herangekommen, er sah auf das grünsilbern schimmernde Bachbett, sah Irina in ihrer keuschen Haltung, sah Dmitrij, der sich bereits im Wasser ausstreckte und die Hände auf den flachen Bauch legte. Sein Penis zog sich gerade leise fröstelnd zurück.

Hatte Dmitrij je derart vollkommen ausgesehen? Im silbrig flimmernden Wasser sah sein Körper markant aus, statuenhaft, und als Dmitrij jetzt noch den Kopf zur Seite legte, die Augen schloss und nach seinem Penis griff, als habe er im Wasser die Lust entdeckt, da beeilte sich Felix, aus den Kleidern zu kommen. Lächelnd legte er Irinas Unterrock, den sie ihm reichte, zu ihren Kleidern, und dann kam er behutsam zu ihr, küsste die kleinen, hoch angesetzten Brüste, zwischen denen eine lange, goldene Linie verlief bis hinunter zum Nabel – alles das küsste Felix voller Leidenschaft. Irina blickte ernst und hielt so still, als würde sie gemalt. Dann ließ sie sich von Felix behutsam hinunterziehen ins Wasserbett, neben Dmitrij, sie lagen alle drei still da und ließen das Wasser mit seinen Silberflecken über ihre Körper hinwegtanzen.

»Gib Dmitrij auch einen Kuss«, befahl Irina leise, und als die beiden Männer sie erstaunt ansahen, sagte sie lächelnd, dass sie sehen wolle, wie Felix Dmitrij eigentlich küsse. »Und ich will auch sehen, wie du Felix küsst«, sagte sie auffordernd zu Dmitrij. Als ihr die beiden den Wunsch erfüllten, warf sie sich lachend über sie und platschte mit ihren Händen ins Wasser. Das warme Sonnenlicht färbte ihre Körper golden, und Felix rührte dieses perfekte Bild derart, dass er hätte weinen mögen.

Auch sein Körper war schön, Felix wusste es, und er liebte ihn vor allem, wenn er bei Irina war. Es war so neu, so anders. Anders als bei Dmitrij, dessen Körper er ebenso stark begehrte wie den Irinas. Er spürte jeden Knochen, jeden Nerv, die straffe Weichheit von Irina und die harte Weichheit von Dmitrij. Ganz neu war, dass Irina sich kräftig bewegte, ihn herausforderte. Felix sah die Mulde ihres Bauches, das nasse Schamhaar war schwarz wie Tang, und als Dmitrij und er Irina umschlangen, wurden seine Gedanken undeutlich und schwer wie im Traum. Er sah, wie seine Glieder und die seiner beiden Liebsten einander umspielten, und er wünschte sich, dass dieser Tag in diesem Bach kein Ende nehmen möge. Schließlich war es Irina, die sich den Männern entwand und leise lachend das Wasser vor sich herschob, bis sie noch tiefer in das Becken glitt. Dmitrij und Felix waren sofort bei ihr, und sie tauchten und lachten und bespritzten sich wie Kinder.

Der Zar war sich nicht darüber klar, ob er das Trio gesucht hatte. Darüber wollte er sich gar nicht klar werden, denn es wäre lächerlich gewesen. Oder auch nicht. War er nicht für Dmitrij verantwortlich? Und für Irina? Als er das fröhliche Lärmen hörte, band er sein Pferd fest und ging vorsichtig zu Fuß weiter, bis er durch die hellen Birkenstämme den Bach sah und auch das Becken, in dem Felix, Dmitrij und Irina miteinander spielten, und es war ihm, als träume er, wie Irina von Dmitrijs Mund die Wassertropfen leckte, wie sie sich eng an Felix presste und wie eine Schlange an ihm niederglitt und mäßig schnell wieder aus dem Wasser auftauchte. Der Zar sah, wie sie einander liebkosten, es war für ihn nicht auszumachen, wen Irina mehr liebte, Felix oder Dmitrij. Oder wer sie mehr liebte, Felix oder Dmitrij.

Der Zar dachte daran, dass er Zar geworden war gegen seinen Willen, wie unwohl er sich mit all seinen Pflichten und all der Verantwortung fühlte. Dass er sich manchmal bis in die Nächte mit Aktenordnern abquälte. Manchmal kam ihm dabei in den Sinn, wie er sich mit der Primaballerina leidenschaftlich in den Laken ihres Bettes gewälzt hatte. Wie lange war das her? So lange, wie seine Ehe währte. Alix war am Anfang auch eine entzückende Gefährtin gewesen, aber es schien ihm Jahrhunderte weit weg. Heute gab es nur noch Sorgen. Sorgen um Russland, Sorgen um den Sohn. Er war der Zar von Russland, er war vor Gott verantwortlich für Millionen von Menschen, für das Reich, das er unbeschädigt in die Hände seines Sohnes legen musste. Wenn der Zarewitsch das erlebte.

Wie graue Schatten legten sich die Sorgen wieder dicht auf seine Seele, und er hätte die drei schönen Menschen vor ihm im Wasser züchtigen mögen. Sie sollten endlich aufhören mit ihrem Treiben, es war gegen die Gesetze, es war pervers, er konnte sie nach Sibirien verschicken, und niemand wäre in der Lage, ihn daran zu hindern.

Als der Zar zurückging zu seinem Pferd, machte er sich nicht mehr die Mühe, behutsam aufzutreten. Er ging rasch, und seine Hassgefühle steigerten sich ins Unsinnige. Schließlich hatte er das Gefühl, unter seinen Füßen sterbe die Erde.

Irina hatte die Schritte gehört, und sie schwamm rasch zum Ufer. Ein wenig atemlos versuchte sie, in ihre Kleider zu kommen. Doch ihr Lachen behinderte sie. Dmitrij und Felix bedeuteten ihr, zu schweigen. Alle drei horchten und zogen sich leise an, stumm jetzt, ein wenig zitternd wie die Blätter der Birken. Sie atmeten tief den Geruch der Baumrinde ein, des trockenen Laubs, der feuchten Moose am Bach. Hier und da rief ein Vogel, und sie sahen wieder den Himmel. »Den hätte ich fast vergessen dort im Bach, unter all den Bäumen«, sagte Dmitrij, und sie lachten, waren wieder unbesorgt. Irina meinte, der Wald wäre am Brennen, doch er leuchtete still in der Nachmittagssonne, und Felix hatte das Gefühl, als schlage sein Herz in einem neuen Rhythmus.

Als der Zar zurück zum Schloss ritt, spürte er schon, dass dort etwas geschehen war. Archangelskoje lag im roséfarbenen Licht. Es strahlte Ruhe aus, eine erzwungene Stille, wo noch vor einer Stunde fröhliches Lärmen gewesen war. Der Zar stieg vom Pferd, er sah die Fürstin auf sich zulaufen, es war, als versinke alles um ihn herum, als gäbe es nur noch Sinaida und ihn. Nie in seinem Leben hatte er eine solche Furcht empfunden.

»Sinaida«, fragte er mühsam, »was ist passiert?«

Die Fürstin zeigte stumm auf die große Tür, sie ging vor ihm her, und es war dem Zaren klar, dass sein Sohn wieder einmal gestürzt war. Wie oft hatte er den Himmel angefleht, sein Kind zu beschützen, stark zu machen für seine Berufung, die ihm seit Generationen bestimmt war. Für eine Sekunde hatte er die unsinnige Hoffnung, dass es ein anderes seiner Kinder war, das eine Verletzung erlitten hatte, und rasch wieder genesen würde. Doch er wusste es besser, und trotzdem fragte er.

»Alexej?«

Die Fürstin nickte und schritt rasch vor ihm her. Der Zar wusste, dass er zu spät kam, um Stunden zu spät, er wünschte sich für einen unsinnigen Moment, dass er der weiß gekleideten, grazilen Gestalt vor ihm in einen Salon folgen könne, an einen reich gedeckten Teetisch, wo im Samowar das Wasser für einen starken Tee sieden und man ungezwungen plaudern würde. Aber ihm blieben am Ende immer die Krankenzimmer.

Die Zarin saß am Bett des Jungen, küsste seine Hand, auf der anderen Seite bemühte sich Doktor Botkin um den Kranken, tastete ihn ab, versuchte verzweifelt, das Blut zu stillen, das aus der linken Hand Alexejs rann. Die Zarin, offenbar außer sich vor Angst, flehte den Zaren an, er solle sofort nach Grigorij telefonieren, Fürst Jussupow versuche schon die ganze Zeit, die Verbindung herzustellen.

Der Zar küsste seinen totenblassen Sohn, die Fürstin lief ihm wieder voran ins Arbeitszimmer des Fürsten, wo dieser gerade energisch befahl, dass man ihn auf der Stelle mit Rasputin verbinden solle, egal, woher man ihn holen müsse.

Der Fürst reichte dem Zaren den Telefonhörer, dann zog er sich mit seiner Frau zurück.

Der Zar hörte die Stimme Simanowitschs, des Sekretärs, der ihm erklärte, dass sein Herr schlafe, schlafe wie ein Stein, er habe schon versucht, ihn zu wecken. »Tröstet Euch«, sprach der Sekretär in seiner eigentümlichen Ausdrucksweise, die dem Zaren in dieser Minute aber Zuversicht gab, denn in welcher Verfassung Rasputin auch sein mochte, er war da. »Tröstet Euch«, sprach der Sekretär weiter, »Eurer Sohn wird eines Tages gesünder sein als je zuvor, er wird Petersburg doppelt so groß erbauen, wie es heute ist, vor allem wird er viele Kirchen errichten, und Gottes Herrlichkeit wird über das ganze Land ausgegossen werden.«

»Simanowitsch, ich brauche jetzt nicht deine Phrasen, ich brauche Grigorij, und wenn du ihn mir nicht sofort mit allen Kräften wachrüttelst, werde ich dich verschicken lassen, so wahr ich der Zar aller Reußen bin –«

»Hoheit, ich glaube, meinem Herrn hängt eine Verwünschung an, dass er ständig von Ort zu Ort wandern und dort trinken muss. Ich habe ihn eingesammelt, er liegt hier neben mir, zwei Mal habe ich ihn schon mit kaltem Wasser überschüttet, doch er schläft wie der Bär im Winter.«

»Nun ist es aber genug, Simanowitsch«, der Zar brüllte jetzt, »du weckst Grigorij, und wenn du ihm den Bart anzündest –«

Der Zar hörte Simanowitsch klagend rumoren, dann vernahm er ein Gebrüll wie von einem Stier, und endlich drang die Stimme Grigorijs an sein Ohr, der fluchend wissen wollte, was denn um Christi willen in den Simanowitsch gefahren sei.

Der Zar sagte es ihm.

Eine Weile war es still in der Leitung, aber nicht tot, und der Zar war seltsam beruhigt von dieser Stille. Dann hörte er Grigorij, der ihm sagte, dass er jetzt zu seinem Sohn gehen solle. »Gott ist der Atem allen Atems. Er lebt nicht, und er stirbt nicht. Er hat keinen Namen, keinen Ort, wo er wohnt. Du musst jetzt stark sein, Papa. Ich gehe jetzt hinein in mich selbst, denn nur da habe ich festen Halt. Da ist keine Straße, kein Wasser, nicht Erde, nicht Himmel, nicht Zeit. Dort ist kein Körper, nur Geist. Warte etwa eine Stunde, Papa, und Alexej wird gesund sein. Sag ihm, sein Nowych sei bei ihm.«

Der Zar rannte zurück, er sah auf einen Blick, dass es um Alexej noch schlimmer stand als vor seinem Anruf. Doktor Botkin flüsterte mit erstickender Stimme, dass der Thronfolger das Bewusstsein verloren habe. Der Zar schob den Arzt beiseite, barscher, als er das wollte, er beugte sich tief hinunter zu seinem Sohn, flüsterte ihm ins Ohr, dass der Nowych bei ihm sei, dass er ihm helfen werde, nur ein wenig Geduld, dann gehe es ihm besser.

Der Leibarzt atmete tief durch. Er spürte durch diese Demütigung plötzlich, dass er todmüde war und nass geschwitzt. Er ging in das angrenzende Badezimmer, ließ die Tür offen stehen und wusch vor dem Spiegel seine Hände. Er sah sich an. Seinen ziemlich großen kantigen Kopf, die wenigen Haare, die seiner beginnenden Glatze noch Halt geboten. Er sah seine tief liegenden Augen unter den starken Brauen, die ihn zu fragen schienen, ob er nur ein einfacher Idiot sei oder ein kompletter. Sein voller Mund im dichten Bartgestrüpp war verkniffen. So weit hatte er es also gebracht. Tag und Nacht, gleichgültig ob Sonntag oder Feiertag, stand er der Zarenfamilie zur Verfügung. Seine Frau und die Kinder sah er kaum, nicht einmal am Wochenende, denn die Zarin war zuzeiten so kränklich, dass er immer in ihrer Nähe sein musste, sonst bekam sie ihre vegetativen Störungen. Konnte er seiner Frau grollen, dass sie mit dem Hauslehrer durchgebrannt war und das unbedeutende Herrchen auch noch heiratete? Wenigstens die Kinder waren ihm geblieben, obwohl er die Schuld bei der Scheidung auf sich genommen hatte. Doch seine Frau konnte nicht für sie sorgen, und die Kinder hatten bei ihm bleiben wollen. Sie taten ihm leid, besonders seine süße Tatjana, sein aufgeweckter Liebling – sie musste vor allem ausbaden, dass er mit seiner Ehefrau, den Hauslehrern und Wirtschafterinnen offenbar keine glückliche Hand hatte.

Botkin hatte dem Zaren bei der Scheidung seinen Rücktritt angeboten. Der Zar hatte gezögert, doch zur großen Überraschung Botkins hatte die Zarin ihn sofort verteidigt. »Sie bleiben bei uns, Botkin. Wer ist nicht alles geschieden hier bei Hofe, in meiner Familie am Hof in Hessen – so etwas passiert nun mal, ob wir wollen oder nicht. Außerdem – nicht Sie haben Ihre Frau verlassen, sondern Olga war es, die die Ehe gebrochen hat. Sie bleiben bei uns, Botkin, wir können auf Sie nicht verzichten.«

Das hatte gut getan. Und Botkin erfuhr, dass es noch mehr Menschen gab, die zu ihm standen. Fürstin Sinaida Jussupow lud ihn und seine Kinder für die großen Sommerferien auf die Krim ein, wo die Familie Jussupow ein prächtiges Gut besaß. Gleb, sein Jüngster, der am meisten unter der Trennung von der Mutter litt, und Tatjana hüpften vor Freude herum.

Das Renaissance-Palais der Jussupows war ganz aus grauem Feldstein gemauert und mit kräftigem, in verschiedenen Grüntönen glänzendem Efeu bewachsen. Obwohl in eher strengem, fast nüchternem Stil erbaut, war es eines der prächtigsten Palais der Gegend.

Fürstin und Fürst Jussupow hatten für die Familie Botkin eine Dépendance einrichten lassen, die man auf den ersten Blick gar nicht sah. Es war ein hinreißend hübscher, zweigeschossiger Pavillon aus roten Klinkern, der seitlich hinter dem Palais lag und ganz von roten Dalienbeeten gesäumt war. Später hörten sie, dass sie in der »Tiesenhausen-Datscha« lebten.

Botkin war auch der Arzt der Fürstenfamilie. Der Fürst, der sich einer robusten Gesundheit erfreute, konsultierte ihn höchstens einmal, wenn der Hals allzu rau war oder der Magen verdorben. Die Fürstin Sinaida, in den Augen Botkins eine der schönsten Frauen, die er kannte, nahm oft seine Hilfe in Anspruch. Sie strahlte mit ihren großen blauen Augen einen starken Liebreiz aus, dem sich wohl niemand entziehen konnte, aber sie musste auf ihre Gesundheit achtgeben, denn sie neigte seit dem Tod ihres Ältesten zur Melancholie. Das wirkte sich außer auf die Stimmung auch auf ihren Appetit verheerend aus. Doch die täglichen Bäder und Massagen, die Botkin ihr verordnete, bekamen ihr gut. Auch ihr Herz hatte gelitten, war jedoch organisch gesund, so dass er reichlich Mittel hatte, den oftmals angegriffenen Zustand der Fürstin günstig zu beeinflussen. Morgen früh würde er einen Besuch bei ihr machen und neue Rezepte mitbringen für duftende Kräuterbäder, die hier auf der Krim so leicht herzustellen waren.

Außer dem Fürstenpaar war der einzige Sohn zugegen, Felix Felixowitsch, der die Schönheit seiner Mutter geerbt hatte, nur dass sein Haar lackschwarz war wie das seines Vaters. Doch mit den vollen Lippen und den ins Veilchenblaue hineinspielenden Augen war er seiner Mutter wie aus dem Gesicht geschnitten. Botkin hatte ihn behandelt, als er noch ein Kind war, und auch noch als Knaben, doch es hatte ihm nichts gefehlt außer mal einer Influenza oder Ohrenschmerzen. Seit er erwachsen war und im Leibregiment des Zaren diente, hatte er Botkin nicht mehr konsultiert. Man hörte über ihn, dass er Männer liebe, und Botkin hoffte inständig für die Eltern, dass das nur ein Gerücht oder aber vorübergehend war. So eigenwillig und unnahbar, wie Felix sich gab, würde er sich ihm nicht anvertrauen, und Botkin war darüber eher froh, denn gegen Homosexualität war kein Kraut gewachsen.

An der langen, auf der Terasse gedeckten Tafel saß auch die Großfürstin Xenia mit ihrem Mann und dreien ihrer Söhne. Ihre Tochter Irina war seine Patientin, wie alle anderen Familienmitglieder auch. Ihre Schönheit verschlug einem den Atem, und je älter sie wurde, desto kapriziöser war sie. Ihre Eltern hatten sie nach ihrem Abschluss am Smolny-Institut in die Schweiz geschickt, und seither war ihr Eigenwille noch schwerer zu bändigen. Gesundheitlich war sie zu beneiden, Botkin hatte keine andere Patientin, die einen derart vollkommenen Körper und eine so intakte Physis hatte wie diese junge Großfürstin.

Botkin genoss den Abend. Alles um ihn herum war geradezu himmlisch. Er sah von der Terrasse über die große, von zwei weißen Marmorlöwen flankierte Treppe in den Park, sah Statuen großer Künstler aus aller Welt. Die weiß schimmernde Treppe führte von dem prachtvollen Park weiter durch eine Plantage von Weinstöcken und Zwergbirnbäumen zum privaten Strand am Meer. Botkin dachte, dass Reichtum auch glücklich machen konnte. Doch er kannte zu viele Reiche, um neidisch zu sein. Er war glücklich, vier gesunde Kinder zu haben. Jedes war gut aussehend und gesund, und er beobachtete mit Zufriedenheit, wie vorbildlich sie sich bei Tisch benahmen.

Gleb, sein Kleiner, schien sich besonders für Felix Jussupow zu interessieren. Er schaute ihn immer wieder verstohlen an, hörte zu, wenn er sprach, und irgendwann fiel das Felix Jussupow auf. Er lächelte, prostete Gleb zu, und Gleb traute sich, zu fragen, was ihm wohl schon lange am Herzen gelegen hatte. »Was sind widernatürliche Triebe?«

Oh mein Gott. Immer, wenn Botkin an diesen Abend dachte, bekam er heiße Ohren und stieß unwillkürlich einen Laut des Schreckens aus. Seit diesem Tag wusste er, was es heißt, man möchte vor Scham im Boden versinken. Doch ausgerechnet Felix Jussupow hatte die Situation gerettet. Mit der ihm eigenen überheblich-lässigen Art hatte er in das Schweigen gesagt, er wisse nicht, was das sei. »Aber frag doch deinen Papa, der kann es dir sicher später erklären, wozu ist er Arzt?«

Botkin richtete seine Gedanken wieder auf die Wirklichkeit des heutigen Tages und sah sein müdes Gesicht im Spiegel. Er wünschte sich dringend ein frisches Hemd. Doch er hatte keine Zeit, sich umzuziehen, er musste wieder zu Alexej, er war nun mal der Leibarzt, und er würde das auch bleiben, das schwor er sich.

Als Botkin sich zögernd wieder dem Lager des Thronfolgers näherte, als er den Zaren und die Zarin sah, die jeder eine Hand des Sohnes hielten, floss sein Herz vor Mitleid über. Es war ihm in diesem Moment gleichgültig, welche Macht oder welche Magie das Leben des Kindes retten würde, nur sterben durfte sein kleiner Patient nicht. Alexej war dem Arzt ans Herz gewachsen, er sah in dem Jungen auch seine eigenen Söhne, und manchmal hätte er sich gewünscht, dass sie wären wie der Zarewitsch, der klug und für sein Alter sehr gebildet war. Er sprach ein elegantes Französisch, recht gut Englisch und Russisch, und er hatte vor allem Geist und Witz. Doch wenn Botkin an das furchtbare Leiden des Thronfolgers dachte, dann dankte er jedes Mal Gott, dass seine Kinder zwar oftmals faul und frech, aber von robuster Gesundheit waren.

Der Zar wurde ans Telefon gerufen. Es war Simanowitsch. »Der Herr, Preis Ihm, hat wohl meinen Herrn abberufen oder aber, Gott behüte, wird es in der nächsten Zeit tun.«

»Was redest du für einen Unsinn! Sag einfach, was los ist mit Grigorij«, sagte der Zar gehetzt. Er wollte zurück zu seinem Sohn, doch er musste auch wissen, was mit dem Gottesmenschen passiert war. »Er liegt vor der Ikone, Hoheit, er hat den Herrn, Preis Ihm, angefleht, er möge dem Zarewitsch seine Kraft geben, immer wieder hat er den Herrn, Preis Ihm, beschworen. Und jetzt liegt er da, er sieht so seltsam aus, Gott behüte, sein Gesicht ist vom Schmerz verzerrt, totenbleich. Rücklings ist er auf den Fußboden gefallen, nur die Wimpern zucken ihm, immerzu zucken sie ihm.«

»Du rufst sofort bei Hofe an«, befahl der Zar.

»Die Wyrubowa soll alles Nötige veranlassen, sie weiß, was zu tun ist. Schließlich haben wir Ärzte genug.«

Als der Zar zurückkam, hatte sein Sohn die Augen geöffnet, er lächelte den Vater an, die Zarin wusch ihm das vom Schmerz verquollene Gesicht. Doktor Botkin betastete vorsichtig den

Körper, die Geschwülste, die dem Kind unerträgliche Schmerzen bereitet hatten. Der Zarewitsch ließ es ohne weiteres zu, das Betasten spürte er nicht mehr, und er wusste jetzt, dass die Schmerzen überstanden waren. Auch die Blutung am Handgelenk war gestillt. Der Nowych hatte ihm geholfen, obwohl er so weit weg war von ihm. »Der Nowych«, flüsterte Alexej lächelnd, und dann schlief er ein. Seine Eltern gingen gemeinsam mit dem Ehepaar Jussupow leise aus dem Zimmer, nur Eugen Botkin saß noch wie betäubt am Bett seines Patienten. Er hatte es wieder einmal geschafft, dieser Wunderheiler, und er, Botkin, stand trotz seiner ärztlichen Kunst, trotz seiner bedingungslosen Hingabe mit leeren Händen da. Am liebsten hätte er geheult vor Wut. Warum war er auch dem Zaren so bedingungslos ergeben?

Wie schaffte es dieser Rasputin immer wieder? Der war doch offenbar weniger ein Gottesmann und Wunderheiler als ein Wüstling, nomen est omen. Wetten, dass der Sekretär ihn wieder von einem Gelage wegholen musste? Warum sonst hatte es eine geschlagene halbe Stunde gedauert, bis der Zar vom Telefonapparat zurückkam? Und wie er ihn, den Leibarzt Doktor Eugen Botkin, General, Mitglied der Suite, beiseitegeschoben hatte wie einen Lakaien. Seit dieser Wunderheiler am Hofe war, galt seine, Botkins, aufopfernde ärztliche Pflege nichts mehr. Schließlich war er nicht einer der vielen Ärzte am Hofe, er war der Leibarzt der Zarenfamilie, er hatte die Aufsicht über alle Krankenhäuser im Lande und überwachte die Gesundheit der gesamten Zarenfamilie. Wie bereits sein Großvater unter den Zaren Alexander II. und Alexander III.

Nun sollte er nichts mehr gelten? Nur weil dieser kuriose Sprücheklopfer Heilungserfolge beim Zarewitsch hatte? Botkin konnte es sich nicht erklären, wie das medizinisch gesehen funktionierte. Aber dieser Staretz, der eigentlich nicht mehr als ein Muschik aus Pokrowskoje war, brachte das immer wieder zuwege.

Zugegeben, eine gewisse Magie ging aus von diesem Burschen. Vor allem von den Augen. Sie waren von einem tiefen

Grau, hatten eine seltsame Tiefe und Anziehungskraft. Und wie dieser selbst ernannte Gottesmann einen ansehen konnte: hart, aber mit einer seltsamen Zärtlichkeit, manchmal fast kindlich und trotzdem gerissen, er wirkte präsent und abwesend zugleich. Botkin gestand sich ein, dass er einem Mann wie diesem Grigorij Rasputin noch niemals zuvor begegnet war. Wenn der ins Schwadronieren kam – und für Botkin waren Rasputins Worte nur Schall und Rauch –, schienen sich seine Pupillen magnetisch aufzuladen.

Was auch immer mit ihm los war, er beherrschte einen Teil der Petersburger Gesellschaft, die man inzwischen in Rasputin-Feinde und Rasputin-Freunde einteilen konnte. Vor allem jedoch beherrschte er die Zarenfamilie – und hier musste Botkin umgehend tätig werden. Denn dass Rasputin ein Scharlatan, ein raffinierter Betrüger war, daran gab es für Botkin keinen Zweifel. Durfte es nicht geben, wenn er nicht alles, was seine Familie und er seit Generationen geleistet hatten, zerstören lassen wollte.

Die Zarin hatte sich sofort zu Bett gelegt und schloss völlig erschöpft die Augen, nachdem sie dem Zaren noch erklärt hatte, wieso der Zarewitsch trotz aller Fürsorge Pierre Gilliards verunglücken konnte. Sie tat, als schliefe sie, doch in Wahrheit wollte sie alleine sein, vielleicht auf die Stimme des Windes horchen, die überall die gleiche Sprache sprach und sie tröstete, wenn sie sich, wie immer, die Schuld an allem gab, was den Thronfolger betraf. Denn ihr war die mysteriöse Krankheit von der Großmutter, der Königin von England, vererbt worden. Erst hatte sie das grausame Sterben ihres Bruders miterleben müssen, die Schmerzen, die Hilflosigkeit der Ärzte. Und dann war es auch ihr passiert – sie hatte dem Zaren einen kranken Thronfolger geboren, und sie wusste, dass viele am Hofe sie schuldig sprachen. Insgeheim gab sie ihnen recht, doch wenn ihr Gewissen zu laut und sie schier verrückt wurde, versuchte sie, auf das Rauschen der Bäume zu hören, auf die Vogelstimmen, das Fallen des Regens, auf die Stimmen der Natur, die mit ihr lebten und ihr manchmal wohltuende Träume schickten.

Der Zar, ebenfalls müde, konnte auch nicht schlafen und verließ das gemeinsame Schlafzimmer. Manchmal hatte er es satt, Tag und Nacht an einem Krankenbett zu sitzen, er kam vom blutbesudelten Lager seines Großvaters Zar Alexander nicht los und nicht vom Krankenbett des hünenhaften Vaters, der als Zar wie ein Koloss zwischen ihm und der Welt gestanden und ihn nicht hatte erwachsen werden lassen. Er war schon nicht allzu gern Zarewitsch gewesen, aber ihn umgab auch nicht der Hauch eines von Gott gesandten Selbstherrschers, als es Gott gefiel, ihn an die Stelle seines Vaters zu setzen. Das Zarentum bekam ihm schlecht. Seine Hoffnungen, seine Pläne wurden zunichtegemacht durch Tragödien, die er nicht allein zu verantworten hatte, für die er aber büßen musste. Seine Onkel, seine Minister waren ihm allzu oft schlechte Berater. Einmal, so hoffte er in seinen starken Momenten, einmal würde er den Wust von Akten, mit denen man ihn ständig beschäftigt hielt, in den Papierkorb werfen, seine Onkel in den Ruhestand versetzen und sich Minister nach seinem Geschmack suchen.

Doch bislang war er vor allem von der Repräsentation seines Standes in Anspruch genommen. Er reiste zu Antrittsbesuchen bei seinen königlichen und kaiserlichen Verwandten herum, eignete sich dank des regen Austauschs mit Sinaida Jussupowa große Kenntnisse in der Kunst an, und er war ein guter Ökonom. Die Zahlen zeigten einen wirtschaftlichen Aufschwung seines Landes, es ging aufwärts mit Russland, und er wollte den Anschluss an die westlichen Länder schaffen. Er bemühte sich jeden Tag neu, Wichtiges von Unwesentlichem zu unterscheiden, doch er konnte die unglaubliche Fülle seiner Verpflichtungen nicht bewältigen.

In der ersten Zeit mit Alix war er selig gewesen, wie gelöst von allem Schweren, selbstvergessen vor Glück. Trotzdem spürte er, dass mit jedem Tag seine Freiheit schneller dahinschmolz, und oftmals wünschte er sich die Zeit seiner Jugend zurück, wo er neben anderen mit der grazilen, hochbegabten Mathilda Kschessinska befreundet gewesen war. Am Abend bewunderte er sie als Primaballerina im Mariinskij-Theater, die Nächte verbrachten sie gemeinsam in ihrem Stadthaus, das er ihr als Zarewitsch gekauft hatte. Mathilda hatte geweint, als er sie verlassen musste. Jedoch seine Liebe zu Alix war stärker gewesen als die Leidenschaft für Mathilda. Und er liebte Alix immer noch sehr, sie war die Zarin, nie würde er sie mit den anderen Frauen in seinem Leben vergleichen. Doch wenn die Last seines Lebens ihn allzu sehr bedrückte, sprachen die Bilder seiner Erinnerung davon, dass er vielleicht ein anderes Leben hätte wählen sollen.

Der Zar war im Säulengang des Palastes angelangt und kramte in den Taschen seines russischen Hemdes nach Zigaretten. Im Schein des Feuers sah er am Ende des Ganges eine dunkle Gestalt im weißen Offiziersrock, die, angelehnt an eine der silbern schimmernden Säulen, ebenfalls rauchte. Es war Felix Jussupow, der Zar erkannte das schöne, bleiche Gesicht, die dunklen Haare, die wie eine eng anliegende Kappe wirkten.

Sogleich stieg vor seinem inneren Auge wieder das Bild des Nachmittages auf: die drei ihm so vertrauten jungen Leute, die jedoch mit fremden Stimmen sprachen und taten, was bei Gott und den Menschen verboten war. Sie taten es unter diesem Himmel, der jetzt, von Sternen besät, über ihm stand und schwieg. Doch der Zar hatte das Gefühl, als habe Felix ihm Irina und Dmitrij weggenommen. Dabei gehörten sie zu seiner Familie, und er würde sich nichts wegnehmen lassen. Nicht von Felix Jussupow, dem Dandy, der sich oftmals kleidete wie Oscar Wilde und über den man aus seiner Studienzeit in Oxford und London viele Geschichten gehört hatte, Geschichten mit Männern. Seit dem Nachmittag wusste der Zar, dass es stimmte, was bisher nur gemunkelt wurde: Felix Jussupow und Dmitrij Pawlowitsch waren ein Paar. Und seine Nichte Irina, das junge Ebenbild seiner geliebten Mutter, war doch tatsächlich die Dritte im Bunde.

Der Zar sah die vom klaren Wasser überfluteten jungen Körper, ihre Spiele, ihr Lachen, ihr offenbar unbekümmertes Dasein. Felix und Dmitrij galten im Pagencorps als energische, feurige Patrioten, fähig, im Kampf Mut zu beweisen. Sie waren mit Intelligenz und ästhetischem Anspruch ausgestattet – junge Männer, die dem Zaren und Russland wichtig sein mussten –, und daher würde er nicht weiter tatenlos zusehen, wie sie, offenbar die Freiheit mit dem sicheren Verderben verwechselnd, ins Elend rannten. Felix war der Ältere, er war außerdem nicht blutsverwandt mit ihm, und es würde dem Zaren nicht wehtun, ihn abzukanzeln.

»Ich habe euch heute Nachmittag am Fluss gesehen. Euch alle drei. Du glaubst doch nicht, dass ich das zulasse?«, konfrontierte der Zar Felix kalt und ohne Umschweife, wobei er ihn nicht ansah, sondern auf die Glut seiner Zigarette schaute, die sich rötlich schwarz in das Weiß des Papiers brannte.

Felix, der ihn gar nicht hatte kommen hören, fuhr zusammen. Er war in seinen Gedanken auch am Fluss gewesen, aber für ihn war es ein Zauberland, der liebste Ort seiner Kindheit, wohin er den Freund und die Göttin seines Herzens geführt hatte. In ihm summte und lebte der Nachmittag noch fort, immer noch spürte er das kühle Wasser auf seinem Körper, er sah, wie die Wassertropfen Irinas dichte Wimpern zusammenklebten, wie die Tropfen von Dmitrijs Brust und Schenkeln abperlten.

Felix starrte den Zaren an, der ihm bisher freundschaftlich und väterlich begegnet war, dessen blaue Augen den seinen ähnelten, wie man oft sagte. Er wusste natürlich, dass die höchste Autorität des Landes vor ihm stand, aber er wusste instinktiv auch, dass der Zar hier nicht recht hatte, wenn auch die Zeit eine andere Sprache sprach. Genau wie in England war die Liebe zwischen Männern in Russland und vor allem bei Hofe verpönt, doch er hatte das nie ernst genommen.

»Glaubst du, ich wüsste nicht, was über dich bei Hofe erzählt wird? Dich hat England verdorben. Dein starkes Interesse für den Kreis um Oscar Wilde hat in dir die letzten Schranken niedergerissen, die Männer davon abhält, mit anderen Männern ihre Sexualität auszuleben. Ich hätte dich schon längst zur Rechenschaft ziehen müssen. Aber es ist noch nicht zu spät. Ich verbiete dir, Dmitrij noch einmal alleine zu treffen, ehe ihr nicht beide einen Arzt aufgesucht habt.«

»Unsere Zuneigung ist doch keine Krankheit! Kannst du mir einen Arzt nennen, einen einzigen, der sich damit beschäftigt?«, entfuhr es Felix, und er sah den Zaren an, als zweifle er an dessen Verstand.

Felix war klar, dass der Zar durchaus nicht so elitär dachte und handelte, wie er jetzt vorgab. Es trieben sich reichlich dubiose Gestalten am Zarenhof herum. Das wusste jeder. Wenn diese Leute sich der Gunst des Zaren, seiner Frau oder seiner Onkel erfreuten, konnten sie in den engsten Führungszirkel aufsteigen. Und was Homophile anging, brauchte sich der Zar gar nicht so zu haben. Dmitrij hatte Felix erst neulich berichtet, dass der reaktionäre Zeitungsherausgeber Fürst Wladimir Meschtschers-kij seinen Liebhabern hohe Ämter bei Hof verschafft habe, nur weil seine autokratiehörigen Kolumnen dem Zaren gut gefie-len. Und schließlich war Tschajkowskij der erklärte Lieblings-komponist der letzten Zaren gewesen, obwohl alle Welt wusste, dass er Männer geliebt und eine unglückliche Scheinehe geführt hatte.

Der Zar war erstaunt und wütend, dass Felix ihm so selbst-bewusst entgegentrat. Was fiel dem denn ein? Er sollte lieber niederknien und dem Zaren danken, dass der ihn nicht für einige Jahre nach Sibirien verbannte. Diesen jungen Prinzen musste man mal zurechtrücken.

»Du hast anscheinend den Ernst meiner Worte nicht be-griffen. Ich dulde an meinem Hof und in meinem Land keine Homophilen. Und schon gar nicht lasse ich zu, dass sie meine Nichte mit ins Verderben ziehen. Wenn deine Mutter nicht so lange und so eng mit meiner Familie verbunden wäre, würdest du schon längst in Ketten deine Grütze essen.«

Der Zar hatte sich in Wut geredet. Im Licht des Mondes be-trachtete er den gut aussehenden jungen Jussupow, der es wagte, ihm zu widersprechen; der ohne alle Sorgen seine Neigungen lebte; der seine gesellschaftlichen Verbindungen, seinen immensen Reichtum anscheinend überschätzte, der sich unantastbar wähnte. Doch er vergaß auch nicht, dass er für Felix zärtliche Gefühle gehegt hatte, als der noch ein kleiner Junge war, und dass Felix, genau wie seine Eltern, dem Zarenhof engagiert diente. Er würde ihm noch eine Chance geben, denn ihm war bewusst geworden, dass es in Russland wahrscheinlich in der Tat keinen Mediziner gab, der die geschlechtliche Liebe unter Männern kurieren konnte. Er wollte sich in Petersburg unbedingt mit Paul von Hintze darüber besprechen. Dem entging nichts, was auf dieser Welt von Belang war, er würde auch hier Bescheid wissen.

Und plötzlich fiel dem Zaren Rasputin ein. Natürlich! Wieso war er nicht gleich darauf gekommen? Rasputin konnte Menschen in Tiefschlaf versetzen. Vielleicht konnte er auch etwas tun gegen krankhafte Erscheinungen des Geschlechtssinnes.

»Du kennst unseren Freund, Grigorij Jefimowitsch Rasputin«, sagte der Zar jetzt mit energischer Stimme zu Felix. »Er hat unerhörte Erfolge als Arzt, das kann ich beurteilen, und ich habe von ihm selber erfahren, dass er sich auch in der Hypnose auskennt. Und durch Hypnose können Ärzte heilen, was unnatürlich ist. Wenn du dich bei unserem Freund in Behandlung begibst, dann werde ich deinen guten Willen honorieren.«

Der Zar wandte sich ohne ein weiteres Wort ab, und Felix sah, dass er sich im Weggehen eine neue Zigarette anzündete. Seine eigene war kalt geworden. Er warf sie in den Kies.

Rasputin! Felix hatte viel von ihm gehört, ihn aber noch nie getroffen, was er nicht als Mangel ansah. Offenbar hatte dieser seltsame Wandermönch Petersburg erobert, sich eine so hohe Machtposition am Hof geschaffen, dass er außer einer großen, vor allem weiblichen Anhängerschar auch viele Feinde besaß. Felix hatte von einem Attentat auf den Wunderheiler gehört, bei dem eine Frau ihm ein Messer in den Bauch stach.

Und er sollte bei diesem Scharlatan – nein, selbst der Zar war nicht berechtigt, sich aufzuspielen, als kenne er Felix durch und durch. Nicht einmal er selber war sich darüber klar, warum er

Dmitrij ebenso sehr brauchte wie Irina. Warum er mit beiden bis ins Innerste glücklich war. Und die beiden mit ihm. Man konnte ihn doch nicht als verrückt oder krank abstempeln! Als Verbrecher, den man aus der Gesellschaft entfernen musste. Den jeder bei Gericht anklagen und ruinieren konnte, wie das im Falle Oscar Wildes geschehen war.

Felix spürte zum ersten Mal in seinem Leben, dass der Zar auch über ihn Macht hatte. Obwohl Felix aus dem Pagencorps, aus vielen Gesprächen und Andeutungen in der Gesellschaft wusste, dass der Zar eigentlich schwach war, hilflos und abhängig, war ihm heute klar geworden, wie sehr der Monarch sich als Autokrat, als von Gott gesandter und ernannter Selbstherrscher fühlte, und deshalb konnte er Felix gefährlich werden. Da war es wohl das geringere Übel, sich den Wunderheiler, den obskuren Freund der Zarenfamilie, einmal näher anzusehen.

Nach dem Abendessen, bei dem die Zarenfamilie auf ihren Zimmern geblieben war, begleitete Felix seine Mutter zu einem kleinen Spaziergang, und sie beklagte, dass der Aufenthalt für das Zarenpaar so schmerzlich geworden sei.

»Ich hatte mich diesmal besonders gefreut, dass Alix und Nikolaus mit den Kindern gekommen sind. Sie waren ja in den letzten Jahren nie mehr bei uns zu Besuch. Absolvieren nur noch Staatsbesuche. Sie sind so freudlos geworden. Die Kinder tun mir leid. Ich wollte sie wieder einmal von Herzen verwöhnen – doch nur Alexej und sein Nowych zählen. Dieser Rasputin muss mit hilfreichen Geistern in Verbindung stehen. Wie könnte er sonst die Blutungen beim Zarewitsch heilen?«

»Heilen? Bisher kann er sie nur zum Stillstand bringen«, wandte Felix ein. »Aber das reicht wahrscheinlich, um ihn bei vielen Leuten zu einer Art Gottheit zu erhöhen. Wie ich hörte, ist er auch ständiger Gast im Haus von Munja. Sie soll ihn regelrecht verehren. Niemand darf in ihrer Gegenwart etwas Nachteiliges über ihn sagen – sonst wird sie regelrecht hysterisch.«

»Fanatisch, würde ich sagen«, entgegnete die Fürstin. »Seit Nikolajs Tod ist sie merkwürdig verändert. Wir sollten uns mehr um sie kümmern. Das Neueste weißt du noch nicht. Die Wyrubowa veranstaltet seit einiger Zeit in ihrem Haus in Zarskoje Selo spiritistische Sitzungen. Man drängt sich bei Hofe darum, teilnehmen zu dürfen. Die Zarin soll auch regelmäßig dabei sein. Und was glaubst du wohl, wer das Medium ist?«

»Munja?«, fragte Felix, und seine Mutter nickte.

»Da muss ich unbedingt dabei sein«, sagte Felix sarkastisch, doch die Fürstin erklärte ihm, dass er ohnehin keinen Zutritt zu den Séancen habe, es müssten, so habe man ihr gesagt, immer dieselben Teilnehmer sein und niemals mehr als sechs Personen, zu gleichen Teilen Herren und Damen.

»Dann kannst du bei dieser Gelegenheit prüfen, wie stark deine Stellung bei Hofe ist«, lästerte Felix, und seine Mutter lachte. Aber es klang nicht fröhlich.

KAPITEL 19

In der Mitte des großen Salons stand ein runder Holztisch mit polierter Platte. Um den Tisch herum waren Stühle im Halbkreis angeordnet. Ein großer schwarzer Vorhang hing im Abstand von etwa einem Meter an der Stirnwand des Salons. Davor saß auf einem Polstersessel Munja Golowina, das Medium.

Im gesamten Raum waren kleinere Leuchtkörper verteilt, von der Decke brannte ein weißes Licht inmitten des Kronleuchters. Die Anwesenden hatten sich im Halbkreis um den Tisch gesetzt, man flüsterte nur miteinander, und Schlag zehn legten alle die Handflächen vor sich auf die Tischplatte, so dass die Hände nah beieinander lagen, sich aber nicht berührten. In der Mitte des Tisches lagen weiße leere Bögen Schreibpapier und Bleistifte. Sitzungsteilnehmer waren der Zar und die Zarin, die Generalin Golowina, die Fürstin Jussupowa, der es tatsächlich gelungen war, zu diesem Ereignis eingeladen zu werden. Anna Wyrubowa war natürlich anwesend, und Paul von Hintze und Felix Jussupow sollten als Kontrollpersonen fungieren. Die medizinische Leitung hatte der bekannte russische Psychiater Doktor Chowrin.

Die Mitglieder der Séance befragten Paul von Hintze, ob man sich in Deutschland auch für Ausflüge in die übersinnliche Welt interessiere. »Doch, doch, ganz gewiss«, versicherte von Hintze, »ich weiß allerdings nur wenig – lediglich über die Séancen, die der Professor Albert von Schrenck-Notzing in der Münchner Universität des Öfteren durchführt, habe ich viel gehört.«

»Wenn Sie Schrenck-Notzing kennen, kennen Sie den Wichtigsten«, beeilte sich Doktor Chowrin zu versichern. »Es gibt auf Erden um die fünfzehn Millionen Spiritisten, die meisten in den überseeischen Ländern. Die Dunkelziffer soll viel höher sein. Vor allem in Deutschland sind in vielen Städten Vereine von Spiritisten entstanden. Namentlich die gebildeten und gelehrten Kreise sind es, die sich dem Spiritismus zuwenden. Selbst die Koryphäen der Wissenschaft, die bislang dem Materialismus anhingen, sind zu Anhängern geworden, nachdem sie die Erscheinungen des Spiritismus geprüft haben.«

»Wie schon Shakespeare sagte«, meldete sich von Hintze wieder zu Wort: »Es gibt mehr Dinge im Himmel und auf Erden, als eure Schulweisheit sich träumen lässt –«

»Ich glaube«, sagte Doktor Chowrin, »man muss an das Studium des Okkultismus ernst herantreten. Sich intensiv damit beschäftigen. Erst dann sind eine Durchdringung der Materie und der Apport entfernter Gegenstände überhaupt möglich.«

Dr. Chowrin hatte am Ende des Tisches Platz genommen. Er war Oberarzt an der Irrenanstalt in Tambow. In der Welt des Okkultismus und Spiritualismus hatte er einen guten Ruf. Seine bedeutsamen experimentellen Untersuchungen physikalischer Phänomene wurden auch im Ausland beachtet. Durch die Genauigkeit seiner Beobachtungen und die Beschreibung seiner Arbeiten war die wissenschaftliche Fachwelt auf ihn aufmerksam geworden. Er stand mit dem deutschen Arzt und Parapsychologen Albert Freiherr von Schrenck-Notzing in ständigem Erfahrungsaustausch. Die Hofdame Anna Wyrubowa hatte ihn durch eine Verwandte kennengelernt, und der Arzt war gern ihrer Bitte nachgekommen, für Mitglieder des Zarenhofes experimentelle Abende zu leiten, wo er versuchte, Beweise für die Gegenwärtigkeit spiritueller Phänomene zu finden. Es war ihm zugesagt worden, dass zu diesen Séancen nur engste Vertraute eingeladen wurden.

Doktor Chowrin trug einen weißen Kittel und hatte die Angewohnheit, ständig mit den gespreizten Fingern durch den beträchtlichen Wust seines Haarschopfes zu fahren. Ansonsten schien sich der Irrenarzt durch unendliche Geduld und Sorgfalt seinem Medium gegenüber auszuzeichnen. Er fragte Munja, ob er ihr ein Getränk oder ein Gebäck bringen solle, ob es ihr gut gehe und ob sie sich den kommenden Anstrengungen gewachsen fühle. »Nur wenn Sie sich wohlfühlen, wenn Sie seelisch im Gleichgewicht sind, können wir etwas erreichen.«

Munja nickte knapp, und Doktor Chowrin wandte sich den Kontrollpersonen zu, mahnte auch sie, einfühlsam und rücksichtsvoll mit dem Medium umzugehen. »Unser Medium muss Vertrauen zu Ihnen haben.«

Und er bat den Kontrolleur Paul von Hintze, die Hände und Knie des Mediums äußerst sanft, aber doch wirksam zu fesseln. »Wir wollen jede bewusste oder unbewusste trügerische Handlung von vornherein ausschließen.«

Chowrin erhob sich, zündete zwei rote Beleuchtungskörper an und löschte das Deckenlicht. Über dem Salon lag nun ein sanft glühendes Dunkel, das sich über den Tisch ausbreitete, während der übrige Salon vollkommen im Finstern lag. Die Teilnehmer waren jetzt ruhig, wirkten fast beklommen, als wären sie eher furchtsam als neugierig beim Erproben unbekannter Teile ihrer Psyche oder ihres Selbst.

Der Arzt setzte sich zu Munja und bat Paul von Hintze, sich Munja gegenüberzusetzen, die beiden Hände des Mediums zu fassen und deren Knie zwischen seinen Knien festzuhalten. Chowrin hatte Munja schon in somnambule Trance und damit in ein zweites Bewusstsein versetzt.

»Unser Medium ist jetzt in Tieftrance«, meldete Chowrin. Munjas Kopf lag seitlich im Nacken, man sah das zarte, helle Kinn und die hohe Stirn, während die Augen wie in einer dunklen Mulde nur zu vermuten waren.

Felix, von Munjas Vertrauen und Hingebung berührt, war dennoch ohne jede Sentimentalität. Für ihn gab es so viel zu bedenken, dass er zu dieser Sitzung in Wahrheit nur mitgekommen war, weil er wollte, dass Munja ihn bei dem Wunderheiler einführte. Dieser Rasputin war sehr misstrauisch. Er wusste, dass er von der Ochrana, der Geheimpolizei, bewacht, aber auch überwacht wurde, er vertraute seit dem Attentat niemandem, den er nicht kannte.

Felix hatte Paul von Hintze ins Vertrauen gezogen. Obwohl er sich über von Hintzes Einmischung geärgert hatte, spürte Felix, dass dieser deutsche Offizier ihm aufrichtig zugetan war, und das wurde ihm wichtig, besonders, weil von Hintze kultiviert und weit gereist war und nicht nur hirnlose Floskeln von sich gab wie viele andere bei Hofe.

Tatsächlich hatte von Hintze ihm Literatur besorgt. Felix besaß nun ein Lehrbuch Schrenck-Notzings, aus dem ihm von Hintze einige wichtige Passagen übersetzt hatte. Als Felix den Titel las, verlor er eigentlich schon die Lust zum Lesen, doch – hatte er die Wahl? Also arbeitete er sich mühsam durch das Traktat: »Suggestionstherapien bei krankhaften Erscheinungen des Geschlechtssinnes mit besonderer Berücksichtigung der conträren Sexualempfindung«.

Krankhaft. Da war es wieder, das Stigma, gegen das er sich wehrte. Felix hatte das Gefühl, dass sein Leben auf eine empörende und ungerechte Weise vor ihm zusammenzubrechen drohte, doch er war zu lange unangreifbar gewesen, als dass er jetzt daran gedacht hätte, zu kapitulieren. Das Einzige, was ihm wirklich Sorge machte, war die Schande, die er seinen Eltern bereiten würde, wenn er aus purem Trotz nichts ändern wollte an seinen Verhaltensweisen. Nur für seine Eltern – und damit meinte er vor allem seine Mutter –, nur für seine Mutter wollte er versuchen, seine von den anderen gehasste und verachtete Neigung behandeln zu lassen.

Paul von Hintze berichtete ihm, dass es in Deutschland einen berühmten Dichter gebe, Thomas Mann, der bei dem Hypnosetherapeuten Schrenck-Notzing seine ungeliebte Sexualempfindung behandeln ließ, um sich sittlich zu festigen, denn er wollte die große Liebe seines Lebens heiraten. »Sie sehen, Felix, dass Sie mit ihren Problemen nicht alleine sind«, sagte von Hintze, und Felix machte sich schon gar nicht mehr die Mühe, darüber nachzudenken, warum der Deutsche sich mit seinen Neigungen beschäftigte, wenn sogar der Zar damit seine Zeit totschlug.

Es tröstete Felix außerdem nur wenig oder gar nicht, dass ein bedeutender deutscher Dichter genauso schlimm dran war wie er. Vielleicht konnte so ein Dichter seine Gefühle oder Triebe sublimieren. Aber wenn er einen Arzt aufsuchte, hatte er wohl auch einen Leidensdruck. Das unterschied ihn von Felix. Er konnte bei sich keine ungeliebte Sexualempfindung feststellen. Ganz im Gegenteil. Er wollte seine Gefühle für Dmitrij nicht nur behalten, er wollte sie der Welt mitteilen, mit Dmitrij Hand in Hand über den Newskij schlendern. Er konnte einfach nicht glauben, dass es nur verstohlene Küsse, hastige Berührungen und ansonsten Vermeidungsstrategien für Dmitrij und ihn geben würde. Felix fühlte sich vom Zaren gegängelt und von Paul von Hintze bevormundet, auch wenn Letzterer taktvoller war. Fast kam Felix sich wichtig vor mit seiner ungewöhnlichen Neigung. Dann wieder völlig hilflos und unbedeutend.

Im Raum stieg ein Raunen auf, und Felix schrak fast zusammen. Er war wieder weit weg von dieser Schein- oder Halbwirklichkeit, die man Magie nannte. Er starrte wie die anderen auf Munja, vor der ein Taschentuch oder sonst ein Stoffgebilde herumschwebte, obwohl niemand da war, der es festhielt. Die erste Manifestation! Von Hintze hatte nach wie vor Munjas Hände und ihre Knie umklammert, und trotzdem tanzte das Tuch im roten Licht. Es war das Eröffnungsphänomen der Sitzung, es war ein Erfolg, alle applaudierten begeistert. Munja klopfte mit dem Fuß auf den Boden, einmal, zweimal, dreimal bis zum fünfzehnten Mal, und das hieß, sie wolle eine Viertelstunde Pause. Felix wollte das auch, er war verwirrt von der Rührung seiner Mutter, die sich zu ihm herumgedreht hatte: »Ist es nicht etwas Traumhaftes, zutiefst Merkwürdiges, was da passiert?«

»Also, hm, ich verstehe es auch nicht«, stotterte Felix höflich, und er war froh, dass Paul von Hintze sich der Aufregung seiner Mutter annahm: »Was für eine Leistung, nicht wahr – das muss doch eine furchtbare Anstrengung für Munja sein –«

»Das kannst du glauben, Sina«, sagte die Generalin stolz. »Munja ist nach jeder Séance völlig erschöpft und will nicht mehr als Medium arbeiten. Und am nächsten Tag hat sie das vergessen und lässt sich wieder hypnotisieren. Chowrin sagt, er habe noch nie ein so starkes Medium erlebt.«

»Ich bin ganz sicher«, sagte von Hintze, »diese Anstrengungen sind offenbar ebenso sehr psychischer wie physischer Natur, das Gehirn hat gewiss denselben Anteil daran wie der gesamte übrige Organismus. Ich spüre das besonders, wenn Munja ihre Hände mit meinen an die Stirn führt, um sie dort ruhen zu lassen.«

Während der Pause versorgte Doktor Chowrin Munja mit einem leichten Gemisch aus Wasser und Wein, er rieb ihr die Stirn mit Essenzen ein und massierte ihre Hände, die von dem festen Druck des Kontrolleurs rote Flecken hatten. Dann fragte Chowrin Munja, wen von den Sitzungsteilnehmern sie als Kontrolleur des zweiten Teils auswählen würde, und Munja sagte spontan: »Felix. Felix Jussupow.«

Himmel. Jetzt musste er sich aber zusammennehmen. Felix wäre nie auf die Idee gekommen, bei diesem okkulten Erlebnis selber aktiv zu werden, aber er wollte Munja ihren Wunsch nicht abschlagen. Was hatte sie doch für schmale Handgelenke, die konnte er ja beide in einer Hand unterbringen, und ihre Knie zwischen den seinen waren auch eher spitz. Diese junge Frau, die jetzt mit weit geöffneten Augen auf ihren Hypnotiseur starrte, die schon nach wenigen Gesten und Worten den Kopf kraftlos in den Nacken fallen ließ und doch angespannt und konzentriert wirkte, dieses offenbar vollkommen entwickelte Medium war noch vor wenigen Jahren durchglüht gewesen von der Liebe zu seinem Bruder – vielleicht wollte sie ihm durch diese Sitzungen nahekommen.

Dieser Gedanke kam Felix spontan, und er war fast stolz auf sich, dass er so einfühlsam sein konnte. Wenn es möglich war, dass Parapsychologen wie dieser Schrenck-Notzing die Menschen unter Hypnose ausfragen konnten über ihre innersten Neigungen, vielleicht konnte sein Medium auch vordringen in die Bereiche des Todes, konnte mit Nikolaj reden –

Bevor Felix diesen Gedanken zu Ende denken konnte, ging die Sitzung weiter. In der erwartungsschweren Stille brachte Munja den Papierkorb zum Tanzen. Obwohl Felix ihre Handgelenke und die Knie jeden Augenblick bewusst festhielt, wurde der Papierkorb, der mit Leuchtstreifen beklebt und spukhaft war, plötzlich um ein Stück von seinem Platz gerückt, dann umgeworfen, und mit einem Mal wurde er hochgehoben, dort sekundenlang gehalten, bevor er zu Boden fiel. Als der Applaus beendet und wieder Ruhe eingekehrt war, erhob sich die Tischglocke, rückte sich in den Lichtkreis und klingelte.

Das erschien selbst Felix sehr merkwürdig, und die Überraschungsbekundungen der Teilnehmer rührten auch ihn. Allerdings hatte er sich schon so weit mit den Arbeiten Schrenck-Notzings befasst, dass er wusste, hier handelte es sich um telekinetische Erscheinungen, eine Art Fernbewegungen, die es wohl öfter gab. Doch dann ereignete sich ein noch größeres und stärkeres Phänomen: Ein Tamburin erhob sich ins Licht, schüttelte sich dort kräftig und fuhr in der Luft herum – und nach dem Wunsche Paul von Hintzes hielt es einen kurzen Moment inne. Dann wurde auf dem Trommelfell ein Wirbel geschlagen, wenn auch schwach und technisch unvollkommen – aber immerhin ein Wirbel. Zum Schluss, auf Wunsch aller Anwesenden, erhob sich der Tisch, von dem alle Sitzungsteilnehmer Abstand genommen hatten und alle Gegenstände weggenommen waren. Er erhob sich für einige Sekunden und fiel ziemlich geräuschvoll zurück auf den Boden.

In diesem Moment begann sich der schwarze Vorhang hinter Munja zu bewegen. Zuerst leicht, Felix wunderte sich darüber, denn es war kein Fenster geöffnet, auch keine Tür. Die leichten Schwingungen schwollen an, wurden immer stärker, bis schließlich der ziemlich mächtige Vorhang, wie von einem Sturmwind angetrieben, fast waagerecht in den Raum hineinflatterte. Munja flüsterte erst unhörbar, dann durch Chowrin verstärkt, »fest«, worauf alle Teilnehmer sich bei den Händen fassten, und jeder schaute angespannt auf das stöhnende Medium, das in heftige Zuckungen verfiel.

Munja flüsterte deutlich hörbar eine Begrüßung, die sie nochmals wiederholte: »Guten Abend, Nikolaj, wie schön, dass du bei uns bist.« Felix schaute sich unwillkürlich nach seiner Mutter um. Sie hatte ihre Hände fest in denen der Wyrubowa und der Zarin, doch ihr Gesichtsausdruck schwankte zwischen Ärger und Angst. Schrecklich. Felix wollte rufen, dass man aufhören solle mit dem Spuk, doch Munja kämpfte offenbar einen so unmenschlichen Trancekampf, um den Geist seines Bruders zu materialisieren, dass Felix selber zu zittern begann, obwohl er unbedingt die Beherrschung behalten wollte.

Plötzlich wurde der Vorhang vor ihm von einem etwa mannshohen Körper durchstoßen, der wieder zurück- und noch etwa fünfmal vortrat.

»Ich sehe seinen Kopf – es ist Nikolaj!«, flüsterte Munja.

Felix wurde es heiß und kalt, er hätte sich gerne die Schweißtropfen von der Stirn gewischt, doch er hielt ja Munjas Hände, und das Zittern ihres Körpers war immer noch auch sein eigenes. Mit einem Mal hatte er das Gefühl, dass noch jemand im Raum sei, und seine Blicke wanderten wie magnetisch angezogen den Vorhang entlang in den Hintergrund des Zimmers, wo das rötlich schwarze Licht kaum noch hinreichte. Auf einem breiten Sessel, auf dem Doktor Chowrin Munja in der Pause behandelt hatte, saß Nikolaj, sein großer Bruder, mit ruhigem, gesammeltem Gesichtsausdruck. Sein dichtes schwarzes Haar war aus der Stirn gekämmt, die roten Lippen trotzig geschlossen. Er trug eine hellblaue Samtjacke mit breiten Aufschlägen, darunter ein Hemd mit hohem Stehkragen. Auf seinem Gesicht war deutlich ein Ausdruck des Ernstes und des Leidens zu erkennen. Doch er schaute sanft und ruhig auf Felix. Dieser spürte den Atem Munjas, die fast keuchend mit dem Gesicht auf seinen Händen lag. Felix wagte es nicht, sich nach seiner Mutter umzudrehen, er lag fast gekrümmt über Munja und schaute unverwandt auf seinen Bruder. Er nahm niemanden mehr im Raum wahr, nur Nikolaj. Ein Würgen stieg auf in seiner Kehle, die Tränen flossen. Felix löste seine Hände und seine Knie von denen Munjas, er stand mechanisch auf, ging zur Tür, drehte das Deckenlicht an, öffnete leise die Tür und ging hinaus. Hinter sich hörte er die vorwurfsvolle Stimme Doktor Chowrins.

Kurz darauf erschien seine Mutter und legte den Arm um ihn. »Munja hat einen Schock«, sagte sie erschrocken und schien seine Reaktion zu beobachten. »Doktor Chowrin und die Generalin betreuen sie. Warum bist du gegangen, hat dich der Gedanke an Nikolaj derart mitgenommen, dass du es nicht ertragen konntest?«

Felix spürte, dass sie aus Höflichkeit nicht fragte, ob er an den Spuk mit dem Vorhang glaube, und er sah seine Mutter an, sah die zärtliche Güte in ihren Augen, und er wusste, dass nur er allein Nikolaj gesehen hatte. Glücklicherweise.

Die anderen kamen jetzt nach und nach alle heraus. Wie immer eilten der Zar und die Zarin mit leisem Gruß zurück in den Alexanderpalast. Felix rief den Kutscher, er spürte, dass die anderen Mitglieder der Séance, vor allem jedoch Doktor Chowrin, ärgerlich über sein Verhalten waren.

Das verstärkte noch seine Trauer, seine Melancholie, das Gefühl der Verlassenheit, das ihn immer durchflutete, wenn er an Nikolaj dachte. Doch diesmal lag in dem Verlassensein auch eine Freude, ein Stolz, dass Nikolaj ihn auserwählt hatte.

KAPITEL 20

Gleich am Tag nach der Séance ließ sich Felix bei Munja melden. Am Morgen hatte er mit Irina telefoniert, die mit ihrer Mutter auf der Krim war, und ihre Stimme hatte ihn vor Sehnsucht fast krank gemacht. Wie war das möglich? Wie kann der dunkle Klang einer Stimme derart starkes Verlangen wecken? Das müsste doch wieder genauso schnell einschlafen! Aber er hörte die Stimme Irinas unablässig, sie ging ihm nicht mehr aus dem Kopf.

Auf dem Weg zu Munja überlegte er, ob er die Séance erwähnen sollte. Er hätte gern gewusst, ob Munja ebenfalls Nikolaj auf dem Sessel gesehen hatte. Seit der Séance musste er ständig daran denken, und er war nun an einem Punkt, wo er nicht mehr genau wusste, ob er sich selbst belog, ob er das Bild von Nikolaj auf dem Sessel erfunden hatte. Vielleicht war ihm bei all dem Übersinnlichen die Erscheinung Nikolajs so zwangsläufig gewesen, dass er Gefangener seiner eigenen Gedanken und Wünsche war. Dann wieder dachte er, es sei wahrer als er selber.

Felix verbot sich weitere Gehirnübungen, es tat ihm weh, und es hatte wirklich keinen Zweck. Er wollte Munja lediglich bitten, ihm einen Kontakt zu Rasputin zu verschaffen. Er wollte das so diskret wie möglich handhaben. Als er Munja gegenüberstand, war er überrascht, dass sie so festlich gekleidet war. Sie trug ein enges weißes Spitzenkleid mit auffallenden Ärmeln, die an den Unterarmen eng und über den Schultern weit gebauscht waren. Das Haar trug Munja in einem engmaschigen Haarnetz, das über der Stirn in einer Spitze auslief, an der eine beträchtlich große Perle befestigt war. Was für ein Kontrast zu dem Medium Munja, dem in graues Tuch gekleideten Bündel, das sich in Zuckungen wand.

Doch immer war sie Munja, sie war ihm vertraut, sie war eine der reinsten und gütigsten Frauen, die er kannte. Sie würde ihm helfen, wenn er sie brauchte, und sie vertraute ihm, hatte ihn in der Gesellschaft jedes Mal verteidigt, wenn man über ihn herzog, ihn verdorben schalt, dekadent und versnobt. Dmitrij hatte ihm das berichtet und Tante Ella auch. Munja rührte ihn aus vielen Gründen, und ein zärtliches Gefühl veranlasste ihn, ihr zu sagen, wie ungewöhnlich sie aussah:

»Du siehst so festlich aus, liebe Munja, so schön. Ich wette, du hast heute noch etwas vor, von dem ich nichts weiß.«

»Danke, Felix, du bist liebenswürdig wie immer. Es stimmt, Alexandra Fjodorowna hat ihre Freundinnen und die Damen des Hofes zu einem Festgottesdienst in die Fjodor-Kathedrale nach Zarskoje Selo eingeladen. Du weißt ja, bei der Einweihung war alles derart überfüllt, dass man kaum atmen konnte. Und heute sind nur Frauen da, und natürlich der Metropolit, der mit uns die Messe feiert.«

Davon hatte Felix gehört. Seine Mutter und Irina hatten darüber gesprochen. Die Frömmigkeit der Zarin, die dem Mystischen anhing, war ihr schon in die Wiege gelegt worden. Das hatte ihm Tante Ella erzählt, die es ja wissen musste. Ach, Tante Ella. »Eine Witwe ist wie ein grauer Novembertag, trostlos«, hatte sie gesagt. Felix war von Herzen traurig gewesen, als er hörte, dass die Großfürstin Jelisaweta Fjodorowna nun doch den Schleier nehmen würde. Wenigstens war es ein wundervolles Tuch gewesen, er hatte es gesehen und befühlt, als Tante Ella sich verabschiedete.

»Sieh mich nicht so traurig an, mein schöner Prinz«, hatte sie zu ihm gesagt, »ich fühle mich ganz wohl in diesem grauen Kleid. Und dass alles vom feinsten Stoff ist, soll der letzte Luxus sein, den ich mir leiste.«

Tante Ella begründete mit ihrem Reichtum ein Frauenkloster, dem sie den Namen Marfa-Marien-Einsiedelei gab. »Ich will nicht nur eine Zuflucht für Menschen bereithalten, die in der Religion ihre Rettung suchen – ich baue auch ein Krankenhaus, eine Apotheke für die Armen, ein Kinderheim und eine Bibliothek. Bei mir haben sich schon so viele Nonnen angemeldet, dass ich gar nicht alle unterbringen kann.«

Felix überlegte, ob Tante Ella heute auch dabei sein würde, wenn ihre Schwester in die von ihr erbaute und nach ihr benannte Kathedrale einlud. Sie war im rein russischen Stil erbaut, angelehnt an die Mariä-Verkündigungs-Kathedrale im Moskauer Kreml. Es hieß, dass die Zarin oft allein den Gottesdienst dort besuchte und dass sie sich auch dorthin zurückzog, wenn sie Sorgen hatte. Der Zar hatte vier Jahre warten müssen, bis seine Alix sich entschlossen hatte, zum orthodoxen Glauben überzutreten. Doch als sie sich einmal durchgerungen hatte, nahm sie die Orthodoxie mit ihrem ganzen Wesen an. Bald verinnerlichte sie alle Riten und Dogmen und glaubte an die von der orthodoxen Kirche verehrten Heiligen. Es hieß, sie stelle im Alexanderpalast vor allen Heiligenbildern Kerzen auf – und sie hatte ein offenes Ohr für sämtliche Pilger und Einsiedler, die sogenannten Gottesmenschen. Ihr waren diese Leute näher als beispielsweise der Metropolit, von dem sie gesagt hatte, dass der mit seinen raschelnden Seidentalaren bei ihr eintrete und sich kaum von den aufgeputzten Adelsdamen unterscheide, die sie umgäben. Am liebsten las die Zarin Bücher religiösen Inhalts, auch wenn sie in Altkirchenslawisch verfasst waren, das die Zarin inzwischen mühelos verstand.

Munja wurde zum Telefon gerufen, und Felix überlegte sich, wie er sein Anliegen am besten vorbringen könnte, ohne dass Munja eingeweiht werden musste. Er hatte zwar viel Vertrauen zu ihr, aber mit diesem Problem wollte er sie nicht belasten.

Da kam Munja vom Telefon zurück. Ihre Augen leuchteten. »Stell dir vor, Felix – Väterchen Grigorij ist auf dem Weg zu uns. Ich habe gerade mit seinem Sekretär gesprochen. Er muss die Verabredung mit meiner Mutter getroffen haben, und sie hat vergessen, es mir zu sagen.«

»Vielleicht wollte sie auch einmal mit ihm alleine sein?«, hätte Felix um ein Haar gesagt, doch er konnte sich gerade noch zurückhalten. Wie seine Mutter war er von der Untadeligkeit der Damen überzeugt, und seine Mutter kannte die Menschen. Aber auch sie wusste, dass die beiden Frauen glühende Verehrerinnen Rasputins waren, dass sie, genau wie die Zarin, in ihm einen Auserwählten Gottes sahen, während er für seine Mutter und ihn ein Muschik aus Pokrowskoje war.

Sie hatten sich beide darüber lustig gemacht, als Munja bei einem Essen zu ihrem fünfundzwanzigsten Geburtstag das Gespräch auf den Wunderheiler brachte. »Er ist ein Mensch von einer unerhörten seelischen Kraft. Der Geist Gottes ist mit ihm. Gott hat ihn gesandt, um unsere Seelen zu reinigen und zu heilen, um unseren Willen, unsere Gedanken und Handlungen zu lenken.«

Felix erinnerte sich, dass er damals seiner Mutter gegenüber an der Tafel gesessen hatte und dass sie sich immer wieder vielsagend angesehen hatten. Dann hatte seine Mutter begonnen, Munja auszufragen. »Felix und ich wissen so gut wie gar nichts über Rasputin –«

Sie konnte den Satz kaum beenden, da sprudelte es schon aus Munja heraus, was für eine edle Persönlichkeit dieser Wundermönch sei. Felix bekam bald das Gefühl, einer Predigt beizuwohnen, und er beobachtete, wie die übrigen Gäste darauf reagierten. Doch sie hörten lediglich höflich unbeteiligt zu und widmeten sich den Vorspeisen, ausgezeichnete Fischgerichte, für die das Haus Golowina bekannt war. Bei ihrer Verherrlichung Rasputins war Munja gerade dabei angekommen, dass er der Heilbringende sei, der selbstlose Helfer, ein Versöhner der Streitenden, ein Tröster der Leidenden, ach, einfach der neue Apostel.

Felix erinnerte sich daran, wie seine Mutter und er bei der Heimfahrt immer noch weitere Lobeshymnen zitiert oder einfach selbst erfunden hatten. »Der himmelhoch über uns allen Stehende«, hatte die Fürstin deklamiert, und: »Der über alle Schwächen und Laster Erhabene ist vielleicht eher ein Statthalter der Finsternis.« Das konnte Felix sich ohne weiteres vorstellen, und er mutmaßte, dass das ganze Leben Rasputins erfüllt sei von Ruhmestaten und Gebeten, dass er aber insgeheim der Großinquisitor am Zarenhof geworden war.

In heiterem Leichtsinn persiflierten sie die Lobeshymnen Munjas und der Generalin, doch sie waren auch ein wenig neugierig geworden auf dieses außergewöhnliche Exemplar eines sibirischen Bauern, das in unglaublich kurzer Zeit die Zarenfamilie von sich abhängig gemacht hatte.

Und heute hatte Felix das unverhoffte Glück, ohne jedes Zutun diese Berühmtheit kennenzulernen. Noch dazu, wo ihm der Zar die Begegnung geradezu aufgezwungen hatte.

Als ein Diener Rasputin meldete, sprang Munja auf, und Felix sah, dass ihre Hand beim Abstellen der Teetasse zitterte. Felix spürte ihre Erregung und fragte sich, ob Munja insgeheim die Begegnung zwischen ihm und dem Wundermönch fürchtete. Daher stand er ebenfalls auf und blieb hinter Munja im Raum stehen, und erst jetzt spürte er, dass auch er angespannt war – und unzufrieden. Es war ihm, als käme etwas Unangenehmes, Bedrohliches auf ihn zu. Er konnte sich sein Unbehagen nicht erklären. Am liebsten wäre er jedoch durch eine der Terrassentüren verschwunden.

Rasputin kam mit seltsam affektierten Schritten auf Felix zugetänzelt, einem Gang, der wohl dazu beitragen sollte, ihn hoffähig zu machen. Mit rauer Stimme sagte er: »Guten Tag, mein Lieber«, und wollte Felix umarmen und küssen, doch Felix wich zurück, ihm war die Nähe des Mannes zuwider. Wie konnte der von ihm das Einverständnis zu einer derart intimen Geste erwarten? Jäh aufsteigende Wut verstärkte die Ablehnung gegen die Nähe dieses Muschiks – Felix fühlte sich durch Rasputins Zudringlichkeit geschändet.

Rasputin grinste ein wenig, er wandte sich umstandslos Munja und ihrer Mutter zu, zog sie mit selbstsicherer, fast herablassender Weise in seine Arme und küsste sie. Dabei traf Felix ein herausfordernder Blick aus seinen tief liegenden grauen Augen, und Felix hatte seinerseits keine Scheu, den vergötterten Gast des Hauses zu betrachten.

Rasputin war nur mittelgroß und offenbar kräftig, obwohl sein Körper eher schmächtig erschien. Unter dem lockeren, seidenen Hemd, den weiten Hosen und den hohen russischen Stiefeln war seine Statur nicht genau auszumachen. Er mochte um die vierzig sein. Einen großen Kopf hatte dieser Abgesandte Gottes. Dickes, dichtes und sehr dunkles Haar ließ das Gesicht schmal und lang erscheinen. Er trug, wie alle russischen Bauern, einen kräftigen Bart um Mund und Kinn. Ein Mann also, den er unter normalen Umständen keines Blickes gewürdigt hätte. Der zählte doch gar nicht! Und so einer kam auf ihn zu und wollte ihn umarmen. Absurd.

Plötzlich ging Felix eine Beschreibung durch den Sinn, die er einmal auf einem Empfang gehört hatte. Es war Maurice Paléologue gewesen, der französische Botschafter, der den Wunderheiler als einen großen Mann im schwarzen Kaftan beschrieben hatte: »Seine Augen sind von seltsamem Glanz, seltsamer Tiefe und Anziehungskraft. Der Blick ist scharf und zärtlich, harmlos und schlau, direkt und abwesend zugleich. Wenn Rasputin ins Reden kommt, scheinen sich seine Pupillen magnetisch aufzuladen.«

»Scharf und zärtlich«, hatte Paléologue gesagt. Seltsam. Da war etwas dran. Rasputin hatte eine Art, Menschen anzusehen, ja, er hatte auch Felix so angesehen, so scharf und zärtlich. So unverschämt. Das war es.

Er war unruhig, dieser Rasputin, das spürte Felix aus seiner ganzen Körperhaltung heraus. Es war, als wittere er eine Gefahr, als wäre er ständig auf der Hut. Zuallererst müsste der doch Angst haben, dass er sich falsch benehmen könnte. In seinen wachen Augen spiegelte sich aber eher Misstrauen. Doch hier im Hause der Golowinas entspannte er sich schnell. Als ein Diener ihm auf einem Tablett Wein anbot, trank er rasch hintereinander drei Gläser aus. Dann setzte er sich in einen der großen weichen Sessel. Es hielt ihn dort aber nicht lange. Er stand mit einer heftigen Bewegung auf und begann wieder, mit seinen eigentümlich tänzelnden Schritten im Salon auf und ab zu gehen und etwas kaum Verständliches zu brummen. Munja, die Generalin und Felix tranken Tee, und die beiden Frauen verfolgten jeden seiner Schritte und vor allem seine Worte mit gespannter Aufmerksamkeit.

»Ich lebe in zwei Welten, müsst ihr wissen. Hier in eurer und als Mönch in der Welt der Religion. Und als Mönch frage ich euch, was Gott, also ich meine, der lebendige Gott, was der für den gläubigen Menschen bedeutet. Dieser Gott ist nicht der Gott der Minister, der Bischöfe, der Metropoliten oder der Generäle, nicht einmal der Gott des Zaren ist er und auch nicht euer Gott, hört ihr? Er ist eine furchtbare Macht, ihr werdet es erleben, wenn der göttliche Zorn über euch alle kommt! Weil ihr nicht begreift, dass die Natur nicht nur natürlich ist. Kommt mit mir nach Sibirien, dort könnt ihr die Geheimnisse des Lebens belauschen, und ihr werdet es erleben, dass die Natur immer von religiöser Bedeutung erfüllt ist – der ganze Kosmos ist eine göttliche Schöpfung, die Welt ist aus den Händen der Götter hervorgegangen und deshalb heilig.

Warum kriegt einer wie ich immer so wenig zu trinken – ah, so ist es recht, ein guter Wein, den ihr da habt, ist der von der Krim? Komm her, Brüderchen, schenk mir noch mal ein, ich war in Jerusalem, müsst ihr wissen, ich habe von den Philosophen gelernt, von den großen, sie haben mir gesagt, dass der Mensch nur ein Mensch wird, wenn er die Götter nachahmt.«

War dieser Bauernschädel in Wahrheit ein sehr kluger Kopf? Ein religiöser Philosoph? Oder ein Scharlatan? Guter Gott.

Felix war ratlos.

KAPITEL 21

Felix vermisste Paul von Hintze. Eigentlich war ihm das erst so richtig bewusst geworden, als der Marineattaché Sankt Petersburg bereits verlassen hatte. Er würde als Gesandter Deutschlands nach Mexiko gehen. Felix hatte sich in der Nähe des Mannes wohlgefühlt. Er war sicher gewesen, dass dieser korrekte und dennoch warmherzige Offizier niemals gedankenlos etwas geäußert hätte, was Felix hätte bloßstellen oder kränken können. Ganz im Gegensatz zu Felix' Corpskameraden, von denen er oftmals Derbheiten oder Unverschämtheiten einstecken musste, wobei es ihm immer mehr Mühe machte, ein gleichgültiges Lächeln zu zeigen. Mit von Hintze konnte er über seine Wünsche und Schwierigkeiten offen reden, weil der Ältere ihn dazu ermutigt hatte. Wenn Felix es richtig bedachte, war Paul von Hintze der Einzige gewesen, dessen Gedanken ihm geholfen hatten, mit seinem Dilemma möglichst sachlich umzugehen, es aber nicht auf die leichte Schulter zu nehmen.

Irina hatte berichtet, dass auch der Zar richtig traurig gewesen sei, als von Hintze sich bei ihm abgemeldet habe. »Onkel Nikolaus hat immer wieder betont, wie sehr er es bedaure, dass von Hintze abberufen werde. Er hat dem Attaché wohl viele gute Ratschläge und Informationen zu verdanken. Außerdem hat er genau gespürt, dass von Hintze aufrichtiger und ehrlicher ist als andere Attachés und Militärbevollmächtigte aus Deutschland.«

»Ich bin mir nicht sicher«, sagte Felix nachdenklich, »ob der Zar sich am Ende noch so gut mit Hintze verstand. Bei der Armee und in der Diplomatie schlug ihm als Außenseiter ziemlich viel Feindschaft entgegen. Dabei hat sich Hintze, soweit ich das weiß, immer korrekt verhalten, er hat sich nirgends eingemischt, hat nur gehandelt, wenn er darum gebeten wurde. Ich fand ihn weitaus vertrauenswürdiger als den Grafen Pourtalès.«

Irina überlegte kurz, dann sagte sie lebhaft, dass der Zar Paul von Hintze sogar ein Foto von sich geschenkt habe. »Ich habe es gesehen. Onkel Nikolaus hat es eigenhändig unterschrieben und kostbar einrahmen lassen. Ich glaube nicht, dass andere ausländische Gesandte jemals ein derartiges Foto bekommen haben. Er muss deinen Hintze also sehr geschätzt haben.«

»Er ist nicht mein Hintze«, sagte Felix lächelnd, »es tut mir nur leid, dass gegen solch einen Mann, der sich ehrlich für Russland interessiert hat, offensichtlich erbarmungslos intrigiert wurde. Im Grunde hat Paul es gewusst. Zu später Stunde, nach einigen Wodkas, hat er bei uns daheim einmal gesagt, was er wirklich dachte: Mit Ausnahme des Zaren seien bei Hofe alles Lumpen und unanständige Kerle.«

Zuweilen, in der letzten Zeit häufiger, ging Sinaida mit dem früheren Hauslehrer ihrer Söhne, Jean Hunziker, ins Theater oder zu anderen Veranstaltungen, auf die er sie aufmerksam machte. Er gehörte wie selbstverständlich zur Familie und wurde auch nicht entlassen, als Felix ins Pagencorps eintrat. Schon als er Felix noch unterrichtete, hatte Hunziker damit begonnen, die umfangreiche und kostbare, gleichwohl vernachlässigte Bibliothek der Familie zu ordnen und zu vervollständigen. Die Jussupows verfügten von nun an neben wertvollen Klassikerausgaben auch über sämtliche Neuerscheinungen des Buchmarktes. Sie bezogen die *Neue Zürcher Zeitung*, und Hunziker übersetzte ihnen Artikel, die sich auf Russland, seine Regierung und seine Kultur bezogen. Und wenn Hunziker eine literarische Entdeckung machte, versuchte er Sinaida dafür zu begeistern. Sie verdankte ihm schon die Bekanntschaft einiger junger Dichter, und heute sollte es eine junge Frau sein, von deren Talent er Sinaida überzeugen wollte.

Es war die junge Dichterin Anna Achmatowa. Sinaida hatte nicht nur über Hunziker von ihr gehört – man sprach auch in Petersburger Künstlerkreisen über das neue Talent. Heute würde Sinaida sie das erste Mal lesen hören. Es ging etwas Eigenwilliges und Geheimnisvolles von dieser Dichterin aus, darin waren Sinaida und Hunziker sich einig. Ein spröder Zauber umgab sie. Trotz ihrer Jugend hatte sie etwas Kantiges, Heftiges, Mutiges. Sinaida faszinierten vor allem die Augen – hellgrün oder hellblau –, Augen, in denen man nicht lesen konnte. Der Mund war klein und voll, was dem Gesicht zusammen mit der sanft gebogenen Nase etwas Elitäres gab. Das schwere, sehr dunkle Haar war im Nacken hochgesteckt und unterstützte die griechische Anmutung.

Diese Frau war mehr als eine der reichen, adligen Damen ihrer Kreise, dachte Sinaida. Diese junge Frau hatte das Talent, sich in ihrer Lyrik in die verschiedensten Figuren hineinzudenken, sie würde zu einer bedeutenden Stimme Russlands werden, dessen war Sinaida sich sicher. Vor allem in die russischen Frauen konnte sie sich hineinversetzen, in Frauen, die träumten und voller innerer Aufregung waren. Sie erhielten durch Anna Achmatowa ein eigenes Gesicht.

Als sie durch den Saal kam, schauten die Leute sie neugierig an. Die junge Dichterin ging ruhig weiter zu ihrem Platz auf der Estrade. Sie war groß, sie war dünn, fast knochig, und sehr blass. Ihr schmales dunkelgraues Kleid hatte einen weißen Kragen, und der Ausschnitt ließ die stark hervortretenden Schlüsselbeine sehen. Die Dichterin wirkte noch jünger, als sie war, und sie war erst Anfang zwanzig, das wusste Sinaida.

»Die Estrade muss ihr vorkommen wie ein Richtplatz«, flüsterte Hunziker besorgt. »Das Publikum wie eine vielköpfige Hydra. Solch einen Saal zu beherrschen ist furchtbar schwer. Sie ist ja noch unerfahren in diesen Dingen!«

Trotz der relativen Dunkelheit – nur die Estrade war angestrahlt – sah Sinaida, dass Hunziker aufgeregt war. Sinaida hatte den ruhigen Schweizer noch nie so hingebungsvoll erlebt wie im Zusammenhang mit Anna Achmatowa. Seit er ihren ersten Lyrikband *Der Abend* entdeckt hatte, versuchte er, alles über die Lyrikerin zu erfahren. Er berichtete Sinaida, dass Achmatowa schon als vierzehnjährige Gymnasiastin ihren späteren Ehemann, den Dichter Gumiljow, kennenlernte. »Er hat sich so sehr in sie verliebt, dass er sie unbedingt heiraten wollte. Weil sie zögerte, beging er drei Selbstmordversuche. Mit achtzehn Jahren gab sie nach und heiratete ihn.«

Sinaida war bereits infiziert vom Schicksal dieser ungewöhnlichen Person und fragte, ob es denn gut gegangen sei mit der Ehe. »Ich glaube, es ist schwierig. Der Ehemann ist sehr eifersüchtig. Ein italienischer Maler namens Modigliani hat sie gemalt, und das hat dem Dichter nicht gepasst. Ich habe erfahren, dass sie ein kleines Kind hat, nur wenige Monate alt. Die Ehe soll nicht gut sein. Wahrscheinlich ist der Ehemann auch als Kollege eifersüchtig auf den Erfolg, den seine Frau hat.«

Sinaida hätte am liebsten gelacht. Hunziker benahm sich wie ein Vater oder Bruder, oder vielleicht auch wie ein Ritter, der vergeblich um eine Prinzessin wirbt.

Als Anna Achmatowa schließlich zu lesen begann, war Sinaida zunächst wie benommen. Sie erinnerte sich daran, wie sie selber als junge Frau in ihrem eigenen Theater Puschkin-Verse vorgetragen hatte und dafür mit viel Applaus belohnt worden war. Doch diese junge Frau auf der Estrade trug ihre eigenen Sprachschöpfungen vor, setzte sich der Kritik aus, gab sich preis. Und je länger sie las, umso intensiver fühlte Sinaida sich angesprochen. Die Dichterin schien Sinaidas eigene Gefühle auszudrücken, derer sie sich nur schemenhaft bewusst war und denen sie selber keinen Namen geben konnte:

Wir alle sind hier Trinker, lasterhafte Weiber.
Und wie unglücklich alle zusammen
An den Wänden die Blumen und Vögel
Haben Sehnsucht nach den Wolken.

Du rauchst eine schwarze Pfeife.
Seltsamer Nebel über ihr.
Ich habe einen ganz engen Rock angezogen,
damit ich dir noch schöner erscheine.

Die Fenster sind für immer hier vernagelt.
Was gibt's denn draußen, Frühling oder Frost?
Mit deinen Augen blickst du
wie eine lauernde Katze.

O, wie mein armes Herz sich sehnt.
Warte ich denn nur noch auf den Tod?
Ach, die, die jetzt noch tanzen kann,
Landet hundert zu eins in der Hölle.

Nach einer kurzen atemlosen Stille, in der die Dichterin sanft, fast ausdruckslos ins Publikum lächelte, applaudierten die Zuhörer.

Anna Achmatowa las noch weitere Gedichte, Liebeslyrik, und Sinaida fand darin ihre unausgesprochenen Fragen wieder, ihre Ängste und Freuden. Es schien ihr, als sei diese Dichterin ein Teil ihres eigenen Ichs. Sie begann, Anna Achmatowa wegen ihrer wunderbaren Verse zärtlich zu lieben.

Beim großen Wohltätigkeitsbasar der Zarin wollte Sinaida endlich mit Alexandra Fjodorowna sprechen. Sie war immer noch irritiert und traurig, dass Paul von Hintze den Zarenhof verlassen musste.

Sinaida hatte das ehrliche, sympathische Gesicht von Hintzes genau vor Augen. Ein solcher Mann, der mit seinem großen Horizont dem Hof große Dienste hätte erweisen können – ein so kultivierter, fähiger Mann wurde vom Hof verwiesen, während Rasputin, ein Muschik aus Sibirien, der nur durch seine dubiosen Heilerfolge den Zaren erpresste, weiterhin sein wüstes Leben führen und den Ruf des Zarenhofs in Gefahr bringen durfte. Noch schlimmer war, dass er sich in die Geschäfte des Zaren einmischte. Er wollte den Zaren davon abbringen, dass ihr Mann Generalgouverneur von Moskau wurde. Und zwar unter dem Vorwand, dass Fürst Jussupow in Sankt Petersburg unentbehrlich sei, weil er ein Bollwerk sei gegen Übergriffe auf den Zaren.

Sinaida aber wollte, dass ihr Mann Gouverneur von Moskau wurde, und dafür würde sie alles tun. Auch einen Kniefall vor der Zarin. Hinzu kam noch, dass Rasputin den Zaren bearbeitete, nur ja nicht die Zustimmung zur Verlobung ihres Sohnes mit Irina zu geben. Auch die Werbung Dmitrijs um die Zarentochter Tatjana wollte dieser Bauer aus Pokrowskoje unterbinden. Beide Herren seien keine Ehemänner, hatte er gesagt. Was unterstand sich dieser Esel, war der verrückt geworden?

Sinaida ließ sich zum Haus des Volkes kutschieren, ein neues Gebäude, in dem der Wohltätigkeitsbasar der Zarin zum ersten Mal stattfand. Felix begleitete sie, und als sie eintraten, wurden sie von Stimmengewirr empfangen. Die elegant gekleideten Damen mit ihren Töchtern und Zofen, Mitglieder des Pagencorps, die dezente Parfümwolke, die über allem lag – all das erinnerte an eine festliche Gemeinde, die sich einmal im Jahr versammelt und sich über das austauscht, was sich inzwischen zugetragen hat.

Durch die Scheiben der Terrassenfenster strömte helles Sonnenlicht in den Raum, und Felix versuchte, seine Mutter zu beruhigen. Sie hatte sich in der letzten Zeit geradezu in eine Untergangsstimmung hineingesteigert.

»Schau doch, alle sind gekommen, ich sehe den Stand der Zarin, den der Töchter, ich sehe Munja mit ihrer Mutter, Xenia,

Irina – alles ist wie immer. Du musst endlich deine Ängste vergessen. Unsere Welt ist nicht dem Untergang geweiht. Russland ist ein Volk von 175 Millionen Menschen, wir haben unendlich große Ressourcen – wer soll unser Land zerstören? Das bringt selbst der Zar nicht fertig, auch wenn er ziemlich unbegabt ist zum Regieren.«

»Aber er ist ein wunderbarer Mensch. Ich liebe ihn«, sagte Sinaida, und ihre Stimme war so entschieden, dass Felix sie verwundert ansah.

Natürlich drängelte sich alles am Stand der Zarin und ihrer Töchter. Auch die Ehrendamen waren dabei und kümmerten sich um den Verkauf. Der Erlös des Basars war für die Armee bestimmt. Die Zarin und ihr Gefolge hatten exquisite Handarbeiten angefertigt. Tafeldecken, Altardecken, Seidenhemden, Schals, sogar Mützen und Muffs aus Pelz gab es, alles von der Zarin und den Großfürstinnen bestickt und bemalt. Da Sinaida Handarbeiten nicht ausstehen konnte, hatte sie von geschickten Frauen ihres Hauspersonals Nachtgewänder, Morgenmäntel, spitzenbesetzte Kissen und Decken herstellen lassen, die sie mit Felix gemeinsam verkaufen würde. Dmitrij hatte versprochen, sie zu unterstützen.

Rascher, als Sinaida es erwartet hatte, kam die Zarin an ihren Stand und lud sie ein, in ihrem kleinen, improvisierten Salon eine Zitronenlimonade zu trinken. »Heute ist so viel Betrieb wie noch in keinem Jahr«, sagte die Zarin erschöpft. »Ich bin froh, dass unsere Arbeiten immer noch attraktiv sind für die Gesellschaft. Wir werden eine hohe Summe erwirtschaften. Du hast mal wieder die geschmackvollsten Dinge gespendet, Sinaida. Gib es zu, du hast dir professionelle Hilfe geholt.«

Sinaida gab es gerne zu: »Eine meiner Hausdamen hat eine französische Weißnäherin aufgetan. Sie hat mir in den letzten Wochen die geschmackvollste Bettwäsche genäht, die wir jemals besaßen. Da habe ich sie gebeten, auch für deinen Basar einige Dinge zu entwerfen.«

Nachdem die Zarin in langen Zügen von der Limonade getrunken hatte, wandte sie sich an Sinaida und fragte plötzlich ganz kalt: »Wie geht es deinem schönen Sohn? Ach, dort steht er ja bei Dmitrij. Nikolaus hat mir berichtet, dass es ihm ernst sei mit seiner Werbung um Irina. Außerdem – weißt du eigentlich, dass Dmitrij unsere Tatjana heiraten will? Unser Freund, der Gottesmensch Rasputin, hat uns dringend abgeraten. Und zwar von beiden Bindungen. Felix und Dmitrij, sagte er, seien beide keine Ehemänner. Du weißt ja sicher, was er damit gemeint hat.«

Sinaida fand die einfallenden Sonnenstrahlen plötzlich unerträglich grell. Sie sah das feine Gesicht der Zarin, es war gerötet, ihre Augen sahen erbittert und hochmütig zugleich auf Sinaida. Sie spürte den feinen Lilienduft, der die Zarin meist umgab. Heute erinnerte er sie an das Grab ihres Sohnes Nikolaj. Es tat wie immer sehr weh. Entsetzt stellte sich Sinaida vor, dass Felix ebenfalls gefährdet war, wenn auch in anderer Weise. Unvorstellbar, dass dieser Bauer aus Pokrowskoje es gewagt hatte, bei der Zarin schlecht über Felix zu reden. Und über Dmitrij.

Dieser hysterischen und vernagelten Zarin waren die engsten Verwandten und Vertrauten der Zarenfamilie nur noch Fremde. Sie hörte auf einen Primitiven, dem ihre Gunst zu Kopf gestiegen war. Durch ihren Mann hatte Sinaida allerdings erfahren, dass in den Ministerien, vor allem im Kabinett des Ministers Chwostow, ein Mordplan nach dem anderen ausgeheckt wurde. Doch den Staretz schien das nicht zu beeinträchtigen. Es hieß, er ginge inmitten von Agenten, Spitzeln und gedungenen Mördern unbekümmert seiner gewohnten Lebensweise nach. War er wirklich ein von Gott Gesandter, dem nichts und niemand etwas anhaben konnte? Sinaida glaubte das nicht.

Mühsam beherrscht sagte sie zu der Zarin, die sich von ihr abgewandt hatte, dass sie ihr nur wegen Alexej vergeben könne. »Ich weiß, dass dich die Angst um deinen Sohn halb wahnsinnig macht. Aber vergiss nicht, ich habe schon einmal ein Kind verloren. Meinen zweiten Sohn werde ich schützen mit allen meinen Kräften. Ich bin mir sicher, dass Felix und Irina miteinander glücklich sind und immer sein werden. Und derjenige, der sie daran hindern will, hat mit mir zu rechnen!«

Sinaida stand auf und wandte sich zum Gehen.

»Dann ist es wohl besser, wenn du am Zarenhofe nicht mehr erscheinst«, hörte Sinaida die Zarin sagen.

Da blieb Sinaida stehen. Ohne jede Überlegung sprudelte es aus ihr heraus: »Ich war mit den Eltern und Großeltern Nickys befreundet. Ich war ihre Vertraute bis zum letzten Tag. Jederzeit war ich willkommen. Du hast es geschafft, dass alle dich hassen. Und du willst mir den Zugang zum Hof verwehren! Glaubst du, mir damit etwas Schlimmes anzutun? Du irrst dich. Dieser Zarenhof ist durch dich und Rasputin ein einziger Ort des Chaos und des Betrugs geworden. Ich habe das Gefühl, und mit mir eine große Zahl der Adelsfamilien, dass sich in unserem Land bald Fluch und Grauen umarmen werden.«

KAPITEL 22

Für seine Fahrt zu Rasputin in die Gorochowaja 64 hatte Felix sich den Benz in den Hof stellen lassen. Er war mit Rasputin übereingekommen, dass der Heiler Felix gegen halb zwölf in der Nacht am Hintereingang hereinlassen würde.

Felix fuhr die kurze Strecke bis zur Fontanka, bremste sanft und stellte den Wagen an der Ecke ab. Er stieg aus, drückte möglichst geräuschlos die Fahrertür ins Schloss und sah sich um. Der Kai lag verlassen, das Wasser schimmerte grünlich und floss lautlos dahin. Es war derart neblig geworden, dass man die Gebäude an der gegenüberliegenden Seite des Kanals nur undeutlich wahrnahm. Hier und da schaute ein erleuchtetes Fenster aus dem Dunst. Da, eine Gestalt. Ein schwarzer Schatten. Felix sah ihn angespannt näher kommen. Es war ein Polizist. Er ging vorüber und zerfloss in den Nebelschwaden. Ein kleines rotes Licht flammte auf, blinkte und verschwand wieder.

Felix ging jetzt mit leisen, eiligen Schritten zur Gorochowaja. Hinter ihm versank die Fontanka im Nichts. Er schritt durch das Torwerk in den Hof und suchte die Hintertreppe des Hauses. Dunkle Nacht umgab ihn, und er vergaß alles, was ihn hergeführt hatte. Er fühlte nichts. Es war ihm, als wäre er gestorben, doch er dachte nicht an den Tod, sondern daran, wie er die nächsten Stunden überstehen sollte. Für einen Moment wickelte er sich fester in seinen Mantel und lauschte. Er hörte nur sein Herz, das heftig schlug. Lächerlich. Er wollte ja nur einen Wunderheiler aufsuchen, wenn auch einen verrufenen.

Felix wusste inzwischen ziemlich genau, wie der Tagesablauf Rasputins aussah. Morgens ging er in die Frühmesse, dann begab er sich an seine tägliche Arbeit. Er war sich bewusst, dass er als Freund der Zarenfamilie Pflichten hatte. Er hielt Empfänge ab, nahm Bittgesuche entgegen, erteilte Ministern, die ihm gefügig waren, seine Befehle. Er beschenkte Arme, versprach Ämter und nahm reichlich Bestechungsgelder an, die er ebenso großzügig wieder an Bedürftige verschenkte. Nach dem Mittagessen stieg er in das Automobil, das ihm zur Verfügung stand, und fuhr zu Ministern, zu kirchlichen Würdenträgern und Generälen – gerade so, wie es seine Pläne und Interessen erforderten.

Vor allem jedoch fuhr er sofort nach Zarskoje Selo, wenn man ihn von dort anrief.

Nach diesem anstrengenden Tagwerk empfing er Freunde und Freundinnen. Er zechte mit ihnen in seinem Haus, oder man fuhr in die Villa Rode, wo es für Rasputin ein eigenes Etablissement gab und Wein in Strömen. Es hieß, er träfe sich dort vor allem mit Zigeunern, tanze mit ihnen bis in den frühen Morgen. Felix konnte froh sein, dass Rasputin seinetwegen auf seine abendliche Vergnügungsfahrt verzichtet hatte.

Es war totenstill in dem Hof. Felix blieb nichts anderes übrig, als stehen zu bleiben und zu lauschen. Nur so hatte er eine Chance, der Ochrana zu entgehen, die nach Rasputins Aussage Tag und Nacht auf der Haupttreppe Aufstellung nahm. Diese politische Polizei war die Pest. Felix konnte schon verstehen, dass sie nach dem grausigen Mord am Großvater des Zaren gegründet worden war. Doch ihre Agenten bespitzelten und kontrollierten inzwischen buchstäblich alles. Sogar Schulen und Universitäten. Die Presse natürlich und die Justiz. Aber auch Privatpersonen, wenn der Zar oder seine Minister dazu Anlass sahen. Die meisten der Spitzel waren schmierige, skrupellose

Typen. Mit Sicherheit hatte man Grigorij versprochen, dass er lediglich bewacht werde, doch es war Felix klar, dass sie ihn vielmehr bespitzelten als beschützten und alle seine Schritte und natürlich auch seine Besucher der Ochrana meldeten.

Felix atmete tief durch. Eigentlich liebte er es, nachts in den Straßen herumzugehen und die scharfe, würzige Petersburger Luft einzuatmen, die nach dem Wasser der Flüsse roch. Doch heute stand er in diesem finsteren Hof, wie von allen guten Geistern verlassen. Er hatte das Gefühl, als besuche er einen düsteren Feind. Der runde Mond stand am Himmel wie ein Eidotter kurz vor dem Zerplatzen, und sein Licht reichte überall hin, nur nicht in diesen vermaledeiten Hof.

Jetzt hörte er hinter einem Fenster leise und undeutlich Klavierspiel, es war, als müsse der Pianist so vorsichtig sein wie Felix. Wieder fragte er sich, wieso er sich auf Rasputin einließ. Er verdankte diese Last allein dem Zaren. Der zwang ihn, erpresste ihn. Er, Prinz Felix Felixowitsch Jussupow Graf Sumarokow-Elston musste einen Muschik hofieren, weil das Zarenpaar ihn sonst von Irina trennen würde.

Unbegreiflich – aber es war so. Das Leben der Herrscher war unberechenbar geworden. Sie taumelten vom Licht zum Schatten, durchtränkt von Gefühlen. Das empfanden alle in Felix' Umgebung – selbst seine Lehrer im Pagencorps sprachen darüber, was für eine unheilvolle Macht dieser Rasputin haben müsse, dass der Zar seinen Rat suchte. Und jetzt auch noch Felix dazu verdammte!

Felix hielt nichts von den magischen Fähigkeiten, die man dem sibirischen Bauern nachsagte. Bei seiner ersten Begegnung mit Rasputin hatte er diesen als äußerst merkwürdig empfunden. Seine biblische Sprechweise, seine tollpatschige Anmaßung. Er musste sich aber bei ihm einfinden, es hing einfach zu viel davon ab.

Irina und er wollten heiraten. Damit war so viel Wunderbares und Freudiges verbunden, doch ohne die Zustimmung des Zaren konnten sie sicher sein, dass sie sich in der Verbannung wiederfinden würden. Als auch Dmitrij und Tatjana Heiratspläne schmiedeten, waren sie alle vier voller Erwartung – aber das Herrscherpaar sagte schlicht Nein.

Seit Felix den Besuch bei Rasputin geplant hatte, glaubte er ein Knistern im Raum zu spüren, wenn er Gesellschaften besuchte. Wie viel wusste man von ihm? Hatte Tante Ella recht gehabt, dass man über ihn als einen sprach, der Männer liebte? Alle um ihn herum wollten Karriere machen, hatten Ziele, die von der Gesellschaft akzeptiert wurden. Der eine wollte Leibarzt des Zaren werden, der andere ein hoher Minister, der nächste General. Er selber jedoch wollte nichts davon. Er wünschte sich nichts sehnlicher, als mit Dmitrij und Irina seine stärksten Gefühle auszuleben. Er wollte nicht zur Leibwache des Zaren gehören oder einer der Zarentöchter attachiert werden. Er wollte auf der Krim oder in Archangelskoje mit Irina und Dmitrij – und vielleicht sogar mit Tatjana – leben. Aber diesen Wunsch durfte er nicht einmal sich selber eingestehen.

Endlich hatte er so etwas wie eine Tür gefunden. Felix pochte dreimal, wie sie es verabredet hatten, und fast in derselben Sekunde öffnete Grigorij, indem er rasch und nervös mehrere Schlösser und Ketten entriegelte. Etwas wie Schmerz durchzuckte Felix, als er Rasputin die Hand reichte. Er wusste, dass er sich in diesem Augenblick auf Rasputin einließ und diesem ausgeliefert sein würde. Felix bekam Angst. Er wollte nur weg von diesem Haus, das er nicht ausstehen konnte.

Als er eintrat, hatte er sofort das Gefühl, dass ihn aus der Wohnung Rasputins viele Augen anschauten. Aber sie waren allein. Rasputins Familie, seine Frau, die Töchter und der Sohn, wohnten in einem anderen Flügel des Hauses.

Rasputin bat Felix herein, und Felix blinzelte, als er das hell erleuchtete Vorzimmer betrat und Rasputin anblickte. Er trug heute einen blauseidenen Kaftan und eine weite Plüschhose, die in eleganten englischen Stiefeln verschwand.

Rasputin kniff erfreut seine Augen zusammen und begrüßte Felix mit einem fast zärtlichen »Guten Abend, mein Kleiner«.

Felix war über diese intime Begrüßung ebenso überrascht wie über die Stimme Rasputins. Sie hatte heute einen tiefen, schönen Klang, schien es Felix. Rasputins Gesicht war sehr lebhaft, fast strahlend. Es überrieselte Felix kalt, als Rasputin ihn mit einer jähen Bewegung an sich riss und ihn küsste. War der verrückt geworden? Felix spürte den Druck der harten, trockenen Lippen. Was war das? Es war so stickig im Raum wie in sengender Sonne – das Gesicht Rasputins verschwamm, und Felix spürte, wie sein Herz heftig schlug.

Grigorij trat zwei Schritte zurück und bat Felix, ihm in einen kahlen Wohnraum zu folgen, wo es nur einen Tisch gab, zwei Stühle und einen Diwan. Eine riesige Topfpflanze stand am Fenster. Rasputin schaute Felix aus seinen glühenden Augen an und sagte, dass Felix Haare habe, die seien vor Schwärze blau. »Oder vor Bläue schwarz?«, rätselte Rasputin herum, und er schien Gefallen zu finden an seinem Vergleich. »Du bist anders, mein Kleiner, anders als die anderen. Du siehst aus wie ein Gott. Lebst wie ein Gott. Bist bekannt wie ein Gott. Bist reich wie ein Gott, gebildet wie ein Gott, und du wirst töten wie ein Gott. Aber das verstehst du wieder nicht, mein Kleiner – man wird nur wahrhaft ein Mensch, indem man die Götter nachahmt.«

»Das haben Sie schon einmal gesagt. Aber ich verstehe es trotzdem nicht. Vor allem, dass ich töten werde wie ein Gott, ist mir nicht bekannt.« Felix war wieder irritiert von dem überheblichen und priesterlichen Gehabe dieses Gottesmenschen, das er nur lächerlich fand.

Rasputin richtete seine seltsam tiefen, anziehenden Augen auf Felix. Sein Blick war durchdringend und gleichzeitig schmeichelnd, konzentriert und abwesend zugleich. Felix dachte, dass diese Augen ein merkwürdig phosphoreszierendes Licht hatten, dem man sich schwer entziehen konnte.

Rasputin wechselte das Thema. »Hast du schon gesehen, mein Kleiner, was für ein hübsches Badezimmer ich habe? Der Ofen dort ist immer geschürt. Immer, dafür sorge ich. Jeden Morgen, wenn ich aufwache, gehe ich zuerst ins Bad, lasse das

Wasser ein, werfe eine Handvoll Kräuter hinein, und dann liege ich bis zum Hals da drinnen und schlafe weiter.«

Verdrossen über so viel kindliche Naivität, fragte Felix, wie dann der schwarze Dreck unter seine Nägel käme, wenn er ständig bade. »Ich habe Sie zweimal gesehen, und jedes Mal hatten Sie tiefschwarze Ränder unter den Fingernägeln. Wirklich tiefschwarz. Halten Sie sich am Ende an der Wanne fest, damit Sie nicht ertrinken?«

Felix fand seine Frage blödsinnig, aber er wollte diesen Muschik, der sich wie ein Gottesmensch aufspielte, provozieren.

Rasputin betrachtete eine Weile seine Nägel, die tatsächlich einen Trauerrand aufwiesen. Dann schaute er Felix an, keineswegs beleidigt, sondern ruhig und fröhlich. »Wie schön du doch bist«, sagte er zu Felix.

Dann setzte er sich, bot Felix auch einen Stuhl an und begann ihn auszufragen: was er denn so treibe, wo er diene und wann er ins Feld ziehen müsse. Dabei legte der Heiler einen väterlichen, fast herablassenden Ton an den Tag, den Felix nun schon kannte und der ihn trotzdem rasend machte.

Rasputin begann erneut mit einem religiösen Vortrag. Manchmal verlangsamte sich seine Rede plötzlich, und er zog die Wörter in die Länge. Dann wieder sprudelte er wirres Zeug hervor, als ob er in einer anderen Welt wäre. Daraufhin starrte er Felix an, direkt in die Augen, und dabei sprach er unzusammenhängende Wörter. Felix hatte beim ersten Treffen im Hause der Generalin gespürt, dass Rasputins Anstarren die Damen völlig faszinierte, während Felix sich lediglich bemühte, den Sinn seiner Rede zu erfassen, etwas Eigenartiges, Urwüchsiges darin zu finden.

Rasputin sagte, dass man, um die Kirche als religiösen Ort zu verstehen, nicht wie ein Bauerntölpel über die Schwelle hineinstolpern dürfe. »Doch ich sehe schon, mein Kleiner, das interessiert dich wieder nicht. Trotzdem will ich es dir erklären, damit du siehst, womit ich mich befasse, wenn ich nicht Papa beim Regieren helfe oder bei schönen Frauen bin.«

Rasputin sah Felix forschend an, doch der schwieg gereizt. Sollte er sich die Nacht mit dem Geschwafel des überdrehten Muschiks um die Ohren schlagen?

»Also, mein Kleiner«, fuhr Rasputin unbeirrt fort, »stell dir mal eine neue Kirche in Sankt Petersburg vor, wie der Zar gerade eine baut. Für uns Gläubige zeigt die Türschwelle, die ins Innere der Kirche führt, den Bruch zwischen der Außenwelt und der heiligen Welt an. Die Schwelle, welche die beiden Räume trennt, bezeichnet auch den Abstand zwischen der weltlichen und der religiösen Welt. Die Schwelle ist also die Schranke, die zwei Welten trennt, aber auch der Ort, an dem sie zusammenkommen – verstehst du das, mein Kleiner? Natürlich verstehst du das nicht, du bist ja ein Jurist und ein Page des Zaren, wie ich hörte, aber ich sage dir, wenn du wieder einmal einen Palast bauen willst, musst du an meine Worte denken. Du musst die guten Geister rufen, die deine Schwelle bewachen, da sonst übel gesinnte Menschen in dein Haus kommen könnten – aber lassen wir das, ich will dich nicht langweilen, sonst wirst du mich nicht mehr besuchen.«

Rasputin wies auf den Tisch hin, der mit Kuchen, Brot, Pasteten, sauren Gurken, hartgekochten Eiern und Kaviar reich gedeckt war. Einige Flaschen Portwein und Madeira standen bereit, und Rasputin schien sichtlich zufrieden, Felix so viele Köstlichkeiten anbieten zu können. Felix lehnte höflich ab. Da griff Rasputin selber zu. Zwischendurch erklärte er, Felix solle nur ja nicht auf die Leute hören, die ihn verleumden würden und nur danach trachteten, ihn schlecht zu machen. »Du hast ja sicher schon gehört, wie viele Leute mir ihr Glück verdanken. Ich habe ihnen gute Posten verschafft oder viel Geld geschenkt, das darfst du mir glauben.«

Felix fragte, wie er es denn schaffe, die Blutungen des Thronfolgers zu stillen und seine Schmerzen zu lindern.

Jetzt wurde Rasputin lebhaft, es schien ihm Freude zu machen, dass Felix sich endlich einmal für ihn interessierte.

»Sitzt die Geschwulst am Kopf, wie bei dem letzten Sturz des

Zarewitsch, lege ich Eichenrinde, die ich vorher in kochendem Wasser eingeweicht habe, auf Gesicht und Hals des Jungen, so dass nur die Nase und die Augen frei bleiben. Dann lasse ich ihn ein Bad nehmen in sibirischen, chinesischen und tibetischen Kräutern von Doktor Badmajew, das ist ein Tibeter. Sie sagen alle, er sei ein Scharlatan, aber das ist er wahrlich nicht. Er ist ein studierter Arzt. Seine Leute in Tibet schicken ihm die getrockneten Kräuter, und Badmajew gibt mir, was ich brauche. Natürlich bezahle ich sie ihm, obwohl er reich ist. Aber Reiche wollen immer noch reicher werden.

Durch meine Kräfte und die heilenden Kräuter ist das Befinden des Zarewitsch besser, aber gesund ist er noch nicht. Wird er auch vor seinem achtzehnten Lebensjahr nicht sein. Aber ich kann ihm immer helfen, wenn er nicht schlafen kann, wenn er Fieber hat oder wenn er friert, obwohl drei Decken auf ihm liegen. Seine Mutter vergöttert den Thronfolger. Daran ist auch vieles krank, aber für mich ist es gut. Ich will meine märchenhafte Macht behalten, das verstehst du doch, mein Kleiner. All die Würdenträger am Hofe, die Minister und Generäle, sie wollen auch nur ihre Macht behalten. Das Vaterland kümmert sie nicht. Sie sollten nicht so hochmütig sein. Sie unterscheiden sich von mir nur dadurch, dass sie nicht mein Talent haben. Und nicht meinen Einfluss auf den Zaren.

Du musst nämlich wissen – der Zar hat seine Verwandten, seine Mitarbeiter, das ganze Volk gegen sich. Mir geht es genauso. Die Zahl meiner Feinde nimmt jeden Tag zu. Aber die Liebe des Zaren und der Zarin zu mir auch. So willenlos und schwach das Väterchen sonst auch ist, was mich angeht, bleibt er eisern. Er steht unerschütterlich zu mir. Jeder andere Herrscher würde das Liebste und Heiligste opfern, um die Krone zu retten. Er dagegen opfert sogar die Krone, um mich zu retten.

Sag doch selbst, mein Kleiner – ist es nicht schön? Ich war immer ein Armer, Beleidigter. Ich musste in Klöstern um Herberge bitten und arbeiten, und jetzt versorgt mich der Zarenhof immer wieder mit Geld. Und mein Sekretär, Aron Simanowitsch, macht aus meinem Geld ein Vermögen. Er kennt sich aus in Petersburg – und im Leben. Deshalb ist er mein Sekretär und mein Verwalter.

Aber das, was ich wirklich brauche: schöne Frauen, Wein, Musik, Tanz, das kriege ich nicht von denen, davon findest du nichts bei Papa und Mama. Und nichts bei Simanowitsch. Der hat eine strenge Frau, eine jüdische Mamme. Der muss immer bei ihr daheim bleiben.

Diskussionen fehlen mir! Stundenlang könnte ich diskutieren. Am liebsten mit dem Mönchspriester Iliodor, dem Archimandriten Theophan und dem Bischof Hermogen. Aber sie alle können nicht mehr mit mir diskutieren, weil ich sie in die Enge getrieben habe mit meinem theologischen Wissen. Erst haben sie mich zum Heiligen ausgerufen, dann wollten sie mich stürzen. Und was glaubst du, wo sie jetzt alle sind? In der Verbannung sitzen sie!

Und erst Stolypin! Du weißt ja, der Innenminister. Hat mich verleumdet bei Papa und Mama. Hat ihnen Fotos gezeigt, Beweisstücke für mein sündiges Leben. Und was ist passiert? Zuerst haben Terroristen sein Landhaus auf der Apothekerinsel gesprengt. Zweiunddreißig Menschen kamen um, seine Tochter und sein Söhnchen wurden schwer verletzt, blieben Krüppel. Stolypin kam davon. Aber dann, vor zwei Jahren, hat es ihn erwischt. Erschossen haben sie ihn, in einem Theater in Kiew! So wird es allen meinen Feinden ergehen!«

Vergnügt goss sich Rasputin ein Glas Madeira ein.

Felix, der tatsächlich Kopfschmerzen hatte und eine Grippe herankommen spürte, berichtete Rasputin, dass er sich nicht wohlfühle, seit längerem schon nicht. Dass er verschiedene Ärzte befragt habe, doch keine Besserung spüre.

Rasputin hörte Felix aufmerksam zu. Dann meinte er, er werde ihn schon kurieren. »Sei ohne Sorge, mein Kleiner, ich werde dich heilen. Die Ärzte, pah, was verstehen die schon. Die Botkins und Dewerenkos. Sie verordnen einem Mittel, die nichts taugen. Manchmal wird man von ihrer Behandlung erst wirklich krank. So etwas gibt es bei mir nicht, mein Lieber, bei mir werden alle gesund, denn ich heile nach Gottes Vorschrift, mit Gottes Mitteln und nicht mit irgendeinem Dreck. Aber du wirst es ja sehen.«

Rasputin stellte sich hinter Felix, legte die Hände wie eine Schale um Felix' Kopf, flüsterte Unverständliches, aus dem Felix Sätze wie »Wir müssen tun, was die Götter am Anfang taten« oder »So haben die Götter getan, so tun die Menschen« herauszuhören glaubte, doch bald vernahm er nichts mehr. Die Hände Rasputins fühlten sich an wie ein Ring um seinen Kopf. Felix' Augen wurden seltsam schwer, so dass er sie nicht mehr öffnen wollte. Der Ring um seinen Kopf wurde immer leichter und wärmer, und Felix spürte ein seltsames Rauschen in seinen Ohren. Er dachte verschwommen, ob es das unheilvolle Rauschen der Zeit sei, und er sah für einen Moment sein Lieblingsbild von Goya vor sich, und er wusste nun, dass es der Koloss von Goya war, an den Rasputin ihn erinnerte – dann war er eingeschlafen.

KAPITEL 23

Der Metropolit hielt die vier gekreuzten Kerzen, deren Enden in einem Strauß von frischen Rosen steckten, in Brusthöhe vor sich, und Felix sah auf seiner Mitra und dem Brokatumhang Diamanten schimmern, Saphire, Rubine und Amethyste. Das märchenhafte Gefunkel setzte sich auf den Gewändern der anderen Erzbischöfe, Archimandriten und Äbte fort, die in Reihen hinter dem Metropoliten standen und an Glanz mit dem Gold der Ikonostase zu wetteifern schienen.

Felix sah Irina neben sich, und er glaubte, innerlich zu zittern. Im sanften Licht der langen, schlanken Kerzen, die sie beide in den Händen hielten, sah Irina überirdisch schön aus. Wie von innen angestrahlt. Sie war jung, erst neunzehn Jahre, doch sie war trotzdem die Hüterin des Wunders ihrer Liebe. So hatte Felix das für sich formuliert. Er war sicher, dass sie zaubern konnte, denn er hatte daran gezweifelt, dass sie beide einmal hier stünden – in der Kapelle des Anitschkow-Palastes, der Residenz der alten Zarin, die Irinas Großmutter war. Sie liebte ihre Enkeltochter auch deshalb so herzlich, weil sie sich selber in ihr wiederfand. Wenn sie Bilder aus ihrer Jugend mit Irina verglich, bedauerte sie es umso heftiger, dass ihr Mann sich darüber nicht mehr mit ihr freuen konnte. Die Enkeltochter war nämlich nicht nur ihr Ebenbild, sie hatte auch die Tapferkeit und das Durchsetzungsvermögen der Romanows. War darin auch ihrem Großvater ähnlich.

Die Zarinmutter wusste natürlich, dass ihre Lieblingsenkelin sich die Hochzeit ertrotzt hatte. Dass Irina ihren Eltern und dem Zarenpaar eröffnet hatte, sie würde auch ohne ihre Einwilligung in den Jussupow-Palast einziehen. »Und ich werde auch ohne euren Segen ein Kind von Felix bekommen. Das ist mein heiliger Ernst.« Der Zar war wütend aufgesprungen und hatte etwas von Verbannung gesagt. Daraufhin war ein Streit zwischen Nikolaus und Xenia ausgebrochen; der erste Streit der Geschwister überhaupt. Xenia hatte es aufgebracht ihrer Mutter berichtet, die spontan ihrer Lieblingsenkelin beistand. Schließlich hatte der Zar die Einwilligung zur Heirat gegeben. Doch weniger wegen der Haltung von Mutter und Schwester, sondern weil ihn seine Onkel darauf aufmerksam gemacht hatten, dass er das immense Vermögen der Jussupows unbedingt mit dem der Zarenfamilie vereinigen sollte.

Irina hatte dies alles Felix berichtet, und er war wütend gewesen, dass seine Liebe zu Irina nicht ernst genommen wurde. Dass die Romanows ihn und Irina wie Figuren in einem Schachspiel behandelten.

Doch heute, in der mit Hochzeitsgästen überfüllten Kapelle, wollte er sich einfach nur freuen, dass Irina und er für alle Zeiten ein Paar wurden.

Ein herrlicher Tag, dieser 9. Februar, ein richtiger Hochzeitstag. Die Dienerschaft hatte den Jussupow-Palast derart verschwenderisch mit Blumengirlanden geschmückt, dass er aussah wie ein Märchenschloss. Am Morgen hatte es ein kleines, exquisites Frühstück gegeben, und dann hatten die Eltern Felix hinaus an die Mojka gebeten, von wo aus er die ganze Pracht sehen konnte. Überall hingen seidene Transparente mit der Aufschrift: »Willkommen, Irina«.

Felix hatte außer grenzenloser Dankbarkeit ein so starkes Zusammengehörigkeitsgefühl zu seinen Eltern empfunden, dass er sich impulsiv bei ihnen einhängte und sagte, dass er genauso eine

Familie gründen wolle, wie er sie erlebt habe. »Ich möchte Kinder haben, die unseren Namen weitertragen. Und ich werde sie genauso erziehen, wie ich von euch erzogen worden bin!«

»Du meinst wohl, wie deine Mutter dich erzogen hat –«, sagte sein Vater gutmütig lachend, und Felix antwortete ehrlich, dass er versuchen wolle, mehr Zeit mit Irina und dem erhofften Nachwuchs zu verbringen, als es seinem Vater möglich gewesen sei. »Doch habe ich trotzdem allen Grund, auch dir dankbar zu sein, Vater. Ich glaube, dass Mutter auch durch die Liebe, die sie von dir bekommen hat, eine so wunderbare Mutter sein konnte.«

Alle drei Jussupows waren dann in der prächtigsten Kutsche, die reich mit schneeweißen Fellen ausgestattet war, zum Palais des Großfürsten Alexander Michailowitsch gefahren, wo Irina mit ihren Brüdern und den Eltern auf sie wartete. Die Fahrt war nur kurz, doch die Mutter kuschelte sich sofort tief in die Felle. Der Wind spazierte nämlich durch die Straßen und wirbelte den Schnee auf. Es war eine klingende Stille, die sich auf Felix übertrug. Er fuhr zu seiner Hochzeit, fuhr durch das reine Leuchten des Schnees zu seiner Braut und tauschte mit den Eltern liebevolle Blicke.

Es schien Felix, als sei besonders der Vater Irinas aufgewühlt. Und da nahm Sandro ihn auch schon beiseite und sagte mit erstickter Stimme, dass diese Hochzeit ihn unglaublich rühre: »Meine einzige Tochter heiratet den einzigen Sohn der Frau, die ich mein Leben lang geliebt habe. Ich kann es einfach nicht fassen!«

Sinaida und Xenia lagen sich in den Armen. Sie beschworen die Zeiten herauf, als Irina und Felix noch Kinder waren. »Hättest du das damals geglaubt?«, fragte Sinaida, und Xenia verneinte. »Nicht einmal geträumt habe ich davon.«

Irina nahm in der Kutsche neben ihm Platz. Sie trug einen langen weißen Pelz mit einer großen Kapuze, in dem sie edel aussah. Königlich. Sie war einfach herrlich. Felix wagte es nicht, Irina fest an sich zu ziehen. Sie schien ihm so zerbrechlich. Irina stupste ihn an. »Ich bin es, deine Liebste, schau nicht so ehrfürchtig!« Irina lachte, und ihre Augen waren so voller Glück, dass Felix diesen Moment nie wieder vergessen würde.

Vor dem Altar, im Schein der Kerzen und unter dem Eindruck der Zeremonie, spürte Felix die Liebe und den Schmerz seiner Eltern, die seitlich hinter ihm standen. Er wusste, dass beide um das Glück ihres Sohnes gekämpft hatten und dass sie auch an Nikolaj dachten, ihren Ältesten. Felix ging es genauso, und er drückte verstohlen Irinas Arm an sich. Sie teilte seine Trauer um Nikolaj, war aber gleichzeitig für ihn das Versprechen auf ein junges, glückliches Leben. Und dass Irina sofort einverstanden gewesen war, ins Jussupow-Palais einzuziehen, zeigte ihm auch ihre Liebe zu seinen Eltern.

Nach dem Segen des Patriarchen trat der Zar an dessen Seite, wischte kurz über seinen Oberlippenbart und ergriff das Wort. Er sei auf seine Nichte Irina ebenso stolz wie auf jede seiner vier Töchter. »Ich erinnere mich noch immer gern an die Taufe des Thronfolgers, unseres geliebten Sohnes Alexej Nikolajewitsch, als die beiden älteren Mädchen, Olga und Irina, die gesamte lange Zeremonie hindurch tapfer gestanden haben. Zehn Jahre ist das jetzt her, aber ich sehe immer noch auf ihren Gesichtern den heiligen Ernst, ihre Liebe zur Familie der Romanows. Das war für mich ein glücklicher Tag, vielleicht einer meiner glücklichsten, und du, Irina, hast dazu beigetragen.«

Dann hatten alle die Kantate zum 300. Jahrestag der Herrschaft des Hauses Romanow gesungen: »Heiliges Russenland! Drei Jahrhunderte des Ruhms. Drei Jahrhunderte eines Geschlechts von Helden! Lobpreise denn die Macht deiner Herrschaft, besinge das Werk deiner Zaren! Russlands Dämmerschein ging auf in den geheiligten Strahlen des Triumphs.«

Während die Kantate vielstimmig erscholl, dachte Felix, dass der Zar kein Wort über ihn, den Bräutigam, verloren hatte. Das hing mit dem gestrigen Anruf des Zaren zusammen. Er habe sich die Freiheit genommen und Rasputin befragt, ob Felix sich bei ihm behandeln lasse, hatte der Zar gesagt. »Grigorij wusste von nichts. Er sagte, du seiest lediglich einmal da gewesen und habest über Kopfschmerzen geklagt.« Felix hatte geschwiegen, obwohl er wusste, dass er den Zar damit in Rage brachte. Der Zar hatte dann auch wortlos aufgelegt.

Felix konnte dem Zaren trotz allem nicht böse sein. Er war ja kaum wiederzuerkennen. Seine tiefblauen Augen waren trübe, verschwanden hinter dicken Tränensäcken. Das früher hübsche, gebräunte Gesicht war fahl, der buschige Schnurrbart ließ es alt und welk aussehen. Es war tragisch.

Dass die gesamte Zarenfamilie zur Hochzeit erschienen war, freute Felix. Die Zarentöchter, alle vier in zartlila Roben, trugen sorgsam die kostbare Schleppe ihrer Cousine, die schon ihre Großmutter bei ihrer Heirat mit Zar Alexander III. getragen hatte. Felix glaubte ihren Atem zu hören, so liebevoll gespannt verfolgten sie die Zeremonie. Hinter Irina standen ihre Eltern und die Brüder. Gestern noch war sie die einzige Tochter, die einzige Schwester, fast ein Kind gewesen. Der Zar hatte Felix die Genehmigung erteilt, dass er, obwohl sein Vater noch lebte, den Fürstentitel tragen durfte. Ein Fürst war das Mindeste, was seine Nichte als Ehemann brauchte.

Der Zar und die Zarin waren beide blass und wirkten strapaziert. Ständig waren ihre Augen beim Zarewitsch, der in der Obhut eines Dieners interessiert seine Umgebung musterte. Es hieß, er habe sich am gestrigen Abend wieder das Knie angestoßen, aber Rasputin hatte ihn behandelt, so dass die Schmerzen für dieses Mal wieder gelindert waren. Der Thronfolger habe aber unbedingt mitgewollt zur Hochzeit, sagte die Zarin zu Felix, und auch darüber freute er sich.

Es erklang das 1. Streichquartett von Tschajkowskij, und Felix liefen Schauer über den Rücken. Er sah verstohlen Dmitrij an, der inmitten des Pagencorps stand und aufmerksam der Zeremonie folgte. Er und Großfürstin Tatjana tauschten liebevolle Blicke, was allseits bemerkt wurde. Dicht gedrängt standen Fürstinnen und Gräfinnen in aufwendigen Roben, sie trugen kostbare Kokoschniks, an denen kurze weiße Schleier befestigt waren. Die Herren in ihren prächtigen Uniformen standen gesondert beieinander.

Sie genossen den Glanz des Zarenhauses, in dem sie sich heute wieder einmal sonnten. Seit der Geburt des Thronfolgers, seit der Gewissheit, dass Alexej schwer krank war, hatte es keine wirklichen Bälle mehr gegeben am Hofe. Daher war diese Hochzeit wieder einmal ein Ereignis, bei dem es sich lohnte, dabei zu sein.

Irina war erstaunt, wie fröhlich sie war. Eigentlich hatte sie nach all dem Streit, der Heuchelei und der Besorgtheit ihrer Eltern keine Lust mehr gehabt auf eine große Hochzeit. Und heute war sie so glücklich. Alle Menschen um sie herum schienen sie zu lieben. Jeder beglückwünschte sie.

Und Irina dankte dem Himmel, dass sie ab heute eine Jussupow war. Sie wusste aus vielen Gesprächen mit Hunziker, dass die Dynastie Romanow gefährlich wankte.

Sie hatte sich in den letzten Jahren den Verwandten ein wenig entfremdet. Dabei vermisste Irina manchmal ihre vier Cousinen. Sie waren so aufrichtig und gutherzig, dabei hilfsbereit und völlig ungekünstelt, dass Irina sie wirklich liebte. Auch Alexej, der tapfer war und trotz aller Verbote zu jedem Unsinn bereit, war ihr lieb und teuer, so als sei er einer ihrer Brüder. Die Zarin fürchtete jedoch, Irina könnte für ihre Kinder, vor allem für die Töchter, ein schlechtes Beispiel geben, und tat alles, um den engeren Kontakt zu unterbinden.

Irina liebte ihr Vaterland. Sie lebte gern in Sankt Petersburg, Archangelskoje und auf der Krim – aber noch lieber hätte sie in Zürich gelebt oder in Baden-Baden. Oder in Paris. Dahin würde sie mit Felix fahren. Heute noch.

Irina sah ihren Mann an. Sie konnte es noch nicht ganz fassen, dass Felix nunmehr ihr Mann war. Mit ihm war sie wirklich frei. Tag und Nacht. Sie würde nicht mehr bei den Eltern wohnen, sondern im Palais der Jussupows an der Mojka. Dort gab es nicht die steife Etikette des Zarenhofs, von der sich auch Xenia, Irinas Mutter, nie ganz befreit hatte. Bei den Jussupows war alles leicht, luftig, elegant und kostbar. Sinaida, nun ihre Schwiegermutter, war ihr von Herzen zugetan, ihr Schwiegervater ebenso.

Allein, wenn Irina mit Sinaida durch die exquisit ausgestatteten Räume ging, wenn Sinaida ihr die Herkunft ihrer Kunstschätze erklärte oder ihr ihre Juwelen zeigte – es war jedes Mal ein Fest. Irina hatte schon immer gespürt, dass die Jussupows in das Leben und in die Künste verliebt waren.

Felix hatte schon während ihrer Verlobungszeit damit begonnen, den linken Flügel des Schlosses umzubauen, der seither »Flügel des jungen Paares« genannt wurde. Felix arbeitete mit Andrej Beloborodow, einem jungen und schon sehr berühmten Architekten, zusammen. Er hatte gemeinsam mit einer Gruppe von Künstlern die Räume des linken Flügels für sie beide gestaltet. Bei Gesprächen hatte sich gezeigt, dass sie viel Inspiration und Gespür für den neumodischen, neoklassizistischen Stil hatten.

Jedenfalls war Irina fasziniert und gerührt, dass ihrer neuen Familie nichts zu teuer war, um sie zu verwöhnen. Am liebsten wäre sie gar nicht auf Hochzeitsreise gegangen, sondern in ihrer herrlichen neuen Wohnung geblieben. Aber dann freute sie sich doch sehr auf Paris, zumal noch nicht alles in ihrem neuen Domizil fertig war. Sie hatte gehört, dass noch Marmorstatuen dazukämen; einige Lüster und das Porzellan aus der eigenen Manufaktur der Jussupows sollten auch noch geliefert werden. Irina wollte sich überraschen lassen. Sie wusste, Felix und seine Mutter würden ihr alle Wünsche erfüllen, weil sie den gleichen Geschmack, die gleichen Wünsche und Vorlieben hatten wie sie.

Bei dem glänzenden Bankett, das die Zarinmutter im Anschluss an die Trauungszeremonie gab, waren die Gäste in aufgeräumter Stimmung. Man unterhielt sich angeregt und ließ sich mit erstklassigen Speisen und Getränken bedienen. Doch Felix flüsterte Irina zu, dass er gleich nach dem Dessert mit ihr alleine über den Newskij Prospekt fahren wolle. »Der Newskij war immer ein Teil meines Glücks, ich will heute mit dir dorthin, ehe wir Sankt Petersburg verlassen.«

Sie zogen sich in den Räumen der kaiserlichen Großmutter um, wo ihre Garderobe und das Gepäck für ihre Hochzeitsreise bereitlag.

»Hast du Dmitrij gesehen?«, fragte Felix. »Ich wollte mich von ihm verabschieden, konnte ihn aber nirgends entdecken.«

»Genauso erging es mir mit Tatjana. Ich glaube, die beiden haben sich in einen der Salons zurückgezogen, um endlich einmal ungestört miteinander zu reden«, mutmaßte Irina.

»Oh, dann ist die Zarin jetzt aber schon auf der Suche«, lachte Felix, und Irina versuchte sich vorzustellen, wie ihre Tante Alexandra mit wehenden Röcken durch den Anitschkow-Palast eilte. Arme Tatjana. Irina nahm sich vor, ihr beizustehen, sobald sie von der Hochzeitsreise zurück sein würde.

In der Kutsche kuschelte sich Irina strahlend an Felix, der die Felldecken um seine zarte Frau feststeckte. »Sieh nur, der Himmel. Er ist so rot wie Himbeersoße«, stellte Irina fest.

»So einen gibt es in Paris nicht«, sagte Felix lachend. »Und Schneestürme auch nicht! Unsere Hochzeit ist so wunderbar. Ich hätte nie gedacht, dass Heiraten so schön sein kann.«

»Ich auch nicht! Und jetzt bin ich ganz aufgeregt, am liebsten möchte ich in die Zukunft sehen. Nur ein Mal, nur ganz kurz!«, rief Irina, doch Felix riet ihr davon ab.

»Wer weiß, was die Zeit für uns bereithält. Lass uns lieber jeden Augenblick genießen.«

Wegen des Schneetreibens und der dicken Eis- und Schneedecke war der Verkehr auf dem Newskij einigermaßen chaotisch, und da die Kutsche gerade auf der Höhe des Cafés Wolff & Béranger im Stau steckte, beschlossen Felix und Irina spontan, in diesem beliebten Künstlercafé Abschied zu nehmen von Sankt Petersburg.

Man geleitete sie sofort zu einem Tisch, und viele Blicke folgten ihnen. Vom Nebentisch waren sie nur optisch durch eine buschige Topfpflanze getrennt, doch das ältere, gut gekleidete Ehepaar, das dort saß, fühlte sich offenbar ganz ungestört, denn sie unterhielten sich lebhaft über das junge Paar am Nebentisch, und Felix und Irina sahen sich amüsiert an und hörten ebenso ungeniert dem Gespräch zu:

»Wer ist das?«, fragte der Mann. »Ich habe selten einen so attraktiven Mann gesehen! Ebenmäßige Gesichtszüge, edle Nase, sinnlich geschwungene Lippen, und doch kein verweichlichter Gesichtsausdruck –«

»Nein – im Gegenteil«, unterbrach ihn die Frau, »ich finde sogar, dass sein Gesicht eine bestimmte Härte ausstrahlt. Er ist so selbstverständlich arrogant – das ist bestimmt ein Großfürst. Sieh dir doch nur diesen erstklassigen Anzug an. Maßgeschneidert, was sonst. Und dann der weiße Schal, der exklusive Mantel, der ist mit Kamelhaar gefüttert, siehst du es?«

Irina und Felix bekamen mühelos mit, dass ihre Nachbarin jetzt im Bilde war. »Guter Gott, wie konnte ich so blind sein! Das ist Fürst Jussupow!«, teilte sie ihrem Mann mit. Sie war jetzt bestrebt, ein wenig leiser zu reden, steigerte sich jedoch gleich wieder in eine gewisse Erregung hinein, so dass Irina und Felix jedes Wort mitbekamen.

»Und sie ist Irina Alexandrowna Romanowa, die Nichte des Zaren, die beiden haben doch heute geheiratet! Ich glaube, ich träume, dass die hier sitzen! Es steht doch in allen Zeitungen. Die Hochzeit, so heißt es, wird das bedeutendste gesellschaftliche Ereignis der Saison werden.«

»Sie ist aber auch von vollendeter Schönheit«, sagte ihr Mann, und etwas wie Resignation machte seine Stimme brüchig.

»Du hast recht«, seufzte seine Frau, »neben ihr wirken alle anderen Frauen blass, das gebe ich neidvoll zu.«

»Dann kann ich ja getrost sagen, dass sie die schönste Frau Russlands ist«, er senkte seine Stimme ein wenig, »nur schade, dass der Fürst Männer bevorzugt. Das habe ich jedenfalls mal gehört.«

»Ein Jammer«, sagte die Frau, doch sie schien zufrieden mit seiner Auskunft, »das ist ja eine richtige Verschwendung. Es ist eben doch nichts vollkommen auf dieser Welt.«

Irina lächelte übermütig und rückte noch näher an Felix heran. Seine Wärme umfing sie, sein Duft, seine Klasse. Sie hatte nie einen anderen als Felix gewollt. Er war ihr Prinz, ihr Fürst. Diese Frau hatte keine Ahnung. Irina fand, dass ihr Leben mit Felix einzigartig war. Vollkommen in jeder Beziehung.

Heute war ihr Hochzeitstag. Sie waren das schönste Paar Petersburgs. Russlands. Wenn nicht der Welt. Warum nicht? Wenn die Leute das so sehen wollten. Irina fröstelte ein wenig. Draußen war es kalt bis ins Mark der Erde. Die Sonne schien auf das klirrende Eis. Als der Urgroßvater Irinas, Zar Alexander II., beim fünften Attentat auf ihn so schwer verletzt wurde, dass er starb, war das Wetter gewesen wie heute. Frost und Sonne.

KAPITEL 24

Einen Tag nach ihrer Rückkehr aus Paris lud Irina ihre Schwiegermutter zu einem Tee in den großen gemütlichen Wohnraum, den Felix so liebte. Mit der zartgrünen Malerei an den Wänden und der herrlich bemalten Stuckdecke, mit den weißen französischen Möbeln und dem wie aus Schnee herausgehauenen Kamin schien er geradezu für einen Tag im Mai entworfen.

Irina hatte den großen silbernen Samowar hereinbringen lassen, und der Verbenentee, den sie für ihre Schwiegermutter aus Paris mitgebracht hatte, verbreitete schon seinen zarten Duft. Auf der grünen Tischdecke im Erker stand ein Strauß mit Maiglöckchen, und Irina hatte in kleinen Porzellanschalen Konfekt und Gebäck verteilt, welches sie ebenfalls in Paris gekauft hatte.

Als Sinaida hereinkam, ging Irina mit ausgebreiteten Armen auf sie zu. »Mama, ich habe dich vermisst! Was hätten wir in Paris alles zu bereden gehabt. Allein im Louvre, aber auch in den eleganten Geschäften!«

Sinaida empfand die Liebenswürdigkeiten Irinas wie einen warmen Schauer. Erst jetzt spürte sie, wie allein sie in den letzten Monaten gewesen war. Ihr Mann fuhr immer häufiger nach Moskau. Die politische Lage war bedrohlich. Die Polizei in Moskau war genau wie hier in Petersburg nicht mehr Herr der Lage.

Aber daran wollte Sinaida jetzt nicht denken. Nicht in diesem Augenblick, wo Irina sie aus ihren dunklen Augen anschaute. Sinaida musste an eine Gedichtzeile von Anna Achmatowa denken: »Ich aber weckte die Tochter und seh / in ihre samtigen Augen voll Weh.«

Nein. Gott sei Dank. Irinas Augen strahlten. Sie bemühte sich, eine gute Gastgeberin zu sein, und rückte ihr den Stuhl zurecht, von dem aus man das ganze Zimmer sah. Sie goss ihr Tee ein und erklärte ihr jede einzelne Praline. »Ich hab sie alle vorgekostet«, teilte Irina mit, und nun wusste Sinaida auch, warum ihr Irina so verändert erschienen war. Ihr früher fast knabenhaft zartes Gesicht, das sich gerne im Trotz verdüsterte, war rundlicher, gelöster. Ein Pariser Friseur hatte ihr Haar so raffiniert geschnitten, dass die früheren Wellen jetzt in kurzen dicken Locken aufsprangen und so den Hinterkopf betonten. Bildschön war diese Frisur und völlig neuartig für Petersburg. Erst jetzt sah man, was für prachtvolles Haar Irina hatte. Wirklich – die Pariser hatten Schick.

Sinaida machte Irina Komplimente, und die freute sich, wippte vergnügt auf ihrem Stuhl herum. Und dann platzte es förmlich aus ihr heraus: »Mama, du bist nach Felix die Erste, der ich es sage – Felix und ich – wir bekommen ein Kind!«

Unwillkürlich sah Sinaida auf das Porträt Nikolajs, das an der Wand hing, dann stürzte sie Irina in die Arme, und sie tanzten und lachten, und Sinaida ließ Irina wieder behutsam auf einen Stuhl gleiten.

»Siehst du, Mama, du bist erleichtert. Du hast doch auch gedacht, dass wir keines zustande bringen, Felix und ich.«

Da war sie wieder, die Irina von früher, die sagte, was sie dachte, und tat, was sie wollte. Sinaida hatte gerade eine der sagenhaft guten Pralinen im Mund und Mühe genug, nicht daran zu ersticken. Doch so blieb ihr Zeit, sich selber einzugestehen, dass Irina nichts sagte als die Wahrheit. Natürlich hatte sie sich bangend gefragt, ob Irina und Felix überhaupt »richtig« miteinander schliefen. Genauso hatte sie überlegt, wie Felix und

Dmitrij es anstellten, sich körperlich zu lieben. Doch nur unter der Folter hätte sie darüber gesprochen.

Mit wem hätte sie auch darüber reden können? Wen hätte sie fragen sollen? Ihren Mann? Um Gottes willen! Für ihn war die sexuelle Entwicklung seines Sohnes vom Teufel geschickt. Oder von den Göttern, aber als Rache. Auf jeden Fall war das etwas, worüber man nicht nachdachte, geschweige denn redete.

Aber dass Irina heute mit ihr so kühl darüber sprach, so selbstverständlich, das tat ihr gut. Unglaublich gut. Sobald sie diese Praline aus den Zähnen hatte, würde sie Irina anlächeln, ach was, jetzt auf der Stelle. »Irina, Liebes, ich bin dir dankbar, dass du so ehrlich bist. So stark. So frei. Ich bin eine dämliche alte Kuh gewesen, dass ich dich und Felix damit allein gelassen habe. Ich war so hilflos wie noch nie. Verzeih mir, bitte.«

Beide hatten nicht gemerkt, dass Felix ins Zimmer gekommen war. Er kam jetzt auf Sinaida zu, nahm sie in seine Arme, küsste sie zärtlich. Sinaida wehrte sich gegen ihre Tränen, doch vergeblich, sie rannen ihr herunter, und Felix wischte sie ihr mit seinem Taschentuch behutsam ab. Dann sah er fragend zu Irina, die aufgestanden war und Sinaida über den Rücken streichelte. So standen sie eine Weile, und jeder spürte das zärtliche Band der Familie, das hält und fesselt zugleich.

Irina goss auch Felix Tee ein, und er fragte Sinaida, was das Polizeiaufgebot in der Stadt solle. »Wir haben ja Stunden gebraucht, um nach Hause zu kommen. Auf allen Straßen, die zum Zentrum führen, sind Polizeiabteilungen aufgestellt. Jede Brücke, jede Anlegestelle, jede Überfahrt ist überwacht. Überall haben wir Kosaken gesehen. Ich habe gefragt, sie sind zur Verstärkung der Polizei abkommandiert. Alle waren sie feindlich, haben unseren Wagen mit kaltem Hass gemustert. Wann warst du zum letzten Mal auf dem Newskij, Mama? Überall sind Gendarmeriepatrouillen zu Fuß und zu Pferde – das ist ja wie Krieg!«

Sinaida erklärte, dass am 1. Mai an die zweihunderttausend Arbeiter trotz schärfster Drohungen der Polizei ihre Arbeit niedergelegt hätten. »In allen Stadtteilen sind sie herumgezogen, haben die *Marseillaise* gesungen und Arbeiterlieder. Ich habe einige unserer Diener losgeschickt, und sie haben gesehen, dass die Leute, die rote Fahnen trugen, sofort verhaftet wurden. Die Polizei hat versucht, die Demonstranten auseinanderzutreiben, aber die Arbeiter haben sich zur Wehr gesetzt. Und wenn die Polizisten in der Minderheit waren, haben die Arbeiter sie verprügelt. Unsere Diener haben jedoch auch gesehen, wie ein Polizist mit dem Säbel einem Arbeiter den Schädel gespalten hat.«

»Das ist ja grauenvoll! Muss man das wirklich glauben?« Sinaida sah, wie es Irina schauderte. Sie selber hatte auch Mühe, dies furchtbare Bild wieder zu verscheuchen.

»Sind denn Zeitungen erschienen? Ich würde sie mir gerne noch besorgen«, sagte Felix, doch Sinaida berichtete ihm, dass sie das meiste, was sie wisse, von Hunziker erfahren habe. »Die Polizei hat alle Arbeiterzeitungen konfisziert, ehe sie ausgetragen werden konnten. Und wegen des Setzerstreiks sind auch die anderen Zeitungen nicht erschienen. Doch die *Zürcher Neuesten Nachrichten* haben berichtet, dass mehr als hundert Personen verhaftet worden seien, darunter auch Frauen und sehr viele Studenten.«

»Ich verstehe den Zaren nicht«, meinte Felix nachdenklich. »Wir haben ja auch in Paris Zeitungen gelesen. Da hat unser Ministerpräsident in einem Interview gesagt, dass es im Zarenreich weder soziale Unruhen noch merklichen politischen Widerstand gebe. Von revolutionärer Gefährdung keine Spur. Politische Reformen? Nicht notwendig. Man bräuchte nur eine gesunde Wirtschaft und eine gute Regierungsmannschaft, dann wäre man auf der Höhe der Zeit.«

Hier mischte sich Irina ein. »Ein Duma-Abgeordneter hat sich aber auch kritisch geäußert, er hat gesagt, dass die Menschen in Russland von Tag zu Tag mehr den Glauben an den Staat verlieren und eine normale, friedliche Lösung der Krise nicht mehr für wahrscheinlich halten.«

»Wurde der Name des Duma-Abgeordneten genannt?«, fragte Sinaida. »Nein? – Das verstehe ich. Der Zar hat die Duma von Anfang an manipuliert und verachtet, und er würde auch nicht zögern, mit einem Kritiker aus den Reihen der Duma kurzen Prozess zu machen. Aber einen Rasputin, der ihn und vor allem die Zarin im ganzen Land unglaubwürdig macht, sie als nationales Sicherheitsrisiko erscheinen lässt – den dulden sie, der wird jeden Tag größenwahnsinniger, und niemand kann ihn bremsen. Es ist unfassbar.«

»Ich habe heute Morgen im Corps gehört, dass man schon wieder Pläne schmiedet, ihn zu beseitigen. Der Polizeiminister Chwostow will jetzt Ernst machen.« Felix beugte sich über die Maiglöckchen, sog ihren intensiven Geruch ein. »Am liebsten würde ich mit Irina wieder abreisen. Zurück nach Paris oder auf die Krim. Aber es hilft ja nichts, ich habe Dienst im Pagencorps, und außerdem erwartet der Zar allen Ernstes von mir, dass ich Rasputin konsultiere. Stell dir vor: Er soll mich durch Hypnose von meiner Zuneigung zu Dmitrij befreien.« Felix lachte, aber es klang eher gequält.

»Und mich fragt Onkel Nicky überhaupt nicht«, ereiferte sich Irina. »Dabei ist das ja in erster Linie meine Sache. Aber nein, er erpresst Felix richtiggehend, droht uns mit Verbannung, wenn Felix sich Rasputin nicht anvertraut. Diesem Muschik, der doch nur ein Emporkömmling ist, weil er der Zarin Hokuspokus vormacht.« Irina bebte richtig vor Wut, ihre Augen schossen schwarze Blitze. »Hoffentlich schaffen es die Leute um Chwostow, Rasputin irgendwie unschädlich zu machen. Schließlich hat der Minister den gesamten Polizeiapparat zur Verfügung. Sie können ihn doch nach Sibirien zurückschicken mit der Auflage, nie mehr nach Petersburg zurückzukommen.«

»Aber bisher ist es noch niemandem gelungen, ihn loszuwerden«, sagte Sinaida heftig. »Wie ich höre, soll sein Sekretär, dieser Aron Simanowitsch, äußerst gewieft sein. Der hat Verbindungen bis in die höchsten Regierungskreise. Er zahlt Denunzianten gut und gibt sein Wissen umgehend an den Zaren weiter. Dann können die Verschwörer nur noch beten.«

In die nachdenkliche Stille hinein fragte Sinaida ihren Sohn, ob er denn wirklich den obskuren Wunderheiler aufsuchen wolle. »Das ist doch eine Zumutung. Der wird ja womöglich noch größenwahnsinniger, wenn er dir Ratschläge geben darf.«

Da Felix ziemlich unglücklich aus dem Fenster schaute und Irina hilflos die Schultern hochzog, fragte Sinaida nicht weiter. Doch der Gedanke, dass ihr Sohn Rasputin um Rat bitten sollte, passte ihr ganz und gar nicht.

KAPITEL 25

In Moskau wurde ein Film vorgeführt, für den drei russische Künstler das Drehbuch geschrieben, die Kulissen gemalt, Regie geführt und als Hauptdarsteller gewirkt hatten. Sie hatten ihrem Film den Titel *Drama im Futuristenkabinett Nr. 13* gegeben, und in allen Zeitungen wurde darüber berichtet. Sinaida wurde neugierig. Noch nie war sie in einem Kino gewesen. Doch sie hatte gehört, dass immer mehr Kulturbeflissene hingingen, und da wollte sie nicht länger zurückstehen. Wie sie aus Magazinen erfuhr, waren schon einige Schauspieler zu Filmstars geworden, und es gab einen »König der Leinwand«, der Mosshuchin hieß. Seine Spezialität sei die Darstellung melancholischer Antihelden, welche im Wahnsinn oder im Selbstmord endeten. Höchste Zeit, fand Sinaida, dass sie sich für diese Art von Kunst interessierte, von der manche sagten, dass es keine Kunst sei.

Demselben Magazin hatte Sinaida entnommen, dass Rasputin der geheimnisvollste Mensch des Jahres sei. Man sollte es nicht glauben, wie naiv diese Journalisten oftmals waren. Rasputin geheimnisvoll? Er war gefährlich, und das war offensichtlich. Sie hatte es Felix schon oft gesagt. Doch welcher Sohn war schon neugierig auf das Wissen oder die Erfahrung der Mutter? So war das Leben. War man eine junge Frau, schämte man sich seiner mangelnden Erfahrung. War man alt, schämte man sich seiner mangelnden Jugendlichkeit. Das war doch eigentlich verhext. Konnten Frauen es der Gesellschaft jemals recht machen?

Sinaida hatte keine Lust mehr auf derart trübselige Gedanken. Sie erinnerte sich lieber an die Lektüre des Magazins und die Titel, die es vergeben hatte.

Die extravaganteste Frau war die Schauspielerin Ida Rubinstein. Der erfolgreichste ausländische Unterhalter war Max Linder, der populärste Politiker Pawel Miljukow, der berühmteste Sänger Fjodor Schaljapin, das eleganteste Ehepaar – Fürst und Fürstin Jussupow. Es war nicht ausdrücklich angegeben, ob es sich dabei um Sinaida und Felix Jussupow handelte oder um Irina und Felix, und es gab Sinaida einen Stich, als sie sich eingestand, dass selbstverständlich die jungen Fürsten Jussupow gemeint sein mussten. Noch im letzten Jahr und in vielen Jahren davor waren Sinaida und ihr Mann das attraktivste Paar Petersburgs gewesen.

Doch dafür wurde sie reich entschädigt. Ein neuer Zweig am Stammbaum der Jussupows war im Entstehen. Sinaida wurde Großmutter. War es da noch wichtig, ob ihre Brust und ihr Hintern jugendlich waren? Es hatte Sina schon immer mit Schaudern erfüllt, wenn Frauen jenseits der dreißig darauf bestanden, jugendlich zu sein. Das konnte einem wahrscheinlich nur passieren, wenn man sich ausschließlich um sich selber drehte, unfähig war, die Welt um sich herum und sich selber darinnen realistisch zu sehen. Sinaida hoffte, dass es ihr gelänge, weiterhin auf ihr Taktgefühl zu hören. Ihre Großmutter sollte gesagt haben, dass das Schöne bliebe, nur das Hübsche vergehe.

Diese Gedanken bewegten Sinaida, als sie neben ihrem Mann im Kino Platz nahm. Auch Xenia und Sandro waren mitgekommen. Sie wollten zu viert in Moskau einen hübschen Abend verleben und feiern, dass sie Großeltern wurden. Xenia und Sandro waren offensichtlich genauso glücklich und erleichtert wie Sinaida und Felix.

Den Film fanden sie alle vier langweilig. Es war so etwas wie ein satirischer Tanz- und Horrorfilm, der die damals in Russland grassierende Tango-Begeisterung persiflierte. Es gab, von Tänzen abgesehen, eine pathetische Selbstmord- und eine wilde Mordszene. Trotzdem blieb die Begeisterung aus, und Felix Felixowitsch schlug vor, man solle in eines der neuen Tangolokale wechseln. Damit waren alle einverstanden, und man fand sich bald in einem Tanzcafé, wo man auf gemütlichen Plüschsesseln an der Tanzfläche saß und Champagner trank.

»Da gibt es in Petersburg aber interessantere Filme«, trumpfte Xenia auf, die Moskau nicht mochte und überhaupt ein wenig dazu neigte, nur Veranstaltungen gut zu finden, die sie arrangiert hatte. »Ich habe gehört, dass dort *Das Bildnis des Dorian Gray* gezeigt wird.« Eine betretene Stille entfaltete sich zwischen den Ehepaaren, und man war froh, dass jetzt ein Tangopaar die Bühne betrat, das vom Publikum mit starkem Beifall begrüßt wurde. Der Tänzer, ein hochgewachsener junger Mann im Frack und mit geöltem Scheitel, führte die ebenso junge Tänzerin mit strenger Miene über das Parkett, und sie schaute mit völlig ausdruckslosem Lächeln über seine Schulter. Ihr Körper und die langen, schlanken Beine waren makellos und erzeugten einen Sog von Leidenschaft, der alle verstummen ließ. Selbst die Bedienungen standen regungslos mit ihren Tabletts an den Wänden und folgten dem aufpeitschenden Rhythmus, dem sich das Paar absolut hinzugeben schien.

Sinaida fühlte ihr Herz bis in die Schläfen klopfen. Gerade überlegte sie, wann sie zuletzt mit ihrem Mann geschlafen hatte, als das Paar seinen Tanz abrupt beendete, indem der Mann das Mädchen mit einer fast brutalen Gebärde an sich riss. Sinaida applaudierte so kräftig wie die anderen, und das Glas Champagner, das ein nunmehr wieder tätiger Kellner ihr reichte, goss sie rasch, vielleicht allzu rasch, hinunter. Jedenfalls drehten sich die Tanzfläche und das Publikum ein wenig vor ihren Augen, als die junge Tänzerin alleine auf die Tanzfläche hinaustrat, die Männer am Rand der Tanzfläche rasch mit ihren Blicken prüfte und dann den Fürsten Felix Felixowitsch Jussupow, den künftigen Großvater, auf die Tanzfläche bat.

Ausgerechnet ihn, der vom Tanzen nicht viel hielt und es auch nicht besonders beherrschte. Deshalb tat die junge Tänzerin Sinaida fast leid, denn eine Absage zu bekommen war sicher nicht angenehm. Doch Felix, ihr Felix, der sich in den letzten Jahren regelmäßig vor dem Tanzen gedrückt hatte, dachte offenbar gar nicht an eine Absage. Er erhob sich, ohne auch nur einen Blick auf seine Frau zu werfen, und ging mit der Tänzerin auf die Tanzfläche. Sein weißer Uniformrock spannte über den Hüften.

»Gott, er wird sich nicht gerade wohlfühlen«, sagte Sinaida rasch zu Xenia. Aber nur, um Xenia zu zeigen, wie lässig sie das sah, und um nicht auf die Tanzfläche sehen zu müssen, wo die Tänzerin Felix' Hände auf sich drapierte. Dann setzte die Musik ein, die Frau drückte sich eng an Felix und führte ihn mittels ihres Körpers in so etwas Ähnlichem wie Tangoschritten über die Tanzfläche. Es dauerte eine Ewigkeit, bis Felix stehen blieb, liebenswürdig bedauernd den Kopf schüttelte, der Tänzerin einen Handkuss gab und sich von ihr wieder zu seinem Platz führen ließ. In Sekundenschnelle war der Tänzer wieder auf dem Parkett, und das Paar begann seine rassigen Tangos zu tanzen, als habe es nie eine Unterbrechung gegeben.

Sinaida fühlte, wie sie sich von allem entfernte. Wie von weitem nur bekam sie mit, dass Xenia und Sandro Felix beglückwünschten. Sandro schlug ihm auf die Schulter, Xenia sagte, wie gut er doch tanze und dass sie beim nächsten Mal ihre Ansprüche anmelden werde. Alle drei lachten und schienen nicht zu bemerken, dass Sinaida sich fühlte, als habe sie Gift getrunken, das nun ihre Eingeweide verätzte. Was war das für ein Schmerz? Der war nicht weit vom Wahnsinn entfernt – nicht auszudrücken. Sinaida war elend zumute; sie wollte mit ihrem jähen neuen Schmerz alleine sein.

Felix stand auf, offenbar wollte er zu den Toilettenräumen. Er legte ihr kurz seine Hand auf die Schulter, und Sinaida dachte unwillkürlich, es sei so, wie man sich an einem soliden Möbel abstützt. Als er zurückkam, machte er die gleiche Geste. Offenbar trachtete er so rasch wie möglich auf seinen Platz zurückzukommen, da sich auf der Tanzfläche jetzt ein anderes Paar, ebenfalls jung und attraktiv, dem ersten Paar zugesellte.

»Ich werde schließlich Großmutter«, dachte Sinaida etwas benommen. Vielleicht sollte sie ihr Schlafzimmer künftig verschließen.

KAPITEL 26

Aron Simanowitsch saß in dem kleinen Nebenraum, der nur ein Fenster hatte und kein Mobiliar außer Tisch und Stühlen und einem Schrank. Dieser kahle Raum diente Grigorij und ihm als Büro. Aron ordnete stöhnend Zettel, Schnipsel, Rechnungen und Quittungen in verschiedene Mappen und griff sich immer wieder an den Kopf. »Der Herr, Preis Ihm, ist der Schöpfer der Erde. Die Geschöpfe, Menschen genannt, glauben, dass sie sind die Herren dieser Erde. Der Herr, Preis Ihm, gab den Menschen Geist und Seele. Also hat das Geschöpf die Fähigkeit, zu denken, zu träumen, zu arbeiten. Und es kann seine Geldgeschäfte alleine regeln und muss dazu nicht immer seinen Sekretär rufen, der ohnehin genug damit zu tun hat, ihn vor den wilden Tieren zu schützen. Außerdem ist der Sekretär in Wahrheit Juwelenhändler und hat lange keinen großen Fischzug mehr gemacht. Der Herr, Preis Ihm, möge mir beistehen.«

Simanowitsch suchte herum, öffnete Schubladen, griff in Schranktüren, überall kamen ihm lose Blätter entgegen. Simanowitsch stöhnte laut vor sich hin, und plötzlich kam Praskowja herein, schüttelte verständnisvoll den Kopf und sagte, dass Aron ihr schon lange leidtäte. »Unordentlich war er schon immer, mein Grigorij, das wird er sich nicht mehr abgewöhnen.«

Aron Simanowitsch sah Praskowja an. Sie hatte ein breites, bäuerliches Gesicht, aber die hohen Wangenknochen gaben ihm einen besonderen Reiz und vor allem wirkte sie gepflegt und selbstbewusst. Der Herr, Preis Ihm, hatte Grigorij eine wunderbare Frau gegeben, doch er machte offenbar nicht mehr viel Gebrauch davon. Er hatte leider andere Dinge im Kopf. Ganz andere. Praskowjas ausgeprägte Gutmütigkeit ging Aron gegen den Strich. Warum schalt sie Grigorij nicht? Warum mahnte sie ihn nicht an seine Pflichten, wie es Arons Frau jeden Tag lautstark machte?

Mürrisch versuchte Aron, die Papiere auf dem Tisch zu ordnen und zu beschriften. Ohne aufzusehen, brummte er Praskowja an, ob sie ihren Mann nicht dazu anhalten könne, weniger in den Gasthäusern zu saufen und keine zwielichtigen Etablissements mehr aufzusuchen. »Es kann dir doch nicht egal sein, dass er herumhurt. Bist doch schließlich seine Frau.«

Praskowja griff hinter die Türe, holte einen Korb mit Blumen hervor und steckte einen Strauß davon in eine Vase. »Mach dir keine Sorgen, Aron Simanowitsch, Grigorij hat genug für alle Frauen. Ich vermisse nichts außer Pokrowskoje. Unser Haus dort gefällt mir viel besser als dieses hier. Du hast doch gesehen, was uns die Zarenfamilie alles geschenkt hat. Teppiche, kostbare Sessel und Sofas, nicht einmal der Starosta hat es so schön wie wir. Einen ganzen Schrank voller Porzellan haben mir allein die Zarenkinder geschenkt.«

»Trotzdem musst du mit Grigorij reden. Wenn er nicht aufhört, jeden Tag nach Zarskoje Selo herauszufahren, wenn er nicht aufhört, damit zu prahlen, dass er der Zar über den Zaren sei, dann wird man ihn umbringen. Einmal werden sie es schaffen. Der Herr, Preis Ihm, helfe uns.«

Draußen hörte man kräftige Schritte, Grigorij rief nach Praskowja. Sie beeilte sich, zu ihm hinauszulaufen, und ihre Wangen waren plötzlich hochrot. Aron hörte kopfschüttelnd das laute Gelächter der beiden, die schrillen Entzückensschreie Praskowjas, dann brummte noch Mitja dazwischen, und die beiden Mädchen gackerten. Wenn sie denn einmal beieinander waren, war die Familie seines Herrn ein so fröhlicher Haufen, wie Aron es eigentlich noch nirgends erlebt hatte. Was seine Frau auch tat, ob sie sich, wie heute, mit den Vorbereitungen zum Sabbat beschäftigte oder ein Huhn kochte oder Brot backte – immer war sie ernst. Nicht ein einziges Lächeln war ihr zu entlocken. Ob der Heilige, Preis Ihm, es seine Frau hatte wissen lassen, dass er neulich mit der jungen Gräfin –

Aron musste diesen Gedanken nicht zu Ende denken, denn Grigorij kam hereingepoltert, herzte und küsste ihn und brachte ihm eine Tüte voll Geld mit, die er von der Frau eines hohen Beamten bekommen hatte, den er noch ein wenig höher hinaufbefördern sollte. Aron schüttelte seinen Kopf nur noch innerlich. Er kannte Grigorij, den man den Gottesmenschen, Geistheiler, Wundermönch oder sonst wie nannte, nun seit fast zehn Jahren. In dieser Zeit hatte sich um den merkwürdigen Bauern aus Pokrowskoje eine Legende gebildet. Der Herr, Preis Ihm, mochte wissen, warum Rasputin immer mehr von mystischen Nebeln umwallt wurde. Auch ihm, Simanowitsch, wurde er von Tag zu Tag rätselhafter. Er hatte oft Mühe, sich neben ihm zu behaupten, wenn Grigorij seine Willenskräfte spielen ließ. Der hatte ja manchmal einen Blick, da musste der Herr, Preis Ihm, einem schon beistehen.

Doch mochte Grigorij auch moralisch angreifbar und intellektuell nicht auf der Höhe sein – die Gewalt seiner Persönlichkeit war so stark, dass sie ihm vom Herrn, Preis Ihm, gegeben sein musste. Und der Herr, Preis Ihm, ließ es ja auch zu, dass sich immer neue Mythen bildeten, dass Grigorij immer reicher wurde und dass sein Einfluss bei Hofe beständig zunahm. Denn das war sein höchster und wirksamster Trumpf: Er verfügte über starke hypnotische und magische Heilkräfte, die dem kranken Thronfolger immer wieder halfen. Außerdem hatte Grigorij, so schlicht er auch sein mochte, die Kardinalpunkte der russischen Politik außen und innen durchaus richtig erkannt.

Simanowitsch hatte schon von manchem Gespräch erfahren,

in dem Grigorij dem Zaren immer wieder riet, den Bauern eigenes Land zu geben. Immer wieder hatte er den Zaren auch vor einem Krieg gewarnt. »Nur keinen Krieg, Papa, nur keinen Krieg!«, habe Grigorij ihn oft beschworen. »Krieg bedeutet für Russland Revolution!« Doch – anders als allgemein vermutet – hörte der Zar nicht auf ihn. Er folgte weiterhin mal diesem Rat, mal jenem, ließ sich hin und wieder von der Zarin dazu überreden, im Sinne Rasputins Ministerposten auszuwechseln, und war so unberechenbar wie eh und je.

Und nun war der Krieg doch ausgebrochen. Und der Herr, Preis Ihm, hat es gesehen und zugelassen, dass viele Leute am Hof des Zaren dafür Grigorij die Schuld gaben. Etwas Idiotischeres konnte man sich gar nicht ausdenken. Wer wusste das besser als Simanowitsch? Grigorij hatte nämlich immer konsequent und unbeirrt die Forderung nach Gleichberechtigung der Juden unterstützt. Er hatte sich gegen den Antisemitismus am Hofe gewandt und war für einzelne Juden eingetreten, wenn ihnen Unrecht geschehen war.

Diese beschützende Haltung in der Judenfrage und sein Eintreten gegen den Krieg nährte bei vielen Antisemiten am Hof den Verdacht, dass Grigorij ein deutscher Spion sei. Daher habe er auch das Ohr der Zarin, und beide gemeinsam würden auf die Niederlage Russlands hinarbeiten. Diese absurde Anschuldigung wurde gegen besseres Wissen von der Oppositionspresse unentwegt vorgebracht, und sie war für Grigorij ebenso gefährlich wie für die Zarin.

Alles in allem: Aron Simanowitsch fürchtete um das Leben Grigorij Jefimowitsch Rasputins und um das Leben der Romanows. Beide waren für ihn lebenswichtig. Sie beschützten sein Leben und das seiner Familie, und sie verhalfen ihm zu so guten Geschäften, wie er sie noch niemals getätigt hatte. Inzwischen kamen selbst Fabergé und Cartier zu ihm und kauften Rohdiamanten.

Aron musste Grigorij noch eindringlicher warnen, als er das bislang schon getan hatte. Grigorij war zwar gerissen, aber er war auch gutherzig. Vertrauensselig. Er, der niemals handgreiflich wurde, auch wenn andere etwas anderes sagten, er musste beschützt werden, damit er heil blieb. Und dazu waren die Leute von der Ochrana nicht geeignet. Aron musste sich mit Praskowja zusammentun. Grigorij war seiner Frau herzlich zugetan, mochte er auch noch so viele andere beglücken, und er war ein liebevoller Familienvater. Da musste Aron ansetzen, damit Grigorij sich vorsah, noch misstrauischer wurde, als er es ohnehin schon war. Praskowja und die Kinder mussten achtgeben, dass niemand Fremdes ins Haus kam. Und wenn doch, mussten sie sofort ihn, Aron Simanowitsch, informieren.

Grigorij hatte sich einen Stuhl vom Tisch hervorgezogen, er füllte sein Glas mit dem Wodka, von dem immer ein Vorrat im Schrank sein musste. Er prostete Aron wortlos zu und trank das Glas in einem Zug aus, um sich sofort ein neues einzuschenken. Dann saß er ruhig da, drehte das gut gefüllte Wodkaglas liebevoll in seinen Händen und schaute aus dem Fenster.

Aron dachte, dass es für Grigorij eine große Tugend sei, derart in Ruhe dazusitzen. Noch dazu vor einem gefüllten Glas. Irgendetwas an ihm war anders als sonst. Vielleicht spürte er auch, dass der Sabbat nahte. Aron jedenfalls hatte es im Gefühl, dass die Sonne dem Meere zu sank, um dem Sabbat zu Ehren ein Tauchbad zu nehmen. Am Abendhimmel konnte man es klar erkennen: Die Sonne hüllte sich in ein Kleid von allerlei Farben und begab sich in ihr Ruheschloss, um den Sabbat im Kreise der dienenden Engel zu empfangen. Und er, Aron, musste sich auch auf den Weg nach Hause machen. Aber erst hatte er mit Grigorij noch ein Wörtchen zu reden.

»Grigorij«, sagte Aron zu ihm, »Grigorij, du darfst nicht mehr alleine ausgehen. Wie oft muss ich es dir noch sagen!«

»Keinmal«, antwortete Grigorij freundlich. »Du hast mir nämlich gar nichts zu sagen.«

»Nur so viel«, gab Aron zu bedenken, »nur so viel, dass Zarskoje Selo nicht weit weg ist von Petersburg. Niest einer hier, so ruft man in Zarskoje Selo Gesundheit. Und umgekehrt. Die

Spatzen pfeifen es vom Dach, dass du dem Mönchsprediger Iliodor und dem Bischof Hermogen ein Dorn im Auge bist. Sie wollen dich mindestens halb tot prügeln, damit sie dich als Krüppel für immer nach Pokrowskoje verfrachten lassen können.«

»Du hast den Metropoliten Pitirim vergessen«, sagte Grigorij gelassen. »Er und Iliodor und Hermogen sind zahnlose Ungeheuer. Sie verwinden es nicht, dass ich sie vor dem Zaren und der Zarin an die Wand gepredigt habe und dass ihnen das jedes Mal passieren wird, wenn sie mich herausfordern.

Und nun, lieber Aron, darfst du für heute Schluss machen mit deinen Zetteln. Du sollst nämlich meine Familie mitnehmen in das nächste Café und ihnen Kaffee bestellen, Kakao und Kuchen – alles, was sie wollen. Auch Likör für Praskowja. Und dann nimmst du sie mit zu dir nach Hause und bringst sie mir morgen früh wieder her. Ich werde nämlich bald ein Bad nehmen müssen und mich ganz frisch ankleiden, denn ich bekomme Besuch. Fürstlichen Besuch, musst du wissen. Da kann ich keine angespitzten Ohren brauchen und – ach, du weißt schon.«

Aron war sicher, dass Grigorij sich eine Fürstin angelacht hatte. Eine Fürstin der Halbwelt. Die gehörte bestimmt zum Damenflor der Villa Rode, und Grigorij wollte mit ihr ungestört eine ganze Nacht verbringen. Deshalb mussten Praskowja und die Kinder aus dem Hause. Grigorij schätzte die Großzügigkeit seiner Frau, aber er provozierte sie nicht. Was ihn, Aron, anging, hatte er nichts dagegen, Praskowja und die Kinder mitzunehmen. Sie würde tatkräftig mit anpacken bei den Vorbereitungen für die Nacht. Sie fiel niemandem zur Last. Er war sogar ausgesprochen froh darüber. Der Heilige, Preis Ihm, hatte das so eingerichtet, denn auf diese Weise musste seine Frau sich mit dem Besuch beschäftigen, und er, Aron Simanowitsch, konnte ohne verfängliche Fragen Kerzen anzünden und die Hymne für den Sabbat singen, bis die Kerzen erloschen. Der Heilige, Preis Ihm, zündet eine ganze Zahl von Lichtern am Himmel an, und keines davon erlischt. Groß ist der Sabbat.

KAPITEL 27

Felix hatte in der Nacht geträumt, er stünde in einer Warteschlange nach Brot an – nackt. Dann irrte er – ebenfalls nackt – in der kalten Dreifaltigkeitskathedrale umher und wusste nicht, was er da suchte, so dass ihn ein lähmendes Gefühl der Einsamkeit befiel, zumal der Innenraum der Kirche nur noch aus Marmorbrocken bestand, in denen er herumkletterte. Dann sah er, dass er am Bahnhof auf der Strecke nach Zarskoje Selo war. Er suchte die Züge, lief verwirrt in den Geleisen und wollte noch weiter laufen, aufbrechen, irgendwohin. Doch alles war ihm fremd, machte ihn traurig, furchtsam, und als er plötzlich aufwachte, versuchte er, den Traum festzuhalten, zurückzuholen, doch er zerfloss in seinem Kopf zu einem Gefühl, das er in Träumen oftmals hatte und das ihn über Stunden einhüllte – ein Gefühl des Verlassenseins, schamerfüllten Nacktseins und Fremdseins.

Und dann fiel ihm ein, dass er für heute mit Grigorij Jefimowitsch Rasputin verabredet war. Irina war mit seinen Eltern und der kleinen Irina auf der Krim. Felix fand sein Töchterchen unvergleichlich zart und anrührend. Das kam für ihn unerwartet. Er hatte sich noch nie etwas aus kleinen Kindern gemacht, doch dass er aus rein familiären Rücksichten irgendwann ein eigenes Kind haben sollte, war ihm schon klar gewesen. Natürlich hatte er sich gefreut. Schon weil die anderen fast außer sich waren:

Irina, seine Eltern, die Schwiegereltern. Insgeheim tat es ihm gut, und er war erleichtert, dass er, dem man absonderliche Neigungen nachsagte, trotzdem ein wunderschönes, makelloses Kind sein Eigen nennen konnte.

Anfangs hatte die Kleine eine stark unterentwickelte Schlafneigung gehabt. Da Irina sie aber in der ersten Zeit stillte und partout nicht den beiden Kindermädchen überlassen wollte, lief sie mit dem schlaflosen, schreienden Kind in ihren Räumen herum, tanzend und singend. Vielleicht macht die Vaterschaft hellhörig, jedenfalls bekam Felix die nächtlichen Wachstunden seiner kleinen Irina mit und sah sich plötzlich auch mit dem Baby herumtanzen. Weil er zunächst keine Alternative sah, ahmte er Irina nach. Irgendwann hatte er den Einfall, seine Gitarre zu holen, Liedchen zu spielen und vorzusingen, wie er sie von seiner Njanja gehört hatte. Und siehe, manchmal hatte er Glück, und Irina schlief ein. Wenn er auf diese Weise seiner großen Irina zu Schlaf verhelfen konnte, war er über sich selber gerührt. Er war genau genommen stolz auf sich, aber das hätte er nie gezeigt, denn er fand es lächerlich, stolz auf sich zu sein. Durch seine nächtlichen Dienste gewann er Einsicht in die wachsende Lebendigkeit und Lebenskraft seines Kindes, das mit jedem Tag hübscher wurde.

Doch was für ein Leben wartete auf seine kleine Irina. Petersburg hieß schon seit dem letzten Jahr Petrograd. Sankt Petersburg schien bei Hofe inzwischen allzu deutsch zu sein. Petrograd erschien Felix plump, obwohl der Name vom Stadtgründer entliehen war, nicht mehr vom himmlischen Petrus. Es war, als käme mit dem neuen Namen etwas Künstliches, Kränkelndes über die Stadt.

Der Zar war von Tag zu Tag schlechter gelaunt, ihn verstimmte der ständige Zwist mit der Staatsduma zutiefst. Das hörte Felix von dem Duma-Abgeordneten Purischkewitsch, der, wie so viele, als Grund allen Übels den Wunderheiler Rasputin ansah.

Von Dmitrij erfuhr Felix, dass der Zar sich ständigem Ärger mit den Großfürsten ausgesetzt sah, die ihn als Oberhaupt der Dynastie Romanow nicht mehr anerkennen wollten. Die Presse erlaubte sich empörende Urteile. Der Zar hatte bei einem Gespräch mit Dmitrij gesagt, er könne sich schon gar nicht mehr vorstellen, wie das gewesen sei, als der Wille seines väterlichen Autokraten unangefochten das Land regierte. Tausend Jahre schien das her zu sein. Und die Revolutionen in den alten, früher unerschütterlichen Monarchien Iran, Türkei und China, Bosnien und Marokko – sie riefen bei Nikolaus ein Gefühl der Instabilität und der Unsicherheit für die Zukunft der Dynastie hervor.

Dann kam der 20. Juli 1914, als Deutschland Russland den Krieg erklärte. Der Zar hatte es bei seiner Rückkehr vom Abendgottesdienst erfahren, und er äußerte zum ersten Mal, dass Kaiser Wilhelm niemals ehrlich zu ihm gewesen sei. »Nicht einmal einen Augenblick lang«, sagte der Zar zu Paléologue, dem französischen Botschafter, dem er vertraute. Nach einem Gespräch mit der Zarin, die ihm völlig beipflichtete, unterschrieb der Zar das Manifest über den Kriegseintritt Russlands gegen Deutschland.

Felix Jussupow senior war im Malachitsaal des Winterpalais zugegen, und er sah, dass der Zar aschfahl war vor innerer Erregung, doch seine Hände zitterten nicht bei der Unterschrift, so sehr vermochte es Nikolaus, sich zu beherrschen.

Später berichtete Felix Felixowitsch seiner Frau, dass er sehr überrascht gewesen sei, wie stark die Bevölkerung offenbar noch am Zaren hing. »Nach der Unterschrift ist der Zar auf den Balkon des Winterpalastes hinausgegangen. Die Zarin folgte ihm. Eine unübersehbare Menge Menschen wartete schon auf dem Schlossplatz. Stell dir vor, es war sogar eine Filmkamera aufgebaut. Als die Menschen das Zarenpaar sahen, brachen sie in Hurrarufe aus, die nicht enden wollten. Die Menge war begeistert, als sei plötzlich ein neuer Funke übergesprungen zwischen ihnen und dem Zarenpaar. Fahnen wurden geschwenkt, große

Porträts des Herrscherpaares und Transparente mit der Aufschrift ›Es lebe Russland!‹ hochgehoben. Plötzlich, ohne jede Ankündigung oder Vorbereitung, sangen alle das Lied *Herr, rette dein Volk*, und alle schlugen das Kreuzzeichen. Später, auf dem Weg zu meinem Wagen, habe ich einige Männer gefragt, ob sie nicht noch vor Kurzem gestreikt hätten. ›Da ging es um Reformen. Jetzt geht es um Russland‹, sagten sie. ›Wir werden mit unserem Zaren gegen die Deutschen siegen!‹«

»Und wo sind die Barrikaden, die Demonstrationen, die Streiks?«, fragte Sinaida verblüfft. »Davon ist nichts mehr übrig geblieben. Es scheint, als sei Russland geeint durch die Tatsache, dass es angegriffen wurde.«

Später erzählte Felix seiner Mutter von dem beispiellosen Bemühen, die Armeen so schnell wie möglich auszurüsten. Im Pagencorps hatte er erfahren, dass Arbeiter es sogar ablehnten, verdiente Pausen zu machen. Zu seinem Erstaunen brachten auch die Militärs dem Zaren Optimismus entgegen. »Wir melden uns freiwillig«, hörte Felix überall von seinen Kameraden. Jeden Tag gab es neue Kriegserklärungen: Deutschland hat Frankreich den Krieg erklärt! England hat Deutschland den Krieg erklärt! Österreich hat Russland den Krieg erklärt!

»Überall hört und sieht man nur Enthusiasmus für diesen Krieg«, sagte Sinaida kopfschüttelnd zu ihrem Sohn. »Besonders im Hause Romanow geben sich alle die größte Mühe. Die Zarin und ihre Töchter haben sich sofort bei Kriegsbeginn zu Krankenschwestern ausbilden lassen. Sie arbeiten in den Lazaretten, ohne sich auch nur im Geringsten zu schonen.«

»Ich weiß«, sagte Felix. »Irina war vor ihrer Reise auf die Krim bei Tatjana gewesen, und sie hat mir berichtet, dass alle, die Zarin, die Großfürstinnen, die Wyrubowa in der Tracht der Schwestern der Barmherzigkeit herumlaufen. Grauenhaft, was sie jetzt jeden Tag erleben! Die verwundeten Soldaten haben keine Kleidung mehr, nur noch blutgetränkte Lappen. Sie sind über und über mit Schlamm bedeckt. Viele von ihnen wissen gar nicht mehr, ob sie noch leben. Stell dir vor, die Frauen müssen die verstümmelten Körper waschen, die Augenhöhlen reinigen, die oft nur blutige Klumpen sind. Alle sagen, dass die Zarin die Größte ist. Sie steht wie selbstverständlich am Operationstisch, füllt die Ätherspritze, reicht Instrumente an. Auch bei den schrecklichsten Operationen. Sie nimmt den Ärzten amputierte Arme und Beine ab, zieht den Soldaten die verlauste Wäsche aus. Alexandra hat schon das Diplom einer Schwester der Barmherzigkeit bekommen, und Tatjana sagt, sie sei darauf so stolz wie auf nichts sonst.«

Umso tragischer ist es, dachte Felix, dass der Adel der Zarenfamilie so feindselig gegenübersteht. Selbst seine Eltern, die er für souverän, tolerant und verständnisvoll hielt, waren verbittert, zumal der Zar Felix' Vater seines Gouverneurspostens enthoben hatte. Seine Eltern und Irina sahen die Gründe für die Misere zum größten Teil immer noch bei Rasputin, der in seiner Machtgier die Gehirne des Zarenpaares vergifte. So wie sie dachten viele Menschen aus allen Schichten. Trotz allem liebten sie den Zaren – Felix sah es ja am Beispiel seiner Mutter. Sie kritisierte ihn als Regenten scharf, aber ihre Liebe zu ihm wurde davon nicht berührt.

Und ausgerechnet er selber war mit dem Sargnagel am Thron des Zaren, Rasputin, heute Nacht verabredet. Dabei war diese Juninacht so hell, so zauberhaft schön, dass Felix Sehnsucht nach Irina bekam und nach seiner kleinen Tochter. Und nach Dmitrij, der an der Front war. Mit Sicherheit hatte der Zar das arrangiert, um seinen Ziehsohn von Tatjana fernzuhalten. Doch immerhin hatte er Tatjana versprochen, dass er nachgeben werde, wenn sie und Dmitrij nach einem Jahr immer noch glaubten, füreinander bestimmt zu sein.

Natürlich hätte Felix auch längst an der Front sein müssen. Aber sein Vater hatte dem Zaren eindringlich erklärt, dass Sinaida von der Melancholie befallen sei. Dass sie es nicht überleben werde, wenn sie auch noch ihren zweiten Sohn verlöre. Felix hatte den Verzweifelten gespielt, der aus Rücksicht auf seine kranke Mutter nicht an die Front durfte. Das war eine verdammt dicke Lüge, denn er verstand nicht, dass vor allem die Jungen mit Begeisterung und glühendem Patriotismus der Front entgegenfieberten. Dreck, Schlamm, Läuse, Hunger und das Anrennen gegen tödliche Gewehrsalven – Felix hatte schon genug von den Manövern, die er seit dem letzten Jahr als Ausbildungsoffizier leitete.

Felix war seinem Vater dankbar, der ihn zwar in die Uniform hineingezwungen hatte, doch vor der Front bewahrte. Für einen in der Wolle gefärbten Militaristen ungewöhnlich. Felix war überrascht, und er dachte häufig darüber nach, was seinen früher so konservativen Vater derart verändert haben könnte, dass er seinem Sohn die heilige Pflicht zur Verteidigung des Vaterlandes ersparen wollte.

Es war Felix lange nicht bewusst gewesen, wie stark das Band auch zwischen ihm und seinem Vater war. Seiner Mutter, die den Künsten leidenschaftlich zugetan war, verdankte er seinen Zugang zur Malerei. Felix hätte nicht mehr zu sagen gewusst, wann es war – jedenfalls hatte er bei einem seiner zahlreichen Besuche der Eremitage vor Rembrandts *Bildnis des verlorenen Sohnes* gestanden. Wie sich da ein Mann bei seinem Vater wie in einer Höhle verkriechen will, Schutz suchen, und wie der Vater sich ihm liebend und schützend zuneigt, das hatte ihn getroffen. Immer wieder war er bei diesem Bild stehen geblieben, und irgendwann war ihm aufgefallen, dass der liebende, verzeihende Vater zweierlei Hände hatte – eine männliche und eine weibliche!

Die linke Hand war die breite, tatkräftig zupackende und schützende Hand. Die rechte dagegen zart, langgliedrig, feinfühlig und sensibel. Verstand Felix das richtig, waren beide Eltern vereint in der Liebe und Sorge um den verloren geglaubten Sohn?

Felix fühlte sich durch dieses Bild wie gerettet vor dem Monster des Kolosses von Goya, den er seit seiner Kindheit zugleich bewundert und gefürchtet hatte. Als er heranwuchs und zum Ästheten wurde, zum Dorian Gray, war er umso mehr fasziniert von diesem Abbild zottiger Naturgewalt, das eine unglaubliche Energie ausstrahlte. Bedrohlich, aber suggestiv.

Felix vergaß nie, wie er bei seiner ersten Begegnung mit Rasputin plötzlich an den Koloss gedacht hatte. Er sah sich wieder in den Kunstbüchern seiner Mutter blättern, bis sich der Koloss von Goya vor ihm aus den dünnen Wolkenfetzen erhob und drohend seine Faust reckte. Felix wusste jetzt, dass er in der Sehnsucht gelebt hatte, die Kraft des Kolosses würde auf ihn übergehen. Oder in der Angst, dass er ihm sein kleines bisschen Leben wegblasen könne. Davon hatte Rembrandts *Verlorener Sohn* ihn auf geheimnisvolle Weise erlöst.

Felix war an der Schlossbrücke angekommen, die sich in zwei bis drei Stunden für die durchfahrenden Schiffe wieder öffnen würde. Wie oft hatte Felix das schon gesehen, und er wollte dieses Schauspiel immer wieder erleben: Über den beleuchteten Brückenteilen, die sich langsam voneinander trennten, sich aufrichteten und, von allen Seiten beleuchtet, einander sehnsüchtig anzusehen schienen. Über diesem Werk der Technik stand der Nachthimmel in immer wieder andersfarbener Schönheit. Unter schimmerndem Blau hingen gigantische Wolkenkissen, die aus einem Riesenbett gefallen schienen. Weiße, zarte Wolkenschleier lagen über den Kuppeln und Türmen, die ihrer ohnehin märchenhaften Erscheinung noch den Zauber des Unwirklichen gaben. War es noch Abend? Oder schon Morgen?

Es war gleich Mitternacht, und noch immer gab der Tag keine Ruhe. Das magische Licht der Sonne hob alle Grundmauern und Befestigungen auf, ließ die Paläste schweben, die zahlreichen goldenen Kuppeln leuchten. Was brauchte es in diesen Nächten eine Straßenbeleuchtung? In diesem opalisierenden Licht, vor der Kulisse dieses Petersburger Szenarios, das »Weiße Nächte« hieß, spürte Felix immer wieder seine Sehnsucht, die silbrig glänzenden Straßen, Flüsse und Kanäle seiner Stadt durch sich hindurchfließen zu lassen. So hatte er es einmal geträumt, und er hatte sich diesen Traum schon so oft zurückgewünscht – vergeblich.

Wie immer in den Weißen Nächten waren die Petersburger auf allen Straßen und Plätzen unterwegs. Sie redeten, tranken und sangen in den Straßencafés, aus den Bars erklang Musik, und die Menschen gingen plaudernd und lachend auf den Straßen spazieren. Keine Spur von den Lazaretten, die überall eingerichtet wurden. Kein Laut von den Schreien der Verwundeten, und nirgends sah man blutende Gliedmaßen oder tote Augenhöhlen. Die Petersburger wussten vom Krieg, doch sie wollten in diesen Tagen der märchenhaften Schönheit ihrer Stadt nicht an ihn denken.

Felix hoffte, dass er in die Gorochowaja kommen würde, ohne Bekannte zu treffen. »Ich begegne niemandem, niemandem«, sagte er sich beschwörend, und er hatte Glück. Ungesehen gelangte er in den Hof und an die Hintertür, die Grigorij vorsorglich schon geöffnet hatte. Nervös und etwas atemlos zwängte sich Felix rasch an ihm vorbei, doch den Duft nach parfümierter Seife nahm er trotzdem wahr. Er wusste nicht, was er davon halten sollte. Grigorij Jefimowitsch sah anders aus, als Felix ihn in Erinnerung hatte. Priesterlicher. Ach was. Der und Priester. Zuweilen redete er so absurd wie Lady Bracknell.

Grigorij bat Felix in seinen Wohnraum, wo er auf dem Tisch wieder so viele Speisen hatte auffahren lassen, als gäbe es ein Fest. Diesmal waren es verschiedene Fischsorten in Aspik, Scheiben von kaltem Braten, hartgekochte Eier, Gurken und Früchte.

Grigorij schenkte Wein von der Krim, den er sehr gerne trank, in große Kristallgläser. Er prostete Felix zu, leerte das Glas und setzte sich hin. Dabei legte er die Arme entspannt vor sich auf den Tisch und sah Felix erwartungsvoll an. »Na – nun setz dich und trink, mein Kleiner, einen besseren Wein findest du in deinem Palast auch nicht.«

Keine Frage, Grigorij war guter Dinge, und er erwartete dasselbe auch von Felix. Der überlegte sich gerade, wie es wohl aussehen würde, wenn er sich jetzt zu Grigorij an den Tisch setzte. Sie beide waren bestimmt ein groteskes Paar.

Felix folgte der Aufforderung Grigorijs und trank große Schlucke von dem Wein, der tatsächlich köstlich war, jedoch keinerlei Intimität herstellte, wie Grigorij sich das vielleicht erhoffte. Schon dass er Felix gnadenlos duzte, gehörte zum Absurden ihrer Zweisamkeit. In ganz Sibirien gab es wohl keinen Bauern, der sich das getraut hätte. Wahrscheinlich ging Grigorij davon aus, wenn er den Zaren Papa und die Zarin Mama nennen dürfe, sollte es auch beim Fürsten Jussupow keine Probleme geben. Felix wusste aus Gesprächen mit anderen, dass Grigorij jeden duzte, den er kennenlernte. Eigentlich bewundernswert, wie er in seinen Umgangsformen seiner Kaste treu blieb.

Nach dem Essen fragte Felix nach einer Gelegenheit zum Händewaschen. Grigorij zeigte wieder stolz das recht gut eingerichtete Bad. Als Felix leichthin meinte, dass gründliches Waschen der Hände gut sei, um den Fischgeruch loszuwerden, wusch sich Grigorij ebenfalls und meinte, das sei eine sehr gute Idee. »Von dir kann ich überhaupt viel lernen, mein Kleiner. Du begegnest jedem Menschen liebenswürdig. Das bedeutet bei dir, dass dir so ziemlich jeder gleichgültig ist. Oder?«

Grigorij sah Felix lachend, aber forschend an. Natürlich wollte er hören, dass er, Grigorij, keineswegs zu den Menschen gehöre, die Felix gleichgültig waren. Doch der Fürst sagte nichts. Sein zartes, nervöses Gesicht war angespannt, fast gequält, und augenblicklich hatte Grigorij überbordendes Mitleid mit ihm. Sein Felix. Sein Kleiner, der ihm so fremd war wie ein Gestirn am Himmel. Grigorij überlegte krampfhaft, was er Tröstendes sagen konnte, und er kam darauf, von des Fürsten Jugend zu sprechen. Er war ohnehin erst Ende zwanzig, doch man hätte denken können, er sei noch nicht mündig, so knabenhaft sah er aus. »Mein Kleiner«, sagte Grigorij mit seiner sanftesten Stimme, »mein Felix, du bist noch so jung. Und Jungsein, das ist schließlich der kostbarste Zustand, den der Mensch erleben kann.«

Guter Gott. Wenn der so weiterredete, müsste Felix ihm am Ende noch eine Haarlocke von sich schenken. Der drückte sich ja wie ein Poet aus, und er, Felix, musste so tun, als habe er nichts verstanden.

Da er den Wunderheiler heute sympathisch fand, war es für Felix schwierig, ihm sein Anliegen vorzutragen. Dabei hatte er sich vorbereitet, sich Sätze zurechtgelegt. Ehe er beginnen konnte, meinte Grigorij sachlich, dass es Probleme mit Felix' Familie gebe. »Dein Mütterchen mag mich nicht, mein Kleiner. Sie will, dass sich die Zarin von mir trennt. Dem Zaren hat sie es auch gesagt. Hat ja viel Einfluss, dein Mütterchen. Aber mich bringt sie trotzdem vom Hof nicht weg. Mach dir nichts draus, Kleiner. Ich war nur am ersten Tag böse. Und nur deshalb habe ich gesagt, dass du und dein Freund Dmitrij, dass ihr beide keine Ehemänner seid für so unschuldige Vögelchen wie Irina und Tatjana. Nur deshalb. Das kannst du mir glauben, mein Kleiner. Ich gönne dir nämlich jedes Glück.«

Grigorij goss sich erneut das Glas voll, nahm einen kräftigen Schluck und seufzte zufrieden. »Ich bin überhaupt nicht mehr böse. Auf schöne Frauen wie deine Mutter schon gar nicht. Bei ihr wird auch die Sünde schön und eine Tugend, weil sie groß und beherrschend ist –«

»Was Sie nicht sagen«, unterbrach ihn Felix missbilligend und mit einem leisen Anflug von Ärger. Er würde sich nie daran gewöhnen, dass Grigorij derart philosophisch hochtrabend daherredete und noch dazu vertraulich über seine Mutter sprach.

Grigorij fuhr fröhlich fort, dass er ja auch nicht im Recht gewesen sei. »Bist ein guter Ehemann, besonders jetzt, wo Dmitrij an der Front ist.«

Endlich wurde sich der Heiler bewusst, dass Felix beharrlich schwieg. Er überlegte eine Sekunde, dann lachte er herzlich und gutmütig. »Du denkst vielleicht, dass ich von der Treue rede. Gewiss nicht. So ein Gegacker überlass ich den Weibern. Hab nur Spaß gemacht. Nur Spaß. Der Mensch ist alles Mögliche auf Erden, nur treu und vernünftig ist er nicht. Der Heilige ist fromm, und der Teufel ist fromm. Prost! Lass uns auf deine Tochter trinken. Auf die kleine Irina.«

Auch Felix leerte sein Glas, beschloss aber, jede weitere Zuteilung in eine nahe Blumenvase zu kippen. Er spürte schon den schweren Wein und aß vorsichtshalber von dem Braten und einem dunklen Brot, das sehr würzig war und sich als vorzüglich erwies. »So etwas kaufst du nicht in Petersburg«, behauptete Grigorij stolz, »solches Brot backt meine Frau Praskowja. Wenn du willst, nimmst du eines mit in deinen Palast.«

Jetzt wurde die Unterredung Felix zu familiär, schließlich hatte er eine Sache zu erledigen, die ihm weiß Gott zu schaffen machte. Als habe er seine Gedanken erraten, sagte Grigorij, Felix sei ja leider nicht freiwillig da, der Zar habe es ihm befohlen. »Und wenn du nicht tust, was ich sage, und wenn du nicht wiederkommst, wird der Papa dich aus deinem Regiment entfernen.« Grigorijs Augen hatten immer noch einen fröhlichen, aber auch listigen Ausdruck. Er wusste, welche Macht hinter ihm stand. Je besser Grigorij sich zu fühlen schien, desto wütender wurde Felix. Was erlaubte sich dieser Mensch? Höchste Zeit, dass Felix ihn ein wenig aushorchte.

»Ist es wirklich so, dass Sie am Zarenhof die größte Rolle als Berater spielen, wenn es um Staatsangelegenheiten geht, und dass Sie auch in familiären Dingen das Zarenpaar beraten?« Felix musste sich anstrengen, seine Frage in einem höflichen, sachlichen Ton zu stellen.

Grigorijs Gesicht nahm einen wachen, triumphierenden Ausdruck an. »Davon kannst du ausgehen, mein Kleiner. Dein Freund Grigorij macht keine halben Sachen. Ich habe dem Papa geraten, seinen Onkel Nikolaj Nikolajewitsch, den Oberbefehlshaber der Armee, von diesem Posten zu entheben und in den Kaukasus zu verabschieden. Diesmal hatte ich nicht so viel Hoffnung, denn der Onkel hat ja immer eine Menge Einfluss auf den Zaren gehabt. Aber er hat ihn oft falsch beraten, und deshalb hat der Papa getan, was ich für richtig hielt. Jetzt sind wir ihn los, diesen Judenhasser! Allerdings will der Papa nun selber das Oberkommando der Truppen übernehmen. Da habe ich ihm abgeraten. Ein Zar muss über allen Regierungsgeschäften stehen, sonst verliert er die Übersicht. Doch er hat in manchen Dingen seinen eigenen Kopf, der Papa. So klein und zart er auch ist.«

»Ich habe gehört«, sagte Felix vorsichtig, »es wird darüber geredet, dass mittels einer speziellen Leitung Instruktionen aus Zarskoje Selo direkt ans Hauptquartier weitergegeben werden. Stimmt es, dass der Zar die Zarin auf diesem Wege über alle politischen und militärischen Ereignisse auf dem Laufenden hält?«

Grigorij kniff ein wenig seine Augen zusammen. Er rückte nahe zu Felix und legte ihm seine schwere, warme Hand auf den Arm. »Über das, was ich dir jetzt erkläre, musst du aber schweigen, mein Kleiner. Der Papa schickt der Mama alle Nachrichten, auch die, die geheim sind. Sie ruft mich dann zu sich, und wir besprechen alles ausführlich. Die Mama ist klug, weit klüger als der Papa.«

Felix spürte, dass Grigorij ihn erwartungsvoll ansah, doch er wollte sich auf dieses Gespräch nicht weiter einlassen. Es hatte ihn erschüttert, dass womöglich doch die Gerüchte stimmten, dass Grigorij und die Zarin Informationen nach Deutschland weitergaben. Dies bedeutete, dass Deutschland über jeden Vormarsch der Armee rechtzeitig informiert wäre und auch sonst von militärischen oder politischen Plänen Kenntnis erhielt.

Doch dann wieder schien es Felix unmöglich. Warum sollte Alix ihr Land an Deutschland verraten? Sie war inzwischen russischer und orthodoxer als die meisten Frauen am Hofe. Felix wusste außerdem, dass die Zarin einen physischen Widerwillen gegen Kaiser Wilhelm hatte. Er fiel ihr mit seinem ewigen »Donnerwetter« oder »tadellos« auf die Nerven. Außerdem hielt sie ihn für derart verlogen und einfältig, dass sie partout nicht wollte, dass er Taufpate ihres Sohnes wurde, was sie dann aber doch nicht verhindern konnte.

Felix überlegte sich, ob er doch noch ein Glas Wein trinken sollte. Vielleicht käme ihm sein Anliegen dann leichter von den Lippen: dass Grigorij ihn von seiner Lust heilen sollte, mit Männern zu schlafen. Nein, er schlief nicht mit Männern. Er schlief nur mit einem. Mit Dmitrij.

»Lieber Grigorij, Sie sind doch ein Wunderheiler, und ich bin krank, verrückt nach einem Mann. Heilen Sie mich!« Sollte Felix das sagen? Das war doch verrückt. Grigorij starrte ihn in einer Art wacher Seligkeit an, die Felix irritierte. Und – was war das denn für eine Erregtheit, die sich in ihm breitmachte? Er begriff nicht, warum ihm heiß wurde. War das der Wein, oder war es Grigorijs Blick, der sich auf Felix' Mund richtete. Genauso war es, der Muschik sah auf seine Lippen, auf seinen Hals, und es war Felix, als knöpfe der ihm das Hemd auf, und er könne nichts dagegen machen. Er wusste, dass er in dem Augenblick, in dem er sich mit Grigorij einließ, ihm ausgeliefert sein würde. Er bekam Angst. Er wollte weg.

Grigorij saß aber immer noch ihm gegenüber und schaute ihn an, und Felix blieb nichts anderes übrig, als sein Glas leer zu trinken, obwohl er es eigentlich in die Vase schütten wollte. Grigorij hob sein Glas und trank ihm zu. Dabei sagte er sphinxhaft: »Die Erde ist groß, und es leben auf ihr viele schöne Geschöpfe. Und ich, mein Kleiner, ich bin gewöhnt, an das zu glauben, was unglaublich erscheint. Du weißt, wovon ich rede. Ich hatte immer das Gefühl, dass das Leben außerordentliche Freuden, aber auch außerordentliche Leiden für mich bereithält.«

Felix stand auf und murmelte, dass er heimgehen müsse, es sei schon so spät. Er wollte sich umdrehen und gehen, den Phrasen dieses Menschenfängers entgehen, aber er spürte, dass er starr war und steif, und dann sah er Grigorijs Augen, die sich in seine hineinzubohren schienen. »Du brauchst vor mir keine Angst zu haben«, sagte Grigorij mit einer dunklen, schmeichelnden Stimme. »Wenn du versuchst, unserer Liebe aus dem Weg zu gehen, wird deine Seele krank werden vor Sehnsucht nach den verbotenen Dingen, die nur durch unnötige Gesetze mit einem Stigma versehen werden.«

Felix spürte, wie sein höfliches Abschiedslächeln, zu dem er seine Mundwinkel nach oben bewegt hatte, festzufrieren begann. Etwas kam auf ihn zu. Etwas, was er nicht wollte. Nicht, dass er Grigorij ganz und gar abgelehnt hätte. Er war ein heller

Kopf, das musste man ihm lassen. Er hatte es weit gebracht – vom Muschik aus Pokrowskoje pfeilgerade an den Zarenhof. Es rührte Felix durchaus, dass der kräftige, vitale Mann aus der Steppe von Sibirien ausgerechnet an ihm einen Narren gefressen hatte.

Grigorij führte ihn mit fürsorglicher Bestimmtheit zu einem Lager, Felix fühlte einen Widerstand, der sich auflöste in etwas Unausweichlichem. Machtlos und willenlos spürte Felix die Hände Grigorijs auf seinem Körper, und dann auf seiner Stirn. Felix wusste nicht mehr, ob ihm heiß wurde oder ob er vollends erstarrte. Er versuchte zu sprechen, doch wie in seinen Träumen bewegte er nur die Lippen und starrte in die Augen Grigorijs, die ein merkwürdig phosphoreszierendes Licht ausstrahlten, das sich immer mehr ausbreitete, und Felix versank in einem leuchtenden Meer der Apathie.

Am Morgen klingelte das Telefon. Es war Grigorij. Felix müsse so rasch als möglich zu ihm in die Gorochowaja kommen. Nein. Heute noch. Es sei wichtig. Felix, noch im Taumel früher Träume, herrschte Grigorij an, ob er verrückt sei, ihn um diese Zeit zu stören. Ja, zu stören. Doch statt erwartungsgemäß zu poltern, sagte Grigorij leise, dass Felix unbedingt kommen müsse. »Weißt du eigentlich, was heute Nacht passiert ist, mein Kleiner? Siehst du, du weißt es nicht. Deshalb musst du kommen, um es zu erfahren.«

Diese Stimme. Sie war warm, klang kultiviert und getränkt von Gefühlen, die Felix mit einem Mal stark beunruhigten. Er hasste das Flimmern seiner schwachen Nerven, er griff nach dem Zigarettenetui, legte den Hörer weg und zündete sich eine Zigarette an, überzeugt, dass Grigorij inzwischen wütend aufgelegt habe. Doch er war noch in der Leitung, hatte immer noch diese Stimme, die Felix an lüsterne Träume erinnerte, die er in dieser Nacht gehabt hatte.

Grigorij sagte, dass er mit Felix rechne, heute Nacht, eine halbe Stunde nach Mitternacht. Dann legte er auf. Felix schaute auf die Uhr. Verdammt, er musste längst im Dienst sei. Im Pagencorps waren jetzt verstärkt Manöver angesetzt, und Felix hatte alle Hände voll zu tun mit der Vorbereitung. Zum nächsten Frühjahr war eine allgemeine Offensive der Aliierten an sämtlichen Fronten geplant. Auch Russland rüstete Tag und Nacht auf, um seine Armee in Bereitschaft zu setzen. Es war Felix längst klar, dass die technische Ausrüstung an der Front und im Innern allein noch nicht genügte, um einen vernichtenden Schlag gegen den Feind zu führen. Die Armee musste so gut wie möglich vorbereitet sein, und dazu wollte er nach Kräften beitragen.

Doch immer wieder gingen seine Gedanken in die Gorochowaja, zu Grigorij. Kein Zweifel, er war ein frommer und zugleich ein lasziver Mensch. Sehr gutmütig. Hilfsbereit. Dumm. Und zugleich klug. Ungebildet, aber gebildet durch die Welt, aus der er kam. Es konnte auch niemand bestreiten, dass Grigorij über starke hypnotische und magische Heilkräfte verfügte. Und seine Willenskraft musste ebenfalls ausgeprägt sein. Hätte er es sonst geschafft, als heiliger Mann an den Zarenhof zu kommen? Wäre er in der Lage gewesen, so misstrauische und scheue Menschen wie den Zaren und die Zarin allein mit seiner faszinierenden Persönlichkeit zu beherrschen? Und auch das musste Felix vor sich selber zugeben: Grigorij überblickte die derzeitige politische Situation in Russland besser als die meisten Berater des Zaren. Er hatte innen- und außenpolitisch die Möglichkeiten der russischen Politik durchaus erkannt. Man sollte es nicht meinen.

Am Morgen war Felix noch fest davon überzeugt gewesen, dass er nicht zu Grigorij gehen und stattdessen an Irina und seine Eltern auf der Krim einen ausführlichen Brief schreiben werde. Doch als der Abend kam, fand er sich wieder auf dem Weg in die Gorochowaja.

Felix stolperte fast über einen riesigen Korb, der im Vorzimmer stand und mit Sträußen von Blumen gefüllt war, an denen beschriftete Zettel hingen. Um etwas zu sagen, fragte Felix Grigorij, ob die Blumen für ihn abgegeben worden seien. »Sie werden ja mit Blumen überhäuft wie eine Madonna!«, sagte Felix, und Grigorij antwortete nicht ohne einen gewissen Stolz, dass die alle von Närrinnen stammten. »Dumme Weiber sind es, die mich verhätscheln. Täglich werden mir solche Körbe ins Haus gebracht. Sie wissen alle, dass ich Blumen liebe.«

»Und dumme Weiber!«, sagte Felix sachlich, doch Grigorij machte eine wegwerfende Handbewegung. Er bat Felix in sein Empfangszimmer. Neben dem brodelnden Samowar stand ein kleinerer Korb mit Blumen, und auf dem Tisch waren wieder allerlei Köstlichkeiten aufgebaut. Felix hatte keinen Appetit, er betrachtete die schlecht gemalten Ölbilder an den Wänden und dachte flüchtig über den naiven Kunstgeschmack Grigorijs nach, der, von einer seltsamen Unruhe gepackt, ihn zum Teetrinken und Essen aufforderte, sich zu ihm setzte, um dann wieder aufzuspringen und im Zimmer herumzutigern.

»Ich werde demnächst die Duma auseinanderjagen. Alle werde ich sie an die Front schicken. Die streuen ja Übles aus über mich. Und dann sind sie so dumm, zu glauben, ich erführe davon nichts.«

»Grigorij«, sagte Felix ungläubig, »haben Sie denn wirklich die Macht, die Duma auseinanderzujagen?«

»Kleiner, wenn wir uns näher kennen, werde ich dir alles erklären. Heute nur eins. Die Zarin ist eine weise Herrscherin. Mit ihr kann ich mich immer verständigen. Jedoch er, der Papa, er ist ein Mann Gottes, ja. Aber er ist doch kein Herrscher! Mit Kindern zu spielen, ja, das versteht er. Mit Blumen umzugehen, einen Garten zu bestellen, das ist was für ihn. Aber wie kommt er dazu, ein Land zu regieren? Ist doch viel zu schwierig für ihn! Da bin ich ihm nun mit Gottes Segen behilflich. Gott hat mich hierher gesandt, damit ich seinem Gesalbten Beistand leiste. Wenn er mir nicht zu Willen ist, schlag ich mit der Faust auf den Tisch und drohe, dass ich sofort nach Hause gehe. Dann solltest du mal sehen, wie sie hinter mir her rennen und flehen, dass ich bleibe. Der Papa und die Mama wissen genau, dass dem Thronfolger nichts passieren kann, solange ich in der Nähe bin. Wenn ich nur verreise, wird Alexej krank, und sie müssen mich zurückholen. Ja, mein Kleiner, so ist das.«

»Alle diese Dinge sind in Hofkreisen sattsam bekannt, Grigorij«, sagte Felix müde. »Die Zeitungen berichten nicht nur hier, sondern auch im Ausland darüber, dass der Zar und die Zarin von Ihnen abhängig sind. Dadurch schaden Sie dem Zarenthron –«

»Jetzt fängst du auch so an, mein Kleiner«, unterbrach ihn Grigorij. Sein Gesicht war jetzt angespannt, düster. Er stand am Fenster und starrte ins Dunkel hinaus. Einen Moment lang fühlte Felix wieder Sympathie für ihn. Er sah das kantige Gesicht Grigorijs, sein eigenwilliges Profil, und er musste wieder an den Koloss von Goya denken, der über dem Land seine Fäuste reckte.

Plötzlich drehte Grigorij sich um und war mit einem Satz bei Felix. Er beugte sich über ihn, und Felix sah in seinen tief liegenden Augen eine Herausforderung, fremd, geheimnisvoll. Er hatte natürlich schon bei dem Anruf begriffen, dass Grigorij ihn nicht hergebeten hatte, um mit ihm über sein Verhältnis zum Zaren zu sprechen.

Doch was wollte Grigorij? Felix betrachtete das Gesicht vor ihm, als sähe er es zum ersten Mal. Er sah, dass der Mund zwischen dem Barthaar ziemlich groß und schön geschwungen war. Grigorij lächelte jetzt, aber nur ein wenig, es war, als müsse er seine Kraft in den Augen vereinen, die Felix offenbar durchbohren wollten. Felix fühlte sich plötzlich seltsam angespannt, so als sei er außer sich, als schwebe er gleichsam über sich selbst. Doch er befand sich dabei keineswegs in einem Glückszustand, eher in einem Schock. Und in diesem Moment wusste er, dass er letzte Nacht Dinge getan hatte, die er schon lange hatte tun wollen und wieder tun wollte. Dann aber wehrte er sich verzweifelt gegen seine Wünsche, doch sie kamen immer wieder, und ein Gefühl pulsierender Lust durchfuhr seine Wirbelsäule, seine Schenkel, und er warf sich in plötzlich überbordendem Verlangen Grigorij an die Brust, spürte seine Wärme, seinen Geruch und die kräftigen Arme, die ihn hochhoben und trugen wie eine Beute, die er auch war.

Als Felix schon längst gegangen war, hastig, ohne das kleinste Zeichen von Verschwörung, ohne einen Abschiedsgruß, saß Grigorij am Fenster und grübelte. Er wusste, dass er für Felix außerhalb des Bettes nicht vorhanden war. Er war für ihn im Grunde nur ein Bauer. Und Bauern waren für einen Fürsten wie Jussupow schmutzige, faule Trunkenbolde, die stahlen und ihre Frauen verprügelten. Gleichgültig, welche harte Lehre Grigorij in Sibirien durchlaufen hatte, gleichgültig, was er von Schamanen und Medizinmännern gelernt hatte – es zählte offenbar nicht einmal, dass Grigorij als einziger Mensch den Thronfolger vor dem sicheren Tod retten konnte –, für den Fürsten blieb er ein Dreck, dessen er sich schämte.

Sein Felix, sein Kleiner, durch den er sanft und zärtlich geworden war, den er oftmals mehr liebte als Gott im Himmel, dieser Felix verabscheute ihn. Das war Grigorij im Grunde seines wachen Herzens bewusst, aber er wollte es nicht glauben. Er hatte doch so viel erreicht, war ein mächtiger Mann am Hofe des Zaren geworden, warum sollte Felix ihn nicht auch lieben, wie es die Zarin tat, der Zar, die Kinder.

Grigorij dachte an seine langen Tage und Nächte in Sibirien. Damals wie heute hatte er eine bestimmte Traurigkeit gefühlt. Eine Verlassenheit. Und trotzdem waren die Jahre seiner Wanderung die glücklichsten für ihn gewesen. Er wusste, dass die Welt eine Schöpfung Gottes ist, die Mutter und Ernährerin. Sie hatte auch ihn nicht verhungern lassen. War er eigentlich jemals müde geworden? Grigorij erinnerte sich, wie er einmal einen Berg bestiegen hatte in der Gegend von Jakutsk. Es war am Morgen gewesen, die Sonne schien ihm schon warm in den Rücken, als er aufstieg. Allein. Erst völlig gemächlich, dann rascher, höher hinauf, immer höher, er hatte gar nicht aufhören können zu gehen, er lief in einem Rausch, er hörte und sah nichts mehr um sich herum, er lief und lief, immer dem Himmelsgewölbe entgegen, in einer seligen Stimmung, obwohl sich gar nichts ereignet hatte.

Ganz allein sein. Der süßeste und bitterste Schmerz, den man spüren kann. Damals bedeutete ihm die Welt, ihre Freuden, ihre Leiden nichts. Und er bedeutete der Welt ebenso wenig. Er war frei.

Und heute? Was war ihm Sankt Petersburg? Der Zarenhof? Da herrschte ein Zar über ungezählte Millionen Menschen, und Grigorij bedeutete ihm etwas. Allerdings nur, weil sein Sohn ihm alles bedeutete. Doch sah der Zar ihn als einen an, der ihm von Gott geschickt worden war. Als Verbindung zwischen dem Zaren und seinem unermesslich großen, armen Volk. Einerseits durfte Grigorij den Zaren Papa nennen und die Zarin Mama. Und die beiden nannten ihn ihren Freund. Dann wiederum schämte sich der Zar seiner, er ließ sich öffentlich nicht mit ihm sehen und schon gar nicht fotografieren, dabei fotografierten sie einander am Zarenhof in allen Lebenslagen. Der Hoffotograf Bulla hatte bei Grigorij jüngst telefonisch angefragt, ob er ihn fotografieren dürfe. Er solle am nächsten Tag in sein Atelier kommen, weil er auch den Fürsten Putjatin und den Oberst Loman aufnehmen wolle.

Grigorij hatte sich eilends einen neuen schwarzseidenen Kaftan gekauft, zum Fototermin gebadet und sich Haare und Bart schneiden lassen. Bulla hatte ihn höflich und zuvorkommend empfangen, so dass es Grigorij ganz warm ums Herz wurde. Konnte es sein, dass er hier etwas galt? Willig ließ er sich an ein schwarzes, geschnitztes Tischchen setzen. Er nahm ein in feines Leder gebundenes Buch in Empfang, das der Fotograf ihm aufgeschlagen in die Hände legte. »Und nun schauen Sie mich einfach freundlich an«, sagte Bulla, und Grigorij bemühte sich, obwohl er sich vorgenommen hatte, auf keinen Fall zu lächeln. Das tat die Zarenfamilie auch nicht. Höchstens die Töchter mal, aber der Zar und vor allem die Zarin machten immer Gesichter, als hätten sie einen Krampf im Fuß.

Allerdings versuchte Grigorij, wenigstens mit den Augen zu lächeln, und er hoffte, dass man es auf dem Foto auch sah. Bulla war mit ihm zufrieden, er bat ihn sogar nochmals vor die Kamera, als Fürst Putjatin und Oberst Loman eingetroffen waren.

Grigorij war verwundert, dass die nichts dagegen hatten, mit ihm auf einem Foto zu sein. Noch ehe er von seinem geschnitzten Sessel aufstehen konnte, standen sie wie selbstverständlich links und rechts von ihm, und Bulla fotografierte.

Als Grigorij nach einiger Zeit die Fotos in Empfang nahm, war er geradezu gerührt. Er fand sich recht stattlich neben den beiden hohen Herren, und auch mit dem Foto, auf dem er solo zu sehen war, konnte er zufrieden sein. Er würde eines davon Praskowja schenken und den Kindern. Wie gut, dass er sie hatte. Ihre Treue war ihm jeden Tag eine Freude. Sie waren seinetwegen aus Sibirien nach Sankt Petersburg gekommen. Und selbst Mitja mit seinem schwachen Kopf versuchte, sich in der großen Stadt zurechtzufinden. Die Kinder lobten den Vater, dass er ihnen ein so schönes Haus verschafft hatte. Dass sie jeden Tag frische Blumen in Empfang nehmen konnten, viele Köstlichkeiten zu essen bekamen, von denen sie noch nie gehört hatten. Dass sie eine Kutsche zur Verfügung hatten oder ein Automobil. Sie mussten nur telefonieren. Es war ein so leichtes, frohes Leben in Sankt Petersburg, Und manchmal mussten sie sich kneifen, weil sie glaubten zu träumen.

Das Foto mit den beiden Uniformierten hatte besonders Praskowja mit Stolz erfüllt. Auch sie war von dem komfortablen Leben in Sankt Petersburg überrascht und genoss es jeden Tag neu. Sie gewöhnte sich auch daran, dass jeden Morgen, wenn Grigorij empfing, alle möglichen Damen zu Besuch kamen. Sie hatte noch nie erlebt, dass eine länger geblieben wäre als die anderen. Und ob Grigorij seine Verehrerinnen außerhalb des Hauses traf, etwa in der Villa Rode, das interessierte Praskowja keineswegs. Oftmals kam Grigorij in diesen Nächten noch zu ihr, und sie nahm ihn auf, wie sie das immer getan hatte. Beide waren sie älter geworden, ihre Körper waren nicht mehr straff und rosig. Praskowja hatte schon lange gelernt, dass Grigorij anders war als alle Männer, die sie in ihrem Leben kennengelernt hatte. Nahegekommen war ihr ohnehin keiner. Mochte auch Grigorij immer wieder andere Frauen haben und Praskowja noch so viele schlaflose Nächte – sie war glücklich, wenn ihr Mann zu ihr kam. Mehr brauchte sie nicht. Er war inzwischen in Höhen aufgestiegen, von denen sie keine Vorstellung hatte. Allein das Foto, auf dem er mit den beiden hohen Herrschaften zu sehen war, sagte doch alles.

Und für Praskowja war es viel einfacher, mit Grigorij zu leben, als es von außen den Anschein haben mochte.

Grigorij sah das Foto mit dem Fürsten Putjatin und dem Oberst Loman immer an, wenn er Gehässigkeiten aus Hofkreisen oder anderswoher zu spüren bekam. Es gab viele Leute in Sankt Petersburg, ja in ganz Russland, die ihn hassten. Sie glaubten nicht, dass er ein von Gott Gesandter war.

Grigorij selber glaubte das auch nicht. Er wusste ja, woher er kam. Und seit Praskowja zu ihm nach Petersburg gezogen war, fühlte er sich seiner Heimat Sibirien wieder stark verbunden. Und der Süße im Herzen seiner Frau, die so selbstverständlich sein Eigen war, dass er zuweilen plante, mit ihr und den Kindern zurückzugehen nach Sibirien. Aber das kam nun nicht mehr infrage. Jetzt, wo es Felix gab, seinen Kleinen.

Manchmal, wenn er zu den Menschen predigte oder wenn er vom flammenden Wunsch durchdrungen war, einem Menschen wie dem Thronfolger zu helfen, dann begann er sich zu verwandeln, sich von sich selber zu entfernen. Er war dann nicht mehr Grigorij und schon gar kein anderer. Dies oder das zu sein bedeutete ihm nichts mehr. Denn solange er dies war oder das, hatte er nichts, und er konnte auch nichts. Er musste sich losmachen im Gebet, so lange, bis er weder dies war noch das, er musste sich losmachen von allem, und dann konnte er alles. In tiefster Trance des Gebetes war Gott vor der Tür seines Herzens, er musste sich in ihn ergießen, wie sich die Sonne auf die Erde ergießen muss und damit nicht aufhören kann. Es war immer ein einziger Augenblick, in dem Grigorij nichts mehr mit dieser Erde verband.

Diese Gedanken fuhren Grigorij nur dann durch den Kopf, wenn er in Not war. Sie auszusprechen, mitzuteilen hätte er nie vermocht. Wahrscheinlich handelte es sich um Träume, die man nach dem Erwachen auch sofort verlor.

Es gab jedoch einen Menschen für Grigorij, mit dem er über dieses Große, Seltsame hätte sprechen mögen: Felix Jussupow, der Fürst, sein Kleiner. Vor ihm wäre Grigorij verzweifelt gern ein Großer gewesen. Einer, den die Menschen bestaunen und dem sie dankbar sind. Da er es von Pokrowskoje an den Zarenhof geschafft hatte, dachte er manchmal, es sei ihm alles möglich. Auch die Freundschaft mit dem schönsten Menschen, den er je gesehen hatte. Diesem Zarten, der trotzdem von geschmeidiger Stärke war. Er sah aus wie eine schöne Frucht, war ohne Schrunden und Fehler, kam wie aus einer anderen Welt zu Grigorij, dem man schon als Kind so hart über den Kopf geschlagen hatte, dass auf seinem Scheitel eine Narbe war, die er nur mit großer Sorgfalt verdecken konnte.

Sein Kleiner dagegen, sein Felix, war vollkommen. Von Anfang an hatte Grigorij Interesse an ihm. Als Munja sie einander vorgestellt hatte, war Grigorij wie entzündet gewesen.

Nach den ersten, sehr zögerlichen Besuchen kam der Fürst jetzt regelmäßig zu ihm. Sie führten stets anregende Gespräche. Diskutieren konnte er mit dem Fürsten wie mit keinem Zweiten. Der verstand etwas von Politik. Das war kein Wunder, denn der Fürst war im vornehmen Pagencorps erzogen worden und hatte in England studiert. Doch Felix wollte unbedingt, dass Grigorij zurückging nach Sibirien. Er glaubte fest daran, dass es Leute gebe, die ihm, Grigorij, nach dem Leben trachteten, weil sie ihn politisch für gefährlich hielten. »Und wenn man Ihnen den Schädel einschlägt?«, hatte er neulich erst Grigorij gefragt.

Er war besorgt um ihn, sein Kleiner. Grigorij hatte Felix geheilt, als er kürzlich eine schwere Influenza hatte und sich gar nicht mehr erholen konnte. Wie gut, dass Grigorij auch die Kraft der Hypnose von Gott bekommen hatte. Denn sein Kleiner hatte sich so dankbar gezeigt, so dankbar – Grigorij liefen die heftigsten Schauer über den Rücken, wenn er daran dachte. Dies war ein so großes Geheimnis, dass er es nicht einmal vor sich selber zu Ende dachte. Aus Angst, dieser Traum könne zerrinnen. Und das würde er auch eines Tages. Der Fürst hatte eine Frau und ein kleines Kind. Da würde Grigorij zurückstehen müssen, irgendwann.

Doch selbst wenn er ihn nie wiedersehen sollte, würde er ihn nicht vergessen. Niemals. Und keiner konnte ihm verbieten, an ihn zu denken, ihn von weitem zu lieben. Niemand konnte ihn jemals daran hindern.

KAPITEL 28

Wie immer, wenn der Tag sonnig, hell und klar war, funkelten in Petersburg die Dächer und die Kirchturmspitzen so golden wie das Wasser der Flüsse. Obwohl ein leichter Wind ging, lag über der Stadt eine Decke wie aus heißer Watte. Viele Reiche hatten die Stadt verlassen, um auf ihre Sommersitze zu fahren. Felix liebte seine Stadt in dieser Zeit besonders zärtlich. Es war, als gehöre sie ihm allein. Doch heute konnte er sich zu freudigen Gefühlen nicht aufschwingen. Immer stärker spürte er seine innere Zerrissenheit, die ihm keine Ruhe mehr ließ.

Er stand am Fenster seines Schlafzimmers und sah auf die Mojka, ohne das dahinhüpfende Wasser wahrzunehmen. Hufgetrappel und das laute Rollen von Rädern schreckten ihn auf. Eine Hofkutsche rauschte vorbei. Das Cape des Lakaien wehte im Wind.

Der Hof. Der Zar. Grigorij. Lüge. Dummheit. Verderbnis. Felix konnte nicht begreifen, warum er Grigorij derart ausgeliefert war. Warum er immer wieder in die Gorochowaja ging, obwohl es ihn ekelte, obwohl er jedes Mal danach in duftenden Essenzen baden musste. Als käme er geradewegs aus der Gosse. Hatte Grigorij tatsächlich die Aura des Kolosses seiner Kindheit, der ihn anzog und abstieß? Wurde ihm jetzt unerträglich, was er am Anfang als animalisches Raffinement empfunden hatte? Je stärker Felix seine Hörigkeit empfand, desto größer wurde der Ekel, desto öfter geriet er in eine Krise. Wer war er im Bett mit Grigorij? Ein unterwürfiges Weibchen?

Das, wogegen Felix sich sein Leben lang leidenschaftlich gewehrt hatte, was er als Denunzierung seiner Sexualität empfunden hatte, fand er jetzt selber verwerflich. Er sah sein Verhältnis zu Grigorij inzwischen als Abgrund einer geschlechtlichen Irrung. Wenn Grigorij ihn in seiner offensichtlichen Verliebtheit »mein Kleiner« nannte, hatte Felix das Gefühl, als nähere er sich der Hölle. Mitleid mit Grigorij zu empfinden verbot er sich. Doch er wollte diesem jämmerlichen Zustand, diesem Riss durch sein Leben ein Ende setzen.

Felix war auf dem Weg in den Ankleideraum neben seinem Pool. Er musste ein Bad nehmen, unbedingt. Erst jetzt spürte er die Stille im Haus. Wahrscheinlich schlief sein Töchterchen noch. Dann verhielt sich die Dienerschaft ruhig. Auch Irina war sicherlich noch in ihrem Schlafzimmer. Es war ja gerade erst acht Uhr.

Als er ins Ankleidezimmer kam, saß sie ganz vorn auf der Kante eines Sessels. Sie trug einen duftigen Morgenmantel, dessen hochgestellter Kragen ihren langen Hals wie ein Rahmen umgab. Unter der Flut ihrer Locken konnte Felix Irinas Gesicht kaum sehen. Aber ihre vorgebeugte Haltung, die kindliche Sorgfalt, mit der sie ihren spinnennetzfeinen Strumpf hochrollte, war ihm so vertraut, dass er einen Kloß im Hals spürte. Er wurde sich schmerzhaft bewusst, wie allein seine Frau war. Durch seine Schuld.

Irina stand auf, ging zwei Schritte auf ihn zu und sah ihn erbittert und kalt an. »Du warst wieder bei ihm«, stellte sie fest und ging an ihm vorbei.

Felix sah zum Pool hinüber und sah dann wieder weg, von einer solchen Qual gepackt, dass er es keine Sekunde mehr aushielt. Irinas Bemerkung war so beschämend und vor allem zutreffend. Er ging in sein Studio, trank einen Schluck Whiskey und war dankbar, dass der ihm warm durch die Kehle rann.

Felix hatte Purischkewitsch, Mitglied der II., III. und IV. Staatsduma, noch nie gemocht. Bei Licht besehen fand er ihn sogar widerwärtig. Grigorij hatte ihm einmal triumphierend berichtet, dass der Abgeordnete ihm schier die Tür einrenne, damit Grigorij dafür sorge, dass er zum Innenminister befördert würde. »Ausgerechnet den«, hatte Grigorij kopfschüttelnd gesagt, »ausgerechnet diesen falschen Monarchisten, diesen dumpfen Kriegstreiber soll ich dem Papa zur Beförderung vorschlagen? Eher schlage ich dein Pferd vor.«

Seither war bekannt, dass Purischkewitsch den Wunderheiler hasste. Er hielt in der Duma Brandreden gegen ihn und erklärte wortreich, dass Rasputin allein die Schuld trage an den Misserfolgen der militärischen Regierung.

So einer wie Purischkewitsch musste her, dachte Felix. Er war ein bedeutender Politiker und konnte daher nützlich sein. Noch heute wollte er sich mit ihm verabreden.

Felix hatte schon einen alten Freund seines Bruders, Leutnant Suchotin, mühelos für seinen Plan gewinnen können. Suchotin war auf Genesungsurlaub in Petersburg. Sie hatten ausgiebig telefoniert. Waren sich einig gewesen. Bereits am nächsten Tag hatte Suchotin Felix aufgesucht, und Felix konnte es kaum glauben, dass Suchotin auch noch seinen Freund, den Arzt Doktor Lazobert, von ihrem Vorhaben überzeugt hatte. Es war, als wartete ganz Petersburg darauf, Grigorij Jefimowitsch Rasputin loszuwerden.

Als Felix Purischkewitsch schließlich gegenübersaß, wurde ihm bewusst, dass der Abgeordnete direkt von der Front kam. Dort hatte er das Sanitätswesen aufgebaut. Er trug noch die Felduniform mit dem roten Kreuz, er hatte das tägliche Blutbad erlebt, die klaffenden Wunden, die vor Schmerzen schreienden und sich windenden Männer. Wahrscheinlich war Purischkewitsch daher so radikal in seinem Zorn und Eifer. Es war ihm kaum möglich, ruhig zu sprechen. Er musste seine Drohungen und Anklagen gegen Rasputin und seine Anhänger herausschreien. Als Felix ihm vorsichtig erklärte, dass es wohl keine andere Lösung gebe, als den Wundermönch am Zarenhof zu beseitigen, wurde Purischkewitsch so lebhaft, dass ihm der Zwicker von der Nase fiel. Es sei schon lange sein sehnlichster Wunsch, Rasputin unschädlich zu machen, denn er habe sich beim Zar und vor allem bei der Zarin derart eingenistet, dass die beiden offenbar keines klaren Gedankens mehr fähig seien. »Doch ich muss zugeben«, sagte er mit seinem für ihn typischen Augenrollen zu Felix, »ich muss als Eingeweihter darauf aufmerksam machen, dass es schier unmöglich ist, zum Freund der Zarenfamilie vorzudringen. Er ist ständig von Würdenträgern und Geheimagenten umgeben, die ihn beschützen!«

Jetzt war es an Felix, ihn zu beruhigen. Er erklärte ihm, dass in dieser Hinsicht Vorarbeit von ihm geleistet worden sei, wobei er sich über Einzelheiten nicht ausließ. Purischkewitschs aufkeimende Neugier lenkte Felix klug ab, indem er berichtete, dass der Leutnant Suchotin mitarbeiten wolle sowie der Doktor Lazobert, ein ausgezeichneter Arzt.

Daraufhin richtete sich Purischkewitsch auf, als hielte er eine Rede vor der Staatsduma. Er sprach von den ungeheuren Schwierigkeiten, die sich der Ausführung des Unternehmens entgegenstellen würden. Doch es gebe nicht die geringsten Zweifel über die Notwendigkeit, die gewaltige politische Bedeutung dieses Schrittes. Und er betonte wieder, dass an dem ganzen Unheil, das über Russland gekommen sei und noch kommen werde, Rasputin Schuld habe. Dass einzig die Beseitigung dieses Menschen das Land um fünf Minuten vor zwölf vor dem Untergang zu retten vermochte.

Felix wunderte sich über den Enthusiasmus des Politikers, das Vertrauen, das er offenbar in Felix hatte, und darüber, dass Purischkewitsch überhaupt nicht daran interessiert war, warum Felix den Freund der Zarenfamilie beseitigen wollte, was eigentlich seine Motive waren. Wahrscheinlich hielt er es für selbstverständlich, dass Felix in allem seiner Meinung war. Außerdem wusste inzwischen fast jeder, dass Felix' Eltern wegen Rasputin Probleme mit dem Zarenhaus hatten, dass also auch die Familie Jussupow allen Grund hatte, Rasputin zu entfernen.

Felix war erleichtert, dass Purischkewitsch vollauf mit seinen eigenen Rachegedanken beschäftigt war. Felix war unter keinen Umständen bereit, seine wahren Beweggründe zu nennen. Nicht einmal vor sich selbst.

Mit Dmitrij konnte er nur telefonieren, denn er war immer noch an der Front, würde jedoch in der nächsten Zeit einige Tage Urlaub bekommen. Es gab Felix einen Stich in die Magengrube, als er die vertraute Stimme Dmitrijs hörte, und er tat sich schwer, ihm seinen Plan in kurzen Worten zu erklären. Dmitrij hörte wortlos zu. Er verriet mit keiner Silbe, was er von Felix' Plan hielt, versprach aber, am nächsten Tag zurückzurufen. Als Felix aufgewühlt und am Ende seiner Kräfte ins Telefon rief, Dmitrij müsse immer daran denken, dass er sein Freund sei – da forderte Dmitrij ihn mit seiner leisen, fast schüchternen Stimme auf, ihm ruhig alles zu sagen. »Aber wirklich alles.« Felix weinte fast. Er fand es selber idiotisch, dass Dmitrijs Stimme ihn derart aus der Fassung brachte. »Ich werde daran denken, dass wir Freunde sind«, sagte Dmitrij. Felix war nachdenklich über Dmitrijs Sachlichkeit, doch er war auch getröstet.

Er fand Nefedow in einer der Suppenküchen. Felix hatte ihn in ganz Petersburg gesucht, so als könne durch Nefedow alles wiedergewonnen werden, was Felix abhandengekommen war. Ehe er loszog, hatte er seine ältesten Diener befragt. Daraufhin war er in allen möglichen Höfen herumgelaufen, hatte an Hintereingängen gefragt, wo es nach Katzen roch oder nach dem Stint aus der Newa. Oftmals roch es auch gut nach Blini oder nach gebratenen Pilzen.

Ihm wurde klar, dass er eine ihm völlig unbekannte Welt betrat. Vielköpfige Familien, kahl geschorene Köpfe von Kindern, namenlos in ihren Lumpen, die Holzscheite in den Keller schleppen mussten. Er hörte den Scherenschleifern zu, die ihre

Künste anboten, und er wich den Trödlern aus, die ganze Schränke, Tische und Betten aus den Häusern schleppten und nicht darauf achteten, ob sie jemanden umwarfen mit ihrem sperrigen Gut. Nefedow war nicht unter ihnen. Er musste ihn aber finden, denn er konnte seinen Plan nur mit jemanden besprechen, der seit langem nicht mehr im Palais arbeitete. Wenn die polizeilichen Verhöre begannen, und davon musste Felix realistischerweise ausgehen, dann durfte kein Diener der Jussupows eingeweiht sein. Felix würde Nefedow sofort nach dem Gelingen des Plans reich belohnen, und der alte Diener würde aus Petersburg verschwinden, als hätte es ihn nie gegeben.

Felix nahm sich die Logierhäuser der Stadt vor. Irgendwo musste Nefedow doch geblieben sein. Nach Felix' Berechnung war er jetzt um die sechzig und hoffentlich noch so drahtig und kräftig wie vor zwanzig Jahren. Felix fragte geduldig weiter herum. In der Malij-Bolotnij-Straße fand er ein großes, schmuckloses Haus, vor dem viele Männer in einer langen Reihe anstanden. Polizisten überwachten die Szene, und Felix wurde bestaunt, als er nahe an das Haus heranging und die Anschläge las. Er hatte gehofft, irgendeine Spur von Nefedow zu finden, doch er las lediglich, dass nur abgekochtes Wasser zu trinken sei. Einlass sieben Uhr abends. Der Pass sei vorzuzeigen. Betrunkene würden nicht aufgenommen. Eine Übernachtung koste fünf Kopeken. Dafür würde es ein Abendessen mit Brot und Rindfleischsuppe geben. Am Morgen einen Becher Tee und wiederum Brot.

Eine Straße weiter fand Felix eine Armenküche, vor der viele Erwachsene warteten, aber auch kleine Kinder, die sich in einer gesonderten Reihe aufzustellen hatten. Felix erfuhr, dass hier das Essen kostenlos sei. Er fragte viele der Leute nach Nefedow, nach dem Mann, der alle Zaren Russlands auswendig aufsagen konnte. Aber niemand wusste von ihm.

Je länger Felix suchte, desto teurer wurde ihm Nefedow. Die sich immer weiter entfernen, dachte Felix, stehen einem offenbar immer näher. Am dritten Tag seiner Suche verhalf er einer

Familie, deren Haus gebrannt hatte, zu einer neuen Bleibe. Dafür müsste er jetzt eigentlich einen Tipp bekommen, wo Nefedow zu finden sei, dachte Felix ironisch. Er fragte die Männer, die ihn scheu und abweisend ansahen, so als habe er das Feuer gelegt. Kopfschütteln. Schließlich ließ er von Straßenverkäufern Tee und Kuchen bringen, so dass die Leute zutraulicher wurden und über seine Frage und die Beschreibung von Nefedow nachdachten. Eine Frau meinte, sie hätte die Geschichte mit den vielen Zaren in der Suppenküche für Arbeitslose gehört.

Felix fand sie auf die genaue Beschreibung der Frau hin auch rasch. Als er eintrat, war gerade Essenszeit, insoweit hatte er Glück. Doch das Gewimmel der Essenden, alles Männer, war im Halbdunkel des großen Raumes so dicht, dass Felix sich erst an die Lichtverhältnisse gewöhnen und langsam durch die Reihen der Männer gehen musste, die Kascha aßen, die russische Buchweizengrütze.

Sie löffelten sie aus großen Schüsseln, und auf einem Ofen standen drei riesige Kessel, aus denen es dampfte. Es war ruhig im Saal, die Männer aßen gesittet. Felix fand manche von ihnen hübsch. Einer davon trug ein Tuch um den Kopf gewickelt, als hätte er Zahnweh. Einige hatten schon ihre klobigen Löffel auf den Tisch zurückgelegt. Die Männer saßen ruhig, fast apathisch da und schauten vor sich hin. Kaum dass man ein Wort hörte. Im Hintergrund des Raumes sah Felix hier und da eine Kerze, deren Licht die Gesichter aus dem Dunkel hob. Endlich – in der vorletzten Reihe fand er Nefedow. Natürlich hatte er Felix schon längst gesehen, aber keinen Muckser getan. So wie alle anderen kümmerte er sich nicht um den Fürsten, dem man auch nicht half, als er im Halbdunkel herumtappte und versuchte, zu Nefedows Platz zu kommen. Der hatte sich erstaunlich wenig verändert, fand Felix. So als seien die letzten Jahre verschmolzen in einem Tag. Doch es war Felix klar, dass dies nur seine Empfindung sein konnte. Nicht die von Nefedow.

Der Mann neben Nefedow, ein jüngerer Bauer mit blonden Locken und blauen Augen, machte Felix schließlich Platz.

Nefedow schickte einen seiner kühlen Blicke zu Felix und sagte, er solle sich nicht täuschen. »Du glaubst wohl, dass ich nach zwanzig Jahren immer noch alles tue, was du willst. Nur weil ich in der Suppenküche esse und du am Fürstentisch.« Felix sah seinen alten Diener an, dessen Augen womöglich noch milchiger grau aussahen als früher. Hoffentlich war er nicht blind.

Felix sagte freundlich, dass er es sich so gedacht habe. »Ganz genau, das glaube ich.«

Nefedow verzog keine Miene, als er antwortete: »Dann siehst du es richtig.«

Als die beiden die Suppenküche verließen, schaute ihnen der junge Blondlockige verblüfft nach. Er sah ebenso verwundert, wie Felix dem Mann mit dem Zahnwehtuch Geld in die Tasche steckte. Schade, dachte der Blonde, wo ich doch auch letzte Woche noch teuflische Zahnschmerzen gehabt habe.

In der Nacht träumte Felix von Irina. War es Liwadia, war es Archangelskoje – Schnee machte alles hell, Sturm fegte über Wiesen. Er drohte und dröhnte bis in den Kamin, wo Feuer flackerte. Vor ihm auf dem Boden kniete Irina in der Haltung, die er so liebte: Körper und Kopf weit zurückgebogen, Hals und Kinn erschienen wie ein Penis – hoch aufgerichtet. Irina griff in ihr Haar, Felix wollte sie auf sich ziehen, doch da waren nur mehr ihre Augen, auf ihn gerichtet, aber halb blind wie die von Nefedow. Das Licht, das Licht aus dem Schnee ließ alles verlöschen, und Felix suchte und wusste nicht mehr, wen, er flog hoch und hörte Rufen. War das ein Chor, es war nichts zu verstehen, doch dann sah Felix Munja, Nikolajs Braut, und sie hielt Rasputin an ihrer Hand und winkte Felix zu, er solle doch kommen und sehen, Grigorij sei doch ein Mensch, kein gezähmtes Tier, aber er konnte sich nicht bewegen, er sah Rasputins Augen, die immer näher kamen, und dann begann Rasputin seltsame Tanzschritte aufzuführen, er tanzte, wollte Felix zu sich holen, doch Felix verstand ihn nicht, er sah Munja auf sich zu schweben, sie trug ein Brautkleid, ihr Schleier wand sich um Rasputin, es war kaum mehr etwas von Munja zu sehen in den leuchtenden Ebenen, und Felix wandte sich ab und fand in dem lautlosen Schreiten, das ihm nun möglich war, Hintze, Paul von Hintze, er stand da im Schnee, korrekt in seiner Uniform, und seine Lippen bewegten sich streng. Sie sollen nicht töten, Prinz. Leben geben und am Leben bleiben, so ist das Gebot auf Erden. In Russland, Deutschland und Mexiko. Der Sturm dröhnte dasselbe Gebot, die Flammen im Kamin wisperten es, und Felix fühlte seine Sehnsucht nach Irina so heiß in seinem Herzen, dass es schmerzte, und mit diesem ihn bedrängenden Schmerz erwachte Felix, doch seine Sehnsucht blieb. Irina. Ihre Süße, die in ihn eingedrungen war wie schwerer Wein. Ihr in der Gier angespannter Körper, die seidene Haut zart, heißer als ein Feuer. Die dichten Locken, duftend nach Rosenwasser, kostbarer Rahmen um das schönste Gesicht, die lang geschnittenen Augen. Irina war seine ganze Hoffnung. Sie war mit dem Töchterchen und seinen Eltern auf der Krim – alles Kostbare, was er noch besaß, war dort.

KAPITEL 29

Dmitrij begegnete Purischkewitsch im Taurischen Palais, dem Sitz der Staatsduma, und er fand, dass dieser Wladimir wirklich ein komischer Mann war. Anstelle des Kopfhaars, das radikal fehlte, sprossen Schnurrbart und Kinnbart so prächtig, dass der fleischige Mund nur aus der Nähe zu sehen war. Um das Handgelenk trug der Abgeordnete ein schweres goldenes Panzerarmband, um den Bauch eine ebenso protzige Uhrkette. Statt seiner Uniform hatte er einen schwarzen Anzug angelegt mit einem steifen weißen Kragen, der so hochgeschnitten war, dass der Kinnbart in ihm verschwand.

Dmitrij traf den Abgeordneten heute zum ersten Mal persönlich, hatte aber schon viel über ihn gehört. Purischkewitsch, so hieß es, sei ein Mensch mit Ideen und Tatkraft. Ein Kämpfer für die Orthodoxie und für die Autokratie. Er unterstütze mit jedem Atemzug die These, dass der Zar der von Gott gesandte Selbstherrscher sei. Um 1905 war er der Vorsitzende der berühmten reaktionären Liga, die sich »Bund des Russischen Volkes« nannte. Kein Wunder, dass es auch Purischkewitsch gewesen war, der die grausamen Judenprogrome initiiert und gelenkt hatte.

Unwillkürlich seufzte Dmitrij auf. Was hatte sich Felix dabei gedacht, diesen Unmenschen in ein derart sensibles Unternehmen einzubinden? Genau wie Dmitrij selbst war Purischkewitsch selten in Petersburg zu sehen. Er war an der Front. Dort hatte er eine als musterhaft geltende Sanitätsorganisation aufgebaut, die er mit straffer Hand leitete.

Jetzt stand Purischkewitsch auf und schritt zum Rednerpult. Unter den Zuhörern riefen manche, dass endlich mal einer spräche, der Geist habe und Feuer. »Endlich ein Kämpfer unter all diesen Schwätzern!« »Man kriegt ihn ja kaum mehr zu hören.« »Klar, der ist ständig an der Front.«

»Der hat einen glühenden Willen.« – »Glühend? Brutal, würde ich sagen …«

Man bat schließlich um Ruhe, und Purischkewitsch legte für einen Moment wie lauschend den Kopf auf die Seite, dann hob er an, dass es jetzt an der Zeit sei, alle Vorsicht außer Acht zu lassen. »Sprechen wir doch endlich deutlich. Der Kampf zwischen der Clique von Zarskoje Selo und Russland hat begonnen! Das Wohl unseres Landes, die Krone Seiner Majestät stehen auf dem Spiel.«

Dmitrij spürte deutlich, wie die Umstehenden unruhig wurden. Sie hatten erwartet, dass der Abgeordnete, wie sonst auch, seine Ressentiments gegen die Liberalen richtete, aber jetzt griff er das Herrscherhaus an. Nun ja, der Hochmut der Zarin war vielen ein Dorn im Auge, man hatte auch diesen und jenen Verdacht und verstand nicht, dass der Zar keine Anstalten machte, einmal richtig aufzuräumen an seinem Hof. Schließlich war man in der Ehrfurcht gegenüber dem Hause Romanow aufgewachsen. War dazu erzogen worden, im Zaren und der Zarin ganz außergewöhnliche Menschen zu sehen. Wenn sie länger darüber nachdachten, kamen sie schon zu dem Schluss, dass dieser Purischkewitsch recht hatte, aber musste er es denn gar so laut herausschreien? Schließlich war die Presse hier, in- und ausländische. Russland konnte sich nicht mehr sehen lassen in der Welt, wenn der herausbrüllte, was schließlich nur die Russen etwas anging.

Doch Purischkewitsch fuhr unbeirrt fort. »Das Land leidet Hunger, die Soldaten sterben zu Tausenden an der Front. Unser bestes, russisches Blut. Die Truppen sind erschöpft, die Kommandierenden murren. Sie sind es leid, Befehle von Rasputin zu empfangen. Und die Zarin kann sich nicht anmaßen, Russland zu regieren. Sie ist schließlich eine Deutsche.«

Die Zuhörer applaudierten, drängten sich nach vorn zu Purischkewitsch. Dmitrij war des Zuhörens überdrüssig, er fühlte sich in dieser Menge Menschen völlig isoliert, allein mit seinen Zweifeln. Ein alter General, der neben ihm stand, deutete auf seine kostbare Tabatière, die das Bild der großen Katharina zeigte. »Diese hier war auch eine Deutsche«, sagte er leise, offenbar mit seinen Gedanken weit entfernt, »diese hier war auch deutsch. Aber sie stand mit beiden Beinen fest auf dem Boden der Realität, und sie liebte schöne Männer. Alexandra Fjodorowna dagegen lebt im Himmel. Zwar ist sie mit Sicherheit eine treue Gattin. Doch für uns geht das nicht gut aus.«

Der General sah Dmitrij sekundenlang aus seinen kleinen, hellen Augen an, dann war er zwischen all den Uniformen und dunklen Anzügen verschwunden. Dmitrij hatte die Worte des Generals noch im Ohr, und er hätte gern mit Felix darüber gesprochen. Sie wollten sich hier treffen, aber offensichtlich war Felix nicht in der Nähe. Während Dmitrij überlegte, wo er Felix suchen solle, entdeckte er ihn, angelehnt an die Brüstung der Tribüne. Plötzlich fiel Dmitrij ein Satz ein, den er einmal irgendwo gelesen hatte, und er wusste nicht, warum ihm dieser Satz jetzt wieder in den Sinn kam: »Man hat kein Recht auf einen irreparablen Irrtum.«

Natürlich war es kein Wunder, dass dieser Satz Dmitrij auf der Zunge lag, als er Felix sah. Der trug seine kakifarbene, eng anliegende Uniform mit den goldenen Achselstücken, und sein Körper wirkte so schlank und zerbrechlich, der Hals derart schmal, dass es Dmitrij so vorkam, als ähnele Felix heute noch mehr als früher einem der Erzengel aus einer Ikonostase. Dmitrij wusste, dass Felix derartige Vergleiche nicht leiden konnte. Er verstand das umso mehr, als er selber in seinen hohen, weichen Stiefeln, seiner Uniform eines Flügeladjutanten von seinen Regimentskameraden als künftiger Filmstar aufgezogen wurde.

Warum kann ich Felix nicht in die Arme nehmen und so leidenschaftlich lieben, wie ich es gerade möchte?, dachte Dmitrij. Wir leben im zwanzigsten Jahrhundert, wir wissen, dass die Erde eine Kugel ist und dass es keinen Ort gibt, der Himmel heißt oder Hölle. Felix und ich haben alles, was das Leben auf dieser Erde einem Menschen zur Verfügung stellen kann: Schönheit, Reichtum, Ansehen in der Gesellschaft – doch das stärkste Gefühl, das in uns lebt, das in uns eingepflanzt worden ist, dürfen wir nicht ausleben. Auch wenn er um Tatjana warb, auch wenn er liebevoll an sie dachte, so hatte doch Felix sein Herz in seinen Händen. Im Gegensatz zu Felix, der zumindest in den Jahren nach Oxford seine Neigung nach außen getragen hatte, verbarg Dmitrij seine Sehnsüchte, um niemanden zu verletzen.

Doch jetzt, wo er Felix ansah, wollte er wenigstens dessen Wangen streicheln dürfen und seine vollen, weichen Lippen berühren. Warum durfte er nicht seinen Arm um Felix' Hals legen, seinen Mund uber das schöne Gesicht wandern lassen? Auch Felix würde mit seinem weichen Mund Dmitrijs Gesicht liebkosen, er würde ihm den Rücken streicheln, und irgendwann würden sich ihre Lippen begegnen und ihre Münder sich öffnen. Nicht mehr aufhören würden sie mit ihren Küssen und mit ihren unnachgiebigen Zungen. Felix wühlte mit seiner Hand in Dmitrijs Haar, auch Dmitrij streichelte über Felix' vollen Schopf. Schon lange hatte Dmitrij nicht mehr den festen Po seines Freundes berührt, und er fühlte mit Seligkeit, dass Felix dabei war, mit der Hand in seine enge Uniformhose hineinzuschlüpfen.

Doch da wachte er auf aus seinem Wunschtraum. Er nahm wieder das eigentümliche Rauschen wahr, das Stimmengewirr im Raum und den Blick von Felix, der jetzt vor ihm stand und ihn rätselhaft ansah.

»Ich war gerade dabei, mit dir zu schlafen«, sagte Dmitrij wahrheitsgemäß, und er freute sich wie ein Kind, dass Felix irritiert schaute, wenn auch nur kurz.

»Du musst morgen den Militärlaster fahren«, sagte Felix ruhig.

KAPITEL 30

Der Wintermorgen dämmerte herauf. Am Himmel über dem Meer wetteiferten die feurigsten Farben miteinander, doch Irina, die den Blick auf das Wasser sonst sehr liebte, nahm die Schönheit der Natur kaum wahr. Der Winter auf der Krim war diesmal kälter als sonst. Der Park war mit Schnee und Frost in einen langen Schlaf verfallen, die Bäume standen wie Scherenschnitte in der majestätischen Landschaft.

Die kleine Prinzessin hatte eine unruhige Nacht gehabt. Irina und das Kindermädchen waren abwechselnd aufgestanden und hatten sich mit der Kleinen beschäftigt, die schon sehr flink durch die Räume lief und lebhaft die ersten Worte kundtat, so dass schließlich auch die Großeltern erwachten, und man beschloss, aufzustehen und gemeinsam zu frühstücken.

Irina fühlte sich, als habe sie die Nacht bei den Zigeunern durchzecht. Sie hielt sich den schmerzenden Kopf, und Sinaida umarmte ihre Schwiegertochter zärtlich. »Wir haben alle nicht gut geschlafen, meine Süße. Es geht jedem von uns an die Nieren. Es gibt für Felix keinen anderen Ausweg mehr. Das weißt du doch am besten. Er wird alles richtig machen.«

»Das wird er nicht.«

Sinaida fuhr zusammen, denn ihr Mann redete selten so entschieden mit ihr. Aber weil sie tief innen wusste, dass er recht hatte, aber auch keinen Ausweg sah, war sie jedes Mal verwirrt und hilflos.

»Ich habe so oft versucht, es euch zu erklären, und ich sage es jetzt wieder: Wenn es Felix und den anderen gelingt, Rasputin umzubringen, so wird das an der politischen Lage unseres Landes nichts mehr ändern. Vielleicht, wenn einer der früheren Versuche geglückt wäre – doch selbst daran glaube ich nicht. Trotzdem werden sie ihn heute Nacht töten. Mein Sohn wird einen Menschen töten, und er wird damit nichts bewirken. Alles bleibt beim Alten. Es ist zu spät.«

Sinaida hatte das Gefühl, als käme das Grauen auf sie zu, immer näher, als begreife sie erst jetzt, was Felix heute tun würde. Ihr einzigartiger Felix, bisher unfehlbar in ihren Augen, sollte heute – Panik stieg in Sinaida auf, ihr Herz begann seinen gefürchteten Stolperrhythmus, es setzte aus, um dann wieder so heftig zu schlagen, dass Sinaida die Schläge in ihrer Kehle spürte, angstbringend, todbringend.

Sinaida stand auf, ging im Raum umher, atmete tief durch und stieß hervor, dass Felix ja schließlich nur tue, was ganz Russland wolle. »Er ist ja nicht alleine. Dmitrij, Spross der Romanows, Purischkewitsch, Politiker und Offizier, Leutnant Suchotin und Doktor Lazobert: alles hochverdiente Mitglieder der besten Gesellschaft! Felix tut es ja nicht alleine!« Sinaida schluchzte, und der Fürst nahm sie in seine Arme, versuchte sie durch Streicheln und kleine Küsse zu beruhigen. Doch in seiner Sicht auf das, was in der kommenden Nacht geplant war, blieb er unnachgiebig.

»Auch wenn Felix mit den anderen gemeinsam mordet, ist er doch für sich selbst verantwortlich. Man muss immer den Einzelnen beurteilen, seine Motive und seine Schuldfähigkeit, wie bei jedem anständigen Gericht. Und so wird es mit Felix auch geschehen.«

Irina hielt es nicht länger in Liwadia. »Ich muss zu Felix! Ich habe so viel falsch gemacht. Ich habe Felix in diesen Mord hineingetrieben!«

Nur mit dem Chauffeur und einer Dienerin machte sie sich auf den Weg. Ihre Schwiegereltern widersprachen nicht, nahmen sie beim Abschied stumm in die Arme, und Sinaida machte ihr das Zeichen des Kreuzes auf die Stirn.

Im Weggehen hörte Irina noch, dass ihr Schwiegervater am Fenster stand und ruhig zu seiner Frau sagte, dass nur der Schnee da draußen unschuldig sei.

In der Nähe des Sankt Petersburger Nikolausbahnhofs begann der Wagen, der schon eine Zeit lang bedrohliche Geräusche von sich gegeben hatte, heftig zu stottern, und schließlich blieb er ganz stehen. Während der Chauffeur sich an die Reparatur machte, ging Irina mit ihrer Zofe zum Bahnhofsbüfett, um etwas Heißes zu trinken. Trotz der beißenden Kälte tat ihr die frische Luft gut, und es gefiel ihr, wie der trockene Schnee unter ihren dicken Stiefeln knirschte. Irina hatte Felix von ihrem Kommen nicht benachrichtigt. Sie wollte nicht, dass er sich ihretwegen Sorgen machte oder im Haus alles in Aufregung brachte. Er hatte jetzt andere Probleme als eine eifersüchtige Frau, die für seine Lage nicht das geringste Verständnis gezeigt hatte.

Ein Kellner brachte Tee und frisch gebackene Blinitschki. Am Nebentisch war eine Gesellschaft um die Tageszeitung versammelt.

»Schaut nur«, rief der Mann, der offenbar die Zeitung besorgt hatte. »Schaut nur, hier steht es! Rasputin ist tot!«

»Was ist los?«, rief ein älterer Herr vom unteren Ende des Tisches.

»Rasputin ist tot«, riefen die anderen ihm zu, und der Herr sagte jetzt leise, doch Irina hatte ihn genau verstanden, dass gewiss der Fürst Jussupow dahinterstecke. »Jussupow war es – wie nicht anders zu erwarten. Er hat Rasputin umgebracht. Endlich. Rasputin haben wir es zu verdanken, dass Russland jetzt zugrunde geht.«

»Und was passiert nun mit dem schönen Fürsten?«, fragte eine der Frauen. »Sie haben ihn festgenommen«, antwortete der Herr, der die Zeitung immer noch in den Händen hatte und sie jetzt an den älteren Herrn weiterreichte. »Sie haben ihn festgenommen, aber ihm wird nicht viel passieren. Das ist ein Akt der Erlösung! Außerdem hat es ja schon viele Attentatsversuche auf den Staretz gegeben.«

»Ich weiß«, sagte jetzt die jüngere Frau. Sie war offenbar stolz auf ihre Kenntnis der Situation. »Felix Jussupow hat mir selbst davon erzählt.«

»Jussupow selber?«, fragte der Mann, der offenbar ihr Vater war. »Du kennst den Fürsten Jussupow? Davon weiß ich ja gar nichts!«

»Nun«, sagte die Junge geheimnisvoll, »ich habe ihn bei einem Wohltätigkeitsball getroffen. Ihn und seine Frau. Man weiß gar nicht, wer von beiden schöner ist. Beim Tanzen hat er mich dann gefragt, was ich dazu sagen würde, wenn man Rasputin umbrächte. Daraufhin habe ich gesagt, dass es mich freuen würde, denn Rasputin ist doch wahrhaftig eine Schande für den Zarenhof.«

Der Chauffeur kam, und Irina ging klopfenden Herzens am Tisch der Leute vorbei, die sich umarmten und aufgeräumt von dem Ereignis sprachen, das sie alle als einen Erfolg ansahen. Doch Irinas Bedrängnis blieb.

Sie fuhren durch die Stadt, und Irina wies den Chauffeur an, langsam über den Newskij zu fahren. Sie sah, wie Menschen sich auf dem Prospekt umarmten, sich beglückwünschten. Vor den Türen der Lebensmittelgeschäfte standen lange Schlangen von Frauen und Männern, die sich lebhaft unterhielten. Irina bat den Chauffeur, auszusteigen und sich unauffällig unter die Leute zu mischen. Ihre Dienerin ging zu einem Fleischerladen, wo ebenfalls eine endlose Schlange von Wartenden stand. Als die Bediensteten zurückkamen, berichteten beide, dass die Leute ausnahmslos von der Ermordung Grigorijs sprächen. »Sie sagen, man habe ihn in die Newa geworfen«, sagte der Chauffeur, und die Zofe bestätigte, dass Grigorij ziemlich rasch gefunden worden sei. »Und alle freuen sich. ›Einem Hund einen Hundetot‹, hat eine Frau gesagt.«

Vor der Kasaner Kathedrale stand ebenfalls eine Menschenmenge versammelt. Viele strömten hinein, und Irina schickte wieder den Chauffeur.

»Sie zünden Kerzen an – es sind bald keine mehr da!«, meldete der Chauffeur. »Und sie drängen sich um die Ikone des heiligen Dmitrij, weil sie wissen, dass Großfürst Dmitrij zu den Mördern gehört.«

Mörder. Mörder. Das Wort schien aufzuquellen in Irinas Mund, es ätzte ihr die Zungenspitze, wollte nicht mehr heraus. War Felix ein Mörder?

Das Palais Jussupow lag ruhig da. Keine Polizei, nur der Torwächter, der wie immer auf seinem Posten stand und salutierte. Irina fand Felix in seinem Studio, wo er Papiere ordnete und nur flüchtig aufsah, als er ihre Schritte hörte. Er erschrak im ersten Moment, dann warf er alles beiseite und schloss Irina in die Arme. »Großer Gott, nein, weine nicht. Ich werde dir alles sagen, ehe ich in die Verbannung gehe.«

»Verbannung? Was meinst du damit?«

»Keine Angst, Liebste, ich werde bald wieder bei dir sein. Die Diener haben Anweisung, unser Palais Tag und Nacht an jeder Tür zu bewachen. Niemand kann herein. Aber es ist gut, dass du jetzt zu Hause bist. Mach eine Liste mit den Dingen, die dir am wichtigsten sind. Unsere Familie hat beschlossen, dass ich bis auf weiteres ins Palais deiner Eltern ziehe. Man erwartet mich dort, damit wir besprechen können, wie wir diese Situation am besten meistern.«

KAPITEL 31

Liebste, ich bin dir nahe wie noch nie, ich habe Sehnsucht nach dir. Aber die Türen und Fenster zu dir sind vergenagelt. Für immer. Praskowja. Ich weiß, dass du voller Angst um mich bist, dass du mich suchst. Ich liege dicht unter dem Eis. Von einer Brücke haben sie mich durch ein Eisloch ins Wasser gleiten lassen. Langsam, leise, damit es kein Aufsehen macht.

Wie dilettantisch sie es angefangen haben! Auch nicht schlauer als der mächtige Mönch Iliodor, der seine hässliche Geliebte Gussewa für viel Geld dazu brachte, einen Anschlag auf mich zu verüben. Weißt du es noch, Praskowja? Damals, es war 1914, war ich bei dir und den Kindern daheim in Pokrowskoje. Der Platz vor unserem Haus war voller Menschen, die nach mir riefen. Du wolltest nicht, dass ich hinausging, meine Liebste, du hattest immer das richtige Gefühl, wenn es um mich ging. »Grigorij, ich bin alt und krank, gib mir um Gottes willen ein Almosen.« So hat die Gussewa gebettelt. Ich hab immer allen gegeben, das weißt du. Warum sollte ich der Hässlichen mit der platten Nase nicht auch etwas geben? Ich suchte in meinem Kaftan nach Geld, da hatte sie mich schon in den Bauch gestochen, einmal, zweimal. Bald quollen mir die Därme heraus, ich musste sie zurückstopfen und kam gerade noch zurück ins Haus, zu dir, meine Liebste.

Die Menge wollte die Gussewa erschlagen, doch ich habe dich hinausgeschickt, die Menschen um ihr Leben zu bitten. Sie ist davongekommen. Damals hatte ich schon meine Heilkräuter, meine gekochte Rinde, meinen Geist, der mir erschien und mich anwies, was zu tun sei. Ich bin wieder gesund geworden.

Diesmal ist es anders. Ich werde nicht zurückkommen zu dir, liebste Praskowja. Meine Kräfte haben mich verlassen. Was sonst in mir glühte, ist zu Stein erstarrt. Ich habe meine Geister verraten. An meinen Kleinen. Er ist ein von aller Welt Verwöhnter, ein Fürst. Seine Schönheit, seine feinen Glieder, der Duft seines Fleisches und der Klang seiner Stimme haben mich verfolgt in meine Träume. Praskowja, ich weiß, dass du mich lieb hast, wie du es nur eben kannst. Ich jedoch liebe ihn so sehr, dass ich ihn fast schon hasse. Ja, Praskowja, ich hasse ihn, weil er mich zu einer so törichten, waghalsigen Liebe gezwungen hat.

Du sollst es wissen, Praskowja, damit du nicht so schmerzlich um mich trauern musst. Mein Kleiner hat gelogen. Mich, sich selber und alle anderen hat er belogen, denn er hat mich geliebt. Auch wenn er sich geschändet gefühlt hat – er war es, der mich angesprungen hat wie ein Panther. Ein Blitz traf mich bis hinunter in mein Geschlecht. Es gab kein Zurück zur Vernunft. Er hat die Fackel in mir zum Lodern gebracht.

Ich sollte ihn heilen. Daher hatte ich zuerst nur Mitleid mit ihm. Mit dem Mächtigen, Reichen, der nicht einmal ein Lager hatte für sich und den sanften jungen Fürsten, den er liebte. Praskowja, du darfst niemals Mitleid haben. Mitleid darfst du nur heucheln, sonst bringt es dich um.

Wenn ich nur wüsste, wo ich hier bin, mein Lieb.

Auf einem Militärlaster haben sie mich hergefahren. Ich habe die Männer von der kleinen Newa reden hören. Von der Steininsel und vom Petrowskij Ostrow. Wo haben sie mir nun das letzte Bett gemacht? Es ist unendlich groß und leer. Du, meine Liebste, weißt, dass ich nie gerne alleine geschlafen habe. Manchmal lag ich bei Weiberchen, die süße Herzen hatten, aber keinen Verstand.

Mein Gott, Praskowja, läg ich doch nur in deinen Armen und in unserem Bett! Dieses, das mein Kleiner mir bereitet hat, ist still und kalt. Und dunkel. Nie wieder, Praskowja, seh ich das Himmelsblau. Spür ich den Tag und die Nacht in Petersburg. Nie wieder küss ich deinen Hals.

Praskowja, dass mein Kleiner mich für immer verstummen lassen wollte – das ist das eine. Aber dass er mich so grausam abschlachten konnte wie ein Tier, das war nicht nur seine, das war die Petersburger Teufelei, die Hofkamarilla. Sie suchten einen Sündenbock. Für ihre Hurerei, ihre Habgier, ihre schreiende Unfähigkeit, dem russischen Vaterland ein menschliches Gesicht zu geben. Doch die Drachen kriechen schon aus dem Ei.

So, wie die Isaakbrücke lodernd zur Mündung der Newa hinunterschwamm – so wird Russland untergehen, und die Menschen werden sich gegenseitig ausrotten.

Meine Praskowja, wie herrlich wäre es jetzt, durch sparsame Bewegungen meiner Beine und Arme nach oben zu gleiten, dorthin, wo es hell wird, wo das Loch ist, durch das ich fiel. So aber finde ich mich in einer unzumutbaren Schräglage, in der ich hilflos bin, denn sie haben mir die Füße zusammengebunden und die Hände auch. Außerdem hängt der Ärmel meines Pelzes an einem Ast fest, und der wird verdammt rasch dort angefroren sein, so dass ich nicht mit der Strömung fortgleiten und irgendwo auftauchen kann, um zu dir nach Hause zu kommen.

Weine nicht, Praskowja, grolle mir nicht. Nur gut, dass du nicht siehst, wie ich hier unter dem Eis festhänge in meinem Leichenhemd. Wie ich mich nach dir sehne. Ich bin nicht wirklich tot, Praskowja, obwohl sie Stunden darauf verwendet haben, mich umzubringen. Es war bitter. Voll großer Martern. So war es, Praskowja.

Mein guter Simanowitsch hatte mich gewarnt. ›Geh nicht mehr aus diese Nacht‹, beschwor er mich. ›Der Herr, Preis Ihm, beschützt keinen Verrückten, der nicht auf seine Freunde hört.‹ Selbst Protopopow kam persönlich vorbei, um mir zu sagen, dass eine Clique plane, mich umzubringen. Ich war ziemlich misstrauisch, Praskowja, aber doch nicht meinem Kleinen gegenüber! Er wollte mich in seinen Palast einladen, damit ich mir vorstellen könne, wie er lebt. Ich sollte auch seine Frau kennenlernen, von der alle reden. Praskowja, wärst du nicht auch ins Palais Jussupow gegangen?

Vielleicht nicht. Du bist nicht größenwahnsinnig. Nicht über jedes Maß eitel. Du hättest niemals geglaubt, dass ein Fürst dich lieben würde.

Du hättest die feinen Törtchen sehen sollen, die mein Kleiner für mich bestellt hatte. Dabei mag ich keinen Kuchen, du weißt es. Aber ich wollte ihm den Gefallen tun, ihm lag so viel daran, dass ich sie probiere, das hab ich wohl bemerkt. Der Samowar brodelte, und mein Kleiner bot mir Tee an, wie ich ihn liebe. Und Portwein hatte er bereitgestellt. Er war wundervoll – nur später hatte ich ein übles Kratzen im Hals. Vielleicht kam das von den dummen Törtchen, die mir nicht bekommen sind. Irgendetwas stimmte nicht, Praskowja. Mein Kleiner war nervös. Er sah mich gar nicht an. Keine Umarmung, als er mich abholte, keine Zärtlichkeit, als wir alleine waren. Essen sollte ich und trinken, und zwar möglichst viel.

Seine Wohnung ist schön. Sie liegt in einem Kellergewölbe. Treppen führten aus den Räumen hinauf. Das fand ich seltsam, dass ein Fürst im Keller wohnt. Aber es war prächtig um mich herum. Wie überall bei den Fürsten. In Erinnerung geblieben ist mir nur ein großes, weißes Bärenfell auf dem Fußboden. Und ein Schrank, der aus lauter Spiegeln bestand. Darauf stand eine Kreuzigung Christi aus Bergkristall und Silber. So etwas habe ich noch nie gesehen. Siebzehntes Jahrhundert, sagte mein Kleiner.

Mir wurde ziemlich schlecht, Praskowja. Ich sah alles nur wie im Nebel. Mein Kleiner saß da und schaute mich seltsam an. Seine violetten Augen schienen zu glühen. Ich wusste plötzlich, was ich schon mehrfach geträumt hatte – mein Kleiner wollte mich töten. Plötzlich war er für mich der Herr der Schatten, eine Fratze ohne Namen, ich schaute ihn an, ich bändigte seinen glühenden Blick, fühlte, dass er die Herrschaft über sich selbst zu verlieren begann, wie er versteinerte. Doch auch ich wusste bald nichts mehr von mir, und als ich aufwachte, bot mir mein Kleiner einen Tee an. Ruhig. Freundlich.

Ich verspürte jetzt schrecklichen Durst und trank gierig von dem Tee. Er belebte mich, ich musste aufstehen von meinem Stuhl, ich lief im Raum auf und ab, ohne irgendetwas zu denken oder zu fühlen.

Da sah ich seine Gitarre, Praskowja. ›Bitte, mein Liebling‹, bat ich ihn, ›spiel für mich.‹ Obwohl ich es besser wusste, wollte ich noch einmal die Stunden heraufbeschwören, in denen Felix mich begehrte. Doch mir war übel. Ich wollte nur schlafen, da hörte ich von oben Geräusche. ›Die Gäste meiner Frau verabschieden sich gerade. Es ist halb drei am Morgen‹, sagte mein Kleiner.

Mir war es gleichgültig. Nur noch schlafen wollte ich. Heim zu dir, Praskowja. ›Ist Ihnen nicht wohl?‹, fragte mein Kleiner plötzlich. Er hat niemals du zu mir gesagt. Oder Grigorij. Was tat ich noch bei ihm? »Lass uns zu den Zigeunern fahren, mein Kleiner«, sagte ich. Nur weg aus diesem Raum. Doch mein Kleiner machte sich an der schönen alten Kreuzigung zu schaffen, und ich fragte ihn, was er damit wolle. ›Ich liebe dieses Kreuz, es ist sehr hübsch‹, sagte mein Kleiner. Jäh drehte er sich zu mir um. »Sie sollten vor dem Kreuz zum Gebet niederknien«, sagte er kalt, und dann schoss er.

In meinem Kopf glühte ein Feuer, es breitete sich aus, glitt durch meinen Körper, und ich spürte, wie meine Knie nachgaben. Menschen kamen, einer fiel über mich, es wurde dunkel, und alle brüllten, nur mein Kleiner nicht. Ich hätte gern ein Kreuz geschlagen, Praskowja, Liebste, ich wollte an dich denken, an die Mädchen, an Mitja, aber es war so laut um mich. Ich konnte nicht ins Grab steigen, so viele waren über mich gebeugt, und um mich wurde es wieder lichter. Sie untersuchten die Wunde, ins Herz hatte er mir geschossen, mein Kleiner, zweimal ins Herz. Dann schleppten sie mich vom Bärenfell runter auf den steinernen Fußboden. Mein blutendes Herz sollte das Fell nicht beschmutzen, Praskowja.

Sie gingen fort. Ich lag alleine im Dunkel. Sicher glaubten sie, dass ich tot sei. Dann aber hörte ich Schritte. Mein Kleiner kam zurück. Ich roch seinen Duft. Seine langen, feinen Finger tasteten über mich hin, fühlten meinen Puls. Plötzlich zog er mich hoch, er schüttelte mich wie einen Sack Kartoffeln. Das tat so weh, dass ich brüllen wollte vor Schmerz. Instinktiv nahm ich mich zusammen, stellte mir vor, dass ich über heiße Kohlen laufen müsse wie in Sibirien. Dann fror ich vor Angst, doch auch das habe ich gelernt zu überwinden, und ich nahm meine letzte Kraft zusammen und schaute den Kleinen an, und ich wusste, es waren die Augen meines Geistes, meines Koyoten, und sie würden ihn lähmen, so dass ich vielleicht doch noch davonkäme.

Mein Kleiner hockte neben mir. Er war außerstande, sich zu rühren, das wusste ich. Nicht einmal seine Komplizen rufen konnte er, und seine Augen würden benebelt sein. Jetzt musste ich ihn angreifen, und ich rief wieder den Koyoten zu Hilfe, dessen Kraft mich auf die Beine brachte. Meine Hände gehorchten, sie bohrten sich in den Rücken des Kleinen, bis sie zu Klauen wurden, die sich um seinen Hals schlossen. Und ich hörte meine Stimme, hörte, wie ich immer wieder seinen Namen rief: ›Felix, Felix, Felix!‹

Wir kämpften. Mein Kleiner, der eigentlich ein schmächtiger Mann ist, entwickelte die Kräfte eines Bären, und ich hielt nur eine Epaulette seiner Uniform in meinen Fingern, als er sich von mir losriss und nach seinen Komplizen schrie. ›Rasch!‹, rief er, ›rasch den Revolver, er lebt immer noch!‹

Wären es nicht so viele gewesen, liebste Praskowja, ich hätte ihn besiegt. Während der endlosen Stunden in seinem Kabinett habe ich natürlich alles ausgekundschaftet. Ich hatte auch die Geheimtür gesehen, die auf den Hof hinausführte. Zu dieser Tür kroch ich nun, Praskowja, ich kroch wie ein Tier, aber ich erreichte sie, noch ehe die anderen mich eingeholt hatten. Schüsse knallten, einer davon muss mich getroffen haben. Vielleicht auch alle beide, doch ich spürte davon nichts, ich war auf der Himmelsleiter, ich wollte durch das Tor in die Ewigkeit, in die Freiheit. Und ich habe das einzige Tor gefunden, das zur Mojka führte und nicht verschlossen war. Durch dieses Tor wollten sie mich abtransportieren, aber ich habe es erreicht, und wenn ich an der Mojka brülle, und du weißt, wie ich brüllen kann, dann werden sie es nicht wagen, mich dort umzubringen, denn dann können es viele sehen.

Doch mein Kleiner, der Raffinierte, war aus dem Hauptportal hinaus und an der Mojka entlang mir entgegengerannt. Er hielt einen Knüppel in der Hand, einen Polizeiknüppel, Praskowja, und die Kerle hinter mir schossen jetzt wieder auf mich, einmal, zweimal, sie trafen auch, aber ich war schon sehr hoch auf der Himmelsleiter, sie konnten mir nichts mehr tun. Da stand mein Kleiner vor mir und versetzte mir den ersten Schlag. Er schlug auf mich ein, wohin er gerade traf, er schlug und schlug und konnte nicht mehr aufhören. Praskowja, mein Kleiner hat in diesem Moment alle menschlichen und göttlichen Gesetze erschlagen.

Dann fiel er neben mir in einen Schneehaufen, und ich glaube, er war bewusstlos. Ich spürte noch, wie mich einer in ein Tuch wickelte. Er tat es sehr behutsam, vielleicht war es einer der Diener, einer, der mich nicht hasste. Er legte dann noch etwas Langes, Warmes um mich. Wahrscheinlich war es mein neuer Pelz, den Aron mir aus Moskau mitgebracht hatte. Dann wurde ich auf den Laster gehoben.

Praskowja, du Treue, ich wollte es dir schon lange sagen. Ein Verhängnis zieht herauf. Großes Unglück. Für unser Land ist die Zeit gekommen. Das Blut erfriert vor Grauen. Blut und Schmerzensrufe überall. Meine Stunde hat schon geschlagen, wie du weißt. Meine Praskowja. Geh zurück nach Pokrowskoje, in unser Nest. Die Mädchen schicke in die Welt. Mitja lass bei dir. Ihr werdet alle gerettet werden.

Ich trauere um meine Allerhöchsten Lieben. Auf Erden werde ich sie nicht wiedersehen. Nur Gott kennt ihren Leidensweg. Er wird noch bitterer sein als meiner. Niemand wird da sein, sie zu beschützen. Unzählige Menschen werden zugrunde gehen. Brüder töten Brüder.

Mein Kleiner jedoch wird leben. Obwohl er mich grausam ermordet hat, wird er leben. Man wird ihm alles nehmen, aber ihm bleibt genug. Durch ihn habe ich die Eifersucht kennengelernt, die Ungeduld und den bitteren Neid, dass ich nicht so vornehm war wie er, Dmitrij und Irina. Seine Freundlichkeit hatte etwas Brutales, doch ich brannte darauf. Er hatte nicht die kleinste Zuneigung für mich. Er ekelte sich vor mir. Und ich war so gierig nach einem Blick von ihm, nach seiner Nähe. Deshalb hat er mich umgebracht. Nicht wegen unseres Vaterlandes. Alle haben sie mich gewarnt vor ihm. Ich wusste, dass sie recht hatten, aber ich wollte es nicht glauben.

Weißt du was, Praskowja – wir beide gehen jetzt nach Pokrowskoje. Nachts, wenn uns niemand begegnet. Dann sehen wir unsere sibirische Landschaft, die Lichter in den Häusern, die man nur nachts sieht, wenn sie geheimnisvoll leuchten, magisch. Wir hören das Spiel des Windes in den Birken, sehen uns die Sterne an, die hinterm Wäldchen herauskommen –

O Gott – hörst du es, Praskowja, hörst du die Stimmen, die Rufe? Sie kommen über die Brücke, du weißt ja, Mitja hat meinen Stiefel auf dem Eis gesehen. Jetzt haben sie mich gefunden, Praskowja, jetzt holen sie mich.«

KAPITEL 32

Die Zarentöchter kamen um neun Uhr, nur wenige Minuten nachdem Felix Irina verlassen hatte.

Mit ihren langen dunkelblauen Winterkostümen, den weißen Schals und den dicken Pelzmützen standen sie am Fuß der großen Marmortreppe, bis Irinas Zofe sie abholte und in den Flügel des jungen Paares brachte. Die vier Schwesten wirkten verweint, bedrückt und ratlos. Einzig die Jüngste, Anastasia, sah wütend aus, hatte ein hochrotes Gesicht. Die beiden sie begleitenden Hofdamen blickten sich mit großen neugierigen Augen um, als hofften sie, noch Einzelheiten des unerhörten Geschehens zu Gesicht zu bekommen. Irina kam herbeigeeilt. Sie hatte keineswegs mit einem Besuch vom Zarenhof gerechnet, und schon gar nicht mit dem ihrer Cousinen. Die beiden Hofdamen schickte sie mit dem Chauffeur zu ihren Bediensteten, wo sie frühstücken sollten und auf die Großfürstinnen warten.

Tatjana lag Irina als Erste in den Armen. Fast automatisch benutzte Irina die gleichen Worte, mit denen Felix sie empfangen hatte. »Weine nicht. Ich werde dir alles sagen.«

Die Mädchen schluchzten und fragten alle durcheinander, und Irina führte sie zunächst einmal in ihre Räume, wo alle stumm und ratlos dastanden. Keine der Zarentöchter war bisher in der Wohnung ihrer verheirateten Cousine gewesen, weil ihre Mutter sie nur selten aus Zarskoje Selo fortließ.

»Wieso durftet ihr ausgerechnet heute zu mir kommen?«, flüsterte Irina, und Olga antwortete weinend, dass sie es zu Hause nicht mehr ausgehalten hätten.

»Du glaubst nicht, was draußen in Zarskoje los ist. Mama ist tränenüberströmt. Sie depeschiert immer wieder nach Mogiljow, um Papa von allem zu unterrichten. Sie bespricht sich mit Anna Wyrubowa, man sieht von ihr nur noch wehende Röcke und verweinte Augen. Für uns hat keiner Zeit. Da dachten wir, dass wir zu dir fahren sollten. Du weißt vielleicht, wie es passiert ist.«

Olga verstummte, als sei sie ein wenig erschrocken darüber, dass sie sich so weit vorgewagt hatte. Anastasia, die Jüngste und Lebhafteste der Schwestern, sah Irina zornig an. »Wenn Felix unseren Grigorij umgebracht hat, lässt Mama ihn erschießen!«

»Um Gottes willen, Anastasia!«, sagten Olga und Tatjana wie aus einem Mund. Maria, die großen Augen verweint, verzog ihren Schmollmund. »Warum hat Felix uns Grigorij weggenommen? Was soll nur aus Alexej werden, wenn er wieder hinfällt und schreckliche Schmerzen bekommt? Was hat Grigorij denn getan, warum hat man ihn umgebracht?«

Die jüngeren Mädchen weinten jetzt hemmungslos, und Irina wünschte sich auf die Krim. Warum war sie nicht dort geblieben? Bei ihrem kleinen Mädchen. Bei den Schwiegereltern, denen sie vielleicht auch Trost hätte spenden können. Stattdessen musste sie heute diesen Kindern Rechenschaft ablegen, und morgen würde sich vielleicht ganz Petersburg um ihr Palais drängen und ihr in die Fenster schauen. Sie spürte, dass in ihrer Kehle schon jetzt ein Laut kauerte, ein Wimmern – und es wollte heraus. Doch das würde sie nicht zulassen.

Sie spürte plötzlich, dass sie Hunger hatte. Guter Gott, sie wäre imstande, jetzt zu essen. Sie hatte nach der langen Fahrt am Bahnhof nur eine Tasse Kaffee trinken können, und auch die nur halb – und ihr war fast übel vor Hunger. Sie erklärte das ihren Cousinen und fragte, ob sie schon gefrühstückt hätten. Nein. Wollten sie auch nicht. Irina klingelte trotzdem nach der Wirtschafterin und bestellte heißen Kakao und alles Nötige dazu, was sich in kurzer Zeit als süße Brötchen, getoastetes dunkles Brot, Schinken, Eier und Marmeladen auf einer großen silbernen Platte einfand.

Nach einigem Zögern griffen die Mädchen doch zu, und so frühstückten sie miteinander. Schweigend. Maria und Anastasia sahen Olga ab und zu an, als wollten sie ihr sagen, dass es falsch sei, mit Irina zu frühstücken, als sei nichts vorgefallen. Wortlos, mit einem Wimpernschlag, ermahnte Olga sie. Man kaute traurig, doch in einer gewissen behaglichen Vertrautheit. Zunächst waren nur kleine Seufzer zu hören, dann schluchzte Maria wieder auf, und schließlich meinte Anastasia in die Stille, dass es nun nicht mehr gut zu machen wäre. »Grigorij durfte nie mit uns frühstücken.«

Grigorij war zugegen, jede sah ihn mit weit aufgerissenen Augen.

Irina! Was weißt du von heute Nacht? Die Frage stand die ganze Zeit im Raum, ohne dass die Mädchen sie aussprachen. Irina roch plötzlich den scharfen Meeresduft, der von der Platte mit den Austern aufstieg. Ihr wurde schlecht. Sie klingelte nach der Wirtschafterin. Ließ alles abtragen.

»Es steht ja schon in den Zeitungen«, sagte Tatjana bitter, und sie blickte Irina so eindringlich an, dass diese schließlich sagte: »Ja. Sie haben es getan. Felix, Dmitrij und noch drei andere. Sie haben es für unser Vaterland getan. Sie wollten Russland retten.«

»Aber Grigorij wollte nur Gutes für Russland«, sagte Anastasia weinend und schaute von einem zum anderen. »Das stimmt! Und wir brauchen ihn unbedingt für Alexej!«, beharrte Maria und fügte mit ängstlicher Stimme hinzu: »Mutter hat immer gesagt, wenn Grigorij etwas passiere, ginge die Romanow-Dynastie unter. Jetzt müssen wir alle sterben.«

Olga und Tatjana streichelten die jüngeren Schwestern und küssten sie.

»Es geht auch um meinen Verlobten, er war schließlich daran beteiligt«, sagte Tatjana bestimmt. »Ihr sollt wissen, dass ich für Dmitrijs Sünden ebenso einstehe.«

Wie durch eine Zauberformel bekehrt, sahen die Mädchen Tatjana mit leuchtenden Augen an. Olga umarmte die Schwester. Die beiden Jüngeren hängten sich an die Größeren. Ein Bild, das Irina ins Herz schnitt. Das, was Tatjana über Dmitrij gesagt hatte, war großartig. Sie war eine echte Romanow.

Mit hochrotem Gesicht erschien plötzlich eine der Hofdamen, sie war aufgeregt und nervös, und sie flehte Olga und Tatjana an, nur ja schnell zum Telefon zu kommen. Die Zarin selbst sei am Apparat und habe sie schon ausgezankt. Olga stand sofort auf, sie ging hochaufgerichtet und entschlossen vor der Dienerin aus dem Raum.

»Mutter wird sehr schimpfen, dass wir hier sind«, vermutete Anastasia.

Tatjana flüsterte Irina zu, dass sie Angst habe, von Dmitrij getrennt zu werden. »Ich war zum ersten Mal glücklich, und jetzt ist alles zerstört«, sagte sie mit brüchiger Stimme. Ihr zartes, kluges Gesicht war so blass, dass Irina sie spontan umarmte.

»Aber Dmitrij liebt dich«, sagte Irina, »es gibt bestimmt eine Lösung, du musst nicht verzweifeln. Dmitrij und Felix sind doch keine Verbrecher.«

Die beiden hielten sich noch umarmt, als Olga mit festen Schritten wieder zurückkam. »Ich habe Mama gesagt, dass Irina uns die ganze Wahrheit berichten wird. Da hat sie sich beruhigt. Sie will alles darüber wissen, wie Grigorij zu Tode gekommen ist, das hat sie betont!«

»Hat denn Felix Väterchen Grigorij lieb gehabt?«, fragte Maria mit kleiner Stimme. Betroffen zuckte Irina zusammen, auch Olga, Tatjana und Anastasia schauten ihre Schwester verblüfft an.

Irina brauchte nur eine Sekunde, um zu überlegen. »Ja, Maria, Felix hat Grigorij lieb gehabt.«

KAPITEL 33

Immer wieder, oftmals im Traum, aber auch im Wachen hörte er das heisere Flüstern: »Felix, Felix, Felix –« Er spürte an seinen Armen die eisigen Finger Grigorijs, die ihn umklammerten, als wollten sie ihn nie wieder loslassen.

Lange Wochen war Felix allein in Rakitnoje gewesen, seinem Gut in der Kursk-Provinz, wohin er sich per Dekret des Zaren hinbegeben musste. Um sich von all den Stimmen und den Bildern in seinem Kopf abzulenken, hatte er sich intensiv um die Instandhaltung des Gutes gekümmert. Dazu gab es Veranlassung. Der letzte Verwalter, erst fünf Monate im Amt, hatte sich offenbar allzu sicher gefühlt, weil die Familie Jussupow seit längerem das Gut nicht mehr aufgesucht hatte. Für jeden sichtbar waren Fenster und Terrassentüren des Herrenhauses vernachlässigt worden. Der große Teich im Park war fast verlandet, die wertvollen Pferde nicht gepflegt. Felix kündigte nach einem kurzen Streitgespräch dem Verwalter und suchte sofort per Anzeige einen neuen.

Vom frühen Morgen bis in die Nacht bestellte Felix die Dienstboten nacheinander zu sich. Er sprach streng und zornig mit den leitenden Angestellten und wollte wissen, warum er nicht benachrichtigt worden sei über die Machenschaften des Verwalters. Er wies jedem genau seine Pflichten an und drohte mit empfindlichen Strafen, wenn sich nicht sofort der Schlendrian auf dem Gut in eine tatkräftige, verantwortungsbewusste Arbeitshaltung verwandle.

Sein Zorn, sein energisches Durchgreifen lenkten Felix tagsüber ab von den bedrängenden Szenen, die ihn nicht mehr losließen. Trost gab ihm das nicht. Schon am Abend und erst recht in den Nächten war er allein mit dem Schneesturm, dem Stöhnen des Windes, der die Zweige der Bäume gegen die Fenster peitschte. Dieser Frühling 1917 machte ihm die Gedanken schwer. Wo war der vergangene Sommer geblieben, die Sonne in Liwadia mit ihrem Licht, ihrer Wärme. Das alles war unsagbar weit weg von ihm. Seit Monaten hielt Frost das Land umklammert, und ihn selber ließ das Geschehene immer noch nicht los. Er war ein Mörder. Nein, das vielleicht nicht, aber er hatte einen Menschen umgebracht. Das war ein Verbrechen. Und eine schwere Sünde. Doch es war Krieg. An der Front töteten Millionen von Soldaten. Oder wurden getötet.

Hatte er nicht auch gelitten? Woher rührten seine schlaflosen Nächte? Die erstickten Schreie, mit denen er erwachte: »Felix, Felix, Felix!« Manchmal hörte er Grigorijs Stimme, die seinen Namen rief, beim Aufwachen. Dann war die Stimme im Raum, Felix hörte sie, als wäre Grigorij bei ihm, und wenn es auch eine Sinnestäuschung war, trübte sie ihm den Tag.

Die Zarin hatte befohlen, ihn und Dmitrij als die beiden Hauptschuldigen am Tod Grigorijs erschießen zu lassen. Doch der Zar war im Hauptquartier, und niemand hatte es gewagt, den Fürsten Jussupow und den Großfürsten Dmitrij Pawlowitsch zu verhaften, da sie beide mit dem Zarenhaus direkt verwandt und somit immun waren. Sie erhielten lediglich vom Ministerpräsidenten Trepow die Weisung, sich in Dmitrijs Palais zur Verfügung zu halten. Felix und Dmitrij wurden von Besuchen der Hofgesellschaft verwöhnt oder gelangweilt. Je nachdem. Man beglückwünschte sie, berichtete ihnen, dass sie von der Bevölkerung wie Heilige verehrt würden, aber auch, dass in Kreisen der Rasputin-Anhänger Pläne geschmiedet würden, sie umzubringen. In der Tat versuchten alle möglichen Existenzen, zu ihnen vorzudringen, so dass man schließlich die Tore des Palais gut bewachte und verschloss und nur noch enge Vertraute vorließ.

Am Tag, als Grigorij sterben musste, hatten Felix und Dmitrij sich gar nicht wahrgenommen. Es war Felix erst viel später aufgefallen, dass sie an diesem Dezembertag einander gar nicht angeschaut hatten. Sie waren wie in einem Rausch gewesen, fiebrig, verängstigt über die Fehlschläge, die ihren Plan bedrohten. Er selber war doch fürchterlich blöd gewesen in seiner übergroßen Selbstsicherheit. Wie hatte er sich nur auf die Wirkung des Giftes verlassen können? Und dann seine Hysterie, als Grigorij nicht totzukriegen war. Man hatte ihn halten müssen, als er vor Grauen ohnmächtig zusammengesunken war. Seltsam, früher hatte er sich gegenüber Dmitrij immer als der Beschützende gefühlt. In Dmitrijs Palais jedoch sah er den Freund mit anderen Augen. Er ging ruhig und bestimmt mit den Dienstboten um, war ein fürsorglicher Gastgeber für Felix, wehrte sich gegen die massiven Vorwürfe der Zarin, die aus Zarskoje Selo telefonierte oder depeschierte und ihnen mit der Strafe drohte, die sie bei der Rückkehr des Zaren ereilen würde. Felix konnte ihr Entsetzen und ihren Hass nachempfinden. Er hatte ihr den Retter ihres Sohnes genommen, vielleicht den einzigen Freund, den sie am Hofe hatte. Sie wollte Rache üben an Felix und Dmitrij.

Dmitrij – wie gern würde Felix wieder mit ihm in Archangelskoje am Bach sitzen, ins Wasser hineingleiten, einfach nur daliegen in der kühlen Nässe und in den Himmel schauen. Wie gern würde er das Drama in seinem Haus vergessen, überhaupt die Welt, wie sie jetzt aussah. Weit weg von allem wollte er sein. Nur Dmitrij und er. Wenn sie am Abend alleine waren, sprachen sie über die Tragödie des Mordes. Sie wussten inzwischen, dass ihr vermeintliches Recht, Grigorij zu töten, eine ungeheure Anmaßung bedeutete.

»Was sagt dir dein Gewissen?«, hatte Dmitrij am ersten gemeinsamen Abend gefragt, und als Felix von seiner Arroganz redete, seiner Überzeugung, den einzig richtigen Weg gewusst zu haben, widersprach Dmitrij ihm nicht. Erst viel später, als sie sich wie ausgehungert geliebt hatten, erklärte Dmitrij, dass seine Sicht der Dinge vielleicht zu einfach sei, aber er fände keine bessere. »Unser Standpunkt war doch der, dass Grigorij der Sache Russlands durch seine Machtgier schade. Das haben wir immer und immer wieder besprochen. Und wir fanden viele Menschen, die dasselbe dachten. Also haben wir ihn umgebracht. Wir wollten mit vereinten Kräften auf den Zaren einwirken und ihm ermöglichen, endlich die politische Situation klar zu sehen, ohne Einflüsterungen Rasputins. Wie ein Mann wollten wir aufstehen, um das Vaterland vor dem Untergang zu retten! Und was ist jetzt? Jetzt haben wir die Hölle. Die Revolution, die bislang immer nur hier und da aufflackerte, wird unser gesamtes Land überrollen. Auch dich und mich.«

Felix durchzuckte der Gedanke, wie sehr Dmitrij seinen Wunschvorstellungen entsprach. Unter dem losen Seidenhemd und der weiten Hose sah er den hellen Körper, den langen Hals, und er war von einer Zärtlichkeit erfüllt, die Irina mit einschloss und – ja, auch Grigorij.

Doch wie konnte das sein bei so viel Ekel und Hass. Niemals hätte Felix zugegeben, Lust empfunden zu haben in der Gorochowaja 64. Auch jetzt, in seiner Einsamkeit nur sich selber Rechenschaft schuldig, gab er das nicht zu. Er gestand sich auch nicht ein, dass er sich alle Gründe derer zu eigen gemacht hatte, die den Wunderheiler am Zarenhof hassten und beseitigt sehen wollten.

Dabei wusste er es besser. Es war reine Idiotie, zu behaupten, Grigorij sei schuld am Kriegstreiben der Regierung gewesen. Im Gegenteil. Er hatte nichts anderes getan, als dem Zaren jeden Gedanken an einen Krieg auszureden. »Das sind doch alles unsere Brüder«, hatte er auch zu Felix gesagt. »Warum sollen wir unsere Brüder töten? Wozu haben wir eine Diplomatie? Und Köpfe zum Denken?«

Felix wusste, er hatte einen Fehler gemacht, der nicht mehr zu reparieren war. Grigorij war wie die verbotene Frucht, von der er nicht hätte essen dürfen. Doch er hatte es wieder und wieder getan. Und sein Körper erinnerte sich daran. Deshalb durfte Grigorij nicht leben.

Das war die Wahrheit. Auch wenn andere etwas anderes sagten. Im In- und Ausland wurden Irina und Felix fast zu Nationalhelden. Die *Times* veröffentlichte ein Foto von ihnen und titelte: »Die Retter Russlands«. Vom englischen Volk wurden Glückwünsche an das russische Volk ausgesprochen, das sich endlich von dem schädlichen Einfluss der dunklen Kräfte, der nationalen Schande befreit hätte.

Ein patriotischer Aufschwung ergriff daraufhin ganz Russland. Besonders in den Zeitungen Sankt Petersburgs und Moskaus erschienen begeisterte Artikel. Man sprach von neuen Hoffnungen für das Land, und man konnte davon ausgehen, dass die Stimme der Presse die Stimmung im Land widerspiegelte.

In den Straßen Sankt Petersburgs schüttelten sich festlich gekleidete Menschen die Hände. Auch Fremde beglückwünschten einander. Und viele, die am Palast Dmitrij Pawlowitschs vorbeikamen, knieten nieder und bekreuzigten sich.

In allen Kirchen der Stadt wurden Gottesdienste abgehalten, in den Theatern wollte das Publikum die Hymne hören, immer wieder.

Dmitrij und Felix bekamen Briefe und Blumen von überall her, sogar von der Front, aus Städten und Dörfern, aus Fabriken und sogar aus Kliniken.

Als der Zar von der Front zurückkam nach Sankt Petersburg, hatte er sich sofort mit einigen seiner Minister zusammengesetzt, um sich darüber zu beraten, was mit Felix und Dmitrij geschehen solle. Und dann erging der Allerhöchste Befehl, dass der Großfürst Dmitrij Pawlowitsch sofort Sankt Petersburg zu verlassen habe und sich nach Persien, zur Verfügung des Kommandierenden der Persischen Abteilung General Baratow, begeben sollte. Der ehemalige Erzieher des Großfürsten, General Laiming, und der Flügeladjutant Kutajsow sollten ihn begleiten.

Um elf Uhr am Abend erschien der Stadthauptmann und meldete, dass Dmitrijs Zug um zwei Uhr nachts abfahren würde.

Auch Felix erhielt den Befehl, Petersburg sofort zu verlassen und sich auf sein Gut Rakitnoje zu begeben.

Sein Zug ging bereits um zwölf Uhr in der Nacht ab, also hatten er und Dmitrij nicht einmal mehr eine Stunde Zeit, Abschied zu nehmen. Zu seiner Überwachung wurde der Hauptmann Sentschikow, Lehrer am Pagencorps ihrer Majestät, abgestellt. Bis zum Verbannungsort sollte ihn außerdem der Gehilfe des Chefs der Geheimpolizei begleiten.

Es blieben Felix und Dmitrij nur noch Minuten. Niemals hätte Felix gedacht, dass seine Empfänglichkeit für Schmerz so groß sein könne, so tief und zerreißend. Er sah Dmitrijs Gesicht, verzweifelt, aber ohne Makel. Seine schrägen Augen mit dem sonst so samtenen Blick drückten jetzt schiere Ratlosigkeit aus, aber auch eine starke, innere Spannung. Er presste sich an Felix, als wolle er die ganze Kraft seiner Männlichkeit, aber auch die Symmetrie seiner Schenkel, die vollkommene Glätte seiner Haut wie einen Stempel auf Felix' Körper aufdrücken, für immer und ewig. Felix umarmte ihn gleichermaßen heftig und verzweifelt, wollte die Geschmeidigkeit Dmitrijs, die nicht zum geringsten Teil seine körperliche Attraktivität ausmachte, und die Stärke seiner Hüften für immer unter den Händen spüren.

Sie trauerten beide um den Traum der vergangenen Tage, die Zeit, in der sie gelebt hatten wie ein Paar. Es gab keinen Millimeter an ihrem Körper, den sie nicht mit Händen und Zungen erkundet hatten. Und doch fragte sich Felix bei diesem jähen Abschied, ob sie wirklich jede Minute wie eine Kostbarkeit genossen hatten. Mussten sie fürchten, dass die verbleibenden Minuten ihre letzten gemeinsamen sein würden?

Auch Dmitrij litt. Er wollte Felix sagen, dass er ihm alles verdanke, was er an Liebe erlebt hatte. Sogar die Zärtlichkeit Tatjanas verdanke er Felix und Irina, die sie beide in ihre Liebe eingesponnen hatten. Dinge, die Dmitrij in seiner einsamen Kindheit nicht verstanden hatte, wurden ihm jetzt klar. Sein Leben erschien ihm plötzlich voller Glut und Farbenpracht. Die wenigen Stunden, in denen sie zwei glückliche Paare gewesen waren – sie hatten ihm alles bedeutet. Es war ihm so vorgekommen, als habe er ohne diese drei Menschen seelisch gehungert und gefroren.

Tatjana. Er hatte nicht gewusst, dass eine junge Frau so liebevoll sein konnte, so umfassend gebildet und voller Witz. Sie hatte Schumann-Lieder gespielt im Salon von Felix und Irina – die Zuhörer waren für Sekunden stumm gewesen, dann hatten sie Tatjana applaudiert wie einer großen Pianistin. Und er, Dmitrij Pawlowitsch, lebenslang ein mutterloses Kind, hatte sich zum ersten Mal auf die Zukunft gefreut.

Und dann hatte ihm die schrecklichste Nacht seines Lebens alles Glück genommen. Ihr mörderischer Irrtum hatte nicht nur Grigorij das Leben gekostet. Auch er und Felix waren mit dem Tod durch Erschießen bedroht gewesen.

Glücklicherweise hatte die Zarin ihren Entschluss nicht durchsetzen können. Im Gegenteil. Dmitrij durfte Felix sogar in seinem Haus beherbergen.

Ihm war es, als hätten sie in den letzten Tagen wie die Götter gelebt, Felix und er. Dabei waren sie Gefangene gewesen. Wie schön Felix doch war. Sein Gesicht war sehr weich jetzt, ohne Hoffnung. Dmitrij hatte früher oftmals Träume gehabt, in denen er verfolgt wurde. Dann brauchte er sich nur kraftvoll abzustoßen von der Erde, und er flog. Flog über weite Täler, über Berge. Wenn seine Kraft nachließ, wenn seine Verfolger ihm wieder auf den Fersen waren, konnte er sich mit Macht wieder abstoßen, hoch auffliegen, allem Bösen entkommen.

Doch sein Leben war kein Traum. Er und Felix bezahlten jetzt den höchsten Preis für eine Illusion. Sie hatten tatsächlich geglaubt, ungestraft ihre Liebe leben zu können, wenn nur Rasputin beseitigt wäre. Nun war ihnen vielleicht nie mehr vergönnt, Arm in Arm zu atmen. Die Zukunft ihrer Liebe war dunkel, sie schien Dmitrij voller Trübsal. Der Zar verlangte viel von ihnen. Er nahm ihnen alles.

Dmitrij, dessen Zug zwei Stunden später ging als der von Felix, wollte unbedingt versuchen, auf den Bahnsteig zu kommen, Felix noch ein letztes Mal zu sehen. Vergebens. Die Polizei hatte den Bahnsteig abgeriegelt. Die Menschenmengen, die zum Bahnhof drängten, wurden nicht durchgelassen. Dmitrij, im Arbeitsanzug eines Gärtners, konnte ebenfalls nicht auf den Perron. Nur ganz von weitem sah er, wie eine Gruppe von Offizieren auf einen wartenden Zug zuging, drei der Männer stiegen in ein Coupé, und bald setzte sich der Zug in Bewegung.

»Felix!« Dmitrij hätte den geliebten Namen laut herausschreien mögen. Doch er blieb stumm und hilflos in einem Pulk von fremden Menschen zurück.

Er wusste, dass er nun wieder in die Einsamkeit zurückfallen würde, die sein Leben so lange begleitet hatte. Dazu würden noch die Selbstvorwürfe kommen, dass er geholfen hatte, einen Menschen zu ermorden. Warum? Um Russland zu retten? Nicht doch. Er hatte, wie Felix auch, völlig andere Beweggründe gehabt. Wo Felix sich von einer Hörigkeit befreien musste, ging es ihm um Macht. Er hatte sich stark gefühlt, endlich geliebt. Er wollte die Gesetze brechen und dem Volk als starker Befreier entgegentreten. Wer nicht wagt, gewinnt auch nicht. Hatte der Zar etwa Hemmungen gehabt, Millionen in den Tod zu schicken? Hatte er am Blutsonntag Rücksicht genommen, als er friedliche Männer, Frauen und Kinder erschießen ließ? Nein – er handelte einzig und allein in seinem vermeintlichen Interesse als Herrscher. Dennoch bestrafte er Felix und Dmitrij, die eine allseits gehasste, gefährliche Person wie Rasputin aus dem Weg geräumt hatten, um den Zarenhof zu befreien. Seine treuesten Offiziere und Verwandten schickte er in die Verbannung.

Als er im Zug saß, als Sankt Petersburg im Dunst des nächtlichen Nebels entschwand, dachte er nur an Felix und Tatjana. Lautlos, aber immer wieder nannte er ihre Namen.

KAPITEL 34

Grigorij stand Felix gegenüber, und Felix wunderte sich über die Zartheit und Leichtigkeit von Grigorijs Erscheinung. Er war mit einem einfachen hellen Hemd bekleidet, und er sah Felix ebenso schüchtern wie wissend an. Es war noch mehr in seinem Blick, etwas, das Felix noch niemals wahrgenommen hatte. Felix glaubte, dass sie beide gleichermaßen erregt seien. Grigorij legte ihm die Hände auf die Schultern, und Felix stand wieder in seinem Bann, obwohl er sich dagegen wehrte. Grigorij neigte sich zu ihm, das Bild verschwamm, und Felix erwachte. Noch lange, eigentlich während des gesamten Tages, spürte er Grigorij in seinem Körper, war er im Gefängnis seiner Leidenschaft, dem er offenbar nicht entkommen konnte.

Die Nachricht von der Februarrevolution erreichte sie in Rakitnoje. Sie erfuhren am 4. März aus den Zeitungen, dass Nikolaus abgedankt hatte. Auch im Namen seines Sohnes Alexej und zugunsten seines Bruders, des Großfürsten Michael. Dieser wiederum habe auf den Thron verzichtet und die Macht einer Provisorischen Regierung übertragen.

»Widerlich, wie diese revolutionären Blätter Nikolaus verleumden und diffamieren.« Sinaida weinte fast, als sie die Zeitungen rasch durchblätterte.

»Es blieb Nikolaus ja gar nichts anderes übrig, als abzudanken. Gar nicht auszudenken, wie die Bolschewiken das Volk sonst aufgeputscht hätten!«, sagte Felix. Er war kreidebleich und griff immer wieder nach einer anderen Zeitung, als wolle er sich vergewissern, ob nicht doch eine darunter zu einer fairen Analyse der politischen Lage imstande gewesen wäre.

»Ich glaube, ich habe den Zaren unterschätzt«, sagte Felix. »Nicht bewusst natürlich. Dieses Manifest, in dem er auf die Macht verzichtet, zeigt seinen Edelmut, seine Größe und gleichzeitige Bescheidenheit.«

Felix spürte, dass er einen Kloß im Hals hatte. Er versuchte, sich vorzustellen, wie dem Zaren und seiner Familie jetzt zumute war. Er hätte heulen können.

Auch Irina war tief getroffen von den Neuigkeiten. Bleich und stumm stand sie auf, hob ihr Töchterchen vom Boden hoch und setzte sich mit ihr ans Fenster. Immer wieder drückte sie die Kleine sanft an sich. »Sie wird vielleicht ihre Romanow-Familie nie mehr kennenlernen«, flüsterte Irina verzweifelt, und die Tränen liefen ihr übers Gesicht.

»Entschuldigt, wenn ich die Situation etwas anders sehe«, warf der Fürst ein. »Vielleicht hätte unser Zar doch nicht abdanken sollen. Viele Russen haben ihn geliebt, ihn und vor allem den Thronfolger. Mit seiner starken Präsenz hätte der Zar die Regimenter womöglich wieder auf seine Seite gebracht. Seine Leibkosaken hätten ihn nicht im Stich gelassen. Die haben doch ein luxuriöses Leben bei ihm gehabt. Außerdem – die Zarenresidenz wird noch von den Soldaten des Infanterieregiments bewacht. General Ressin befehligt sie. Er ist dem Zaren ergeben. Die Gardematrosen stehen in vier Reihen. Sie sind hervorragend ausgebildet und schießbereit, sie hätten den Zaren noch lange schützen können. Wer weiß, ob dann die Situation heute nicht besser aussähe.«

»Ich glaube, das siehst du falsch, Vater«, sagte Irina matt. »Onkel Nicky wollte gewiss kein Blutvergießen vor den Augen seiner Frau und der Kinder. Ich glaube, er erweist mit seiner

Abdankung seinem Land einen großen Dienst. Er konnte in seiner Lage wahrscheinlich nichts Besseres tun.«

»Ich glaube, wir sollten in jedem Fall die Konsequenzen ziehen. Wir haben keine Zeit zu verlieren«, sagte Felix bestimmt. »Wir müssen nach Petersburg und nach Zarskoje Selo. Es wird nicht mehr lange dauern, dann beschlagnahmen die Meuterer unseren Besitz. Wir müssen abreisen. Heute noch. Sonst verlieren wir alles, absolut alles.«

»Wir haben doch schon alles verloren«, sagte der Fürst zu seinem Sohn. »Bald jagen sie auch uns weg von unseren Besitztümern. Vielleicht trachten sie uns nach dem Leben, vielleicht nehmen sie uns auch nur unseren Titel und unsere Rechte.«

Die Fürstin sagte ruhig und überlegt: »Wenn wir nur zusammenbleiben können. Dafür würde ich unseren gesamten Besitz hergeben.«

»Ich aber nicht!«, sagte Felix entschieden. »Ich fahre nach Petersburg und versuche, Juwelen und Gemälde von Zarskoje und von der Mojka mitzubringen. Ich lass doch den Meuterern nicht alles, was uns gehört! Wovon sollen wir denn in Zukunft leben?«

»Felix hat recht«, sagte sein Vater. »Ich begleite ihn nach Petersburg, obwohl ich nicht viel Hoffnung habe, dass wir Wertsachen mitbringen können. Aber wir müssen es versuchen. Du, liebe Sina, solltest mit Irina und der Kleinen auf die Krim fahren. Auf der Krim seid ihr sicherer als hier. Und wir kommen so bald wie möglich nach.«

»Unter keinen Umständen«, widersprach Sinaida. »Wir dürfen uns jetzt nicht trennen. Nach allem, was wir aus den Zeitungen wissen, geht es in Moskau und Petersburg drunter und drüber, und die Plünderungen des Großgrundbesitzes auf dem Land sind auch überall in vollem Gange. Wer weiß, wann es hier losgeht. Und ob die Krim verschont bleibt, das weiß nur der Himmel.«

»Ich will auch nicht ohne euch auf die Krim«, sagte Irina entschieden. »Ich bin Mutters Meinung. Wir müssen unbedingt zusammenbleiben, was auch kommt!«

Zuerst fuhren sie nach Zarskoje Selo. Vielleicht hatten sie das Glück, von weitem einen Blick auf Angehörige der Zarenfamilie zu werfen? Sie saßen in den Mänteln und Mützen der Dienerschaft im Auto, von dem sie alle Wappen entfernt hatten. Felix hatte sich noch in der Nacht darangemacht, den Glanz des schönen Benz mit Lack und Erde zu zerstören, so dass der Wagen völlig heruntergekommen aussah. Die kleine Irina hatte ihren Platz in einem Wäschekorb, in dessen Matratze Papiere, Geld und Schmuck eingenäht waren.

Es schneite so stark, dass sie mit dem Auto nur langsam vorankamen. Auf dem Weg sahen sie Panzer, die aber in Richtung Petersburg fuhren. Kurz vor Zarskoje Selo heulte ein Schneesturm heran, so dass Felix mühsam an den Straßenrand fuhr und das Auto zum Stehen brachte. Die kleine Irina erwachte aus dem Schlaf. Sinaida nahm sie zu sich auf den Schoß, und das Kind schaute aus dem Fenster und sah die Schneemassen, die um das Auto herumtobten. Es sah die Großmutter an, die Mama, fand so recht keinen Trost und begann zu weinen. »Wir müssen weiterfahren«, sagte der Fürst, »wer weiß, wie lange der Sturm andauert. Dann sind wir hier in der Falle. Die Kleine scheint das zu spüren.«

Felix ließ sofort das Auto an, und der Benz fuhr nach ein paar Anläufen wieder zurück auf die Straße. Nach wenigen Minuten sahen sie die ersten Häuser. Doch war das wirklich Zarskoje Selo? Der vor dem Krieg so hübsche Ort schien von grausamer Riesenhand in ein struppiges Nest verwandelt. Hühner und Hähne liefen orientierungslos im Schnee herum. Soldaten beherrschten den Ort. Sie rannten rudelweise in die Geschäfte, holten vor allem Wodka, der seit Beginn des Krieges nicht mehr frei verkäuflich war, aus den Kellern der Läden. Sie schossen in die Luft, ließen unter Johlen Tüten mit Zucker und Mehl auf der Straße platzen, erschreckten die wenigen abgerissenen Zivilisten mit der Androhung, sie mitzunehmen.

»Die sind ja alle betrunken«, sagte Irina verächtlich. »Es ist gerade mal zehn Uhr am Morgen. Und wie die aussehen – so dreckig und zerlumpt. Wie Bestien.«

»Ja – das sind unsere Soldaten«, sagte der Fürst sarkastisch. »Ist das wirklich ihr wahres Gesicht? Schließlich sind sie zu Millionen für ihren Zaren in den Tod gegangen.«

»Das kann man sich von diesem Haufen aber nicht vorstellen«, meinte Irina, »die sehen ja wie Clowns aus. Alle haben sie ihre Mützen mit bunten Bändern umwickelt. Was soll das?«

Felix hatte Mühe, den Militärlastern auszuweichen, auf denen Revolutionäre saßen. Sie hielten Schilder hoch, auf denen Sprüche standen wie »Tod den Reichen! Uns die Macht!«. Auch diese Soldaten waren offenbar schon betrunken, denn sie johlten und winkten den Frauen und Kindern zu, die sich ängstlich an die Häuser drückten und sich beeilten, dass sie nach Hause kamen. Sie versuchten, den Horden auszuweichen, die, mit Stoffballen oder Kleidungsstücken beladen, aus den Geschäften herausstürmten. Oftmals waren sie so betrunken, dass sie ihren Raub achtlos in den Schnee fallen ließen.

Immer wieder waren Gänse zu sehen, die auf ihren roten Füßen völlig konfus zwischen den Autos und den Männerhorden umherrannten. Die kleine Irina sah sie, und sie rief immer wieder begeistert: »Da, da!«

Plötzlich sagte Sinaida empört: »Jetzt schaut euch das an!« Sie deutete auf einen Trupp Kosaken von der persönlichen Eskorte Seiner Majestät. Sie näherten sich, und scheinbar war alles wie immer, doch beim Herankommen sahen die Jussupows, dass auch an ihren Mützen, den Uniformen und an den Mähnen ihrer Pferde rote Bänder und Kokarden wippten. »Und gerade auf sie war unser Zar so stolz«, sagte der Fürst niedergeschlagen.

»Ich fahre als Erstes zum Haus der Botkins«, meldete Felix entschlossen. »Doktor Botkin weiß mit Sicherheit, wie es um den Alexander-Palast steht. Vielleicht weiß er auch, wie es um unser Palais bestellt ist.«

Das leuchtete allen ein, doch das Botkin'sche Haus in der Sadowajastraße, in dem die Jussupows manchmal beim Tee gewesen waren, erschien ihnen fremd, und der Fürst sagte zu Felix, er solle zunächst mal langsam vorbeifahren, damit man sich orientieren könne. Sie sahen trotz des anhaltenden Schneegestöbers, dass aus manchen Fenstern abgerissene Gardinen herunterhingen. Sie sahen zertrümmerte Möbelstücke im Garten, sie hörten Musik, Schimpfen und Johlen aus dem Haus herausschallen.

»Hier haust der Pöbel«, sagte Sinaida angewidert, »sie haben die Botkins verjagt. Lasst uns nach Petersburg fahren. Hier sind ja mehr betrunkene Soldaten als Menschen. Sie sind bestimmt schon in unserem Haus. Und von unseren Verwandten werden wir niemanden sehen. Niemanden.«

Trotz der Warnung seines Vaters fuhr Felix langsam um das Alexander-Palais herum. Man sah Wachtposten herumlungern, Soldaten, aber offenbar keine Geheimpolizei und keinerlei Dienstboten oder Lieferanten vor oder hinter dem Palast. Es war, als sei das Palais unbewohnt.

»Wo mögen Nikolaus, Alix und die Kinder sein? Hoffentlich ist ihnen nichts geschehen«, sorgte sich Sinaida.

Irina hatte großes Mitleid mit ihren Verwandten. »Die Meuterer können doch jederzeit den Palast stürmen. Die Soldaten sind ja offensichtlich aufseiten der Revolutionäre!«

Die beiden Frauen klammerten sich aneinander. Nur aus Rücksicht auf die Kleine unterdrückten sie ihren Impuls, verzweifelt zu weinen.

Als sie herausfuhren aus Zarskoje Selo, sahen sie in den Straßen und Parks verrostete Betten herumstehen, die mit roher Gewalt aus dem Lazarett des Katharinen-Palastes geholt worden waren, in dem die Zarin und ihre Töchter Verwundete gepflegt hatten. Holzzäune waren zu Scheiterhaufen errichtet, die Soldaten tanzten herum und brieten sich Fleisch, das sie wahrscheinlich aus den Metzgerläden gestohlen hatten. In der Tür eines vornehm wirkenden Geschäfts standen zwei Männer, offenbar der Inhaber und sein Sohn. Sie hatten Pistolen und riefen, dass sie schießen würden, sollten die Soldaten es wagen, ihr Geschäft auszurauben. Kurzes Schreien der Soldaten, dann schossen sie die Männer nieder, kletterten über die Leichen und drangen unter johlendem Gelächter in den Laden ein.

»Verdammte Mörder!«, entfuhr es Felix.

Im Wagen entstand eine beklemmende Stille.

»Jetzt begreifst du es vielleicht«, sagte der Fürst gepresst zu Felix, »Mord ist ungesetzlich. Verstößt gegen die Normen, die unsere Gesellschaft sich geschaffen hat, um unser Zusammenleben zu ermöglichen. Wäre jetzt nicht Krieg, gäbe es einen Mordprozess, mit allem, was dazugehört: Opfer, Ankläger, Angeklagte und Richter. Doch jetzt, während der Revolution, bahnt sich ein gesellschaftlicher Wandel an. Der setzt nach einiger Zeit selbst den Rang verbindlicher Normen fest. Daher ist dieser grauenvolle Mord, diese Hinrichtung, in den Augen der Bolschewiki eine Heldentat. Aber für mich bleibt er ein widerliches Verbrechen.«

»Vater, du kannst dich ruhig klarer ausdrücken. Ich habe deine Kritik am Mord von Rasputin natürlich herausgehört. Nicht zum ersten Mal. Du weißt genau, dass mein Plan keine spontane Idee war; ich habe mir über Monate hinweg den Kopf darüber zerbrochen. Daher vergleiche mich gefälligst nicht mit diesen Horden da draußen, die nichts Menschliches mehr an sich haben. Damit erreichst du mich nicht. Ich bin nach wie vor der Ansicht, dass es in diesem höchst spezifischen Fall notwendig und wünschenswert war, Rasputin zu beseitigen.«

»Die gesamte zivilisierte Welt gibt Felix doch recht«, sagte Sinaida flüsternd, denn die Kleine schlief in ihrem Arm. »Selbst der Zar war erleichtert. Er durfte es in Zarskoje Selo nur nicht zeigen, aber Dolgorukow hat es mir berichtet –«

»Können wir Grigorij nicht da ruhen lassen, wo er jetzt ist? Vielleicht werden wir ja alle sterben«, sagte Irina fast flehend. »Wir müssen uns auf unsere Flucht konzentrieren, an unsere Kleine denken. Sie hat ja noch gar nicht gelebt.«

»Irina hat recht«, sagte Sinaida. Sie drückte den Kopf ihres Enkelkindes sanft an sich. Sog den zarten Duft der Haare ein. Ob Irina vielleicht so blond bleiben würde wie jetzt? Viele hatten schon gesagt, dass sie ihrer Großmama Sinaida glich. Für Irina mussten sie jetzt stark sein und klug. Die Vergangenheit, der gesamte Jussupow'sche Reichtum zählte im Moment nicht, durfte nicht zählen. Sie waren jetzt heimatlos, würden außer Landes flüchten. Dazu brauchten sie List und Mut. Sinaida wollte beides aufbringen. Sie sah die schmalen Schultern ihres Sohnes vor sich. Hatte sie die Liebe zu ihm jemals so stark gespürt wie jetzt, in der Zeit ihrer Not? Felix sah immer noch aus wie ein sehr junger Mann. Dabei hatte er viel durchgemacht. Sie hatte ihren Anteil daran, und nicht zu knapp. Seit Felix verheiratet war, hielt sich Sinaida mit ihren Zärtlichkeiten zurück. Aber manchmal hätte sie Felix gerne in ihre Arme genommen so wie früher, als er ihr kleiner Prinz war.

Auch für Irina spürte sie eine Zuneigung, die ständig wuchs und sich in ihr ausbreitete wie die Wärme der Sonne. Mit dieser Schwiegertochter war sie reich beschenkt. Und als sie zum ersten Mal ihre Enkeltochter Irina sah, ihr kleines vollkommenes Äpfelchen, da dachte sie daran, wie sehr sie sich immer ein Mädchen gewünscht hatte. Und nun war ihre Enkeltochter da. Sie sah aus wie Nikolaj und Felix, ihre Söhne, die als kleine Kinder auch blond gewesen waren. Wie sie selber. Sinaida würde für Irinas Leben alles aufgeben an irdischen Gütern. Alles.

Auch Petersburg erkannten sie nicht wieder. Felix fuhr ohne Umwege auf seinen geliebten Newskij Prospekt, und er sah ihn zum ersten Mal im Gewand der Revolution. Er musste sich stark auf den Verkehr konzentrieren, denn Regierungsautos mit roten Flaggen rasten rücksichtslos auf dem Newskij entlang, den sie als ihre Privatstraße anzusehen schienen. Mit Soldaten überfüllte Lastwagen machten sich breit. Wo früher die Petersburger flanierten, marschierten jetzt Truppen im Gleichschritt, angetrieben von blecherner Musik.

Die graue Menge, von der Felix bei seinen Ausfahrten immer angestaunt oder angefeindet wurde, je nachdem, diese Menge von Bauern, Piroggen- oder Teeverkäufern, Musikanten oder Tänzern hatte ein völlig anderes Gesicht. Soldaten in ihren Uniformmänteln, flanierende Dienstmädchen, die mit den Soldaten schäkerten. Herumlungernde Arbeiter, undurchsichtiges Gesindel mit Bauchläden, die Papirossy anboten, rote Schleifen und Süßigkeiten. In den Straßen lagen umgekippte Automobile. Viele ohne Räder. Aus manchen der Häuser flatterten schon rote Fahnen.

»Sie kommen mir vor wie eine Herde ohne Hirten«, sagte der Fürst. »Alle laufen ziellos durcheinander und brüllen ihre Angst vor der Freiheit hinaus, trampeln alles zugrunde. Wir haben einfach keine Regierung mehr. So ist das. Russland ist zum Abschuss freigegeben.«

Der Fürst stieg einmal aus, um von einem Teeverkäufer heißen Tee zu kaufen und einige warme Piroggen. Zeitungen suchte er vergeblich. »Zeitungen gibt es nirgends«, brummte der Verkäufer und sah den Fürsten misstrauisch an. »Keine Zeitungen. Telefone funktionieren nicht!«

Felix war kaum wieder losgefahren, da hielt ein Trupp Soldaten das Auto an. Sie hämmerten an das Seitenfenster, weil Felix nicht sofort öffnete. Er sah in meist junge Gesichter. Mit ihren schadhaften Zähnen kauten die Männer Kürbiskerne, so dass der weißliche Saft ihnen zwischen den dicken Lippen hing. Als die Soldaten brüllten und hämmerten und die kleine Irina angstvoll schrie, öffnete der Fürst das Fenster. Die Soldaten kommandierten: »Aussteigen! Sofort! Das Auto wird für eine dringende Angelegenheit benötigt!«

Der Fürst kramte umständlich in einer Mappe, rief durch das Fenster: »Wir fahren in einer dringenden Angelegenheit. Im Auftrag des Duma-Komitees! Hier ist unser Passierschein!«

Während die Soldaten noch auf den beschrifteten Schein glotzten, den sie vielleicht nicht lesen konnten, fuhr Felix mit einem Kavalierstart wieder an. Die Soldaten sprangen unter Gebrüll beiseite, rannten noch ein Stück hinter dem Wagen her. Aber der Benz flog förmlich davon.

»Wir müssen das Auto loswerden. Wir steigen um in eine Droschke«, meinte Felix, doch Sinaida protestierte. »Es dauert viel zu lange, bis wir unser Gepäck umgeladen haben. Wir müssten ja drei Droschken haben, mindestens. Nein! Wir müssen sofort an die Mojka fahren. Ich habe so ein Gefühl, als seien wir dort am sichersten Ort in Petersburg. Wir müssen wissen, ob unsere Automobile und Kutschen noch dort sind. Erst dann können wir die Flucht planen. Vielleicht haben sie unser Palais noch nicht gestürmt. Die Revolutionäre kennen vielleicht unsere verwandtschaftliche Beziehung gar nicht.«

Irina dachte daran, wie sie alle gemeinsam den dreihundertsten Jahrestag des Hauses Romanow gefeiert hatten. Onkel Nicky und Tante Alix, die kaiserliche Großmama, ihre Eltern und Brüder, Tante Ella, die Jussupows – das war natürlich nur der engste Kreis gewesen. Und Irina hatte für einen Augenblick geglaubt, es gebe einen Gott, der die Romanows beschütze. Denn dieser Augenblick war ein Moment der Liebe und der Zusammengehörigkeit gewesen. Ohne jede Beschwörung der Macht, ohne jede feige Tyrannei, die das Leben am Zarenhof manchmal so erstickend gemacht hatte.

Und jetzt schien es Irina, als wäre Zarskoje Selo oder der Winterpalast in Petersburg mitnichten eine Zarenresidenz, sondern ein Irrenhaus, in das sich eine immer stärker anwachsende Menge von Menschen drängte, denen nichts mehr heilig war. Und die Zarenfamilie mitsamt den Jussupows, zu denen sie jetzt gehörte, würde untergehen in dieser Menge.

Unter diesen schmerzlichen Gedanken war Irina eingeschlafen. Sie erwachte, als ihr Töchterchen weinte und Felix es ihr in die Arme legte. Es war sehr dunkel, und Irina sah erst, als sie ausstieg, dass sie am Ziel waren. Sie standen im Hof des Jussupow-Palastes. Felix lief von Tür zu Tür, schaute in die Remisen. Es war alles mit großen Holzbrettern vernagelt und mit roten Fahnen beflaggt, so dass sie zunächst einmal ratlos vor ihrem verschlossenen Refugium standen. Schließlich fuhr Felix den Wagen so eng an eine Mauer, dass man ihn zumindest von außen nicht sehen konnte.

Der Palast tauchte immer deutlicher aus den Schatten der

Dunkelheit auf, und sie bemerkten, dass die Mauern des Hauses Einschüsse aufwiesen. Ob es marodierender Soldatenpöbel war oder echter Vernichtungswillen, der das Haus beschädigt hatte – wer wusste es? Irina stieg mit der Kleinen wieder ins Auto. Auf dem Hof war es bitterkalt, und sie bettete die Kleine in den Korb und stopfte die Decken fest um sie herum. Mit großen, freundlichen Augen sah das kleine Mädchen auf die Mutter. Natürlich begriff sie nichts, aber sie schien zu spüren, dass sie sich in einer völlig neuen Situation befand. Dass alle um sie waren, sogar die Großeltern. Das machte sie zufrieden, auch wenn viele Dinge, die sie früher umgeben hatten, nicht mehr da waren.

Während die Erwachsenen beieinanderstanden und berieten, wie ohne Lärm ins Haus zu kommen wäre, tauchte aus dem Schatten der Mauern lautlos ein kleiner, schmaler Mann auf, der ohne Scheu auf sie zukam. Es war Nefedow. Er blieb stumm vor Felix stehen, der auf ihn schaute, als sei er ein Gespenst.

»Wie kommst du hierher?«

»Ich wohne hier.«

»Und wieso?«

»Ich bewache das Haus. Wowa und Wladimir sind auch hier. Bisher hat man uns nicht gefunden.«

»Habt ihr die Türen verbarrikadiert?«, fragte der Fürst.

»Jawohl. Sonst wird alles geplündert. Ich habe einen Brief vom Duma-Komitee. Er ist gestohlen. Wenn ich den zeige, dann gehen sie wieder.«

Verlegen, aber völlig ohne die frühere ergebene Haltung kamen nun Wowa und Wladimir, um zu melden, dass sie im Speisesaal das Essen aufgetragen hätten. Nur zögernd folgten sie Felix' Aufforderung, eingemachtes Fleisch und Wein aus den Vorratskammern zu holen. Doch frische Milch, Grütze und Blini standen schon auf dem Tisch. Sie aßen alle mit großem Appetit. Die Kleine ließ sich sogar füttern, so hungrig war sie. Bislang hatte sie darauf bestanden, alleine zu essen, wobei sie natürlich immer herumschmierte. Das hielt sie offenbar heute für eine Zeitverschwendung. Sinaida zeigte ihrem Mann triumphierend das leere Schüsselchen und den Becher Milch, den die sonst so mäkelige Enkelin fast in einem Zug ausgetrunken hatte.

Es fiel Felix auf, dass Nefedow es peinlichst vermied, ihn oder seinen Vater mit dem Titel anzureden. Es war ihm gleichgültig. Er hatte seinen Diener noch nie durchschaut. Aber heute hätte er den Alten umarmen mögen. Er wollte endlich in seine Räume. Sehen, was gestohlen oder beschädigt war. Und vor allem wollte er mit Irina und der Kleinen ein Bad nehmen, und er wünschte sich, dass sie heißes Wasser hatten.

Felix zog sich mit seiner Familie in den Flügel der Jungen zurück, und er dachte wehmütig daran, dass die geliebte Mutter die Räume des jungen Paares vor nicht allzu langer Zeit so getauft hatte. Und nun waren sie vielleicht zum letzten Mal hier. Seine Eltern eilten in ihre eigenen Räume. Sie wussten, dass sie nicht lange bleiben konnten. Aufgewühlt sah Sinaida ihre geliebten Salons, die mit den Erbstücken der früheren Generationen erlesen ausgestattet waren. Waren sie selber schuld daran, dass sich bald die pöbelhaften Massen durch ihren Familienpalast wälzen würden, wo die Jussupows seit fünf Generationen daheim waren?

Ja und nein.

Sinaida sprach sich nicht frei. Theoretisch hatte sie immer gewusst, dass es nicht ihr Verdienst war, zu den Vornehmsten und Reichsten zu gehören. Aber es war völlig selbstverständlich. Ihre Familie hatte große Summen gegeben für die Armen. Und doch war keine Liebe in ihnen gewesen für die graue Masse der Arbeiter und der Bauern. Und deshalb hatte die sich jetzt erhoben, sie machte mit den Reichen Schluss. Sinaida wusste genau, dass sie alles verlieren würden. Ihre Besitztümer, ihre Macht, ihre Kunstschätze und den unglaublichen Reichtum an Juwelen. Sie konnten froh sein, wenn sie nicht vom Mob ermordet wurden. Wenn es nach ihr ginge, sie würde so rasch als möglich auf die Krim fahren. Von anderen Flüchtenden hatten sie schon erfahren, dass die Aufständischen in den Kursk-Provinzen Güter überfielen. Dass Soldaten ihre Offiziere bei lebendigem Leib anzündeten oder lebendig in Massengräber warfen. Wie klug war es gewesen, dass sie sich gerade noch rechtzeitig davongemacht hatten. Leider war es schon unmöglich, nach Rakitnoje zu telefonieren. Sie wussten nicht, wie es den Menschen auf dem Gut erging. Was aus den Pferden wurde. Daran durften sie jetzt nicht mehr denken.

Sinaida hatte lebenslang Nadelarbeiten langweilig gefunden. Doch heute war sie froh, dass sie im Smolny-Institut um die Grundbegriffe des Nähens nicht herumgekommen war. Und so begann sie angestrengt, in ihre Mäntel, Kleider und Korsagen ihren Lieblingsschmuck einzunähen. Und sei er auch für ihre Enkeltochter. Im Übrigen mussten sie sich, wenn sie überlebten, auch von irgendetwas ernähren.

Die Kleine schlief. Irina wollte unbedingt zum elterlichen Palast gehen, und man beschloss, dass Nefedow sie begleiten sollte. Irina zog eine ziemlich hässliche Mütze aus Hundefell an, die Nefedow ihr brachte, dazu einen Wattemantel, der noch von den Kutschern da war, und dann gingen die beiden los. Es war nicht weit zum Palais der Großfürstin Xenia, doch Irinas Herz klopfte, je weiter sie sich vom Jussupow'schen Anwesen entfernten. An der Brücke stand ein beleibter Pope, er hielt die Bibel hoch und predigte: »Friede, Friede, aber es gibt keinen Frieden. Denn in meinem Volke befinden sich Gottlose; sie lauern wie Vogelfänger, beugen sich zu Boden, stellen Fallen auf, um zu verderben, um Menschen zu fangen. Und meinem Volke gefällt es so. Höre es, Erde: Siehe, Unheil, die Frucht ihrer bösen Gedanken, bringe ich über dieses Volk.«

»Hohoho«, schrien einige Soldaten. »Was willst du denn mit deinem Frieden? Du hast dir einen Dickwanst angefressen, und uns nennst du gottlos. He, pass nur auf, dass wir dich nicht in die Mojka werfen!«

»Euch ist wohl nichts mehr heilig«, schrie eine Frau hysterisch, und einer der Soldaten sprang drohend auf sie zu. Doch sie fürchtete sich offenbar nicht vor ihm, sondern schrie wieder, dass es mit den Bolschewiki doch kein bisschen besser sei als unter dem Zaren. »Es geht uns doch schlechter. Alles zerstört ihr, kein Stein bleibt auf dem anderen, bald haben wir nicht einmal mehr Brot zu essen. Russland rast auf einen Abgrund zu!«

»Da hat sie recht«, rief ein Alter mit eingefallenen Wangen. »Gebt uns doch Brot, wenn ihr welches habt. Aber ihr lasst uns ja auch verhungern!«

Die Soldaten wollten jetzt auf den Alten einprügeln, doch die Frau hatte einen Stock dabei und verteidigte ihren Mitstreiter so vehement, dass den Soldaten die Kürbiskerne aus dem Mund fielen. Kopfschüttelnd ließen sie von den beiden ab. Aber einer von ihnen, mit einem großen, vor Wut rot angelaufenen Schädel, schrie den beiden hinterher, dass es stimme: »Jawohl! Russland rast auf einen Abgrund zu. Aber wer ist denn schuld daran? Doch nur der Adel, die reichen Industriellen. Aber wir werden sie abschlachten. Alle. Passt nur gut auf! Alle werden wir sie abschlachten!«

Auf dem kurzen Marsch wurden Irinas Stiefel durchnässt und von der dicken Schicht aus gekauten Kürbiskernen und widerlichem Abfall besudelt. Irina war froh, als sie endlich ihr elterliches Palais erreichten. Doch dann fühlte sie sich wie gelähmt. Das Tor zum Palais war offen, Arbeiter und Soldaten schlenderten herum oder saßen auf den Brokatsesseln. Ein jeder von ihnen hatte eine Waffe – Säbel, Pistolen –, doch das Widerlichste war der Schmutz. Vor allem die Soldatenmäntel starrten vor Dreck, auch die Uniformjacken hatten keine Farbe mehr, die Reithosen waren zerrissen, die Schuhe nur Lappen. Hin und wieder kam einer zu Irina, beglotzte sie und lachte betrunken. Irina bekam Angst, dass man sie erkennen könnte. Sie glaubte nicht mehr daran, dass sie irgendeine Nachricht der Eltern finden würde. Wo denn in diesem Chaos?

Nefedow ließ sich nicht so rasch entmutigen. Er bat Irina, die Soldaten im Blick zu behalten. Dann ging er näher an das Haus heran, beäugte die Mauern und Fensternischen, als sei er neugierig. Und schließlich hatte er tatsächlich einen dicken Briefumschlag gefunden. Aufgeweicht vom Schnee. Aber nicht ganz.

Er reichte ihn Irina, die ihn rasch unter ihrer Jacke versteckte, und die beiden machten sich sofort wieder auf den Rückweg.

Dort lasen sie in Xenias Handschrift lediglich einen Satz in Französisch: »Wir sind im Club. Mama!« Alle waren sich einig, dass Xenia nur den Englischen Club am Schlosskai gemeint haben konnte. Irina schrieb ein paar Zeilen auf eine Briefkarte und schickte Nefedow los, ihren Eltern den Brief zu überbringen.

Währenddessen machten sich Felix und sein Vater daran, die Wertsachen der Familie einzumauern. Wowa, Wladimir und später auch Nefedow halfen ihnen. In abgelegenen Räumen zogen sie zusätzlich leichte Mauern hoch, die unsichtbare Nischen bildeten. Dort hinein kamen, sorgsam in Decken gehüllt, das englische Silber, Schmuck und ein Teil der Gemälde.

Sinaida und Irina sortierten historische Schätze aus, die von den Vorfahren über Generationen wie Heiligtümer gehütet wurden: Diamantohrringe, die Marie-Antoinette gehört hatten. Eine Diamanttiara, die Caroline von Neapel zugeschrieben wurde. Die legendäre Pelegrinperle von Kleopatra. Den riesigen bengalischen Flammenrubin. Diamanten des Sultans von Marokko. Außerdem brachten sie in den beiden Automobilen, die sie noch in gutem Zustand vorfanden, je ein Gemälde von Rembrandt unter und ein Porträt des von allen geliebten Ahnherren Nikolaj Borisowitsch Jussupow.

Xenia und ihre Familie fuhren in einer Droschke in den Hof. Xenia weinte vor Erleichterung, ihre Tochter und die Enkelin gesund anzutreffen. Ihr Mann Sandro half den Jussupows sofort beim Bauen der Verstecke. Er riet Felix dringend, die Diener wegzuschicken. »Unsere Diener waren zum Schluss unglaublich frech. Wir hätten nichts mehr zu sagen, brüllten sie uns an. Einige machten Bemerkungen, dass sie uns verraten würden. Da hat mein Kammerdiener sie mit einer Pistole bedroht. Für eine kurze Weile kuschten sie daraufhin so wie früher. Doch sie fingen schon an zu stehlen, als wir noch beim Packen waren. Wir konnten natürlich nichts tun, als beide Augen zu verschließen.«

»Wowa und Wladimir haben sich auch verändert, zweifellos«,

bestätigte Sinaida. »Ich dachte immer, unsere Diener wären privilegiert. Sie konnten essen, so viel und wovon sie wollten. Sie bekamen oft neue Kleidung. Wenn sie krank waren, habe ich den Arzt gerufen. Mehr konnten wir doch nicht tun. Trotzdem mochten sie uns nicht. Von Treue will ich gar nicht reden, aber so etwas wie Fairness habe ich doch erwartet. Aber nein. Alle sind geflohen bis auf Nefedow, Wowa und Wladimir. Die werden sich auch noch nach Kräften bereichern. Mir fehlen schon jetzt Kleider, einiges an Schmuck, und vom Hausrat ist vieles nicht mehr an seinem Platz.«

»Mein Gott, was ist aus uns geworden?« Xenia weinte fast. »Wir sind Flüchtlinge – nichts weiter. Jeder kann uns jagen und umbringen. Und gestern noch waren wir die Familie des Zaren. Unser Land ist das größte Land der Erde. Wie konnte es geschehen, dass wir mitten im Krieg der Welt stecken, aber die ausgemachten Verlierer sind? Und Nicky, mein Bruder, musste abdanken! Konnte sich einer von euch das vorstellen, als wir Irinas und Felix' Hochzeit gefeiert haben? Noch bei der Taufe unseres kleinen Mädchens hätten wir niemals daran gedacht, dass so etwas passieren könnte!«

Xenia wandte sich jetzt an die Männer. »Ihr seid doch Offiziere! Die engsten Berater des Zaren – wie konnte sich unsere millionenstarke Armee in eine Horde von bewaffneten Affen verwandeln? Könnt ihr euch das erklären?«

Felix, sein Vater und Sandro sahen sich mit hochgezogenen Augenbrauen an. So etwas hatte sie noch niemand gefragt. Nicht einmal sie selber.

Als Erster fasste sich Felix. »Du weißt doch, wie es am Hof zuging, Tante Xenia. Den Zaren hat doch keiner mehr ernst genommen. Warum haben wir schließlich Rasputin beseitigt?«

»Aber was hat es genutzt? Wir sitzen hier, können jeden Moment aufgestöbert und ermordet werden, und mein Bruder ist Gefangener in seinem eigenen Palast –«

»Du musst zugeben, Xenia, dass Nicky als Zar keine Fortune hatte. Wer wüsste besser als wir, was für ein liebenswerter, gütiger Mensch er ist. Aber er war auf die Rolle als Zar nicht vorbereitet worden. Er wollte ja nie einer sein«, sagte Sinaida.

»Auf uns hat doch niemand gehört!«, fiel Felix heftig ein. »Von Pontius bis Pilatus bin ich gelaufen. Vor dem Tode Rasputins und danach. Ich bin zum Justizminister gegangen, zum Präsidenten der Duma, mit dem Innenminister habe ich versucht zu reden, selbst mit dem Ministerpräsidenten hatte ich ein Treffen. Aber niemand hat mir geglaubt, dass wir uns am Vorabend einer Revolution befinden, dass wir von der Woge des Volkszorns weggespült werden. Und Onkel Nicky hat auf die falschen Leute gehört –«

»Nein. Nicky hat im Grunde immer nur auf sich selbst gehört. Bei aller Bescheidenheit, bei aller Güte, die ihn ausmachte, war Nikolaus Selbstherrscher aller Reußen. Er war außerdem Fatalist«, sagte Sinaida bestimmt. »Er war von dem Glauben durchdrungen, dass gegen das Schicksal nicht anzukämpfen sei. Zudem hat er in seinen Regierungsjahren ungewöhnlich viel Pech gehabt. Das hat ihn mürbe gemacht. Wo er tatkräftigen Widerstand hätte leisten müssen, war er von Misstrauen gelähmt.«

»Meine Lieben, wir müssen langsam aufbrechen. Die Morgendämmerung bietet uns vielleicht etwas Schutz«, sagte Felix, und Xenia sprang sofort auf, sah fragend in die Runde.

»Könnt ihr mich für einige Minuten an der Peter-und-Paul-Kathedrale aussteigen lassen? Ich möchte mich von unseren Vorfahren verabschieden!«

Xenia sah zu Irina, die sofort sagte, dass sie denselben Wunsch habe. »Ich möchte dort für Onkel Nicky beten und für Tante Alix. Auch für meine Cousinen. Mir tut das Herz weh, wenn ich an sie denke. Warum können sie nicht fliehen so wie wir?«

»Wir sind doch vorbeigefahren, Kind«, sagte Sinaida mitleidig. »Du hast doch den Pulk von Soldaten gesehen, der dort müßig herumlungert. Jederzeit zum Aufruhr und zum Töten bereit. Wir alle wissen, dass besonders Alix verhasst ist bei den Soldaten. Denen bekommt ihre Freiheit nicht. Unser Leben, wie wir es seit Jahrhunderten gelebt haben, ist zusammengebrochen. Das macht nicht nur aus uns Flüchtlinge, Freiwild. Es reißt auch die Soldaten, die Arbeiter und Studenten aus ihrer Ordnung. Sie sind völlig stupide, können offenbar nur noch zerstören, rauben und morden. Und ihre Anführer sind ebenso unfähig.«

Sinaida war dabei, die letzten Sachen zu packen. Fürst Jussupow sah seiner Frau verstohlen dabei zu. Er dachte an den Triumph, den es für ihn bedeutet hatte, als Sinaida Nikolajewnas Wahl auf ihn gefallen war. Zwar trug er damals einen Grafentitel, aber der war von seiner Mutter auf ihn gekommen. Bis heute hatte er nicht erfahren, ob der preußische König Friedrich Wilhelm IV. sein Vater war oder nicht. Für viele Adelige war das ein Grund gewesen, die Nase zu rümpfen. Nicht für Sinaida. Manchmal, wenn sie miteinander die Zaubergewalt der Liebe erlebten, nannte sie ihn »mein Königssohn«, und er fühlte sich bestätigt.

Mehr als dreißig Jahre waren sie verheiratet. Und immer noch schlug sein Herz schneller, wenn er sie sah. Mitte fünfzig war sie jetzt. Sie trug ihr üppiges, fast silbriges Haar streng aus dem Gesicht frisiert. Hinten steckte sie es irgendwie zusammen. Sie hatte jetzt andere Sorgen.

Seit sie vor der Revolution flüchteten, seit sie vom Tod bedroht waren, musste Felix seine Frau intensiv anschauen. Als könne sie ihm auf diese Weise nicht weggenommen werden. Er hatte ihr die Heimat bewahren wollen. Hatte den Zaren immer wieder vor den Deutschen gewarnt, vor einem Krieg gegen diese überlegene Macht. Auch vor dem Einfluss Rasputins hatte er den Zaren gewarnt, obwohl der viel geringer war, als das Volk glaubte. Aber das Volk suchte einen Grund, den Zaren reinzuwaschen von seinen Fehlern, sie wollten Rasputin als Prügelknaben – ach, es war alles so kompliziert gewesen, dass es damals erstmals zu einem massiven Streit zwischen ihm und dem Zaren gekommen war. Die Zarin wollte Sinaida schließlich nicht mehr empfangen, weil auch sie Kritik an der Anwesenheit des Wunderheilers am Hofe ausgesprochen hatte.

Jetzt war Rasputin tot, ermordet von seinem Sohn. Und sie saßen in der Falle. Die Zarenfamilie in einer noch tödlicheren als die Jussupows. Sie wurden noch nicht bewacht. Ihre Palais waren noch nicht beschlagnahmt. Vielleicht schafften sie es ja bis auf die Krim, und dann konnten sie von Jalta aus mit dem Schiff fliehen.

Sinaida. Wenn er sie nur nicht verlor. Er war Offizier gewesen. Hatte zumeist außerhalb ihrer Welt gelebt. Kunst, Musik, Theater und Literatur – alle ihre Leidenschaften waren ihm eher fremd. Er hatte sich nicht immer mitteilen können, doch er hatte sein Leben lang nur von ihr geträumt. Oftmals im Aufwachen ihren Namen genannt. Sie war die Königin in ihrem Palast und in seinem Leben. Er sah ihre Augen, die jetzt tiefer in ihren Höhlen zu liegen schienen. Nicht mehr groß und grün blitzend. Doch wenn sie ihn ansah, klopfte sein Herz spürbar heftiger. Ihre feine Nase und der schön geschwungene Mund sprachen vom Ruhm ihrer Schönheit, aber auch vom Leid. Der scharfe Hauch des Unglücks war schon früh um sie gewesen. Mühsam hatte Sinaida sich ihre königliche Haltung immer wieder erkämpft.

Als Sinaida nochmals ins Bad ging vor dem endgültigen Abschied, folgte er ihr. Sie stand vor dem großen Spiegel über dem Waschbecken, hielt ihre Hände unter den Strahl des kalten Wassers. Das tat sie immer, wenn sie sich beruhigen musste.

Unbeholfen legte er ihr die Hand auf die Schulter. Er spürte ihren feinen Duft. »Vergib mir, wenn ich dir je wehgetan habe.«

Erstaunt sah Sinaida ihn im Spiegel an. Dann blitzte es in ihren Augen auf. »Du hast mit einer anderen getanzt.« Als Felix verständnislos schaute, half sie seinem Gedächtnis nach. »In Moskau. In der Bar. Die Tangotänzerin.« In der Sekunde wusste Felix, was sie meinte, denn er hatte damals nicht begriffen, warum Sinaida kein Wort mehr mit ihm gesprochen und am Abend die Tür verschlossen hatte. Das war es also! Und er hatte das arme dünne Ding mit der schlechten Perücke nicht brüskieren wollen, als es ihn zum Tanz auf die Bühne gebeten hatte.

»Ich bin aber doch nach ein paar Takten zurückgekommen.«

»Ja, das bist du«, sagte Sinaida freundlich, »aber erst, nachdem du sie geküsst hattest.«

Er hielt sie an beiden Schultern, sie sahen einander im Spiegel an, und dann drehte Felix seine Frau so ungestüm zu sich herum und küsste sie so heftig, dass ihr Mund wieder zu blühen begann wie ganz am Anfang ihrer Liebe. Sinaida jedoch machte sich los, obwohl in ihren Augen zu lesen war, dass sie ihrer Leidenschaft gern gefolgt wäre. »Komm, mein Königssohn, wir müssen jetzt fort. Wer weiß, was für Tücken und Miseren auf uns warten. Wir hatten unsere Zeit. Wir müssen unseren Kindern helfen, damit unsere und ihre eigenen Sünden sie nicht in den Wahn treiben.«

»Sina, ich habe viel zu lange dem Zaren gedient. Wenn uns noch Zeit übrig bleibt nach diesem Krieg, will ich mit dir leben.«

»Oder wir sterben zu zweit«, sagte Sinaida, und dabei blitzten ihre Augen wieder sekundenlang auf.

Im anderen Flügel des Palasts stand Felix vor dem Bild seines Bruders Nikolaj. Durchs Fenster sah man den wirbelnden Schnee. Hoffentlich gab es nicht wieder einen so starken Schneesturm wie in Zarskoje, dachte Irina. Sie durften keinesfalls stecken bleiben. Vielleicht schützte der Schneesturm sie vor den Augen der Marodeure. Mein Gott. Sie fühlte vor Angst Nadelstiche in der Brust. Wahrscheinlich wäre es wirklich besser, sofort loszufahren. Dann wieder schaute sich Irina in ihrer Wohnung um und flehte, dass alles ein böser Traum sein möge. Dass sie daraus aufwachen und mit ihrem kleinen Kind so weiterleben würde wie früher, wie vor dem Tag, als sie und Felix ihr Gewissen erstickten, um ihren egoistischen Wünschen zu folgen.

Im Kamin brannte ein Feuer. »Wer ist denn auf diese Idee gekommen? Wir müssen doch jede Minute losfahren«, sagte Irina.

»Vielleicht hat Nefedow es noch angezündet«, sagte Felix. »Ich glaube, er ist verrückt. Oder völlig zerrissen. Mal hält er mir die Treue und dann wieder nicht. Aber was soll mich das noch interessieren. Mein Nikolaj –« Felix hängte das Bild mit einer entschlossenen Bewegung ab. »Er muss mit uns flüchten. Ich kann meinen Bruder nicht hier zurücklassen. Er ist unser guter Geist.«

Irina ging zu Felix, berührte ihn sanft an der Schulter und flüsterte: »Bald wird es Morgen. Was glaubst du: Wir, du und ich und unser Kind – gibt es auch für uns eine Morgendämmerung?«

Felix schaute sie verwirrt an. Er hatte sie vergessen. Wie lange schon hatte er sie über Grigorij und Dmitrij vergessen. Seine Frau. So wie sie ihn liebte, liebten nur die Kinder beim allerersten Mal. Sie war das Rührendste in seinem Leben, unendlich viel schöner als alles, womit er je verbunden gewesen war. Ihr schönes Gesicht war jetzt weich vor Liebe, und Felix ahnte, dass Irina ihm vom Schicksal gesandt war, auch wenn er sie nicht verdient hatte. Dafür wollte er sie immer in seinen Armen halten. Selbst wenn die Zeit ihre porzellanfeine Haut und die lackschwarzen Haare zerstören würde.

Er wünschte sich plötzlich nichts mehr, als dass ihm noch genug Zeit blieb, Irina richtig kennenzulernen. Ihr Herzschlag sollte den Rhythmus seines Lebens bestimmen. Bald wurde er dreißig. Er wollte endlich seine Hand in die Hände seiner Frau legen.

Sie fuhren auf der spiegelglatten, von festgefahrenem Schnee bedeckten Straße an der Mojka entlang. Es herrschte Frost, und wirbelnder, weicher Schnee verwischte alle Konturen. Im Auto war es noch bitterkalt, und Sinaida nahm ihre kleine Enkelin auf den Schoß und legte den Pelzmantel um das schlafende Kind. Sie verließen die Stadt in drei Automobilen. Sie versuchten, nicht im Konvoi zu fahren und sich dennoch im Auge zu behalten. Riesige Lastwagen donnerten vorbei, über und über bepackt. Droschken. Trotz der frühen Stunde viele Bauern, Männer und Frauen in Halbpelzen. Soldaten, über die Maßen schmutzig, aber ausnahmslos bewaffnet. Sie waren nun die Herren von Sankt Petersburg.

Trotz der Dunkelheit war zu sehen, wie aus beschlagnahmten Häusern Möbel, Bilder und Teppiche herausgetragen wurden. Die schönen, kostbaren Dinge standen im Schnee. Nass und trostlos. So würde ihr Palais an der Mojka auch aussehen. Heute, morgen oder übermorgen. Sinaida musste an Puschkin denken, der gesagt hatte: »Gott, wie traurig mein Russland ist.«

DANK

Ich möchte den nachstehend Genannten ganz herzlich danken, weil sie mir bei den Recherchen zu diesem Buch großzügig und freundlich geholfen haben:

Frau Dr. Cornelia Töpelmann, Referentin für Nachlässe und Autografen der Universitätsbibliothek der Ludwig Maximilian Universität München, die mich mit Material über die Welt des Okkultismus und Spiritualismus unterstützt hat. Herrn Dr. Hugo Bütler von der *Neuen Zürcher Zeitung*, der mir Unterlagen über die Sicht der damaligen Presse auf das Zarenreich zur Verfügung gestellt hat. Den Psychoanalytikern Dr. Andreas Hamburger und Dr. Salek Kutschinsky, dass sie mir mit ihrem fachkundigen Rat zur Seite standen. Herrn Professor Thomas Zacharias, den ich jederzeit über die Kunstschätze in der Eremitage befragen konnte.

Jürgen Fischer, Hersteller, stellte mir aus seinem Archiv seltene alte Bildbände zur Verfügung. Mein russischer Freund Alexander Linewitsch verbrachte sehr viel Zeit mit mir auf den Spuren der Jussupows in Sankt Petersburg, Zarskoje Selo und Archangelskoje. Auch recherchierte und übersetzte er für mich mit großer Geduld und Liebenswürdigkeit. Nikolai Freiherr Freytag von Loringhoven gewährte mir Einblick in sein Familienarchiv, denn er ist ein Enkel des Militärdiplomaten und Staatssekretärs des Auswärtigen Amtes am Ende der wilhelminischen Ära, Paul von Hintze. Zwischen 1903 und 1911 war von Hintze als Marineattaché und Militärbevollmächtigter in Sankt Petersburg akkreditiert.

Asta Scheib im dtv

»Das wichtigste Sinnesorgan sind meine Augen. Ich sehe täglich die Welt um mich herum. Spannendes, oft absurdes Theater. Realsatire. Ich bin süchtig nach Buchstaben, am liebsten würde ich den ganzen Tag lesend verbringen. Zeitungen, Bücher, jeden Tag neu bin ich süchtig danach.«
Asta Scheib

Das zweite Land
Roman
ISBN 978-3-423-13401-9

Eine junge Kurdin in München. »Mit ihrem packenden Roman trifft Asta Scheib auf jeden Fall tiefer in die Herzen der Leser als jede Dokumentation über Bürgerkriegs-Flüchtlinge.« (Berliner Morgenpost)

Langsame Tage
Roman
ISBN 978-3-423-13420-0

»Ein Familien-, Frauen-, Mütter-, Ehe-, Liebes- und Einsamkeitsbuch ... Ein Stadtroman für intelligente Leser.« (Wolfgang Koeppen)

Der Austernmann oder Die Sprache des Schweigens
Roman
ISBN 978-3-423-13454-5

Die Geschichte eines beruflich erfolgreichen Mannes, der im Privatleben an seiner Verschlossenheit zu scheitern droht. »Lebensnah und spannend.« (Ponkie)

In den Gärten des Herzens
Die Leidenschaft der Lena Christ
Roman
ISBN 978-3-423-13515-3

Die mitreißende Romanbiographie einer unangepassten, außergewöhnlichen Frau und ein eindrucksvolles Stück Zeitgeschichte.

Diesseits des Mondes
Roman
ISBN 978-3-423-13553-5

Ein Buch über die Freiheit, das eigene Leben zu leben, über den Widerstand von Gefühl und Reflexion und über die Liebe.

Beschütz mein Herz vor Liebe
Die Geschichte der Therese Rheinfelder
ISBN 978-3-423-20779-9

Die authentische Geschichte einer Münchnerin, die plötzlich erfährt, was es heißt, Jüdin zu sein.

Asta Scheib im dtv

»Was Asta Scheibs Bücher miteinander verbindet, ist die Fähigkeit dieser Schriftstellerin, fremden Lebensläufen nachzugehen, ihr Erinnerungsvermögen in den Dienst der Geschichten von anderen zu stellen.«
Albert von Schirnding in der ›Süddeutschen Zeitung‹

Agnes unter den Wölfen
Roman
ISBN 978-3-423-**21145**-1

Agnes verliebt sich in einen jungen Mann, um den sie ihre Freundinnen beneiden. Aber der Vater des jungen Mannes verfolgt sie mit Misstrauen. Was will er von Agnes?

Frost und Sonne
Roman
ISBN 978-3-423-**21183**-3

Historischer Roman über die Fürstenfamilie Jussupow und spannendes Sittenporträt aus den letzten Jahren der Romanow-Dynastie.

Jeder Mensch ist ein Kunstwerk
dtv premium
ISBN 978-3-423-**24529**-6

Begegnungen mit Schriftstellern, Künstlern, Schauspielern und Filmemachern wie Thomas Bernhard, R. W. Fassbinder, Thomas Gottschalk, Cornelia Froboess u. a.

Schwere Reiter
Roman
dtv großdruck
ISBN 978-3-423-**25125**-9

Mit dem Motorrad unterwegs. Zwei Frauen auf der Suche nach neuen Lebensinhalten.

Kinder des Ungehorsams
Die Liebesgeschichte des Martin Luther und der Katharina von Bora
dtv großdruck
ISBN 978-3-423-**25288**-1

»Die vielleicht skandalöseste Liebesgeschichte Deutschlands.« (Klaus Modick in Radio Bremen)

Frau Prinz pfeift nicht mehr
Roman
dtv großdruck
ISBN 978-3-423-**25297**-3

Eine Frau, die Nachbarn und Familie gleichermaßen terrorisiert hat, liegt tot in ihrem Vorgarten. Unfall oder Mord?